许开祯 精选集

许开祯 ◎ 著

大兵团

重庆出版集团
重庆出版社

图书在版编目(CIP)数据

大兵团 / 许开祯著. —重庆：重庆出版社，2012.9
ISBN 978-7-229-05549-3

Ⅰ.①大… Ⅱ.①许… Ⅲ.①长篇小说—中国—当代
Ⅳ.①I247.5

中国版本图书馆 CIP 数据核字(2012)第 174781 号

## 大兵团
### DABINGTUAN
许开祯 著

出 版 人：罗小卫
统筹策划：高　岭　温远才
责任编辑：吴向阳　肖化化　柳　清
责任校对：李小君
装帧设计：重庆出版集团艺术设计有限公司·王芳甜　黄　杨　卢晓鸣

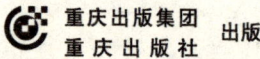
重庆出版集团
重庆出版社　出版

重庆长江二路 205 号　邮政编码：400016　http://www.cqph.com
重庆出版集团艺术设计有限公司制版
重庆市鹏程印务有限公司印刷
重庆出版集团图书发行有限公司发行
E-MAIL:fxchu@cqph.com　邮购电话：023-68809452
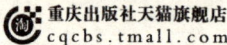
重庆出版社天猫旗舰店
cqcbs.tmall.com
全国新华书店经销

开本：720mm×1 000mm　1/16　印张：20.75　字数：330 千
2012 年 9 月第 1 版　2012 年 9 月第 1 次印刷
ISBN 978-7-229-05549-3
定价：32.00 元

如有印装质量问题，请向本集团图书发行有限公司调换：023-68706683

版权所有　侵权必究

# 序
## 文学不死

文学到底是什么？

这个问题越来越困扰我。从十八岁发表作品，一路走来，我写过传统，写过诗，写过散文，也写过畅销作品，到现在，被稀里糊涂戴上一顶"著名官场作家"的帽子，可是对文学的思考，对文学的理解，却远不如青年时代那样清晰。

这不怪我，每一个有文学情怀的人，大都活在这种纠结中。人到中年，突然发现，爱上文学其实是一件挺麻烦的事。从事文学创作，更是一件麻烦不断的事。这麻烦，一是源自心灵。我们的心灵常常游离于我们的肉体之外，心灵对物质世界的感知或妄想，跟肉体对物欲世界的感受常常横起冲突，矛盾不断，以至于我无法作出判断到底该向着哪一方。二是文学与现实的冲突，尤其是文学主张与文学实践的冲突。在文学观念横行，文学实践却严重滞后的今天，这种冲突尤为严重，以至于我不得不发出这样的诘问：现在还有文学吗？我们从事的，是一种叫文学创作的劳动吗？这种劳动到底有没有价值？价值何在？

有一种声音说，文学已死。在这个娱乐至死或泛娱乐化的年代，任何有精神价值追求的东西，都遭到了碰壁，文学受伤最重。也有一种声音说，文学的边缘化已成铁定事实，网络的出现、现代传媒的发达抢占了文学原有的山头，让文学处于从未有过的尴尬境地。为此太多的作家长吁短叹，或转行，或弃笔，或也加入时尚文化、俗世文化的传播中。

这些都不重要，重要的，是我们到现在，到底有没有搞清"文学"两个字，有没有搞清文学跟大众的关系。还有，我们过度关注文学外部环境的同时，是否也在扪心自问，我们缺少了什么？

坦诚，和对文学本有的敬畏和尊重。

我觉得，当下所有的中国作家，最缺少的就这两样，包括我。文学是我们内心真实的书写，是自由的表达，是灵魂在挤压与扭曲中的顽强挣扎，是干净！而我们给文学强加的东西太多，文学不但在我们手中变了形，变了味，到现在又多了一样世俗的累赘，就是靠文学换取不该换取的名利。当文学一次次地被拉进名利场，被名利和私欲分割与瓦解的时候，还有文学吗？

这个问题值得我们思考。

文学说穿了就是人学，文学什么时候都脱不开研究人，我说的是研究，而不是教化。当文学被强加上教化的功用后，它就变成了某些人或某些力量的工具，这样的工具是没有生命力的。文学照样不是精神鸦片，太多的日子里，我们让文学充当了麻醉剂。

文学到底是什么？没人能回答清楚，其实也用不着回答。当我们面对稿纸，想把自己心里的痛心里的乐心里的苦表达出来，倾诉出来，并通过一定方式传播出去的时候，文学就已产生。在我看来，文学就是人与人的交流、沟通、碰撞，更是自己与自己的交流，是自己内心的舒展与精神的奔流，是人类共有的语言温暖。

从少时开始到现在，在文学这条道上，奔走了大半辈子，写下了一大摞文字，也赢得了读者一定的厚爱。但我仍然觉得，自己是愧对文学的。一则，我没有十足的勇气做到坦诚；二来，我的文字到现在仍然不能称得上十分干净。这次应重庆出版集团之约，将我认为"合格"的文字精挑细选，整理成册，结集出版，名为精选集，其实是对自己创作过程的一次总结，一次反思和回望。

人到中年，是该回头望一望的。不管是谁，不管做什么职业，都应该停下脚步，回头反观，看看哪些路走错，哪些步子还歪着拧着，哪些力量还不够坚强，哪些品质还含着杂质，心灵的哪个地方还有污有锈。然后头一甩，继续上路。因为我们的使命还没有结束，我们的人生某种意义上才叫开始。文学也是如此，有反思才有进步，有检讨才有推动。以一颗小学生的心，虔诚地面对文学，是我对文学作出的终生选择。

这次选入精选集的，一是短篇，这些年陆续写的，有些发在文学期刊上，有些写完，就藏在电脑里，舍不得示人。它们在某一时段，掏空了我，让我经历了一次次的生与死，让我觉得，作家的能力是那么有限，明明遇到你强烈想表达的，就是表达不出来，明明遇到你必须钻透的，就是钻不进去。人性是有厚度的，包裹着非常牢实的壳，这是我那个时候的想法。写这些作品的时候，我在寺院，正在经历一种叫修行的日子。后来从寺院出来，我决定破壳，决定用一种磁铁般的目光，去吸牢生活，吸牢大地。这个时期我写出了《菜子黄了》，写出了一个女性的艰难与挣扎，写出了心里藏了许久的故乡，还有那片金黄金黄的油菜花。我在故乡的油菜花上舞蹈，我在人性的扭曲里呻吟或狂叫。我知道故乡只是一个梦，一个睡一生都不愿醒来的梦。这个梦，其实就是文学追求的极致，故乡不死，作家的生命力就不死，文学也就不死！可惜，所有的作家都是精神上的游子，自故乡来，永远也回不去，这才是文学最大的尴尬与困境。

至于《大兵团》，那是我的另一种尝试，写惯了乡土，突然去触摸军事，触摸那一段特殊的历史，我兴奋不已。我像一匹西北的孤狼，在茫茫狂野上，吼啊吼，终于从烟雾迷漫苍苍茫茫中，为历史拂去了一层厚尘，摸到了那一颗滚烫的心。坚韧、不屈、永不放弃，这是那一代人的灵魂，是我们永恒的精神。记住大西北，记住那一代垦荒人。

　　这次筛选中，刻意没有将官场小说收录其中。一是官场小说名声不好，读者追捧，主流嗤之以鼻，争议声至今不断。不选它，不是说我看不起它，作家对自己的生活有筛选权，对自己的作品有呵护权。暂时不拿出来，并不等于永远不拿出来。所以忍痛割爱，只是想告诉读者，作家不是被外界定位的，作家永远归属于自己的心灵，归属于自己的文字，当然，也归属于读者。让读者看到我的另一面，读到我的另一面，是出版这套文集的本意。

　　感谢重庆出版集团，让一个远离了所谓"传统"的作家，再一次回到传统中。传统是根，传统是本，传统才是文学最深最深的魂。

　　文学不死。

　　人类的价值不死，精神不死，文学，就永远有栖身之地。

2012.5.29

# 目录 CONTENTS

| 1 | 序 | 文学不死 |
| --- | --- | --- |
| 1 | 第一章 | 组建特二团 |
| 37 | 第二章 | 遭遇黑风暴 |
| 90 | 第三章 | 潜伏的精灵 |
| 132 | 第四章 | 歼灭"东突之鹰" |
| 169 | 第五章 | 情如冰雪 |
| 198 | 第六章 | 测量科古琴 |
| 234 | 第七章 | 乌鸡崖山崩 |
| 268 | 第八章 | 狡猾的"血鹰" |
| 297 | 第九章 | 天山上的雪莲 |
| 321 | 第十章 | 尾声 |

# 第一章 组建特二团

战争年代,我们出生入死,尖刀一样时刻准备着插入敌人心脏。建设年代,我们铁肩担使命。我们是一群怪兽,穿漠海,越戈壁,过沼泽……我们无所畏惧,目的,就是把红旗插在天山上!

——罗正雄

# 1

  吉普车在戈壁滩上疾驰。

  烈日灼灼,骄阳似火,九月的戈壁滩像是要烧起来。

  这是一九五一年的夏天,一个极为普通的日子。两个小时前,罗正雄突然接到命令,要他火速赶往师部,接受任命。

  任命?在十四团那间低矮的小平房里陪着江宛音说话的罗正雄一脸费解,眼下他已不再是大兵团的铁血战士,更不是十四团团长。他已脱下戎装,很快就要跟前来接他的江宛音一道离开这苍苍茫茫的大戈壁,离开这内地人一听便毛骨悚然的边塞疆土,到一个叫旺水的县上担任县长。旺水那儿真是美丽,山清水秀,地肥牛壮,更重要的,旺水是江宛音的家乡。民主人士江默涵一听到这个消息,便带上女儿江宛音风尘仆仆赶来,还雇了五峰骆驼,四匹马,说是要用这特别的方式将他这个英雄接到旺水去。

  "旺水的父老乡亲盼你啊,罗营长。"江默涵抖着一脸的胡子,用他那饱满浑厚的男中音说。跟六年前比起来,江默涵略略有些显老,不过他的气色远比六年前旺水解放时要好。这个把一生的心血都投入到家乡旺水的教育事业上的老夫子,此刻却一点不显学究味,他抓着罗正雄的手,跟他诉说尖刀营离开旺水后那儿发生的一系列变化,包括兴建人民学校的事。

  "好,现在是人民当家做主,你去了,一定大有作为。"

  两人说话的时候,十八岁的江宛音矜持地站在边上,一双杏眼不时地偷偷瞄过来,看一眼,便又飞快地掠开,白皙的脸颊上不时飞出一团羞涩的红云。真是女大十八变,越变越好看。罗正雄的脑子里,江宛音还是六年前那个剪着一脉儿刘海,扎着两根小辫子,夜里赖在他臂弯里,缠着他讲故事的小姑娘。没想,六年光景,她竟出落得如此耀眼,望一眼就让人心怦怦直跳。号称经历过无数次枪林弹雨,已被革命烈火锻打得刀枪不惧,风雨不惊的罗正雄,在十八岁的江宛音面前,破天荒地露出心虚来。两个人说的话不多,但每一句话里,似乎都裹着一层怪怪的味儿。也难怪,江默涵这趟来,目的就是要把女儿江宛音嫁给罗正雄,按他的话说,这叫英雄配美人,合适得很。

"罗县长啊,不,我还是叫你罗营长顺口。当年怪我有眼无珠,没把英雄当英雄。这次不同,我一定要用大红轿子把你抬到旺水,让旺水那些跟我提意见的人看看,我江默涵,比谁都敬重英雄。"

江默涵说的是实话,当年,罗正雄到他家,是化装成算命先生去的。一开始江默涵很反感这个年轻人,做什么不好,偏要拿这些鬼啊神的来骗人。一怒之下,将罗正雄赶了出去。若不是地下党组织负责人老黄做工作,八成,罗正雄跟他的缘分,就要中止在那儿。后来虽说不那么反感了,但内心还是瞧不起这个整天背着褡裢神秘出出进进的穷秀才。按他江默涵的原则,人穷不能志短,眉清目秀一个念书人,就该干点正事,哪怕是到他办的学堂里教书也行。罗正雄偏是拒绝了他,还声称自己这碗饭吃得自在,找他卜卦的,尽是有钱人或国民党的高官。一句话气得江默涵好几天没理他,也不让女儿江宛音进他的房间,生怕这个江湖骗子把女儿教坏。谁知后来解放军攻城,罗正雄摇身一变,成了尖刀营营长。他在江家的那些日子,原本不是给人算命的,而是奉命打入敌人内部,进行策反。在他不懈的努力下,守备旺水县城的杂牌军二十七团、二十八团先后倒戈,主动弃城投降,剩下顽固不化的二十二团。该团是蒋介石的嫡系,号称亡命之旅。罗正雄采取诱敌出城的战术,将二十二团诱至旺水城外二十里处的黑风谷,双方展开了一场血肉之战。战斗打了七天七夜,靠着地下武装的帮助和进步人士的暗中支持,尖刀营以一个营的兵力,成功歼灭敌人一个主力团,活擒了团长胡大杆子。在城内不响一枪一炮的情况下,解放了旺水。罗正雄自此成了家喻户晓的英雄,旺水一些进步人士在新中国成立后主动上书有关方面,请求让文武双全胆略过人的罗正雄回到旺水,担任旺水的行政长官。可惜那时候尖刀营要先大部队西进,一路打到新疆去,江默涵还没来得及向罗正雄道歉,罗正雄的步子已踏上了西去的征程。

民主人士江默涵是个做事比较固执的人,这些年,他一直不停地打听罗正雄,先是听说他在新疆立了功,为说服国民党新疆总司令陶峙岳率军起义立下了汗马功劳,按着又成功平息三次叛乱,为保卫边疆革命果实立下了赫赫战功。后来听说新疆兵团要整体改制,将士们将要脱下戎装,屯垦戍边,固守边疆一辈子,江默涵这才急了,不停地奔走,不停地呼吁,通过层层关系,硬是打司令员王震手里,将这员虎将要到了旺水。当然,这里面,不只是江默涵的一片爱才之心,还有更为隐秘的东西,只不过江默涵自己不说出来。这一切,罗正雄并不知情。上级通知他转业到地方时,只是简单地跟他说,眼下全国正处在社会主义建设时期,哪儿都需要他这样的虎将,要他到了旺水,务必保持一个军人的光荣传统和优良作风,带领旺水人民,与天斗,与地斗,建设出一个社会主义的新旺水。

罗正雄本人对组织的安排从不说二,他习惯了服从,也习惯了从服从中重新找回自己。到哪里都是干,况且内心深处,他还是更喜欢旺水那地方。所以他很愉快地答应了。没想,就在他准备行装离开大戈壁的时候,突然又接到这么一个怪异的命令。

难道不想让我走了?坐在车里的罗正雄这么想。

九月的大戈壁,是一年里最为暴热的时候,它的性子远比男人的火暴脾性要烈,烈几十倍、几百倍。车子上路不久,便被热浪蒸腾得坐不住人。罗正雄让司机停车,把帆布篷拿掉,风是通了,可恶毒的日头很快晒得身上要起皮。罗正雄骂了句难听话,催促司机开快点。车子驶出白板滩,跃上二号线时,罗正雄看见一群黄羊,约莫有五六十只,簇成一团,互相把头抵在同伴的胯下,往天山那边去。白板滩曾是黄羊出没的地方,罗正雄他们刚开进大戈壁时,常常被成群成群的黄羊围住。黄羊虽不伤人,但你伤害了它们,它们也会伺机报复。罗正雄他们就有被上千只黄羊围困一夜的经历,那是四年前追剿叛匪乌拉孜拜的途中,他们被狡猾的乌拉孜拜带入黄羊的老巢,差点成了黄羊的祭品。那次之后,罗正雄便懂得,在旷无人烟的大戈壁战斗,首先要学会的,就是怎么跟这些野生动物相处。

天黑时分,罗正雄他们进入了焉耆盆地,夜幕下的焉耆呈现出处子般的美丽,远处,烟波浩渺的博斯腾湖发出晶莹的光亮。如果在平时,罗正雄一定会让司机放慢车速,他最喜欢站在夜幕下,凝望着神秘的博斯腾湖发呆。可这阵,他的心比天上急于要蹿出的星星还急。江默涵父女还等在大沙湖那间低矮的小平房里,师部这边还不知有什么重要的变化。

果然,刚进师部,罗正雄就听到一个消息,他的转业命令被收回了,等待他的将是一项艰巨而又光荣的任务。

"考虑来考虑去,还是你最合适。"师政委童铁山说。

师长刘振海考虑到此次任命的复杂性,先让政委私下跟罗正雄做做工作,把他思想上有可能出现的疙瘩先给消灭掉。

听完政委的话,罗正雄低头不语。这决定太意外,要是换在半月前,也许他能愉快地接受,可眼下他已作好了去旺水的准备,忽然又把他拦回来,而且首当其冲的,要他担任特二团团长。这可是一个比战争时期冲锋陷阵还要难的角色啊——

"政委,能不能……"想了半天,罗正雄吞吞吐吐道。

"怎么,胆小了?你罗正雄可是全师最有胆量的,当年老司令员还夸你是永远插在敌人心脏上的一把尖刀呢。不会是让这戈壁滩的风把心吹得动摇了吧?"政委童铁山比罗正雄大不了几岁,两人又是甘肃老乡,说起话来,自然就多了几分平和。

"我是想……"罗正雄还是犹豫着,不知该怎么向童铁山解释。

"想什么,不会真是舍不得那个江宛音了吧?我可告诉你,生为军人,决不能让女同志牵住心,那个江宛音虽是年轻漂亮,但你是军人,首先要服从军令。如果真看上她,组织上可以出面,让她留下来。不过,要是因她拖了工作的后腿,我可饶不了你。"

"不,不,"罗正雄急忙摇头,他的犹豫跟江宛音无关,"人家才多大,你可别往这事上想。"

"不是我想,你罗正雄啥时犹豫过,怎么才出现一个江宛音,你就变得婆婆妈妈了。我只问你一句,服从还是不服从?"

让政委这么一逼,罗正雄便没了退路,身子一挺,很是坚定地回答:"服从!"

"好!"政委童铁山笑笑,目光里露出几分赞许,"我就知道,你罗正雄不会让师部失望,走,跟我去见师长。"

奉命组建特二团是三天前师部接到的紧急命令,八月二十号晚,担负兵团前沿测绘任务的特一团在塔克拉大沙漠遭遇强烈的黑风暴袭击,这场黑风暴是新疆三十年来遭遇的最大的一次黑风暴,风暴持续了三天三夜,摧毁良田无数,沙漠沿线的村庄还有部队驻地都受到不同程度的威胁。风暴已过去近二十天,特一团的官兵到现在还生死未卜。司令部估计,将士们生还的可能性已经不大,尽管兵团上下还在全力营救,但茫茫的大沙漠,吞没百十条人命实在是太容易了。一场黑风卷起来,成群结队的骆驼都能给吹走,何况是人。从三辆吉普车被风撕得七零八碎,拼都拼不到一起的情况看,特一团夜宿的地方,正好处在风暴中心,而他的后勤部队,恰恰又行走到塔里木河边上。塔里木河要是吞没起人来,那可不是几百人就能填满的,怕是整个兵团丢进去,也填不饱它的肚子。但是兵团建设任务年初就定了下来,大规模的垦荒队伍将要开进荒漠戈壁,前沿测绘工作一刻也不能停,司令部这才下令,紧急组建特二团,把特一团担负的使命接过来。

"组建特一团,我们没争过一师,这次司令部把组建二团的神圣使命交付给我们师,是对我师的高度信任啊。"政委童铁山从一团遭遇不测的阴影中摆脱出来,富有激情地说。

罗正雄的心,忽一下沉重起来,组建特二团,到最前沿去,考验的,将不再是一个人的智慧和胆略,而是恶劣残酷的自然环境中,能否将全兵团屯垦戍边的伟大梦想变为现实。

五天后,另一支队伍也从迪化出发。坐在驼峰上走在最前面的,是政委于海。

按师部的命令,于海和罗正雄兵分两路,分别从迪化和红沙窝出发,一周后在死亡之地红海子会合。师部之所以决定把第一站选在红海子,就是想考验一下,这支新组建的队伍到底能不能在恶劣的沙漠中坚持下来。现在不比过去,战争年代,无论遇到多大的艰难险阻,只要有敌情在,每一个战士都能冲在最前面。现在和平的曙光洒满大地,谁的心里都不同程度地松下劲来。能否经受住第二次考验,就成了师部衡量这支特殊部队的唯一标准。况且,这支队伍来源复杂,有些,压根就没穿过军装,更不知艰苦是个啥味。随着兵团工作的日渐深入,还将有一大批新鲜血液补充进去,能否带好这支特殊之旅,是对罗于二人的最大考验。

烈日下,政委于海脸色有些暗淡,甚至带几分沮丧。他三十多岁,不高,却结实,黝黑的脸膛很少染笑,一双老是深思的眼睛总透着令人捉摸不透的光。十六岁参军,打过无数次漂亮的仗,立过不少战功,抗战期间又在抗日军政大学读过一年书,进疆的官兵中,他算是一个秀才。这次选他到特二团,刘振海和童铁山也是颇费了一番苦心,罗正雄别的方面都好，就是脾气太暴，动不动体罚人，甚至爱搞一言堂。特二团毕竟不是战时兵团，肩负的使命远比战时一个尖刀团担负的使命重要，一举一动，都将关乎到兵团事业的大局。刘振海和童铁山商量来商量去，决计先将提拔于海为二师副师长的报告放一放，派他到罗正雄身边去，将这支新时期的特种兵打造起来。

对这次任命，于海本人却是心存芥蒂，不过他不会把自己的真实想法说出来。这位三十多岁的陕北汉子在师长和师政委面前，照样表现得乐观而坚定，一走出师部大门，他的脸色便阴了起来。这阵，那份阴就带了明显的情绪化色彩，尤其看到师部派给他的第一批精兵，两道愁眉锁得更紧了。

烈日烘烤着的大漠上，一字儿拉开三十峰驼，这是后勤处从当地一支很有名的驼队手里买来的三十峰公驼，其耐力和行走速度都属一流，可驼上坐的，却令于海直叹气。除开两名向导还有四名后勤兵，剩下的，如果让他于海亲自挑，怕是一个也挑不上，尤其中间那峰矮驼上坐的，简直就是个绣花枕头！

此人名叫万月，二十五岁，新疆解放后从迪化招进部队的，据说数学学得好，会摆弄很多仪器。师长刘振海拿她当宝贝一样介绍给于海，还再三强调，无论遇到什么情况，首要的就是保证万月的安全。于海当时窃窃一笑，一个如此柔弱的女子，到了大漠戈壁，还有什么安全可言？等万月到了他手下，几天工夫，他就发现，这女子不但养尊处优，而且性格孤傲，冷漠寡言，极难与人相处。这不，驼峰上其他女兵这阵儿有说有笑，看见啥都稀奇，独独她冷着个脸，端着个眉，千金大小姐似的，一副拒人于千里之外的冷傲样。于海多年来做政委，最怕跟女兵打交道，尤其怕跟有个性的女兵打交道。他真搞不懂，师部派给他这么多女兵做什么，还派了这么一位冷美人！

驼队缓缓往西行走，正午的太阳，烤得人不敢抬头，却又不敢停下来。沙漠中行走，无论人还是驼，都得一鼓作气，如果步子稍稍懈怠，那热浪，立刻就能把你化掉。叮叮咚咚的驼铃声中，塔克拉玛干大沙漠如一张铺天盖地撒开的魔网，转眼就把这支队伍给隐没了。

# 2

罗正雄他们比于海早到了几天。

晚风瑟瑟,喧闹了一天的大漠渐渐安静,天空褪去最后一抹红霞,晚霞涂抹过的沙丘呈现出一派难得的宁静。

这是夜的开始,白昼与黑夜之间,沙漠有片刻的喘息机会。

罗正雄不敢让大家休息,必须抢在沙漠发出淫威前将地窝子挖好。四十多名战士分成三组,一组由他带领,到附近沙棘丛中拾柴火。一组由二营长张笑天带领,抢挖地窝子。另一组是炊事班,忙着在营地搭帐篷,支锅架。长途跋涉了四天三夜,这沙漠里的第一顿饭,应该吃得有纪念意义。谁知炉灶刚架起来,第一把柴火点燃时,嚣叫的西北风便到了。这风,来得没一点征兆,刚才四野还静悄悄的,沙子扬起来,都能垂直地落下,转眼,西北风卷着沙尘,怒吼而来。进入沙漠四天三夜的战士们并不显慌,而是习惯性地竖起衣领,缩起脖子,弓身往背风处抢放东西。罗正雄一共带了十三峰驼,三匹马。马上驮的,是师部给的资料还有仪器。进入大沙漠前,师长刘振海再次将他叫去,给他讲了这次出征的任务和重要性。塔克拉大沙漠号称死亡之海,当年五师十五团徒步横穿大沙漠,以超常的毅力和难以想象的速度,抢在国民党反动派叛乱之前,率先抵达和田,一举粉碎了敌人的叛乱阴谋,完成了人类历史上一大壮举。此次他们进入大沙漠,就是要将大沙漠重要的地形图测绘出来,包括已经干涸的湖泊、废城遗址还有油田矿山。彻底征服塔克拉大沙漠,是兵团司令部确立的第一个战略目标,眼下十万大军将要全部开进戈壁荒漠,掌握第一手地形地质资料就显得十分重要。

"你们一定要坚定信念,要像铁驼一样在茫茫戈壁中踏出一条路来,有信心么?"刘振海突然盯住他,问。

"有!"罗正雄啪一个立正,"请首长放心!"刘振海重重的一巴掌,拍在他肩上:"正雄,就看你的了。"

在私下,他们更像是兄弟。

风还在吼,一浪袭过一浪,这是一种叫"铁扫帚"的风,不常见,却也没多可怕。刮起来就像有人拿把巨大的铁扫帚,猛扫这个世界。风打在身上,感觉就跟铁刷刷你一样,罗正雄领教过不止一次。没想刚到红海子,"铁扫帚"便迎接了他们,也好,让大家提前感受一下这次出征的残酷。罗正雄收起心思,从沙棘丛中跑回营地。二营长张笑天的人正顶着狂风,奋力抢挖地窝子。罗正雄跳下去,感觉地窝子小了点,说:"往左再挖三步,这样小的地儿,一场沙就给填了。"张笑天双手卷成个喇叭,对着他耳朵喊:"这是女兵住的,她们不喜欢大。""什么女兵男兵,到了这儿,都是沙狼!"喊着,他抢过锨,往左挖。这时候,就有士兵跑过来,说杜丽丽哭鼻子,他们劝不住。罗正雄骂了句脏话:"这是啥时候,还有空哭鼻子,给我把她拉来。"士兵领命而去,罗正雄正考虑怎么收拾杜丽丽,二营长张笑天对着他耳朵喊:"杜丽丽是个新兵,别把人家吓着了。"

　　罗正雄这才意识到,自己刚才又犯了错误。这次师部分给他的,一半是新兵,都还没训练过,刚到部队便分到了特二团,师长刘振海再三强调,一定要注意工作作风,绝不能再耍横脾气。"那好,你去做工作,她要再敢哭鼻子,马上让向导送回去。"二营长张笑天爬出地窝子,往南跑去,罗正雄却突然扔掉锨,窝在一人深的地窝子里发起闷来。

　　说实话,对这次出征,罗正雄心里一点没底,尤其看到师部分给他的这些新兵蛋子后,越发地没了信心。这哪能算是兵?罗正雄心中的兵,不说个个魁梧强悍,至少也能站成一棵树,合起来就是一座山。兵来将挡,水来土掩,罗正雄从来就没感觉有过不去的河,原因是他打仗先挑兵,劈柴先择斧。可这次,师部给他来这一手,人不让他挑,将不让他点,玩新鲜似的给他一堆花男秀女,还说尽是知识分子。知识分子能打仗,能吃苦?笑话!就说这个杜丽丽,罗正雄见她第一眼就没好感。她从驼上跳下的那一刻,罗正雄以为她是跑部队来慰问的文艺战士,又一看,不像,文艺战士走路有文艺战士的样,不像她,左瞅瞅,右望望,一步三态,就像新媳妇进了婆家,啥也新鲜。好不容易走到罗正雄跟前,报告也不打,礼也不敬,傻呵呵地问:"你们就在这里干革命呀?"罗正雄啪地敬给她一个礼:"是!"

　　吓得她往后缩几步,忽然又满脸嬉笑:"你是站岗的吧,嘻嘻,我听说部队站岗的都这样。"笑完,不等罗正雄批评她,哗地跑院里看花去了。

团部小院种满了各色鲜花,这是二营长张笑天的主意,罗正雄最烦这些花呀草的,张笑天说这样可以丰富大家的生活,鼓舞士气。罗正雄心里骂:"鼓舞个屁!靠花呀草的,鼓舞起来的能叫士气?"嘴上却说:"好,就把这任务交给你,种出事儿来,我饶不了你。"事儿倒是没种出来,不过这一院的花开了,罗正雄心里也生出一片痒痒,忍不住想去摸一把,或是嗅一嗅,但他强忍着,一次也没把脚步送往花园。

夏日艳阳下,罗正雄盯着杜丽丽的背影发了片刻呆,猛然醒悟似的喊:"张营长!"另半边院里正给头一天报到的新兵训话的张营长闻声赶来,请示有什么命令。罗正雄忽然用一种很不正常的口吻说:"那丫头叫什么名字?"

张营长扭身看了一眼杜丽丽,杜丽丽已将大半个身子装扮到花团里,不知是她点缀了花团,还是花团映衬了她,张营长眼里发出一种少见的光,雄性被意外物体刺激后的光。"报告团长,她叫杜丽丽,是师部新分来的情报兵。"

"情报兵?"罗正雄很是不解,师部分给他情报兵做啥,现在不是平息叛乱,也不是攻城。再者,就这样一个比花还娇气的小丫头,能做情报兵?

"她是让政委一怒之下轰来的。"张营长悄声说。

"哦?"罗正雄警惕地瞪住张营长,张营长说这话明显是有意味的,最近这样的事儿接连发生,弄得下面团营一级的干部又惊喜又惶恐。谁也巴望着师部突然派来几个漂亮的女兵,真来了,却又摸不着深浅。莫非这小丫头?罗正雄忍不住一阵瞎想,但这小丫头也不像个让师部轰下来的碎兵啊。罗正雄灵机一动,命令道:"马上带她训练,比别人加大一倍训练量。"

"是!"二营长张笑天没想到罗正雄会下这么个命令,敬完礼,走向杜丽丽,"新兵杜丽丽听令,三分钟内归队。"

杜丽丽正专心致志站在一种从没见过的花面前,这花长得袅袅婷婷,花枝颤动,独具一种美人的风骨,花却圣白如雪,洁净得令人气短。尤其它喷出的香气,淡雅中带着穿心透脾的力量,吸一口而舒全身,令人悠然入醉。

"这叫什么花?"杜丽丽听见声音,愕然地转过身子,忘我地问。

张笑天脸红了下:"这叫天山雪。"

"天山雪?"杜丽丽的声音带着一股蚀骨的味儿,令年轻的张笑天耳膜轻颤,微波轻荡。那边,罗正雄早已怒黑着脸,他最见不得张笑天在女人面前这份丢魂相。

"全体注意,紧急集合。"罗正雄自己也不知道,那天为啥要发这样的口令,后来他想,兴许打第一眼开始,他就想把杜丽丽给轰回去。

带着她,是个麻烦呀。地窝子里的罗正雄发出沉沉一声叹。

风不知啥时小了,黑夜乌隆隆压来,罗正雄身上、脖子里,盖了厚厚一层沙。起身,抖落身上的沙尘,罗正雄朝外望,张笑天正带着杜丽丽几个,往挖好的地窝子搬东西。拾柴火的第一组也陆续归来,柴火堆成个小山,向导铁木尔大叔正指挥着另一组四下燃放篝火。沙漠中燃篝火是有讲究的,并不是你想在哪点就能在哪点,按铁木尔大叔的说法,一是要摆得吉利,二是要摆得喜庆,这样才能把一团人的希望燃烧起来。他的女儿阿哈尔古丽正在跟炊事班一起,煮香喷喷的羊肉。

阿哈尔古丽是一位美丽得有点过分的姑娘,这美丽是罗正雄张笑天这种汉族男儿无法料想的,如果不是进疆,纵是有多野的想象力,他们也无法把一个姑娘想成这样。可惜这份美让阿哈尔古丽裹在了纱巾里,见面第一天到现在,她的笑都隐在纱巾后头,只露给罗正雄一双黑葡萄般的眼睛。加上部队严明的纪律还有对维族同胞的尊重,罗正雄也不敢把眼睛正视过去,但心里,他却觉得美丽的阿哈尔古丽是善良的、多情的,能有她做向导,这次出征的严酷性便去了一半。

看到大风并没让这支新组建的队伍乱掉方寸,罗正雄心里稍稍获得点安慰。他跃出地窝子,冲远处站哨的警卫喊:"看得到他们吗?"

夜色下传来警卫的声音:"看不到,团长。"

1951年夏天这个暴风过后的夜晚,红海子第一顿饭,对罗正雄一生都有重要意义。当阿哈尔古丽亲手将一碗羊肉递给他时,他看见了远处闪出的星星,那是暴风退尽后天空露出的第一点亮,罗正雄却觉得看到了希望。阿哈尔古丽汉语讲得极为流利,罗正雄却喜欢用蹩脚的维语向她表示感谢,一旁的铁木尔大叔笑着说:"看到第一颗星星的时候,光芒已在向你招手,吃吧,让你的战士们吃个饱。"

罗正雄正要发话,蹲在张笑天身后的杜丽丽突然喊出一声:"天呀,沙子。"接着,就听到碗扔到沙滩上的声音。黑夜中罗正雄分明感觉到有几双黑亮的眼睛动了几动,那是铁木尔大叔和阿哈尔古丽发出的不满,也是整个沙漠发出的不满。

"捡起来。"罗正雄走过去,盯住杜丽丽。杜丽丽似乎还感觉不到他的威严,嘀咕道:"碗里尽是沙子,怎么吃?"

"捡起来!"黑夜里猛地爆出他狮子般的声音,这声音对张笑天他们是非常的熟悉,对过去尖刀团的每一个战士,都有着如雷贯耳的震颤,可对杜丽丽,却是那样陌生,恐怖。

"我就不捡,你一张脸黑给谁啊。"二营长张笑天刚要递眼色给她,罗正雄已一把提起杜丽丽,摔小鸡似的将她扔到了人群外。借着篝火发出的光亮,特二团的战士们看到,罗正雄弓下腰,捧起碗,将撒在地上的羊肉捡起来,然后冲战士们说:"这是我们在沙漠中吃的第一顿饭,铁木尔大叔千里迢迢把自己家的羊驮来,就是给我们特二团鼓舞斗志。眼下我们只有46人,于政委他们还在路上,我坚信我们这支队伍还会壮大,会成为沙漠里的一支铁驼。吃过这顿羊肉,我们就跟沙漠捆在了一起,前面的艰难险阻,自不必说,我只期望将来任务结束时,我们这46个人都还在。"说完,接过炊事班长手中的酒,轻洒在沙丘上。酒香荡漾中,罗正雄抓起杜丽丽撒在地上的羊肉,啃起来。

这顿饭吃得有点沉重。

杜丽丽被无言地剥夺了吃饭的权利。

红海子是一处死海,据说在明末清初,这儿还绿波荡漾,水草丛生。离红海子不远处,曾是一位王爷的官邸,现在他的后裔还在新疆掌事。罗正雄他们平息叛乱时,这位后裔还给过不少帮助。沙海绵延,世事变迁,一望无际的大沙漠,到底掩埋了多少故事?当年草肥水美的红海子,如今已狰狞恐怖,平静中暗藏杀机。半夜时分,已经熟睡的罗正雄被吵闹声惊醒,翻起身问警卫,是不是于海他们到了?警卫怯怯道:"不是,是杜丽丽。"

吵闹声真是杜丽丽弄出的,杜丽丽挨了那一摔,心里憋着屈,却又不敢乱发,她现在算是领教到罗正雄的厉害了,这个黑脸魔王,样子真是要吃人哩。杜丽丽揣着一肚子心事,蜷缩在地窝子里,她是第一次见地窝子,也是第一次"享受"地窝子,真是想不到,人还可以像老鼠一样,窝在这又黑又潮的地穴里。杜丽丽的心暗得无边,这么肮脏的地儿,咋睡啊？早知道这样，打死她也不会当兵。可惜晚了，杜丽丽猛地想起父亲，还是父亲说得对："当兵，你以为那身军装好穿，怕是前脚穿，后脚你就要哭得眼里出血。"杜丽丽忍着，不让泪迸出来，可她真想好好哭一场。

梦有时是会欺骗人的，再美的梦想，一触到现实，就全变了样。

杜丽丽感觉人生第一个梦想就让这沙漠给糟蹋了。

肚子饿得咕咕叫，她已经两天没吃东西了，吃不下，她怎么能咽得下那么粗糙的食物哩，又怎么能受得了满嘴的沙子呢？她的眼里有东西在蠕动，不是委屈，是饿，饿出的金花。这当儿，地窝子里发出一种奇怪的声音，就像老鼠在偷食，更像两块坚硬的东西在咬磨，很刺耳，杜丽丽听了听，居然是身旁的胖子在磨牙。杜丽丽一下就火了，一同来的五个女兵中，她最恨胖子，这家伙身材奇短不说，心眼也特别短，唯有那一身肉，算是她的长处。杜丽丽先是捣了胖子一拳："喂，醒醒，管好你的牙齿。"胖子转个身，扔给杜丽丽一张比男人还阔大的背，一双肥肿的腿弯曲着，整个人就像一只大蜗牛。杜丽丽见她没反应，又推搡一把："咋回事啊，睡梦中还吃东西。"胖子突然一伸腿，腾出一个屁来。杜丽丽哪受得了这个，当下，一把拉起胖子："你是人还是猪啊，滚出去！"胖子太重，杜丽丽想把她拽起来，却让她反拽得倒在地窝子里，胖子翻个身，又睡了，一条粗壮的腿压在杜丽丽身上，杜丽丽想起都起不来。

杜丽丽的号叫声就这样发出来。等张笑天闻声赶去时，女兵住的地窝子里早已滚成一团，杜丽丽跟胖子打架了。胖子名叫张双羊，来自甘肃岷县。她本是跑到部队找哥哥的，不幸的是她哥哥平息叛乱时牺牲了。张双羊哭了一场，跟首长说，她要当兵，不想回岷县去。本来她是分不到特二团的，进入特二团的女兵都经过严格选拔，看上去虽有些弱不禁风，却个个身怀绝技。无奈临出发前有位女兵突然被上级"选拔"走了，这也是部队的一种特殊需要，谁也不敢截留，张双羊才临时被补充进来。

"张双羊，出来！"张笑天一看张双羊肥滚滚的屁股坐在杜丽丽身上，压得杜丽丽喊爹叫娘，当下就将张双羊罚到了地窝子外。杜丽丽红肿着眼，她显然哭过，这阵儿却充英雄，要扑向张双羊。张笑天喝住她："想做啥，是不是也要罚外面去?!"杜丽丽瞪了张笑天一眼："我要求马上调换宿舍，跟这样的人住一起，我会疯掉。"

13

张笑天没理杜丽丽,他看到夜色下罗正雄正冲这边走来,忙迎过去,堵住罗正雄。"女兵发生了点小摩擦,没事,我已经处理了,团长请回去休息吧。"

罗正雄刚要发火,却猛然发现黑夜里有人影在动,就在离营地几十米处。"谁?"他叫了一声,拔枪就冲黑影的方向扑去。张笑天也觉眼里有什么东西动了一下,条件反射似的跟着冲过去。两人跑过沙梁时,黑影已没了踪。四周静悄悄的,除了夜风,再没有别的声音。

怪了?两人的目光碰到一起,又迅速分开。"搜!"罗正雄说了一声,人已窜入黑夜中。

红海子一带,地形十分复杂,不仅有废城遗址,还有枯井深穴,更可怕的,清末年间,这儿曾发生过一场宗族间的血斗,几百人一夜间被屠尽,尸骨埋进废弃的城墙底下,此后红海子便成为血光之海。夜色蒙胧,大漠露出它深幽险恶的一面,罗正雄和张笑天分头搜寻,每迈一步都觉有寒气从头顶冒出。新疆虽已解放,但残存的国民党反动势力还有叛乱分子随时都在伺机反扑,之所以分两路行进,就是不让敌人摸清特二团的真正意图,更不让敌人搞清楚特二团有多少人。特二团肩负的,不只是勘查荒漠戈壁,还有一项更为隐秘的任务,罗正雄没敢跟同志们讲,包括二营长张笑天,罗正雄也隐瞒着。一想到这一层,罗正雄就忍不住要抽冷气,他必须时刻保持警惕,一定要为全团的安全着想。这也是他在饭前说那番话的真正缘由。

直到天色发白,还是啥也没寻着。两人在一处枯井前会合后,张笑天要说什么,罗正雄拿眼神制止了他。这是罗正雄的习惯,对有所怀疑的事,他从不讲出来,也不许同志们讲出来。有时候怀疑搁在心里,比讲出来的危害要小。

征战尚未开始,绝不能先乱了人心!

回到营地,女兵张双羊还站在外面,两人让黑影一搅,反把这事给忘了。也难得这女娃,居然很是服从地在风中立了半夜,身子还挺得笔直。罗正雄瞅了一眼,没说话,这时候说啥也不合适,还是留给二营长去处理。不过,他对这个来自小县城的女娃,心里多了种看法。

新的一天很快开始,出乎意料的是,罗正雄下达了一个命令,全团集合,兵分两路,在沙漠中跑步。

罗正雄有意识地将杜丽丽分到了自己这边,而将张双羊分给了张笑天,果然,没跑上半小时,杜丽丽就掉队了。罗正雄没理这个边城小姐,继续带着队伍往前跑。中午时分,他看到向导阿哈尔古丽扶着汗流浃背的杜丽丽,一瘸一拐地朝队伍走来。罗正雄的目光在阿哈尔古丽身上盯了好久才缓缓移开,然后一声令下:"全体注意,前方目标,沙棘梁,冲啊。"

阿哈尔古丽和杜丽丽又被远远甩在后头。

这时候一只鹰盘旋在罗正雄他们的上空。

天格外蓝。

骄阳似火。

跑在队伍最前面的罗正雄心里却想着另外的事,政委于海他们怎么还不到,莫不是出事了?


# 3


罗正雄担心的没错,于海他们果然出事了。

驼队经过风葫芦黄寡妇滩时,遭遇了旋风,有人不幸失踪。当时已近黄昏,按计划他们要穿过黄寡妇滩,到前面楼兰古址紫藤香寨宿营。楼兰古国虽已不在,紫藤香寨遗址却保存完整,那儿不仅能避风遮雨,还能让宿营者勾起对昔日古国的一片遐想。于海曾到过那里,还异想天开地想,有机会一定要做一名考古学家,解开楼兰之谜。现在看来只能是梦想了,中央一声令下,十万大军便成了垦荒战士,茫茫戈壁,这一生还不知能不能走出去。

风总是来得突然,沙漠里行走,风便是你躲不过去的一个麻烦,你必须学会应对,而且要从容。好在于海早已无所畏惧。驼队走进黄寡妇滩时,他提醒大家,风葫芦的风不同别处,来得猛,旋得也疾,平地而起,呼啦啦就能把人旋起。他要大家都骑在驼上,拿绳子将身体跟驼捆一起,这样,驼在人在,风再厉害,驼还是有办法应付的。

谁知,短短的二十分钟过后,驼队被刮得七零八散,头驼旋出了黄寡妇滩,尾驼还在滩那头。三十峰驼如同三十颗花生米,让疾风撒在了阔大的黄寡妇滩。黄寡妇滩地形并不复杂,它是塔克拉难得一见的平地,有人戏称它为塔克拉这个野性女人的小腹,平坦而光滑,还弥散着一股香气。多年前,这儿曾是一片沼泽。

于海回转身,四下寻找驼队,还好,向导离他不远,这是位经验丰富的老驼手,解放前曾是新疆有名的驼客子,人称"驼五爷",这些驼都是从他手上买的。两个人顺滩往南走,天明时分,他们先后找到了被风掠散的二十七峰驼。

清点来清点去,独独不见的,偏是万月。

真是怕啥就有啥,于海最担心的,就是万月,进入黄寡妇滩时,他还特意向刘威交代,要他跟着万月,务必保证她的安全,谁知……

"大风旋起时,我听见过她在喊,可风实在太猛,我……"副团长刘威结结巴巴,于海他们找来前,他已寻遍了附近四处,万月失踪,他比谁都急。

"五个人一组,分六个方向找,一定要找到她。"于海顾不上多问,当下命令道。刚刚集中在一起的驼队迅速分开,排成六个小方阵,由南向北缓缓行走。这时候东方喷出一轮巨日,被风掠过的黄寡妇滩哗一下明亮起来。

于海他们在黄寡妇滩耽搁了两天,两天里驼队几乎没有休息,他们在黄寡妇滩来回走了三个来回,几乎寻遍了每一个坑坑洼洼,万月仍是不见踪影。于海的心暗下去,他不敢想象结果,心里不住地祈祷,千万别出事,千万别让她出什么事。第三天晚上,他们到达紫藤香寨,这是向导驼五爷的主张。驼五爷坚决不同意于海再找寻下去。"她要真让风掠走了,你眼睛找烂也是闲的,一双肉眼是看不穿沙漠的,这沙漠要是吞起个人来,算啥?"驼五爷见于海还不想离开黄寡妇滩,又道,"知道这滩为啥叫寡妇滩么,当年它吞掉过三十几名可怜的人儿,那可是王爷精挑细选送给疆外的上等礼品。我说句话你莫见怪,这滩,见不得女人,你若不想再惹麻烦,还是快快离开。"

于海不信这些,打小到现在,他就不信鬼啊神的,可这又能顶啥用呢?万月活不见人,死不见尸,纵是一干人把眼睛望穿,也看不见那个被风卷走的影子。于海不敢再拖下去,重命在身,他怕罗正雄等得心急,更怕这荒漠野滩,突然再飞来什么横祸。大家的心情都很沉重,谁也无心思为紫藤香寨生出遐想,沉默取代了一切。

可怜的紫滕香,迎来了一支伤心的队伍。

第二天重新上路时,驼五爷忽然说:"放心,我的驼我知道,只要她不离开驼,驼就能把她带回来。"

"真的?"于海心里忽然生出一丝希望,惊喜地盯住驼五爷。

驼五爷避开他跳跃的目光,冲空旷的大漠吼了两嗓子,唱:"太阳升起的地方就有希望,驼铃响过的地方就有歌唱,我心爱的阿拉依姑娘,不会抛下我远走他乡。"

这是多么熟悉的歌呀,每一个进疆战士,都被这歌熏染过,陶醉过,激励过。现在驼五爷唱出来,更是别有一番滋味。驼五爷是汉族人,老家在内蒙古一带,他唱这歌绝不是赞美爱情,他是用歌声带给于海信心。于海轰走那些悲暗的想法,抖抖精神,他从驼五爷的镇定里得到一丝宽慰,是啊,我心爱的阿拉依姑娘,不会抛下我远走他乡。

可是走着走着,他忽然扯起嗓子,冲望不到头的大漠吼:"有本事你就把我们全吞掉,你个黑了心的,吞走一个姑娘算什么英雄?!"

这声音有点像狼嗥。大漠一下静下来,极静。

只有驼铃不倦的声音。

谁的心都沉甸甸的,没有人知道,接下去还会发生什么。

又是两天后,驼队终于到达红海子。望见营地的一刻,于海心里腾起一股浪,这是出征者常有的心情,每每跟战友会合,总会有别样的东西生出来。罗正雄老早就等在沙梁子上,看见于海,兴奋地扑过去,两个人紧抱在一起,用身体传达着内心想要说的话。

红海子腾起一片欢跃。

"我把万月丢了。"于海说,声音里有股深深的自责。罗正雄嘿嘿一笑,捣了于海一拳。于海感觉有点怪,不解地瞪住罗正雄。罗正雄指着远处的方向说:"你看。"

这一看,于海惊了。铺满果果刺的沙岭上,万月背对他们而立,她的身姿曼妙,颀长,宛若一枝风中摇曳的野玫瑰,盛开在果果刺中。夏日的果果刺,尽情地喷出一岭的黄花,染得沙梁子要醉。风一吹,沙岭摇晃起来。

"她怎么……"于海惊得说不出话。

"她比你们早到了一天。"罗正雄说着话,牵过驼,引于海往营地走。他脸上并没太多惊诧,好像万月的失踪并不是件值得惊诧的事,倒是于海,脑子里怔然着,这真是太意外了,万月她?他一边走,一边不住地往回望,那依风而立的影子,似乎勾起他什么心事,可他又的确不是一个有心事的人。夏日的沙漠里,因了万月的出现,再次激起一片欢悦。于海心里,却无端地多出些什么。

宿营的时候,出了点小意外。两支队伍会合后,罗正雄对地窝子重新做了一番分配,由于万月坚决不睡地窝子,只好在炊事班边上为她搭了座简易帐篷,没想杜丽丽也想挤进去,让罗正雄狠剋了一通。杜丽丽撅个小嘴,暗骂罗正雄偏心,凭啥要给新来的女兵搞特殊?炊事班另一侧,是向导铁木尔大叔和女儿阿哈尔古丽的帐篷,向导们是从来不睡地窝子的,走到哪,都有他们自带的帐篷。罗正雄原想在父女俩边上为新来的向导驼五爷搭个小帐篷,没想驼五爷跟铁木尔大叔刚打了个照面,就再也不往那边去了。这两个一生都在沙漠中行走的人,好像有什么成见。罗正雄问了几句,驼五爷不说,他牵着自个的驼,走到离营地二百步处,取下驼上的大行囊,有点孤独地在沙岭下搭起帐篷来。

这个时候,一直很活跃的阿哈尔古丽却突然沉默下来,好像驼五爷的到来惊扰了她。罗正雄尽管什么也没说,但还是牢牢记下了驼五爷第一眼看见阿哈尔古丽时那十分惊诧的眼神。

铁木尔大叔倒显得很大度,从帐篷里拿了一个馕,朝沙岭走去,不过很快,他的步子又迈了回来,驼五爷不喜欢吃他的馕。

罗正雄静静观察着这一切,心里,止不住打了几个问号。

队伍一会合,特二团就算正式成立,罗正雄用一天时间,给队伍做战前动员。他还是改不了多年养成的习惯,总是把战前动员看得很重。虽是和平年代,可这次出征,就意味着作战,是人跟自然、人跟沙漠的战斗。能否打赢这场战争,考验的,不只是全团战士的技战术,更重要的,是毅力和信心。是的,信心。罗正雄说:"战争年代,我们出生入死,尖刀一样时刻准备着插入敌人心脏。现在是建设年代,我们铁肩担使命。我们是一群怪兽,一群野狼,穿漠海、越戈壁、过沼泽……我们无所畏惧,目的,就是把红旗插在天山上!"

出乎意料,这几天看似散漫的这支队伍,忽然间变得紧张、严肃,包括已经挨了好几次批的杜丽丽,这阵儿也神情肃然,睁着两只明突突的眼,朝罗正雄望。

罗正雄讲完,杜丽丽带头鼓掌,掌声间,罗正雄扫了一眼万月,她的双手并没鼓在一起,而是习惯性地十指交叉搁在膝上。目光,正穿过红海子,凝望着远处。

按师部下达的计划,特二团第一项任务,就是测绘红海子地形图。

队伍分成三组,第一组由于海带领,负责测绘红海子地形图。第二组由副团长刘威和张笑天带领,测绘曾经流往红海子的古河道。这是迄今为止兵团发现的最大的一条古河道,相传二百多年前,这条叫做呼尔玛的古河还清波荡漾,水流淙淙,它的一头系着天山,一头扎进浩瀚的大漠。测绘古河道,对兵团下一步大规模开垦农田作用十分重大,因此罗正雄要求,务必在一月时间,将古河道的几个分支全都测出来。第三组,却有点奇怪,三个人,罗正雄,还有他带来的两个年轻的战士。至于做什么,罗正雄没向大家说。于海和刘威也没多问。

在这支部队里,很多事是不能随便问的,于海和刘威接受这次任命时,上级曾再三强调,行动上要绝对服从指挥,牵扯到某些机密的,要他们能回避一定要回避。"绝不能轻易怀疑谁,更不能互相间形成摩擦,记住,你们的任务只有一个,就是为大兵团提供第一手资料。"

队伍哗啦啦开进红海子,向导也分成两组,帮战士们拿仪器。罗正雄眼里,这些仪器比生命还重要,尽管到现在,他还一样也不会摆弄。

远远地,罗正雄看见,第一个架起经纬仪的,竟是万月。这女子果然利落,似乎一触摸到仪器,她就变成了另一个人,两天里留给罗正雄的那种杨柳轻摆的感觉瞬间全无,他不得不叹服,师长刘振海挑人就是有眼光。另一头,张笑天他们也站在了起点,扛着水准尺往前跑的,竟是胖子张双羊。甭看她体重130多斤,跑起来却很灵活,这是个能吃苦的孩子,罗正雄很看好她。她哥哥以前就在罗正雄手下当侦察兵,那次平息叛乱,不幸身中埋伏,让叛乱分子活活给埋了。

夏日的红海子,因这支神秘的队伍,忽然间活泛起来。一阵微风掠过,罗正雄的心慢慢舒展开来。等两个组全部投入工作后,罗正雄转身对侦察兵说:"从现在起,你们的任务就是全天候监督红海子周围的一切,哪怕飞进一只鸟,也要给我记下模样。记住了,红海子只是我们放给对手的一颗烟幕弹,在真正进入核心地带前,我们必须要保证这支队伍没被敌人渗透,更不被敌人发现,做不到这点,下一步工作就不能开展,我们绝不能让特一团的悲剧重演。"

两个侦察兵化装后迅速离去,罗正雄自己,却呆呆地坐在了沙梁子上。

他心里有事。师部召开的秘密会议上,师长刘振海传达了兵团司令部的指示。特一团出事后,兵团司令部展开了调查,初步怀疑,特一团是内部出了奸细。新疆分裂分子还有国民党残孽暗中勾结起来,妄图颠覆我新政权,为了不让革命的红色种子撒遍辽阔的疆域,他们派间谍打入我特一团内部,伺机采取报复行动。特一团出事那天,恰好是油田地形地质资料勘探完毕的日子。特一团因为急着向司令部报功,放松了警惕,让暗藏的敌对分子乘虚而入。据司令部查到的情况,特一团两名骨干分子还有一名向导神秘失踪,同时,一号油田的所有资料都已失踪。如果这些资料落入敌人手中,后果不堪设想!因此司令部要求,特二团在完成司令部交给的勘测任务以外,就是要设法找到三个失踪者。这也是司令部为啥急着让特二团紧急开赴大漠的缘由。目前司令部已严密封锁所有离开大漠的通道,如果失踪者还活着的话,一定潜伏在大漠里。茫茫大漠,真要找到这三个人,的确很难。但司令部相信罗正雄能做到。

进疆的官兵中,唯有罗正雄受过特种训练,对付间谍还有叛逃者,罗正雄就是司令部一张王牌!

"你是钢,关键时刻必须用在刀刃上。如果把大漠比做天空,你就是雄鹰,现在这只鹰要飞向天空,除了照顾好同志,你还要随时扑向狡猾的豺狼。"师长刘振海对他充满了无限期望,他也知道,将罗正雄突然截留下来,有点残忍,可特一团突然出事,打乱了司令部整个计划。这个时候,除了紧急召回这些精兵强将,还有什么更好的办法?

副团长刘威还有二营长张笑天,都是从转业名单上让司令员亲自划过来的。

可见,司令部对组建特二团,下了多大决心。

然而,进入沙漠已经十天,罗正雄脑子里,却一点头绪也没。他现在是看谁都起疑心,稍稍的风吹草动,都能让他的神经敏感起来。万月失踪又意外回来,这中间到底发生过什么,他没细问,问了她也不会说。罗正雄很清楚万月的性格,特二团现有的女兵中,她是最难把握的一个,也是最为神秘的一个。还有,向导驼五爷为什么不跟铁木尔大叔住一起,他看阿哈尔古丽的目光为什么那么奇怪?

那天晚上的那个黑影到底是谁?

这些问题必须尽快搞清楚,要不然,罗正雄自己会迷失掉方向。

起风了!刚才还骄阳四射的大漠,眨眼间被一场黑风洗劫,天空乌云骤起,黑风卷着沙石,朝罗正雄扑来。他顶着恶风,摸进营地,从地窝子里拿了件东西,豹子一样顺风而去。

这就是罗正雄,再恶的风,也迷不住他的双眼。

# 4

一周以后的一个早上,营地发生了件小事。天刚蒙蒙亮,罗正雄从营地外面回来,正要往地窝子里钻,猛听政委于海在另一边发火。罗正雄止住步子,竖起耳朵听,于海好像是在批评万月。大清早的,又是什么事?罗正雄轻步走过去,晨曦下,一幅画面跳入他眼帘。晨光泼洒过的大地,发出一层黄澄澄的亮,夜风抚摸过的沙梁子,极像一条浑圆饱满的大腿,尽情地裸露在天空下。大漠发出的质感,有时是很能感染人的,它能让人猛地想到美的极深处。沙梁子下面,一块帆布遮挡起一个小世界,那是女兵们的私地儿,罗正雄轻易也不敢朝那儿去。此时,万月背对着他,将她美丽的背还有匀称修长的双腿展现给他。晨光将她的背映得很模糊,两条腿更是朦胧,她似乎被定格在那里,成为一幅画。罗正雄定睛望了一会,才知道万月是在洗头。

沙漠里是绝不允许洗头的,这一点罗正雄讲得很清楚。红海子的水源还没找到,来时带的水又很有限,水就成了一团人的命根子,除了女兵,早上可以拿毛巾沾点儿水擦把脸,男兵是绝不容许糟蹋一滴水的。怪不得一向温和的于海会发那么大火。

可是这火发了等于没发。于海在边上大发雷霆,万月却照旧洗着她的头,似乎于海这个人根本就不存在。此时,她已将头发从水中取出,轻轻拿毛巾掠干。头一仰,那一头瀑布便飞泻而下。罗正雄吃了一惊,这么长日子,他居然没发现万月留着长发,这也是部队坚决不许的。进入大漠前,师部再三强调,女兵一律剪短发,齐耳,万月怎么能搞特殊？

　　罗正雄正想走过去，万月突然转身，两个人的目光就那么瞬间相遇，不知怎么，罗正雄心里震了一下，真的是震。这是他人生第一次在异性面前发出震颤，在江宛音面前也没产生过这感觉，很奇怪，很微妙，却又……罗正雄脸红了一下，感觉心跳在加快。万月静静地盯住他，有那么一分多钟，她的目光盯他脸上，没挪开。罗正雄感觉被那目光烫着了，有点慌乱，也有几分茫然，就在他手足无措时，万月轻轻甩了一下发，端着水盆，进了地窝子。

　　政委于海的骂更响了。他大约是被这个目中无人的丫头给激怒了，居然骂出一句很难听的话："你是战士，不是风尘女子，留长发给谁看？！"罗正雄想制止于海，那边却传来驼五爷的话，说他的罗盘不见了。

　　"什么？"罗正雄撵过去，向导驼五爷正在发火，说他的罗盘明明就在枕头底下，早起给驼喂草的空，罗盘就不见了。"是哪个多长一只手的，那可是我的宝贝啊。"驼五爷的声音有点像哭。

　　等问清，才知那不是什么罗盘，是驼五爷比命还珍贵的一个宝贝，专门在沙漠里辨认方向，据说比军用罗盘还管用。他的驼队正是凭了这宝，才永远不走错方向。当初有蒙古人拿重金买，驼五爷都没舍得，没想……

　　"不急，你再好好想想，是不是放在枕头底下？"

　　"这还用想么，我这宝贝一刻也不离身的，昨儿个喂驼，差点掉草里，今儿我多了个心，悄悄放枕头下，谁知这长着贼眼的，他倒看得清。"

　　驼五爷的愤怒和绝望让罗正雄相信罗盘是丢了，可就那么一会儿的空，谁能溜进驼五爷的帐篷拿走罗盘呢？再者，也不是谁都知道驼五爷还有这么一个宝贝。他的目光下意识地就往铁木尔大叔那边瞅，铁木尔大叔正在驯鹰，那是一只叫做铁嘴的鹰，据说跟了铁木尔大叔大半辈子，鹰是有点老了，可真要振翅飞起来，样子还很凶猛。铁木尔大叔每天早起都要驯它一会，有时候让它伏在肩上，跟自己一起跑，有时却像部队驯犬一样，让它一次次冲向云霄。

　　今儿这鹰，却懒懒的，有点不想动弹。任凭铁木尔大叔怎么使法子，它就是半睁着眼，装睡。罗正雄听到铁木尔大叔沮丧的一声叹："你个懒物，迟早要被兔子吃掉。"

　　罗正雄止住吵闹，让闻声赶来的张笑天他们各回各位，自个却撇下众人,朝沙梁子后面走去。不多时,侦察兵小林跟随过来,低声说:"早起的时候,我看见阿哈尔古丽往这边来过。"

"你是怀疑她?"

"不是怀疑,我真的看到过她。"

罗正雄没再问什么,其实他脑子里也闪过阿哈尔古丽,但这不可能,一个如此纯洁的维吾尔姑娘,怎么能干这种事呢?偷窃在维吾尔族来说,是件很耻辱的事,罗正雄不敢轻易让这位维族姑娘蒙受羞辱,可除了她,又会是谁?

早饭吃得寡而无味,驼五爷端着碗,一边捣弄,一边还在不停地诅咒。看得出,罗盘在他心中的确是个宝贝,好几次,他把目光投向铁木尔大叔,但铁木尔大叔一点不在乎他的骂,好像他的话就跟沙漠中随时而起的风一样,不值得去琢磨。美丽的阿哈尔古丽倒是有点例外,这个早上她吃得很少,一双黑黑的眸子不时投向驼五爷,驼五爷骂得凶了,她的眼神就动一下,不是生气,看上去有点像惊讶。从她茫然的眼神看,她更像个世事未谙的孩子,似乎不太明白人们之间为什么会生出仇恨。罗正雄静静观察着这一切,直到饭后出工,也没说一句话。

这一天罗正雄跟在了第一组后面,说不清为什么,他忽然想接近万月。罗正雄对测量是个外行,但吃苦的活儿他能干。他从外勤兵手里接过标尺,扛上就走。驼五爷见状,忙不迭地说:"咋能让团长扛哩,快放骆驼上,今儿个驮得轻。"罗正雄笑笑,他用一个模棱两可的笑拒绝了驼五爷的好意,驼五爷有丝怅然,进入营地到现在,驼五爷都在想办法跟罗正雄拉近关系,可惜,到现在罗正雄还跟他生分着,在他眼里,团长罗正雄跟铁木尔父女的关系反倒友好些。"迟早后悔哩,甭看你是团长。"他暗自嘀咕了一句,喝了一声驼,心事凝重地往前走。

沙漠并不是永远处在骄横中,有时候,它的宁静和大度反倒让人更觉它像个沉思的老人。带点哲学味道。读书不多的罗正雄不久前刚刚接触到马克思,这是团以上干部的必修课,这时他却忽然将大漠跟哲学联系起来,还觉得这联系很妙。罗正雄并不是一个深刻的人,他甚至讨厌深刻,但生活有时候实在轻松不起来,逼着你深刻,所以你的思想就得有所不同。比如这阵,其他人都在想驼五爷的罗盘,它到底哪去了?罗正雄却不,他在想万月。其实万月就在他眼前,隔着几步,罗正雄如果愿意,稍加几步就能跟她并肩,可他偏是放慢脚步,故意跟万月拉开

23

距离,这样万月的举动就全进了他眼里。她背着经纬仪,无论刮风还是扬沙,仪器始终在她肩上,走多远也不肯交给别人。这有点像军人的作风,可万月并不是军人。师部提供的资料里,万月之前在地质院工作,再早,她是某大学的一名学生,中间因为发表跟国民政府不同的意见,还被拘禁过,听说差点被当地下共党分子抓起来。可万月的确不是共产党人,追随者也不能算。她是个无信仰者,或者她信仰自己。这是罗正雄的判断,一个女人如果过分爱惜自己,就等于是信仰。万月宁肯两天不喝水,却要拿节约下来的水洗头,这不能不让罗正雄多想。罗正雄带过不少女兵,他的感觉里,女人如果当了兵,慢慢就跟男人没啥两样。战争是不分男女的,敌人不可能因为你是女人,就把枪子掠过你头顶。所以他带兵的原则就是不分男女,把女兵当男人带,这是罗正雄的风格。他手下那些曾经娇滴滴的花,几年或是几个月下来,全让他"摧残"得跟冰雪一样坚硬了。为此他在兵团得了一个外号:铁狮子。言下之意他总是一副铁面孔,纵是有绝世佳人,也难博他一笑。这话有点冷,罗正雄不爱听。可事实是他比这更冷,包括久未见面的江宛音,也满含怨怼地怪他:"老绷个脸做啥,人家又不欠你的。"

怪,咋给突地想起她来了?罗正雄心里一笑,脸却还是老样子,绷着。按说,他是不该在这时候想起江宛音的,其实哪个时候也没必要。她跟他有什么关系,没,真的没。尽管老夫子江默涵口口声声说要把小女嫁给他,可那是江默涵的心愿,跟他罗正雄没关系。不是他看不上人家,是压根就没往这上面想。傻丫头,才多大啊,就敢想着嫁人。罗正雄再次笑笑,目光无意就盯住万月的背。有点和暖的阳光下,那背像一扇门,缓缓启开,罗正雄忍不住就想往里走。奇怪,怎么一看到这个影子,就忍不住要多想,要多望,难道?

罗正雄摇摇头,驱赶掉这些混蛋想法,紧追几步,眼看要跟万月并肩了,忽然又放慢脚步。这时他听到后面有个声音:"不就一个红海子,有什么可测的?"说话的是吴一鹏,师部下来的,秀才,技战术上有一套,爱研究点学问,还会写会画,人称小军师,是师长刘振海的红人。罗正雄却不喜欢他,脸太白了,说话也拿腔拿调,不痛快。当然这是以前的看法,现在不同。师部所以派他来,就是想给罗正雄多安个脑子。

罗正雄没回头,他怕看到白脸男人,一看就来火,莫名地就来,控制不住。但是很快,他又听到另一个声音:"你才错咧,这红海子,玄着哩。"这次说话的是驼五爷,显然他对秀才的话不满,想拿老江湖的口气让秀才长长见识。罗正雄咳嗽一声,驼五爷下意识就把话咽了回去,这老汉真是个人精,见秀才怪怪地望着他,他干巴巴地说:"你看这天,今儿个多顺和啊。"

万月猛就回了头,她已出汗,几十斤重的仪器,背在瘦弱的肩上,不出汗才怪。驼五爷想讨好,被万月恨恨剜一眼,忙又把话咽了回去。一片说闹声中,万月跟罗正雄目光相对,旋即又分开。罗正雄发现,那双眼里有东西。

到了测点,外勤兵要跑尺子,罗正雄说我来。万月望他一眼,没吱声,打开三脚架,开始调平。罗正雄抱起尺子,按于海教他的方法开始找点。年轻的外勤兵有点尴尬,跑尺子是很苦的活,弄不好还要挨仪器手的骂,因为点跑得不到位,测出的图就不能叫图。好在罗正雄不是太笨,跑尺子这活他还能应付。

工作一开始,空气刷地肃穆起来,仿佛整个沙漠进入了战备状态。政委于海手握小红旗,指挥着全组人员,他是测量兵出身,干这行得心应手。接连跑了三个点,罗正雄发现,并不是所有的仪器手都能迅速进入状态。全组十二架经纬仪,这阵跑完一个点的,不到一半,有个仪器手甚至还没整平仪器,那个可爱的小水泡就是不往中间钻,急得他双手抹汗。沙漠松软,轻微一动,仪器的平衡点就没了。要想找回来,又得费好大劲。看来干这行靠的不只是技术,还有心态,心静才能找到感觉,手上的感觉。罗正雄发现,万月就跟进入无人状态一样,从容而镇定,眼里几乎看不到别的事物。

许是受她影响,罗正雄跑点的感觉越发准确,这个点还测着,下个点便到了眼里,这样他们的速度便快了很多,一小时后,他们已将其他仪器手远远甩在了后面。太阳慢慢变热,大漠升腾起炽热的浪,脚踩沙上,就跟踩在火盆上,天气却奇怪得没一丝风,想透丝儿气都没门。罗正雄解开衬衫,露出半截光身子,还是觉得热。他扔下尺子,朝万月走过去。万月也是满头的汗。

"给,喝口水。"罗正雄把水壶递过去,这是特二团的规定,每人每天一壶水。"我有。"万月打腰里解下自己的水壶,却不喝。但她的嘴唇干裂,起了皮。罗正雄有丝怀疑,趁万月抹汗的空,猛地抢过水壶,这水壶是空的。

原来万月挨了于海的批后,连续几天不到炊事班领水。

"这怎么行,进沙漠不带水,你想渴死在里面啊。"

万月不吱声,避开罗正雄目光,望住远处。这是一个有心事的女人,罗正雄尽管不知道她脑子里想什么,但她一定有很深的心事。

"罗盘的事,你怎么看?"罗正雄突然问。

"什么罗盘,我不知道。"万月没有回头,好像不习惯看着罗正雄的眼睛说话。

"我知道你也有个罗盘,是德国造的。"

"……"万月有点惊讶,这是她的秘密,那个罗盘是件很珍贵的礼物,没几个人知道。

"当然,你这次没带,有机会,我想见识见识。"

万月转过身,这一次,她不想避开他了。"你跟着来,就为这事?"

"不,我是想跟你谈谈。"

"谈什么?"

"什么都行。"

"你要谈的我不懂,也不感兴趣。"

"我是想谈谈你父亲。"

"你——"万月恨恨地怒了罗正雄几眼,一屁股坐沙滩上,不起了。

万月的父亲叫万海波,是国民党手下一位高级专家,武器、船舶甚至军舰,几个领域都深有造诣,留过学,去过德、美、英,跟西方军事界有密切往来,是一位国宝级的人才。可惜全国解放前一年,死了。关于这位武器和海上作战工具专家的死,外界有很多说法,罗正雄也听到过几个版本,但,事实真相,谁也不得而知。

"我见过他。"罗正雄像是成心要撬开万月的嘴,一个接一个给万月抛炸弹。

万月紧咬着嘴唇,这是个固执而又倔犟的女子。

罗正雄有丝儿沮丧,万月显然不想理他,怎么办?泄气间他猛地抬起头,望住碧蓝碧蓝的天空,天空真蓝啊,蓝得简直不像天空。倏忽间,一层云从他眉梢间滑落,慢慢罩住他整个脸。万月再次听到一个可怕的声音,那声音不像是罗正雄发出的,倒像……

"我也见过你母亲,那是我一生都不能原谅的错误。"

万月再也坐不住了,弹起身子,似乎吼了一声,就像母狼一般扑向大漠深处。

沙漠发出一阵轰鸣，极暗，却又震彻人心。

那真是不能重提的一件往事，久长的日子里，它都像一块礁石，沉沉压在罗正雄心里。轻易，罗正雄是不敢去碰的，那是他从军生涯中唯一的一次挫败，却也是最最致命的一次。他不能原谅，一个生命因他而丢失，一个天才因他而毁灭。

万月的母亲名叫谢雨亭，一个长得比名字还要美丽的女人。她认识万海波时，万海波已四十好几，而且有了三房妻子。但这并不能阻挡他们相爱，就如同一枝花非要开在花园里，不到二十岁的谢雨亭以惊人的勇气和胆略挤进了万家这座名贵花园，而且很快以四姨太的身份出入各界。年轻的谢雨亭当时已是重庆戏曲界一位名伶，她在不少戏中扮演过令人过目不忘的角色，尤以白娘子闻名。嫁入万家后，她像风一样从戏苑消失，自此陪着丈夫，过起了另一种生活。

1947年春，罗正雄突然接到命令，要他带一个特工营，秘密潜入重庆，目的就是设法接近万海波夫妇，争取将他们策反，让他们能在未来的日子里，为新中国的建设贡献力量。那是一段极其残酷的岁月，国民党在土崩瓦解之前，采取了一系列血腥政策，白色恐怖笼罩着山城，每走一步都有倒下的危险。罗正雄带的特工营跟现在这支特二团一样，来自四面八方，虽然个个身怀绝技，却互相不甚了解，当时的情况也不容彼此间有过多的接触。工作还未开展，就有人倒下去，接着又有力量补充进来。从春到秋，费尽周折，还是没能跟万海波扯上关系。重庆方面在万海波身上下了血本，简直称得上筑起铜墙铁壁，要想打进去，真是太难。万般无奈之下，罗正雄改变策略，决计从谢雨亭身上下手。就这样，他从军部要来一位女特工，曾经跟他一起接受过特种培训，想通过她打进谢雨亭的生活圈。工夫不负有心人，三个月后，那位特工跟谢雨亭有了联系，她是以票友的身份跟她认识的，尽管谢雨亭已远离了那个圈子，但毕竟，她曾是一代名伶，加上又是重庆国民党高官间公认的第一美女，所以偶尔的，也要出入那种场合。又是两个月后，罗正雄得到一个跟万海波单独见面的机会，当时他的身份是船厂工人代表，要跟万海波谈提高工效的事。结果，两人还没谈上五分钟，他便暴露，原来在他们见面的地儿，军统的人早就贴了他的画像，端茶的小伙计一眼便认出他。

罗正雄是侥幸逃开了，但由此惹出的一系列祸乱却令他痛悔不已。

先是万海波对小妇人谢雨亭大发雷霆，你怎么也想不到，专业上有着惊人天赋和卓越才华的万海波，处理起其他事务来，却是非常的顽固。他大骂谢雨亭交友不善，什么人也敢给他介绍。"他们算什么，啊，算什么？我万海波眼里是没有政治的，我是个专家，不是哪一方的工具，更不是你的票友。"这是多少年来万海波头一次冲谢雨亭发火，而且气势凌厉，压根不容谢雨亭辩解。谢雨亭吓坏了，她从没发现丈夫还有如此气急败坏的一面，他简直疯了，比毁掉他一项研究成果还要疯。

国民党方面很快找到谢雨亭，让她如实交代怎么跟罗正雄扯上瓜葛的。"罗正雄是谁？"谢雨亭惊讶地问，她真是不知道世界上还有这么一个男人。等对方说清罗正雄的真实身份，还有国民党重庆总部正悬赏五十万大洋要他的人头，谢雨亭就不只是惊讶了，惶恐至极地说："我根本不认识这个姓罗的，我只认识……"

她说出了那个特工的名字。她不说也没办法，万海波训完她，亲自叫来这帮人，指着她鼻子道："都是她做的，你们想知道什么，让她讲，我没空理这些无聊的事。"万海波眼里，这些事真是无聊，无聊透顶。谢雨亭也觉无聊，甚是无聊。所以她毫不犹豫就把自己知道的事儿道了出来。

那个特工旋即被捕，她原以为万海波是爱国知识分子，应该能深明大义，大是大非面前，他不该糊涂。她错了，她忘了政治只是一部分人的事，对大多数人来说，它是个遥远而且危险的东西，尤其是万海波这种书呆子，眼里哪有你的政治？除了专业，剩下的兴趣他全给了女人，所以罗正雄想用惯有的方式让他觉悟，简直就是提着脑袋瞎碰。

重庆的形势急转直下，风声再次紧起来，大街小巷布满了暗哨，隔十分钟就有人被抓进去，罗正雄的特工营遭到了毁灭性的打击，那个女特工终也没顶住国民党非常成熟的那一套酷刑，一一将自己知道的事儿交代了出来。

女特工的叛变让重庆陷入更深的黑暗和血腥中，很快，国民党重庆总部将谢雨亭跟万海波分开，万海波被秘密带出重庆，去向不明。作为此次行动的失败者，罗正雄被迫退出重庆。一个月后，不幸传来，万海波意外死亡。

震惊和悲恸过后，上级再次作出决定，要罗正雄二度潜入重庆，设法营救谢雨亭,因为有可靠消息说,万海波生前,将许多重要的研究资料还有几项秘密成果交给谢雨亭,无论国民党方面采取怎样的措施,谢雨亭就是不把它拿出来,弄得国民党方面很恼火。失去丈夫的谢雨亭已经明白,所谓对他们提供特殊保护的国民党原本是靠不住的,这些资料和成果,才是最最能保证她生命的。上级想借谢雨亭对国民党失去信任的空,将她争取过来,绝不能让万海波一生的心血落到反动派手里。

罗正雄汲取上次的经验教训,只带了一男一女两个人,秘密潜入重庆,他们制订了非常绝密的"猎艳行动",以出其不意的方式向目标靠近。计划一开始执行得相当顺利,在国民党方面完全没有知觉的情况下,成功潜入谢雨亭的秘密关押地,并先后争取过来两名内应,都是直接能跟谢雨亭说上话的人。谁知就在他们决计采取第二步行动的时刻,意外发生了……

往事真是不堪回首!罗正雄摇摇头,将那段痛苦的记忆驱赶回去,并发誓不再想起它。这时候太阳越发闷热,沙漠蒸腾得人要跳起来。其他仪器手陆续赶了上来,放眼望去,红海子就像一块巨大的海绵,想把上面所有的生物吸干。而那些炽热中扛着仪器奔跑的士兵,就像火盆上跳舞的精灵。

这一天罗正雄没能再跟万月配合,就在他想找回万月时,侦察员小林快步走来,压低声音说:"团长,野猪井发现异常,有人在那儿活动过。"

"什么?!"

# 5

野猪井位于红海子腹地,离营地约有十公里,这儿曾是一片茂密的灌木,白果刺、红柳、黄毛柴长得铺天盖地,灌木中间,铺着厚厚一层沙葱,人还在五里远处,就能闻到沙葱的野香。当年的野猪正是靠着沙漠中这一宝,才吃得雄猛有力,将这一片灌木霸为自己的世界,别的动物根本不敢靠近。时过境迁，灌木已成一堆干柴，风吹日晒中，它同岁月一起化去，野猪踪影不再，只留下这一个让人怀念的名。

罗正雄跟着小林赶到野猪井时，已是下午三点，风儿轻吹，云儿淡飘，沙漠呈现出一股别样风情。小林神色凝重，一路上他的话都不多，这是一个心里容易装进去东西的年轻战士，做侦察兵五年，干出过不少成绩，最令罗正雄欣赏的，就是当年在和田成功截获国民党特务策划和田叛乱的情报，为罗正雄的独立团赢得时间。罗正雄率领独立团，毅然从阿瓦提县治和田河横穿塔克拉大沙漠直奔和田。他们穿过胡杨林，越过干涸的湖泊，进入浩瀚沙海，历尽千辛万苦，战胜了难以想象的艰难险阻，在飞滚的流沙上踏出一条生命之路。部队行至距和田200公里的西尔库勒时，再次接到情报，叛乱分子准备提前行动，血洗和田。罗正雄改变行军策略，命令队伍集中乘马，组建骑兵分队，向和田疾驰。终于提前一天赶赴和田，一举粉碎了敌人的叛乱阴谋。此举后来被王震、习仲勋深赞，称他们创造了人类奇迹。

小林跳下驼，指住不远处的沙窝子说："就在那儿。"罗正雄警惕地朝四周望了望，沙漠静静的，没一点儿异样。疾步走过去，发现沙窝子里的确有不少脚印，而且从印迹上看，这儿两天前还有人！

所谓的沙窝子其实就是一个废弃了的地窝子，这地窝子有些年成了，应该是早期进入沙漠的狩猎者挖的。罗正雄弯腰走进去，就看到一堆灰烬。他拿起一根未燃尽的柴火棒，仔细看半天，判定这火是三天前放的。灰烬四周，被人刻意拿毛刺扫过。用手轻轻一拨拉，罗正雄看到一摊血迹。地窝子里除了找到一根带血的绷带条儿，还有手掌大一块馕，别的，啥也没有。

"你是咋发现的？"罗正雄调头问小林。小林正站在地窝子口，警惕地朝四下望，听见罗正雄问话，回过头说："我是被一只野猪带来的。"

"野猪？"这儿还有野猪出没，罗正雄不大相信。

"是一头个头很大的猪，腿好像受了伤。"

"猪呢？"罗正雄有点紧张。

"朝北部沙漠跑了，我没追上。"

这倒是个新情况，它提醒罗正雄，一定要倍加谨慎，野猪的攻击力很强，人要是被它袭击，几乎无力反抗。罗正雄出了地窝子，周围仔细看半天，没再发现新的疑点，遂跟小林说："你怎么看？"

"我怀疑有人被野猪袭击,在这儿包扎后,向北跑了。"

北部是茫茫的大沙漠,如果穿过沙漠,就到了中蒙边境。罗正雄计算了下时间,如果从这儿走,要想徒步穿越沙漠,至少得一月时间。一个月,不被累死也得渴死。

对方会真的选择这条路?

罗正雄轻轻摇摇头,他相信对方不会这么疯狂。那么?猛地,罗正雄脑子里跳出一个黑影,就是营地那晚上看到的那个黑影。会不会?

罗正雄不敢想下去,如果事情真是这样,那简直就糟透了,甚至有可能成为天下第一笑话。他努力将这想法驱赶出去,平静地跟小林说:"我们先回去,这儿看到的一切,回去跟任何人都不要讲。"

回到营地,天已黑了下来,罗正雄忽然改变想法,钻进地窝子,快速写了一封信,交给小林:"你连夜出沙漠,将这封信交给师长。"

"是!"小林敬了一个礼,影子一样没入黑夜。

夜,干燥,困闷,人在地窝子里透不过气,只能三三两两坐沙梁子上,渴望老天爷突然刮来一场凉风。罗正雄坐在黑夜里,心事沉沉。夜饭他没吃,吃不下,白日里那个古怪的想法一次次跳出来,折腾得他心里起火。如果事情真如他所料,特二团的行动就得取消,这支刚刚组建的队伍必须解散。这是多么可怕的事,要是传出去,整个兵团都要抹黑,罗正雄禁不住替自己和师部捏起汗来。

政委于海走过来,轻站在他边上,半天,罗正雄动了一下,问:"有事?"

于海叹了一声:"水不多了,我在考虑让谁回去取水。"

这个问题罗正雄也想过,炊事班告诉他水快用光后,他就在考虑人选了。这虽是件简单的事,似乎派谁去都没问题,但事情往往就是这样,越是简单,决定起来却越费神儿。毕竟,水是一团人的命根子,如果水上出问题,后果将十分可怕。

"有成熟的人选么?"罗正雄问于海。

"我想让驼五爷和三班的战士去,当然,这是我个人的意见。"

罗正雄没说同意也没说不同意,其实他也想让驼五爷去。毕竟,他对沙漠熟悉,再者,罗正雄想支开驼五爷一段时日。这些日子驼五爷牢骚很多,已经跟好几个人闹脾气了。

"这样吧,你跟副团长商量一下,这事要尽快决定,不能再耽搁。"

后勤保障归副团长刘威负责,罗正雄不想什么事都自己说了算。于海领命而去,罗正雄又在黑夜里发了会呆。正欲转身,忽然看见两个黑影朝沙梁子那边走去。罗正雄喝了一声:"谁?"喝声惊动了哨兵,哨兵提枪冲黑影跑去,半天,沙地上传来嚓嚓的脚步声,借着篝火发出的光亮,罗正雄看清,被哨兵传唤回来的,是秀才吴一鹏和向导阿哈尔古丽。

这两个人怎么搅到了一起?罗正雄心里刚闪过这层疑惑,就听秀才说:"夜里散个步,也不许,这纪律也太严了吧?"阿哈尔古丽倒是没说话,一双黑亮的眼睛盯住罗正雄,看不出她有什么不安。

"散步可以,但不能走太远。"罗正雄说。

"我们也没走多远,团长,我是跟阿哈尔姑娘学维语哩,学维语也是师长交给我的任务。"

罗正雄哦了一声。对这个来自师部的白脸男人,很多地方罗正雄都是给予特殊照顾的,比如他本来分在标尺组,跑了两天直喊累,坚持不了,罗正雄就将他调到生活组,专门负责给同志们拿水或资料,为这事秀才还遭胖丫头张双羊耻笑,说哪有男人干后勤的。过了几天他又不想在生活组干了,说干生活太没劲,他想搞宣传,丰富这支队伍的文化生活。罗正雄心想这不错,既能发挥秀才的专长,又能活跃团里的空气,便让他成立宣传组,利用空闲时间编些节目,演给大家。

秀才到现在一个节目也没编,这阵儿又说要学维语,罗正雄不由得叹出一声,他不明白师部为啥要把这么一个男人派到特二团。

秀才还在嘀咕,罗正雄不耐烦地摆了下手,示意哨兵将他们带回去。他后悔没在写给师长的信里加上一句话,把这个秀才召回去。

第二天一早,向导驼五爷跟三班两个战士带着驼,回去取水了。听着叮叮咚咚渐渐远去的驼铃声,罗正雄心里祈祷,但愿水能按时运回来。

晌午时分,另一名侦察兵祁顺骑着快马跑来报告,说在离营地三十多公里处,发现一支神秘的驼队,要不要盘查?

驼队?罗正雄先是一惊,紧跟着他便想到,红海子是过去沙漠古道一个著名的驿站,很多驼客子都要在这儿停留,现今虽说是驼客子少了,但偶尔有一两支驼队经过,也属正常。这么想着,他飞身上马,跟祁顺说:"前面带路,去看看。"

两匹快马越过荒漠，不多时，便追上驼队。这是一支由北往南横穿沙漠的驼队，大小二十二峰驼，一半的驼上驮着物什。猛一看，就像一支丢盔卸甲往疆域内陆奔命的逃生队伍。罗正雄喝住坐骑，跃身下马，冲坐在头驼上的老者施了一个简单的礼，然后用简单的维语问他们从哪来，往哪去？不料老者听不懂维语，祁顺马上用哈萨克语跟他们交流，才得知这是一支往南迁居的驼队，头驼上坐的是头人阿孜拜依，他带着一家老小十二口人往奎屯方向去。"北疆的草旱绝了，人活不下去。"头人用哈语说。

罗正雄细心盯了一会驼队，驼上有女人，有小孩，还有两个下人模样的老男人，中间一峰驼上，坐着一位孕妇，样子像是很快要临盆，一件毡衣裹着她大半个身子，见罗正雄望她，羞涩地垂下了头。其余驼上，驮的全是毡条被窝，还有锅碗等日用品。看来，这真是一支迁居的驼。碍于民族政策，罗正雄不敢采取什么措施，只是用客套的手势还有微笑跟他们磨蹭了一会，借机对驼上每一个人作了仔细判断，这些人跟他怀疑的目标都很远。罗正雄望了一眼祁顺，用目光跟他交换看法，祁顺也是一脸警惕，但显然，这支驼队让人怀疑不出什么。两个人又从头到尾看了一遍，确信没啥异常，才挥挥手，跟驼队告别。

似乎是一场虚惊，似乎又不，总之，两个人心里怪怪的，感觉把什么抓住了，两手一伸，却又空空。带着一层意犹未尽的憾，两人骑马走在沙野上，不说话，也不互相询问，都在想，这支驼队，会不会把什么瞒了？

走了不到半个时辰，两匹马几乎同时止住步子，两双眼睛对望在一起，似乎瞬然间，两人想起了什么，不约而同地掉转马，向驼队追去。驼队跟他们打过照面后，速度突然快了起来，仿佛这是一支训练有素的驼，快慢自如，在沙漠里得心应手。等罗正雄他们追到，夕阳已染红整个沙漠。听见马蹄声，头人阿孜拜依跃下驼，躬身迎候。这个动作令心里充血的罗正雄瞬间犹像，进疆后，部队强调最多的，就是民族政策。辽阔疆域，分布着若干个民族，各民族不同的信仰，还有复杂的政治环境，决定了新疆革命形势的复杂。过去几年接连发生的血腥冲突，更是证明，稍稍不注意，就会引发大的冲突。罗正雄在马上平定了会儿情绪，跃下马，向阿孜拜依躬身还礼。头人阿孜拜依的微笑就像草原上盛开的太阳，他对部队的礼节真是到位，左一声解放军同志，右一声解放军同志，叫得祁顺根本威严不起来。祁顺跟阿孜拜依交谈的空，罗正雄再次从头到尾对驼队进行审视。还是二十二峰驼,还是老小十二口人,一个不多,一个不少,就连脸上的表情,也跟前面遇到时一样,和善,如温和的风,吹得罗正雄心头的疑虑渐渐散开。他的确看不出跟刚才有什么变化,哪怕一丝微小的变化也找不出。真是怪了,罗正雄分明感觉这支驼队是变了,变在某个关键部位,似乎少了什么,但真的找不出。

侦察员祁顺的感觉也是一样,他从头到尾看了两遍,就连驼蹄也不放过,明明知道这支驼队露出了破绽,但就是找不出破绽在哪。两个人不约而同地将目光盯在那位孕妇身上,那位妇女浅笑着,眼里是少有的镇定与从容,见罗正雄他们盯住自己不放,缓缓往下推了推毛毡,露出她裹在衣裙里的高挺的肚子。罗正雄跟祁顺不得不收回目光,没有理由盯住人家一个妇女不放。

尔后,两人交换了一下眼神,有点儿沮丧,有点儿不甘心,可又确实没更好的法子,就算这时候破过原则搜,也绝对搜不出什么。

头人的微笑还是很明亮,夕阳染在他脸上,那张脸越发具有光泽,而其他人显然已经不耐烦,罗正雄不敢僵持下去,只好抱拳说打扰了,一路顺风啊。

头人长长舒口气,跃上驼,摇晃着,远去了。

大漠无声。就连驼铃声,也忽然间听不到。

僵了好长一阵,罗正雄才道:"你得跟着他们。"

祁顺重重点头,他心里也这么想。罗正雄很快向祁顺做了一番交代,要他务必跟牢这支驼队,查清他们出了大漠后朝哪去。再者,罗正雄要求祁顺,如果发现意外情况,可就近向兵团其他部队请求支援。说完,他将身上的水取下,满含期望地望着祁顺:"一路艰险,你一定要保护好自己。"

祁顺没说话,他用眼神回答了罗正雄,这是一位值得信赖的同志,相信他会有办法度过沙漠里的日子。

牵着两匹马,回到营地,罗正雄一言不发,那支神秘的驼队带给他的疑惑始终困在脑子里,挥之不去。政委于海走进来,跟他汇报当天的工作,罗正雄忽然问:"哈萨克人会不会带着临产的老婆到处跑,包括迁居?"于海摇摇头,表示不知道,末了,警觉地问:"你怎么突然想起问这个?"

"没事,我只是好奇,想多了解些民族习俗。"

两人接着谈工作,于海汇报说,今天他把秀才吴一鹏批了。

"为啥事?"

"我怀疑他对阿哈尔古丽目的不纯。"

"哦?"罗正雄抬起头,目光诧异地搁于海脸上。

于海这才说,上午第二组测到一半,有架仪器坏了,仪器手维修半天,没弄好,组里又没其他更懂仪器的人,于是就让吴一鹏带着仪器,往第一组那边去,想让第一组的仪器师尽快维修好。谁知他一去就是大半天,直到天黑收工,他才懒洋洋地回来。问他仪器呢,他说交第一组了,一时半会的修不好。问他这长时间哪去了,他不回答,后来追问下去,才知道他跟向导阿哈尔古丽在一起,两人还违反纪律,跑到红海子深处的灌木丛去。

"他跑那儿做什么?"罗正雄猛地警觉起来,那儿不正是小林发现可疑情况的地儿么。

"他不说,我问过阿哈尔古丽,她说两人走着走着,就走到了那里。"

"太不像话了!"罗正雄猛地起身,要找吴一鹏问个明白,于海拦住他:"算了,我已批评了,他毕竟来自师部,我看这次就这么着吧,让他写份检讨,在干部会议上检讨一次。"

于海走了很久,罗正雄还在怔思着,这个吴一鹏到底是什么人,他跟阿哈尔古丽到野猪井,是无意,还是?一阵轻微的脚步声响进来,罗正雄从怔想中回过神,意外地发现,万月站在他面前。"快坐。"罗正雄脸上涌出一层惊喜,声音客气地说。

"谢谢。"万月边说边在对面的小土台上落座,罗正雄拧亮马灯,摇曳的灯光下,万月一脸凝重,像是被什么心事困扰着。

"我要向你提个建议。"万月捋捋头发,从容地说。

"说,快说,有啥好的意见,尽管提出来。"这是到红海子后,第一次有战士主动跑来提建议,罗正雄内心当然很高兴。

"我建议把营地跟工作地适当分开,测量点越来越远,这么来来去去跑,不但浪费时间,路途上也容易出事。"

"哦?"罗正雄很感兴趣地瞅一眼万月,这问题他虽也想过,但一直拿不定主意。按规定,队伍到了一个固定地,必须建有营地,这样便于集中管理,同时,水,粮食,还有驼等都能集中看护,不利之处就是万月说的这些。罗正雄是第一次带测量兵,很多问题他都是头一次遇到,他

35

怕在测点上设立临时宿营地后,队伍失去管理,一旦遇到意外情况,反而更不利于解决。

"我的意见是按测点情况,灵活选择,有些点需要测几天,就在那儿临时建营,这样可以省去很多周折。"

"行,这个意见很好,我们马上研究,如果可行,就按你说的做。"罗正雄语气里溢出一层对万月的欣赏,这是由衷的,不加掩饰的。

"还有,"万月顿了顿,像是下了一番决心似的道,"队伍分工不科学,人员搭配不合理,这样下去,日子久了,就会伤害整个团队的积极性。"

这倒是个新问题,罗正雄还没意识到这点,经万月一提醒,他忽然明白,当初分工,的确存在随意性,通过这段时间的磨合,人员搭配上的矛盾就暴露出来。

"你接着往下说。"罗正雄用鼓励的口吻肯定着万月,他真是想多听听她的意见。

"还有,就是对个别人不能太放任自由。"

此话一出,罗正雄马上明白,万月对吴一鹏也有了意见。

"你是指吴一鹏?"

"我没具体指谁,但团里确实存在这种现象,你是团长,得为整个团队着想。"万月说完,起身告辞,罗正雄想多留她一会儿,可万月显然没多留的意思。罗正雄有丝遗憾,听着万月的脚步声远去,他心里再次生出一丝奇怪的东西。

后来他才明白,这东西叫爱。

## 第二章 遭遇黑风暴

干渴和饥饿吓不倒我们,狼虫虎豹更不是我们对手,我们始终不能忘记,自己是军人。军人的第一要职就是为祖国而战、而死!但是,在神圣使命尚未完成以前,我们绝不能轻言牺牲。我们一定要活着,要跟我们的祖国一起走向光明!

——于海

# 6

按预计的日子,驼五爷他们没赶回来。

团里开始闹水荒。两天前,罗正雄已经下令,将每人每天用水量减半。眼下看来,这还不行,还得减,罗正雄将命令传达下去,每个组总量再减一小半,让组里均衡掌握。

消息一出,人心就有点浮,罗正雄一开始担心的是女兵,没想,女兵倒是没说什么,闹点话的,反倒全是男同胞。罗正雄心里有一丝不快,任何时候,他都不愿听到叫苦的声音,尤其男同志。但眼下还不是他闹情绪的时候,必须想办法把大家的心稳下来。

队伍已按万月的建议,重新调整一番,并且第一组目前就住在测点,临时宿营地离野猪井不远,万月也在里面。罗正雄派人,让于海连夜赶来开会。驼五爷没按时回来,这不是个好兆头,罗正雄心里有一种不祥的预感,他想抢在前面,把应对措施制订出来。

将近半夜,于海赶回营地。罗正雄情急地问:"怎么样,一组没啥异常吧?"

"有一点,但问题不大,我刚刚给他们开完会,强调了一下。"于海看上去很乐观,他就是这样一个人,越到紧要关头,越是表现得乐观。

罗正雄主持召开了特二团第一次紧急会议,他说:"眼下我们有两个骨头要啃,一是水,如果路上真的出了啥意外,我们必须抢在彻底断水前找到水源。二是即将到来的黑风暴,按风期,每年的黑风暴都会在这个时候来临,一定要提前做好防范准备。"于海接过话说:"等把野猪井测完,我想把大家集中起来,人多力量大,对付黑风暴,我们要做最坏的打算。"罗正雄和于海都是亲自经历过黑风暴的,号称沙漠第一杀手的黑风暴,要是真刮起来,你简直找不到词形容,它似乎摧毁整个沙漠都有可能。

副团长刘威有点不大赞成于海的意见:"队伍刚拉上去,再撤回来,会不会影响士气?"

"这是两码事,我们首先得为安全着想。"于海说。

刘威接话道:"身为军人,口口声声讲安全,太没自信了吧?"

"可我们也不能盲目自信,你是没遇过黑风暴吧?"于海反问道,口气多少带点不满。罗正雄拿眼神制止于海,可惜光线太暗,加上于海压根就没朝他这边看。对于海,罗正雄算是熟悉,两人以前在一个营干过,后来分开了,但彼此性格相投,称得上生死之交。对刘威,罗正雄就不大熟,只知道他是一条汉子,团一级干部中,他的威猛是出了名的,甚至不在罗正雄之下,大家都叫他独角兽。北疆两次叛乱,都是他带队平息的,其中一次,他被一个部落的人包围起来,居然他脸上就显不出个怕字,最后他用短刀逼住了头人,才得以突出重围。

"操他姥姥的,敢下老子的枪!"

当时他骂过的这句话,成了北疆一带吓唬人的话,王震还在会上点名,批评他做事鲁莽,不怕死也不能蛮干,但会后,他很快升为副团。如果不是他后来犯了错误,早就成正团了,压根轮不上给罗正雄当副手。

两个人还在争论,一个坚持要撤,一个说胆小就别进特二团。罗正雄心里明白,刘威是在赌气,他带的二组工作进度慢,比计划延误了三天,到现在还没到规定野宿的距离,所以心里急,想把进度追上去。

罗正雄赶忙打圆场:"你们两个到一起就争,啥时能心平气和讨论问题?"两人一听团长怪罪,这才收住话头。于海递给刘威一支烟,刘威接过,猛抽起来。

外面野风在吼,里面谁的心都沉不下来。刘威确实没遇过黑风暴,也算侥幸吧,可心里对即将到来的风期,还是不敢有丝毫的轻视。

接连等了五天,驼五爷他们还是没有消息。负责寻找水源的张笑天那边也没有动静,形势一下严峻起来。用水量已减到最小,再也不能减了,皮囊里的水却越来越少,让人望一眼都担心。这中间,侦察员小林回来了,带回一封信。看完信,罗正雄的心情稍稍轻松,担心的事总算不会发生,也好让他集中精力应付眼前的事。不过小林汇报中说出的一句话,又让他的心情蓦地变得沉重。

"师长说,眼下形势非常复杂,特一团不幸遇难引发一场信任危机,兵团内部正在秘密肃清,仅二师就有三个团级干部被清理出去。他要我们务必谨慎,虽说目前不能证明谁有问题,但形势在变化中,一切皆有可能。"

一切皆有可能！这么说，他的怀疑并不能彻底消除，师长也没保证他怀疑的对象绝对清白，只是说在选配时进行过摸查，并没发现可疑之处。必须擦亮眼睛！这是师长在信中给他的忠告，也是要求。他将信点燃，望着那一团火焰，他忽然想，特一团的悲剧，会不会真的在特二团身上重演？

一切皆有可能！

刘威不顾其他人反对，坚决将二组带了上去，在离营地五十公里的地方临时驻扎下来。此举令罗正雄等人忧心忡忡，本来打算撤回来的一组，也因了此举，不得不将临时宿营地往前挪了一站。对水荒，刘威回答得很干脆："哪怕一天只喝两口水，也要把拉下的任务追上来。"可是老天偏偏不帮他的忙，野宿第一晚，就有两个士兵发高烧，高烧来得很突然，半夜时分两个人烧得跟火球一样，其中那位年轻的仪器手甚至说起了胡话。天亮后情况稍稍有点好转，但出工显然不可能，这样，一架仪器被迫停工。气得刘威直发脾气："姥姥的，早不烧晚不烧，偏在这节骨眼上跟我撂挑子。"随队军医提醒道："这高烧不是个好兆头，应该让别的队员多加小心，如果感染……"

刘威不耐烦地打断军医："感染，你少拿那些词吓唬人好不？这才出来几天，就都受不了了，受不了全给我回去，我向师部重新要人！"

刘威说的虽是气话，却也击中了这支新队伍的要害。这支新队伍跟原来那些敢打敢拼的队伍比起来，简直没法提。按刘威的话说，这支队伍是一支秀才兵，人里头难打交道的是先生，兵里头难带的是秀才。逼得轻了不顶用，逼得紧了各种毛病都给你出。刘威所以不顾大家反对，坚决要在这断水缺粮黑风将至的紧要关头把二组带出来，就是想逼掉这支年轻兵的娇气、嫩气，甚至心里那层儿清高气。有什么了不起的，不就会摆弄几架仪器，一个个装得跟大知识分子一样，跟真刀实枪地和鬼子对着干，差远了！刘威不是说看不惯文化人，他是看不惯文化人太把自个当人。

他指着秀才吴一鹏："你把仪器扛起来，跟我走。"

吴一鹏嘀咕道："我不会。"

"不会学呀，人哪有天生会的？"秀才还要说什么，刘威已经怒了，他冲胖丫头张双羊喊，"张双羊，你跟吴一鹏一组，今天要是测不完规定的点，别回来！"

张双羊早就对吴一鹏不满,一听副团长这样命令,当下高兴地扛起标尺,嘴里哼着陕北民歌往前走。吴一鹏磨蹭了一会儿,还是乖乖扛起了仪器,跟着张双羊上了路。到了测点,吴一鹏真是啥都不知道,三脚架怎样用,他都不会操作。气得张双羊扔了尺子,跑过来道:"你跑尺子,我来。"吴一鹏不相信地盯住张双羊:"你会?"

"不用你管!"张双羊边说边打开三脚架,将仪器装上去。令人惊讶的事儿发生了,谁也不知道,张双羊啥时学会了摆弄水准仪,可她的确会摆弄。边上的仪器手不大放心,跑过来想证实,结果张双羊连读了几个数字,都跟他读出的一样。年轻的仪器手盯住这位胖墩墩的姑娘,眼里露出少有的赞许。刘威看到这一幕,心里激动得直跳欢。世上真是没啥难事,就看你用不用心思。

闷,燥,渴,太阳像个秋老虎,歹毒得没法提。

两个组一走,营地便没了几个人,但这些人一刻也不敢闲。罗正雄带着这些后勤兵,抢挖地窝子。地窝子是为即将来临的黑风暴准备的,按罗正雄的经验,眼下住人的这些地窝子,怕是风还没正式卷过来就让沙尘给填了。他计划挖两个大的,能装得下三四十号人,这样黑风暴一来,男女兵就可集中起来,趁黑风中不能干活的这些日子,抓一下队伍的学习。当然,这样的地窝子挖起来很有讲究,不是三两下就能掏出的,好在炊事班有两个本地兵,干这个在行。

人都以为后勤兵好当,没危险活也清闲,还能吃好喝好,其实不然。任何一支军旅,都有不成文的规定,或者也叫传统,就是一切为了前沿,战争时期如此,现在更是如此。比如此刻,加上哨兵共八个人,罗正雄定的用水量是一天一碗,平均下来,每人也就两大口。换在平时,这两口水,怕是润嘴唇都不够,可这阵儿,这碗水却成了一口清泉,荡漾在那儿,望一眼便能止渴。炊事班里有个叫老准头的老兵,四十多岁,平日是个笑话筒子,只要逮着机会,就能让你把眼泪笑出来。这两天,老准头突然失了语,任凭战友们怎么逗,就是不讲一句。罗正雄见他太过严肃,把队伍搞得死沉沉的,就说:"老准头,讲讲你一枪打掉乱兵头子鼻尖子的事。"老准头吭了半天,还是没话,罗正雄再鼓动,他哑哑地道了一声:"省着点唾沫吧,一口唾沫顶两碗水哩。"

罗正雄无言地出了地窝子,这两天他挖着挖着,就会控制不住地走出来,冲黄沙古道望上一阵。深秋的大漠,除了一波儿一波儿卷起的风,还有沙浪,真是望不见别的。草尽管还绿着,可那绿是极其有限的,你不仔细盯着看,那绿便从你眼里逃过去,如同疾跑的兔子,噌一下就没影了。古道依然,黄沙依然,就是望不见他想望到的身影。怎么回事呢,再耽搁也耽搁不到现在啊?罗正雄心里充满了不安,那股潜伏在心底的不祥再次涌出来,不能再等了,再等下去,不但这几十号人的生命会有危险,派去取水的三个人,说不定就会像黄沙一样真的消失。

这么想着,他趱回地窝子,将这边的工作交给老准头,自个骑了马火速往野猪井那边赶,他要把一组撤下来,全力搜救驼五爷他们。

他已经确信驼五爷他们出了事。

黄沙滚滚的沙漠,马蹄踏起的,不是沙尘,而是青烟。三个多小时后,罗正雄赶到野猪井,出乎意料的是野猪井静静的,没有人烟。人呢?罗正雄心里嘀咕着,策马四下找寻,转了一大圈,还是没找到一组的官兵。真是奇怪,明明说是在这安营,怎么不见踪影?罗正雄心里急起来,莫不是一组又往前行了?这么想着,双腿一夹,驱马往前赶。走了不到半小时,忽然看见前面冒烟,罗正雄照着青烟的方向赶过去,果然看见一堵破旧的残墙下,一组的战士横七竖八躺在那里,不远处堆放着仪器和尺子。

"怎么回事?"罗正雄惊问。

躺在地上发愣的一营长江涛猛地起身,敬礼道:"报告团长,一组出事了。"

"什么事?"罗正雄下马,目光扫在江涛脸上,因为没看见政委于海,他的心越发紧张。

其他战士闻声站起来,脸上,清一色地透着沮丧。

"团长,我们……"一营长有点吞吐,似乎什么事说不出口。

"说呀,到底咋了?!"

"团长,你跟我来。"一营长见状神情变换着,引罗正雄往前走。

这是一座废弃的寨子,从迹象上看这儿曾经是一座豪宅,说不定是哪个王爷的王府。寨子虽然成了一片废墟,但四址还有房屋的痕迹都很清晰,江涛带罗正雄去的,正是当时寨子的后院,一间类似于厢房的位置。那儿有个坑,不深,但能遮挡住阳光,里面出奇的干净,好像风沙吹不进去。这真是个奇迹,罗正雄还从没见过这么奇的事。可这阵,他压根顾不上好奇,因为摆在他眼前的,是比这还令人惊愤的事。

一组的水囊破了!

水囊放在这坑里,本是个奇妙的主意,这儿不但吹不进风沙,更奇的是,坑里还隐隐透着一股凉气,水囊放一夜,那水便成了凉水,喝起来不但解渴,还润肺清心。

"咋回事?"只一眼,罗正雄的心就疼得跳起来,那可是一组的身家性命啊。

"我们正在开会查,是有人蓄意搞破坏。"一营长江涛道。

"破坏,哪个王八羔子干的?"罗正雄噌地掏出枪,噌噌噌就朝破土墙下走去。一营长江涛紧跟过来,声音怯怯地说:"敌人太狡猾,是在夜里大伙睡死后下手的。"

"睡死?几十号人看不住一个水囊,你们吃干饭的呀?!"骂着,罗正雄已到了墙下,墙下有一抹阴凉,人们轮流着往阴凉底下挤。罗正雄并不知道,这是政委于海的命令,如果查不出搞破坏的人,谁也别离开那堵墙。

这事非同小可,试想一下,如果一组里面没混进敌人,谁又能狠了心将水囊扎破,放走最后半囊救命的水?

可这敌人是谁?

罗正雄的目光一一扫过墙下每个人的脸,谁都像,谁又都不像。

"政委呢?"

"一大早就出去找她了。"江涛的声音已恢复正常。

"她?"罗正雄这才发现,墙下还少着一个人,万月不在。

"万月去了哪?"罗正雄的心再次紧张。

"不知道,"江涛垂下目光,低声道,"事发之后,她就不见了。"

"什么?!"罗正雄提着枪的那只手臂软下去,感觉什么地方被人狠狠咬了一口。

"不会是她!"这时,墙下一个女兵走过来,干哑着嗓子喊了一声。同时,她郑重地请求罗正雄:"团长,绝不是万月,现在全组都怀疑她,万月心里一定不舒服,团长,你一定要查出真凶,为万月洗清不白之冤。"

说话的女兵好像叫田玉珍,来自二师二团三营,罗正雄一时恍惚,不敢断定她是不是叫这个名。"你叫什么名?"罗正雄问了一声。

"报告团长,我叫田玉珍,二团三营女兵排排长,我还听过你的事迹报告哩。"

果然是她,罗正雄接着问:"凭什么断定不是万月?"

"这次迁营后,万月坚决不同意水集中放,她两次建议政委把水分给大家,政委怕大家抗不住,把水提前喝了,就……"

"有这回事?"罗正雄的目光转向一营长江涛。江涛红脸道:"有,但这不能排除她放烟幕弹。"

"烟幕弹?"不知怎么,罗正雄忽然就对江涛生出一丝反感,很强烈,他压制着,没让脸上露出什么。"万月走了哪,走了有多长时间?"

"昨天一大早就不见的,我们不该坐在这里开分析会,应该抓紧时间找人。"田玉珍抢着说。

"胡闹!"罗正雄丢下一句,愤愤地跃上马,朝沙漠深处奔去。

沙漠越到里面,就越神秘,相比营地那边,野猪井四周就显得更加荒芜,更加苍凉。罗正雄走的方向,几乎是一个挨一个的沙梁子,凭直觉,他相信万月是去了里面,因为来时他一路留意过,没发现有人影,再者万月如果真被二组怀疑,按她的性格,只能往里走。胡闹!罗正雄脑子里仍然响着这两个字,政委于海怎么能如此胡闹!没走多远,枣红马费起劲来,马蹄踩下去,很快被沙子吸住,再抬就显得相当吃力。马毕竟比不得骆驼,再者,这匹马也是三天没给水喝了,一路嘴大张着,看见一星儿绿就要往前奔。罗正雄跳下马,正好看见后面田玉珍领着几个女兵紧跟过来。

"把马牵回去,想法儿找点绿草给它。"罗正雄喊完这句,丢下马,毫不犹豫地就冲沙梁子走去。

接连翻过三个沙梁子,罗正雄累得已喘不过气,可他不敢停。万月两天没回来,这一带又如此荒芜,亏他们还能安坐在那里开会。他摸摸腰上的水壶,那儿还有半壶水,可他实在舍不得喝。他摇了摇,听了听水响,感觉不那么渴了,伸出舌头舔了下嘴唇,又往前走。这时候他想起平息和田叛乱的那次,也是这样一个挨一个的沙丘,一眼望不到头的黄沙,还有滚热的太阳。部队同样是在缺水的情况下,可战士们谁都不喊一声累,宁可把水省下来给战马喝,也不把自己的舌头放水壶上舔一下。那时的队伍多有拼劲呀,一个个都像有三头六臂,在沙漠里行走三天三夜,居然没一人掉队。再看看现在这支队伍,罗正雄就不得不叹气,虽说这支队伍是临时组建,一半多没受过正规训练,可毕竟这支伍更年轻,也更该有血气才是。

看来解放两个字,的确让不少人松了劲,特别是新加入部队的,以为只要当兵,就意味着坐享革命果实。半年前师部一次政治会上,师政委童铁山提出这个问题,不少同志还持不同意见,说现在解放了我们不该拿战争年代的那套要求队伍,应该把大家的思想往和平建设上引,这样才能显出我们是一支胜利的队伍,一支能通向光明的队伍。当时罗正雄没发表意见,因为他知道自己就要转业,心里想的是到地方上怎么干。现在反过头一看,童政委的忧虑没错,一支队伍,不论到了啥时候,都得有信念,都得有跟艰难困苦作斗争的最坏的准备。缺少了这个,这支队伍就是涣散的,没有前途的。罗正雄决定,这次回去,要集中时间开展一场政治教育,一定要把大家的信念鼓起来。

信念是战胜一切困难最尖锐的武器。

酷热的沙漠中,信念就是水,就是鼓舞我们往前走的绿洲。

# 7

那真是一场闻所未闻的奇遇,更是一场惊心动魄的搏杀,如果罗正雄稍稍晚上几分钟,或是多在沙漠里迷上一会儿步,后果将不堪设想。

事后想起来,罗正雄仍忍不住倒抽凉气。

罗正雄是在傍晚时分到达出事地点的,记不清他已翻了几座沙梁,越了几道沙壑,反正站在九景儿梁上时,夕阳已残血似的泼下来。罗正雄一眼望见那抹绿,真的,按说站在那个方向,是看不见那抹绿的,可罗正雄分明是望见了它。那绿盈盈的,闪着光儿,泛着波儿,令九景儿梁上的他顿然扫去疲惫。那不是幻觉,罗正雄后来再三想过那个傍晚沙漠里发生的一切,点点滴滴,都很真实。他确实是被那抹绿吸住了,灌了铅的双腿忽然间有了欲望,冲下去的欲望。他站在沙梁子上,似乎冲沙谷里吼了一声,似乎没,但他心里确实发出过一种声音。那是被荒漠灼痛了的双眼望见绿时情不自禁发出的唤,那是焦渴的心田闻见水的气息时自然升腾起的响,喜浪滚滚啊!罗正雄几乎以野马脱缰的速度,冲九景儿梁下冲去。

那是怎样一道梁啊,你在沙漠中,几乎望不见那样的梁,或者那原本就不叫梁,沙漠是生不出那种梁的,那梁只在深山峻岭中有,只有罗正雄的老家有。从九景儿梁到对面的十景儿梁,似乎只有一步,罗正雄如果用力一点,几乎就能纵身跃过去。可那一步是没有人能跃过去的,很多个日子后,罗正雄带着万月,拿经纬仪测过,那看似一步的距离,其实比黄河还宽,但站在九景儿梁上,你看十景儿梁,仍觉得它只有一步。

那一步是心的距离,你认为它近它就近,你认为它远它就远。万月后来这样解释了一切。可那个傍晚,那个被血似的夕阳笼罩了一切的傍晚,罗正雄心里是没有这些想法的,他就一个念头,必须要找到万月,一定要找到万月。他甚至怀疑,站在九景儿梁上吼出的那一声,事实上只可能有两个字:万月。

罗正雄不是跑下九景儿梁的,他跟万月一样,是被流沙送下去的。很多年以后,罗正雄在九景儿梁建起了一个滑沙场,还特意给它起了一个名:万月梦园。

细沙如同一只有力的手掌,不容置疑地将他一把推到了谷底。

那是一种梦幻般的感觉,那是一种天旋地转撕心裂肺的感觉。

坠入谷底,罗正雄拼命呕吐起来,沙把他的整个肠胃洗刷了一遍,沙也把他的灵魂彻底洗礼了一遍,等他艰难地支撑起身子时,世界不见了,天不见了,地也不见了,能看到的,只是一条窄而长的深沟,幽幽的,空灵,神秘,密布着阴暗,还有看不见的危险。罗正雄下意识地拔下枪,从九景儿梁失重般地一头栽下时,他的手居然能死死地捂在枪上,可见他跟枪是怎样的一种亲密关系。他往里走,那时完全是下意识的,他已失去了方向,压根辨不清东南西北,他觉得应该往里走,步子就迈向了里。后来他才明白,那根本不是里,沟谷是没有里外的,它像一根腰带,环住了九景儿梁,无论从哪个方向走,他都能遇到那片绿,遇到在绿中跟死亡对峙的万月。

万月跟死亡只有半步之遥,或者说,她的一条腿已踩进了死亡谷,另一条腿,正挣扎着,一步步地,向死亡靠近。

跟她对峙的,正是那头野猪。

这一切或许都可以理解为巧合,九景儿梁是神秘之梁,那谷底更是神秘之谷,多少代,多少人,几乎没有谁把脚步送往那,送去了,也只有一死，因为你在清楚的时候，是不敢把脚步送往那座梁上的，那用上帝之手堆起的沙梁，是很难用双脚跋涉上去的，即或你有通天的本事，跋了上去，那谷底也是等着葬你的穴。后来在开发滑沙场时，已经脱下军装多年的罗正雄就亲手拣起过一堆白骨。

向导铁木尔大叔就说，只有心灵迷失了方向的人，才能站到九景儿梁上，只有灵魂被神掏走的人，才能安全地降临到谷底。可见，那个傍晚，罗正雄是迷失了方向的，两天前的黄昏，万月也是迷失了方向，还有那头野猪，它在更早的时候就迷失了方向。

是野猪最早发现了那片绿，那头断了一条腿的野猪从野猪井方向一路逃来，逃得晕头转向，压根就不知道自己能不能逃出这片沙漠，后来它站在了九景儿梁上，那是一幅很美的画面，极其壮观，可惜没有谁看得见。高大凶猛的野猪以胜利者的姿态站在夕阳下，那个傍晚的夕阳同样绚烂无比，甚至有点娇艳，映衬得野猪越发具有力量。野猪骄傲地四下瞅瞅，正要长啸一声，突然脚下一滑，沙漠以温柔无比的方式摧毁了它的骄傲，又以温柔无比的方式将它卷进沙浪，沙浪滚滚中，野猪坠入了谷底。坠入谷底的野猪跟万月跟罗正雄有同样的恐惧和庆幸，恐惧它来到了一个完全陌生的地方，庆幸它没被沙浪吞掉，它还活着，它居然又站了起来。对坠入谷底的这三个生灵来说，这次坠入是致命的，却也是一生都值得自豪的，因为他们发现了绿。

在对绿的敏感上，野猪的嗅觉远远超过了人类，因此那头野猪几乎没怎么犹豫，就寻着那渴望已久的气息，很快窜入了那片灌木。那是多么可爱的一片灌木啊，它简直就是神灵赐给野猪的一块福地，野猪用嘴拱了几下，就从茂密的灌木中拱出一条路，顺着那条路，野猪兴奋地往里扑。野猪渴坏了，对干渴的抵抗上，野猪比人类好不到哪里去，人类活不过去的地儿，野猪照样不能生存太久。所以早先的野猪井，到现在只能成为一片废墟。

野猪后来发现了水源，不是说野猪多伟大，因为水源就摆在那儿，清凌凌的，它像沙漠中一眼圣泉，往外咕嘟咕嘟冒着水泡，每一颗水泡，都能孕育一个生命，你想想，多少年下来，这片灌木里，孕育了多少生命。但直到现在，没有哪一个生命能像野猪这么强悍，所以野猪一头扎进水源狂饮乱喝时，那片灌木里的生命吓得全都缩起了脖子。它们弄不明白这只庞然大物从哪里来，要到哪里去，为什么要侵犯它们的领地？野猪却全然顾不上这些，它一头扎进去，就永远不想再起来，它要喝个足，喝个够，要把这咕嘟咕嘟的水源全吞进它肥硕的肚子里。

野猪足足饮了一个小时，那是多么痛快淋漓的一场啊，简直痛快得要死。等它抬起头时，才发现那一汪水源让它饮没了，饮干了，如果再想饮，它就得蹲边上等。

野猪决定等。

这一等就是漫长的一个过程，无比漫长。这中间，野猪已把这片灌木看了个够，其实灌木林不大，充其量也就有一座院子大，甚至比不上于海他们野宿的那座古寨子的二分之一，比起野猪曾经生活的野猪井，就更小得有点儿可怜。可野猪很知足，能在这绿色绝迹的沙漠中找到这么一片水草地，能在这死亡密布的旱沙漠中找到这一汪绿波荡漾的水源，它还有什么不知足？野猪饮完第二次水，已是第三天后晌，这时候它已习惯了这片灌木林，并且非常老练地把它当成了自己的王国。是啊，这头野猪已经很老了，老得它都记不起自个活了多少年，反正它的孙子的孙子都已死去好多年了，它居然还活着，有了这座绿草茵茵的王国，它还能活这长时间。

这是多么美好的一件事啊。

但它万万没想到，若干天后，居然有不怕死的生灵跑进来，想跟它争夺王国的主权。

这个生灵就是万月。

万月一头闯进灌木林时，野猪正在睡觉。野猪吃饱了，喝足了，剩下的事，就是美美睡一觉，尽快养好腿上的伤。万月发现灌木林的心情绝非野猪能比，也绝非罗正雄能理解，对万月而言，此趟进沙漠，她带着太多的使命，貌似柔弱的肩上，有太沉的负重。有时候她真是茫然，茫然得找不到方向，有时却觉一切很明确，压根用不着犹豫。但有一点，她必须找到水源，这是她向师长刘振海保证了的。为此她向天堂中的母亲一次次求救，希望母亲能给她暗示，让她尽早闻到水的气息。

望见灌木林的那一刻，万月几乎要晕厥过去，她似乎看到母亲在前面招手，并发出亲昵的呼唤。哦母亲，万月幸福地叫了一声，一头扎进灌木林。

万月比野猪更猛地饮了一场，真是痛快，她想起多少年前第一次见到母亲的情景，也是这样的一场痛饮。只不过那时不是在荒漠里，是在母亲的香阁里。

母亲。

幸福的泪水滚滚而下。

泪水退潮时,万月揉了揉眼,再揉揉,还是觉得奇怪。她明明是一个人扎进灌木林的,怎么一抬头,眼里多了东西?万月起先弄不明白那是啥,只觉它很陌生,很庞大,牛似的,不,比牛还猛,还带股蛮气。是啥呢?万月静静地瞅着那头怪物,心里发出这样的疑问。哗地,万月明白了,野猪,她遇见了野猪!

万月曾经遇到过野猪,那是参加解放军以前,那时她的身份还很特殊,特殊得几乎不能跟别人讲。

那一次她险些就被野猪吃掉,幸亏有个人在关键时刻救了她。

救她的人身份更为特殊,救她的人后来成了她的灾难。

是的,灾难。万月现在还身陷灾难中,不能自拔。

野猪静静地瞅着她。

野猪一睁眼,便看见了这个美人。跟人类打的交道多了,野猪不仅能分辨出男女,还能分辨出美丑,这个年老的野猪已成了半个精灵,已能洞察出人类的心理。可惜那阵儿它没洞察,没顾上,眼里突然闯进一个美人,野猪也有点呆。野猪只能静静地先望一会儿。

野猪发现这个美人不仅长得漂亮,还很可口。如果用四只蹄子和一张嘴巴来分享,那该是件多美的事儿。年老的野猪咽了口唾沫。

万月没敢动。认出是野猪时,她首先想到的,便是不能动。

有人教过她这个求生术,野外遇见狼或野猪什么的,一定要镇静,你不动它就不敢动。

野猪也没动。野猪更有这个本能,遇见不了解底细的生灵,最好先不要乱动。

灌木林里出现了一场奇特的对峙。这是黄昏快要结束时发生的事,这一天的黄昏似乎有点儿长,万月站在九景子梁上时,夕阳的余晖就已泼下来,这都过去了两个多时辰,那淡淡的光影还从刀劈一般的斜缝里漏下来,映得灌木林光怪陆离,映得那头野猪越发地具有某种力量。万月紧张地思考着,这个时候除了冷静,就是要有办法,对付这头怪兽的办法。凭直觉,万月断定这头野猪不会太年轻,万物都是如此,越年轻越具有杀伤力,但老也不是件好事,老便意味着深算,意味着它见多识广。它会怎样地扑向我呢？万月料定野猪会扑，它会选择一个最佳时候，后蹄一用劲，前蹄张开，一个凌空跃起，扑向她。那张凶恶的嘴巴便是致命的武器，如果躲不开，她就会成为一道好菜，让这头怪兽贪婪而又尽情地享受。它会吸干她的血，会撕开她的身体，然后用锋利的牙齿，一步步将她美丽的肢体咬成碎块。万月疼起来，感觉自己已被野猪击中，已被它凶残的牙齿吞噬。她努力镇静着，尽量不往这个方向去想，可是不行，她拒绝不掉这种可怕的想法，她甚至想起了第一次被吞噬的情景，尽管那不是野猪，尽管那是她的救命恩人，可吞噬的手段还有疼痛感出奇的相似，甚至那人的牙齿也有点像野猪的牙齿，在疯狂地咬着她，万月发出一阵剧痛，很真实，仿佛身体的某个部位还含在那张嘴里，那是一张能言善道的嘴，也是一张极尽巧舌的嘴，可惜那嘴里没一句实话，没一句能打动女人的话，但偏偏万月就掉进了那张嘴里。我怎么能掉进那张嘴里呢？万月恍惚着，思想离开了身体，往另一个方向跑，这很危险，如果野猪选择这个时候袭击，万月是躲不过去的。

　　野猪有野猪的思想。野猪并不急于向这个漂亮女人下手，一则它不饿，这个下午野猪吃得很足，灌木林里有太多的食物可供选择，不像干涸绝望的沙漠，有时候好几天都填不饱肚子。这儿的水草鲜美，用舌头就能轻松地享用，这儿有太多奇形怪状的小生命，每一种吃起来都味道精美，野猪不小心，就把自个吃得有点撑了。硕大的肚皮又鼓又胀，拖在水草上，动一下都很难。野猪暗暗后悔，如果早知道会闯进这么一个美人，它应该吃少点。更重要的是，野猪怕美人给它设计。计是很可怕的，尤其人类的计，野猪的同类为什么会一个个死掉，就是中了人类的奸计。别的生灵它们不怕，大家都在同一起跑线上，你能搏杀我也能，人类不同，人类有时候太毒辣，不用搏杀，只给你设个计，就把你灭了。这头年老的野猪所以能活到现在，就是比别的同类多个脑子，搏杀之前，它必须弄清有没有陷阱。

　　野猪怀疑万月有同类，就隐藏在某个地方，说不定还是个英雄。一等它跃身，那种叫做枪的东西就会发出凶狠的一声响。野猪领教过，不止一次，它的腿所以伤掉，就是被那种叫做枪的东西给击中了。

　　按野猪的思维，这么漂亮的一个人儿，不可能单独闯进这种地方。人类最大的嗜好就是喜欢围着美人转，这一点它很清醒，它怕英雄，尤其是敢为美人献身的英雄。

万月轰走那个男人,她必须清醒,必须全神贯注,这时候想那个男人显然是不理智的,野猪正虎视眈眈盯着她,她首要的任务就是把这头野猪干掉。

怎么干呢?万月开始想策略,如果从容一点,万月会先设下一计,一个圈套,让野猪钻进来,那样就好对付了。可惜野猪不给她机会,她的才能没办法施展。万月先是看清它肥硕的肚子,这好,如果它扑,就冲它肚子下手,这么想着她摸了一下刀。万月有刀,很精致,很锋利,如果比杀伤力,这把刀比军用刺刀还管用。这是万月的秘密,特二团没人知道,也不能让他们知道,因为这把刀不是谁都能拥有的,她相信包括罗正雄,也没有机会看到这么精致而又恶毒的刀。

这把刀来自德国。

万月接着看清了野猪的腿,尽管光线很暗,万月还是一眼断定,这是条伤腿,伤得还不是太轻。这更好,万月心里莫名地轻松了下,野猪的凶狠在于腿,失去一条腿,野猪的杀伤力就减半。如果它扑,身体就会倾斜,那样给她的机会就更多,万月判断着,能不能一刀击中它脖子?或者直接攻击它眼睛?这样太冒险,要是一刀不能夺命,它跟着反扑过来,情况就糟了。

这时候万月又摸了下另一条腿,她的小腿,那儿有条绷带,绷带里还藏着另一样东西,也是件秘密武器。万月想它总算是派上用场了。刚接到命令,要她到特二团报到时,万月还犹豫过要不要带上它。现在看来,带得很正确。这么想着,她又感激起那个男人来,是他让她最终下了决心。万月还记得临行前他说的话:"那儿情况复杂,随时都会遇到生命危险,你必须把它带上,这东西比枪更管用。"

万月相信,对付野猪,它的确比枪更管用。

天彻底黑下来,最后一丝亮光消失时,野猪打了个哆嗦。这是野猪最不愿意看到的时候,天一黑,野猪的两只眼便如同掉进黑洞,再也不起作用,狡猾的人类往往选择这个时候,向野猪发起攻击。所以那一刻野猪显得格外紧张,甚至作好了拼死一搏的准备。还好,万月没有动手,野猪有点庆幸,她为什么不动手呢,野猪也有点不明白。

难道她想跟我友好相处?或者她也受了伤,跟我一样不方便动手?野猪乱想着,不大明白这个漂亮女人的用意,它甚至生出一丝儿对这女人的好感。你别怪野猪,其实它跟人差不多,有时候也会怜香惜玉。只可惜无法表达,猪毕竟在这方面比人类逊色。愈发加重的黑夜让它的双眼彻底变瞎,它已看不清女人了,只在脑子里反复闪现她那张娇美而又略带忧伤的脸庞。她也是个不幸的人,说不定也被什么流言中伤着。年老的野猪想起自己,它在很早的时候就被同类中伤,一度被同伙驱逐出野猪井,四处流浪,过着漂泊无定的日子,那是一段多么忧伤暗淡的日子啊,年老的野猪流下了不被理解的泪。

黑夜静悄悄的,静得他们互相能听得见彼此的心跳。野猪沉浸在往事里,万月也沉浸在往事里,眼前的危险似乎被彼此的往事化解着,灌木林的气氛也被感染成另一种色彩,有点暧昧,有点惺惺惜惺惺。万月的手从刀上滑下来,野猪的前爪也从奋起的姿势收拢回去。

这时候奇迹发生了,不是发生在这两个生命身上,而是那眼咕嘟咕嘟响着的水井。那眼水井突然没了响声,彻底没了。万月正在生疑,以为什么干扰了自己的听觉,忽然就闻见一股奇特的味道,这味道淡淡的,犹如一股远古的香气,从地层深处悠悠荡来,令人嗅一口便能沉醉。野猪也嗅到了这股气味,它感觉这味儿更像是从女人身上发出,带着一股亘古不变的母体的芳泽。野猪前几天也被这种气味诱惑过,它迷醉了过去,但今天这感觉更浓更鲜,野猪忍不住就多吸几口,它打了个哈欠,它听见女人也打了个哈欠。

万月果真打了个哈欠。然后,她就迷迷的,晕晕的,坚持了没多久,身子一软,倒在了灌木林里。

一丝月光洒下来,罩住了灌木林,透过朦胧的光儿,你可以清楚地看见,灌木林里这两个生灵,一个比一个姿势更憨地,睡在了月光下。

月光柔美。

这时候,离九景儿梁很远的地方,那座古寨里,政委于海正在组织一组成员,召开一场别开生面的检举会。水囊被扎,一组人最后救命的水全没了,这在兵团历史上,也是少有的事,于海不能不急。可光急不顶用,他调查了一天,除了一营长江涛汇报说,半夜时分他曾看到仪器手万月往那个方向去,别的同志都提供不出有价值的线索。他正欲怀疑万月,记录员田玉珍马上说:"万月每天晚上都起夜,她有失眠症,再说,她去水囊那边,就是怕有人搞破坏。"

他到底该信谁,或者谁也不信?但水囊被扎,明显是有人搞破坏,而且这人就在一组当中。是谁?既然能扎破水囊,他就有可能做出更可怕的事,如果……于海不敢想下去。现在万月失踪,就因为他多问了一句,她便一怒而去。她是赌气而去,还是另有情况?眼下不容他多思考,他必须趁势发动大家,将这个暗藏的敌人挖出来。

情况远没于海想的那么简单,检举会开得一团糟,到后来几乎成了吵架会。

于海忧心忡忡。

# 8

罗正雄后来想,如果他不到九景儿梁,如果他不被沙浪推下去,情况可能会是另一番样子。

万月后来回想,那天早上,她比野猪醒来得晚,晚了足足有一个钟头。这是没办法的事,神秘的九龙泉会在夜间散发出一股气体,这股气体有催眠的成分,人或动物嗅了,会不自禁地进入睡眠状态。等太阳升起,第一缕阳光投向九龙泉时,那股气味便倏地消失。沙漠中这样的神秘景观很多,只不过凭特二团的力量,还不能将它们一一解开。

野猪的适应力远远超过人类,那股气味刚一消失,野猪便睁开了眼睛。野猪先是摇了摇头,清醒了下自己,就在它起身想寻找食物时,脑子里哗地跳出一个美人,天呀,差点把她给忘了。野猪马上绷紧神经,恢复了警戒状态。经过一夜的休息,野猪的状态好极了,肠胃也消化到最好处,肚皮不那么拖了,饿的感觉涌上来,这是一种很美的感觉,它可以激发野猪的斗志,唯一的遗憾还是那条腿,那条伤腿似乎越发沉重,野猪努力着动了动,它比以前更不听使唤。野猪悲哀地叹口气,这条伤腿很有可能把它毁掉。

野猪看了眼万月,她还睡着,她睡得真香啊,野猪发出一声叹。其实野猪是喜欢看人类睡觉的样子的,人类只有睡着的时候,才跟别的动物显得没有两样,失去了攻击心和算计的人类可爱,甚至能称得上亲切。比如眼前这位美人,她的样子就很亲切,野猪真想走过去,亲她一口。这个怪怪的想法一出,野猪脑子里立马跳出一个影子,那是一头漂亮的母野猪,真是漂亮啊,野猪只要一闭上眼,脑子里就全是它的影子。可惜它在一个风和日丽的日子离它而去了,再也不可能回来,自此它的日子便坠入无边无际的寂寞。野猪掉下一串眼泪,每每思念老婆的时候,它的双眼便会被泪水模糊。这个太阳温情空气里涌动着复杂味儿的早晨,野猪用另一种方式寄托了它对老婆的思念,它终于发现,自己竟是一头多情的猪。

这个早晨,抢先醒来的野猪是有很多机会的,如果它贪婪一点,如果它凶残一点,万月就会在睡梦中毫无知觉地死掉。这不是什么吹牛的话,它甚至可以不费多大力气,只需慢悠悠地走过去,边欣赏边工作。是的,对野猪而言,觅食就是工作,野猪没有什么野心征服沙漠,那是人类的事,它只想让自己活得更长久一点。如果吃下这位美丽的人儿,它相信可以多活上十几年。可惜它没,不是它缺乏信心,是它觉得自己不应该侵犯一个睡着的人,她是多么的需要保护啊,野猪发出这样的伤感。我应该让她睡得更久一点,野猪想。如果她能跟我好好相处,我愿意跟她成为朋友,野猪又想。后来野猪后悔了,它多么愚蠢啊,怎么可以同情人类呢,怎么可以对人类发出这样的感情呢? 傻,真傻。世上万物,还有比人类更残酷更不讲和平共处的么? 没,真没。

当然后悔是罗正雄出现以后的事,那时候野猪还没这种想法,它只是带着欣赏的,关爱的,甚至温情脉脉的目光望着万月。它把她想象成自己的孩子,野猪有很多孩子,都很漂亮,可惜它们一个个抛下它远去了,它们全都死掉了,死的方式千奇百怪,可大都跟人类有关。孤独的野猪现在没有灵魂,一个什么也不拥有的野猪哪有灵魂? 野猪很想有一个孩子,天天跟着它,守着它,那样它的晚年将会很幸福。

野猪正想得痴迷,万月醒了。美人睁眼真是好看,这是那个早晨野猪发出的最有诗意的一声叹,可惜很快让万月给毁了。万月睁眼的第一个表情,便是警惕地瞪住野猪,而且手迅速伸向藏刀的地方。这个动作令野猪伤心,它觉得万月很不够意思,不过野猪原谅了万月,有什么不能原谅的呢,活了这么大岁数,野猪真是能原谅一切。它冲万月友好地笑笑,尽管它的笑奇丑无比,但它相信万月能感觉得到。果然,万月的手渐渐放松,从刀上挪开,眼里也多了一层感激。

他们就那样对望着,近距离地保持着友好而轻松的状态。那一天过得有些漫长,他们各自想起了很多事情,关于生,关于死,甚至还有爱情。直到日头落下,夕阳再一次洒满灌木林,他们之间都没发生冲突。这就证明,后来的一切都是罗正雄引起的,是他的突然出现,打破了这份和谐,也破坏了这份美。

　　罗正雄坠入谷底的那一声响,真可谓惊天动地,巨大的沙浪倾天而下,携卷着轰轰声,一下就把灌木林的平衡给打破了。沉醉在美好中的野猪猛地竖起耳朵,不用细听,它便知道,来人了!天呀,来人了!野猪旋即瞪住万月,这时候它才发现,一切都是伪装的,这是人类总也改不掉的恶习,太可怕了。如此美丽动人的女子,竟也用伪装欺骗它,博得它的好感,甚至同情,甚至爱,原来她这样做,就是为了等同伴的到来,就是为了麻痹它,好让同伴出其不意地收拾它。

　　野猪怒了,因为它清楚地闻见一股男人的味道,带着杀气,带着凶气,带着要置它于死地的恶气,这是野猪不能容忍的。它跃起来,毫不犹豫地伸出两只锋利的前爪,它要让这个恶毒的女人去死,去死吧,什么美人,完全是一只毒蝎子,一只披着人皮的狼,一条狠毒的蛇。野猪怀着被欺骗被玩弄的复仇心理,扑向万月。万月惊了,她真是没想到事情会变成这样,因此躲闪得有点慢,甚至有几分迟疑,她的肩被野猪猛力一抓,一股钻心的痛生出,她咧了下嘴,就看见血喷出来,鲜红的血。

　　第一扑没能击中要害,野猪有点恼羞成怒,它是不容许自己失误的,失误就等于把机会留给对方,它必须抢在对方同伴赶来前,要掉她的命。它调整了下姿势,更猛地反扑过来。这一次它的伤腿害了它,由于转身太疾,那条伤腿还未完全转过向,它便已跃起了,这样它的身子就没有效地控制成一个整体,前后出现了脱节,这是凌空搏杀中最致命的。果然还未等它张开血盆大口,万月的攻击便到了。野猪长嘶一声,知道这下完了,它甚至摔不到地上,就会喷血而亡。

　　但是奇迹出现了!万月虽已出手,却在关键时刻收回了刀。刀在它肚皮上轻轻一挨,像是轻抚了一下,又像是示意它别慌,准备好了再来。野猪落下地,吃惊地转过目光,这一刻它有些感动,更有些悲哀,怎么能让一个女人对它手下留情呢?看来,她并不是想象中那么恶。野猪有点动摇,甚至想放弃这次搏杀,重新回到友好的气氛中去。说到底,万物都还是喜欢友好的呀,毕竟搏杀是件残酷的事,也毕竟搏杀是会付出惨重的代价。

　　那个步子越来越近,尽管野猪还不能断定来者是谁,但他身上的凶气已滚滚而至,这是一个不可轻视的家伙,如果跟他交手,那将极为惨烈。野猪不敢乱抱幻想,它必须孤注一掷。这么想着,野猪再一次腾起,这一次,野猪使出了看家本领,它索性将伤腿提起不让它着地,用三条腿腾空,效果竟比四条腿要好。腾起的一瞬,它的嘴巴同时张开,露出锋利无比的牙齿。尽管野猪很老了,但牙齿出奇的好,这也是它能在沙漠中活这么长时间的缘由。它扑得既猛又准,而且不容万月躲闪,万月还在愣怔中,攻击便到。

万月暗叫一声不好,她没想到野猪会把伤腿收起来,三条腿的野猪居然会扑出一个非常漂亮非常具有杀伤力的动作,她有些惊,欣赏的目光刚刚投过去,脸上便被猛地一击,万月没顾上护脸,这时候她握刀的手只要稍稍一偏移方向,就正好中了野猪的计,野猪的牙齿会毫不犹豫地咬住她的脖子,那样,纵是她使出浑身解数,也将毫无意义。

万月往后一斜,身子跟野猪错开不到一巴掌的距离,这一巴掌很关键,野猪毕竟比人要笨,错开了这一巴掌,它的牙齿便只能咬住万月的肩,而不是咽喉。而它的喉部和腹部则正好成了万月攻击的两个目标,如果万月有两把刀,就能在瞬间扎入这两个要命的地方。

野猪放弃了咬,纵身一跃,从万月身上腾空过去,落在了万月身后,不过它的屁股上还是挨了一刀。万月怎么能选择它的屁股呢,她是完全有机会扎中它腹部的。野猪边疑惑边转身,等它在相反的方向跟万月对视时,就发现,这女人其实是不想夺它命的!因为对搏了几次,女人都只用一只手,另一只手虽是准备着,却一直没把武器亮出来。野猪相信,女人是有更猛的武器的,枪或者其他的武器。

她为什么不要我的命?野猪很茫然,不知道该不该继续搏杀下去,如果谷里只有万月一人,相信野猪会放弃,但罗正雄来了。野猪一眼就望见了枪,乌黑的枪,凶残的枪,人类目前最残忍的杀生工具。野猪无法犹豫了,抢在罗正雄闯入灌木林前,再一次跃起,这是野猪最后一搏了,不管结局如何,这都是它一生最后一次表演。

这一次表演真是空前绝后,野猪仿佛不再是野猪,而是万兽之王,那一跃也不像是跃,像什么呢,万月形容不出,罗正雄也形容不出,因为野猪腾起时,整个世界像是被它带了起来,风、沙、天空、灌木林,世界改变了方向,世界也打破了秩序,后来很长的日子里,罗正雄都震撼在那一跃里醒不过来,真是惊天动地啊。

气吞万里如虎！

罗正雄终于想到一句能形容野猪那一跃的话。

万月呢,自那一跃后,她再也不相信人是最伟大的这句鬼话。骗谁啊,比起野猪那优美而凶悍的一跃,人类真是太笨拙太渺小,如果不是凭借枪啊刀啊这些硬邦邦的工具,单凭身体的力量,人类怕是……

总之,那一跃以绝版的方式,永远定格在了万月和罗正雄脑子里。

罗正雄甚至搞不清枪是怎样弄响的,子弹又是怎样穿透野猪脑袋以非常坚硬的方式结束这场博弈的。当野猪倒地很久,血染红整个灌木林以后罗正雄眼前还浮现着野猪无与伦比的绝杀姿势。那是怎样的一跃啊！

临时宿营地陷入一片死默。古寨子发出一股死沉沉的味道。

万月躺在地上,浑身已被血浸透,弄不清她身上哪是野猪的血,哪是她自己的,反正所有人的眼睛都染满了血。

罗正雄长久的无话。

他说不出,真是说不出。

两壶水放在面前,血红的水。

没有谁敢上去喝一口,两天没喝一口水的战士们谁也不觉得渴。

政委于海终于按捺不住道:"我去过九景儿梁,那么奇特的沙梁,她是怎么上去的呢？"

罗正雄没有回答。

一营长江涛也按捺不住道:"她是不是迷了路,掉进死亡之谷了？"

罗正雄轻轻扫了一眼江涛,还是没回答。

田玉珍抱着万月,用眼泪为她清洗着脸上的血。

第三天后,罗正雄带着一组全体成员,还有一水囊九龙泉的水,回到了营地。无论如何,他要把扎破水囊的人查出来。

会议开了两天,除开于海已经在古寨子查出的那点儿线索,罗正雄一无所获。夜风再一次席卷营地时,罗正雄走出地窝子,望着挂满星星的苍穹,他忽然问自己,我是不是被什么假象迷惑了？

政委于海跟出来,默立在他身后半天,自言自语道:"会不会有人一直跟着我们？"

"你说什么？"罗正雄被于海的话吓了一跳。

于海赶忙说:"你别紧张,我也是瞎猜。"

恰在这当儿,营地里突然闯进一峰驼,还未等哨兵发出声音,驼上重重栽下一个人。罗正雄跟于海几乎同时扑过去,他们看清了来人:驼五爷。

"团长,出事了……"驼五爷从地上艰难地撑起身子,用最后一丝力气说。

……

事情到底怪不怪驼五爷,没有人说得清,但有一点可以肯定,只派两个年轻的士兵去取水,这是决策上的错误,为此,罗正雄和于海应该承担全部责任。

驼五爷他们并没到二师八团去取水,按当初于海的指示,他们应该到八团。八团是于海曾经待过的地方,也是离营地最近的一个团。于海还给八团团长带了封信,让他在回来的路上护送一程。如果真是去了八团,一切有可能幸免。按于海跟八团的感情,八团就是全程护送也有可能。毕竟,特二团要做的事,关系到整个兵团的未来,在全兵团一盘棋的战略思想下,八团这样做也是以实际行动支持特二团。于海当初之所以轻率地决定只派两个战士跟着驼五爷,不能不说有这方面的依赖思想,事后的总结会上,他把自己狠批了一通,认为这是投机主义思想在作怪。这又能顶什么用呢?失去的生命再也不可能复活。那可是两条年轻的生命啊,其中年纪小的那位,刚刚满十七岁。更为凑巧的是,出事那天,正好是他十七岁生日。

悲哀笼罩了大漠。

驼五爷他们取水的地方,叫七垛儿梁,跟八团有将近四十公里的距离,按来回算,可以节省两天时间。驼五爷这样做应该是好心,他说七垛儿梁有他一个亲戚,是个老羊倌,在那寨子里很有威信,找到他取水没一点问题,甭说五峰驼,就是赶上一支驼队去驮,也不会说个不字。而且七垛儿梁不缺水,那儿有一口古井,越到旱时井里的水越旺,几辈子了都如此。惹得周围的寨子都当景儿看,三伏天赶着驼专门来取水,说古井的水喝了有灵气,还能祛百病。就连北疆的几个王爷,也都亲临过七垛儿梁,还送那么好的花帽给七垛儿人,说是让他们好好守着圣泉,千万别负了上天的一片好心。

两个士兵当然想看看圣泉,再者省两天路程,对谁来说,也不能不考虑这点。

　　七垛儿梁取水的过程果然顺利,老羊倌真是个热心肠的人,不但帮他们装好水,还烤了活羊招待,临出发时,又支援了部队两峰驼,驼上满是七垛儿人送的食品,说是七垛儿人对解放军的一点心意。"感谢解放军,感谢毛主席。"亲切的话语一直喊到了寨外十里处。

　　驼五爷很得意,这一次他算是在两个年轻的士兵前露了脸。

　　第一天走得很顺利,第二天也算是顺利。第三天,遇到一场风沙。

　　无风沙以前,两个士兵的机灵和可爱真是让驼五爷很受用,驼五爷从没遇过这么开心的宝贝,开心死了,能说会唱,肚子里讲不尽的故事,听得驼五爷耳朵痒痒,心也痒痒。驼五爷说,早知道当兵这么好玩,年轻时就该去吃粮。

　　风沙一来,年轻的劣势就显了出来,真是差劲得很,驼五爷这样评价两个年轻人。那风其实并不大,也没多险恶,唯一令人难受的,就是睁不开眼。这是典型的沙尘,漫天漫地,风携着稠密的沙,并不流动,就漫在天空里,世界污浊一片,你连呼吸都不敢有。驼五爷让两个年轻的士兵把帽子取下来,捂住嘴,这样就能接上气了。两个士兵照做了,可走了不到五十步,两个人就再也迈不动步子。这风不像厉风,厉风能把人吹起来,你想停都停不下,这风旋在天地间似一张网,目的就是把人网住,让你寸步难行。驼五爷艰难地驱赶着驼,他知道这时候不能停,你要在原地停下,没准一个时辰后,你就被黄沙掩埋了。风看似不流动,其实它在拼命地往下降沙,这叫搬沙风,它能把几百公里外的沙子成吨成吨地搬过来,一夜间降下一座沙山是常有的事。过去有多少个古寨子,就被这样的风沙给埋了,当地人一遇到这种风,第一个想到的就是牵上驼逃。驼有灵性,它知道这风朝哪个方向刮,从哪个方向逃就能把命保下。人不行,人让风沙迷住,是没有一点儿方向感的,感觉满世界都是风,都是沙,逃到哪儿都是死,再说你压根就没法逃。

　　没办法,驼五爷拼上力气走近他们。这时候说话是听不到的,做手势也不行,耳不管用,眼又睁不开,互相间交流,完全凭的是经验,可这两个年轻人,偏偏缺的就是经验。驼五爷真是后悔,咋就要了两个年轻人,一路上尽顾着听他们说唱,反把正事儿忘了,应该提前给他们讲点经验,或者讲点应对办法。无奈之下,驼五爷用尽力气,将两个年轻人扛上驼,拿绳子捆在驼上,这样,驼走他们就走,驼不迷失他们就不迷失。

可惜,两个人还是迷失了。

驼五爷真是搞不清,咋就会迷失呢?明明是捆好在驼上的,一捆到驼上,驼五爷就顾不上他们了,他得设法让七峰驼尽快逃出风圈,按他的估计,要逃出这个风圈,至少得一天一夜的路程。他给自己的驼做番交代,那是头很灵性的驼,跟了驼五爷好些年,驼五爷每一巴掌,它都能领会出意思。果然,驼五爷拍完五掌后,这头叫做"老海儿"的驼便走在了最前面,其他的驼寻着它的声音,一步步地跟着它走。驼五爷这才跳上最后一峰驼,身子紧贴着驼背,有点被动地把命交到了驼手里。

没想他们走了两天两夜。这个风圈比驼五爷估计得要大得多,幸亏有"老海儿",幸亏是驼五爷,不然他们是走不出风圈的,有多少人就这样被风圈吞噬。逃出风圈,驼五爷庆幸地舒了口长气,这下他可以睁开眼睛了,他要好好看看,狗日的风圈到底有多大,天呀,比世界还大,比天还大,驼五爷活了大半辈子,真还没见过这么大的风圈,了不得。

驼五爷紧跟着又叫了,前前后后慢悠悠跟上来的驼上没了人影,水囊在,食物在,所有的东西都在,就是没了人影。哥哥,人哪去了,两个兵娃子哪去了?

天呀,这可不是闹着玩的!驼五爷立马揪起心,前前后后巴望起来。可前面的视线被黄沙牢牢遮挡了,风圈还在缓缓地移,往南,又像是往东,就像一个庞然大物,以极慢极震撼的速度,把还没吞食的地儿往风肚子里吞食。后面是烈日炎炎的黄滩。驼五爷仔细辨认了一番,才发现"老海儿"把他们带进了干驴皮滩。

天呀,干驴皮滩。

# 9

干驴皮滩是新疆有名的一座滩,这滩大得很。

据说,很早很早的时候,这儿是一片湖,叫什么湖来着,驼五爷忘了,或者他压根就没听过。因为打他爷爷的爷爷手上,这儿就叫干驴皮滩了，湖成了一个影子，一个传说。而驼五爷是不大相信传说的，他只相信一句话：耳听为虚，眼见为实。这干驴皮滩他来过，不止一次。沙漠里奔命的人，哪个能躲得过这滩？驼五爷打十五上给人家当驼脚，后来混成驼客子，再后来成了驼把式，这一生在沙漠里踩下的脚印，怕是比羊粪蛋子还密。这滩，怪吓人的。驼五爷记得一句话，是甘肃那边来的驼客子说过的，宁可蹚黄河九十九道湾，也不走西口一张干驴皮滩。这话是真的，只要走过干驴皮滩的，没有不为自个还能活着出来而热泪染襟。这滩寸草不生，甭说草，就连沙子也很少有。整个滩就像一张硕大的驴皮，光溜溜的，沙子在上面都很难站住脚。风像一把铁扫帚，不时清扫一下，这滩就干净得什么也长不出了。而且奇怪的是，别的滩会裂，风吹日晒，那滩就像裂开的牛皮，到处张满嘴，这滩不，这滩你很难找到一个缝，它太牢靠了，牢靠得你拿刀都劈不开。脚踩上去，你能听见整个滩在响，嘣嘣的，就像有人在敲鼓。发出的声音浑沉而嘶哑，就像冤魂在深夜里叫唤，很骇人。人们怕它，不只是怕它这声音，更怕它的脾性。这滩是有脾性的，走过的人都说，这滩是个驴脾气，你越急，它越黏你，你越渴，它越晒你，你越乏，它就变着法子让你更乏。总之，这滩上走路，急不得，慌不得，更缺不得。你要是少了干粮和水，就等着死吧，甭指望还有啥能救你。

驼五爷第一次走这个滩，花了半月时间，那时他不到二十，体力好，耐旱，一双脚能赶上骆驼。第二次，花了将近一月，那时他三十。最长一次，他走了两个月，那次他以为自己就走不出来了，会永远地留在这干滩上，后来奇迹般地走了出去，不过他付出了代价，十二峰驼还有十六岁的侄子让他留在了滩里，活生生给渴死了。想想驼五爷的心就往一起圪蹴。

这滩啊，是个乱魂滩，是个要命滩，是个走不过去也躲不过去的滩。

幸亏，老海儿把他们带的还不是太深，也就半天的路程，要不，驼五爷就该哭了。等辨清方向，他捋了下老海儿的眼睫毛，你个老花眼的，比我还不顶用，这是乱进的地方么？老海儿似乎听懂了他的话，伸直脖子冲远处的黄沙吼了一声。驼五爷马上说："没怪你，没怪你啊，能走出来，就是万福。"

自个走出来不算，那两个年轻的兵娃子要是走不出来，他这趟可就难交代了。驼五爷一边吆喝着驼，一边放野了目光四下瞅。黄沙洗劫过的沙漠,哪能瞅出个人影来,连个实在些的物都瞅不见。除了沙,就是死亡一般的空旷。

到后晌,驼五爷带着七峰驼,出了干驴皮滩。他现在的方向跟离开七垛儿梁上路时的方向正好反着,是个斜线,也就是说,离营地反倒比上路前更远。

这就是沙漠,有时候你走了十天半月,吃尽了苦头,回过头一看,还不如不走。但没有谁选择不走,你就是一生都在走弯路,走回头路,你还得走。不走？不走你到沙漠做什么？

驼五爷笑笑,这时候他居然还能笑出来。笑不出来又能咋？驼五爷突然觉得自己很深刻,甚至比罗正雄于海他们还深刻。

一想到罗正雄,驼五爷的心沉了,比刚才风圈困住时还沉。这个人怪着哩,怪得很,轻易琢磨不透,也没法琢磨。驼五爷觉得他是个很有心计的人,比于海心计还重,甭看于海是政委,专门管人脑子里的事,真正能钻到人脑子里的,反倒是这个罗正雄。驼五爷一生走南闯北,生生死死,自信见过不少人,也看透过不少人,这个罗正雄,他看不透,甚至连个皮毛也看不穿。

就说罗盘的事儿吧,驼五爷坚信,罗盘让谁偷了,罗正雄比谁都清楚,甚至比偷罗盘的人还清楚,但他装,能装的人多,但装到他那个糊涂份儿上的,少,几乎没有。他为啥要装呢？驼五爷想了许久也没想透,但他相信他装得对。这是支复杂的队伍哩,里面啥人都有。甭看驼五爷一天到晚傻呵呵的,关于这支队伍的事,他想得不少,甚至比罗正雄还多。等着吧,总有一天,这支队伍会出大事,到那时,怕是一个罗正雄对付不过来。

不过不打紧,驼五爷对这支队伍很有信心,能把新疆打下来,能把叛军一个个收拾掉,还把东突那些狼撵得没地儿去,你敢说这支队伍简单？

驼五爷冲老海儿喝了一声,意思是走快点,甭磨磨蹭蹭,他还要急着找人呐。

找人太难！荒天荒地,哪有个人！八成,是让风给吞了。驼五爷沮丧地坐在驼上,开始怨恨起两个兵来。这两个不中用的,让风吞了事小,坏了他驼五爷的名事大。往后,谁还敢用他？没人用他驼五爷还有个啥活头？莫不如死了！

天黑时分,他在一土围子里落下脚,沙漠里这样的土围子不少,有些是专供驼客子落脚的,有些不,里面藏着啥指不定。哪儿能落,哪儿不能落,这就看你的眼力。眼力好,吃的亏少,眼力差,丢个命不在话下。

他给肚子填了些东西,取了水,喂了驼,将驼一个个拴好,本打算拾堆柴火当篝火点上,又一想,算了,一个人,七峰驼,还是不声不张地悄悄睡下吧。

天明时分,他听见了响,驼五爷高兴坏了,以为两个兵找着了他。一骨碌翻起来,跃出土围子,稀薄的光亮中,他确实看见了人,但不是那两个兵,是一队驼。好像也宿在前面不远处的一个土围子里,这阵儿起身,要上路了。只看了眼头驼,驼五爷便知道那是马老三,沙漠里一个脾性很怪的驼把式。

"马老三——"驼五爷吼了一声。

"驼老五——"那边回过来一声。

这样,两支驼队就算打了招呼,互相道个平安,然后各走各的路,各挣各的钱。驼道上有个规矩,两支驼队是不能互相靠近的,再亲密的关系也不成。一则怕你图谋不轨,二则你这趟驮的啥,往哪儿去,是不能让外人晓得的。十驼九鬼,谁也搞不清对方口袋里卖的啥毛。趸回土围子,驼五爷开始解脚绳,就是夜里拴在驼蹄上的绳子,那是一种细细的驼毛绳,系时驼感觉不到,上面还系着些风铃,声音很脆,驼不乱动,它是发不出响声的,如果夜间遇到偷驼的人,那铃儿就会猛然炸响,会让方圆几十里的人听到。

第二天走到黑,驼五爷心里就不只是沮丧了,啥都有。他已认定,这两个人回不来了,除非他们遇上另一支驼队,否则,这荒漠就是他们一辈子睡长觉的地儿。一个人最怕在沙漠中失去伴,这不是个好兆头,驼五爷想着,心里再次涌上一层难过。对着西天长长叹口气,再叹口气,驼五爷眼里就有泪涌了。这一夜过得相当漫长,他几乎一眼未合,耳朵更是留神着四周的动静,可惜,他啥也没留神到。

奇迹是这天黎明要上路时发生的,驼五爷庆幸自己有一头好驼,是的,在沙漠里,有一头好驼比啥都重要。驼五爷把东西收拾好,吆喝着驼出土围子时,老海儿突然竖起耳朵,警惕地冲四周听,听着听着,老海儿不安了,这老宝贝,它要是不安起来,那神态是很吓人的。驼五爷问了声:"你个老蛋蛋,又咋了?"老海儿猛地打了个响鼻,一下挣脱缰,也不管身上驮着啥,甩开蹄子就跑。当下,驼五爷心里就下来了,他顾不上别的驼,跟着老海儿就跑,边跑心里边喊,老蛋蛋,你可甭哄我呀。

他们跑了足足有一个小时,跑出的路,比平时两个时辰走出的还多。在一大片红柳丛前,老海儿突地止住步子,然后不停地打响鼻,大团大团的粉末状东西从它鼻孔里喷出来,喷在清晨的红柳丛上。驼五爷往红柳丛里一瞅,天呀,人,驼五爷看见了人。

先是年龄大些的那位,接着驼五爷看见了小的,那个被他一路唤作小疙瘩的,满脸血污,死了一样摔在土坎儿下。驼五爷奔过去,摸了把他的脸,鼻息很僵,几乎没气了,又摸了下心窝子,发现还烫,驼五爷就知他还没死还有救。

这两个命大的,竟是被风圈给戏耍了!按驼五爷这行的话说,就是碰到风妖了。风妖其实也是一种风,不过驼五爷们不叫它风,叫它妖。这种情况很少见,但你要是遇上了,十有八九就得死。不是让它刮死,是迷死。

风妖其实是一种幻景,巨大的风中,人的思维不起任何作用,除了恐惧,你啥也没有。如果恐惧过了头,风妖就出现了。昏天暗地中,你会忽然看见一片晴,日头朗朗的,当头照下来,照得四周一片明净,你能看得见蓝天,看得见花草,甚至还能看见大片大片鲜嫩嫩的绿,那景儿能美死个人。这时候你会不由自主地跳下驼,会甩开双腿往绿中跑,你跑啊跑啊,那片鲜嫩的绿能看见,却总也触摸不到,其实你已经被风妖迷住了,那片绿压根就不存在,那只是你的幻觉。

两个年轻的兵先后醒过来时,嘴里发出同样的梦呓,绿,绿啊——这已是又一天的黄昏,他们在驼上昏睡了近两天一夜。好在,他们终于挺了过来。驼五爷喜得当下喝住驼,就近寻了个土围子,点火做饭,他要给两个命大的好好做顿饭吃。

吃过喝过,两个人把遭遇说过,驼五爷笑着说:"大,你俩真是命大,能打风妖手里逃出来,算是个奇迹哩。"三个人围着篝火,喧了半夜的话儿睡下了。驼五爷说:"安心睡,缓足了精神,得赶路哩。"驼五爷估摸了下,如果不再出意外,应该三五天就能赶到红海子。唉,这一路折腾来折腾去,尽是冤枉路。

兴许是死而复生,两个兵娃睡得很踏实,也兴许重逢太令人开心,驼五爷竟也给睡实在了。所以对将要而至的灾难,三个人谁也没觉察。

风铃乍响时,驼五爷猛从梦中醒来,睁眼一看,四周蒙蒙的,并没啥反常,天刚刚吐出一星儿亮,黑暗正以更猛的方式阻止白昼的到来,这是人和驼瞌睡最重的时候,也是反应最为迟钝的时候。驼五爷不敢贪睡,老海儿不可能糊里糊涂就把铃弄响。他摸出土围子,屏声静气观望了一会,正要反身回来,眼里忽就跳进了东西。

真是太能隐身了!单凭他们在沙漠中隐身的这功夫,你就能猜想这些人身手是如何了得!驼五爷在跟罗正雄和于海的叙说中,还是忍不住对这支神秘的黑衣人大加赞赏,可见黑衣人在那个早晨,给他留下了多么深刻的印象。

五个黑衣人分五个方向朝土围子逼过来,正好形成一个包围圈,这就是让驼客子闻风丧胆的"黑狼",沙漠中一支专门要命的神秘力量,有人说他们是东突人,有人说他们原本就是强盗,一批专门杀人越货图财害命的吸血鬼。驼五爷暗叫一声不好,急速折回土围子,三两下就解开系在驼蹄上的绳子,这时候人的力量就很小了,能否逃过这一劫,关键就得看驼。只要一被黑狼盯上,想活着出去,那希望简直就小得没有谁敢去抱。驼五爷揣着巨大的不安,奋力摇醒两个年轻人,两个人睡得竟是那么沉,竟能一头砸到驼五爷腿上再睡。驼五爷怒了,这种时候还能睡着,简直就是想一觉睡到阎王殿去!啪啪两下,两个重重的嘴巴扇到了脸上,年纪小一点的醒过来,可醒比不醒还要糟。这当儿黑衣人已摸了过来,离土围子不到二十步,头驼老海儿已在做反扑的姿势了,双眼静静地盯住领头的黑衣人,一动不动。被唤作小疙瘩的揉了揉眼,打着哈欠问:"这么早啊?"

"有情况,快起身!"驼五爷顾不上跟他们多说,水囊还有食物都在土围子里,他得以最快的速度将水囊放到驼峰上。要不然等会驼狂奔起来,这些东西就只能扔在这儿。就在驼五爷刚刚把第一个水囊丢到老海儿身上时,枪声响了!

这是典型的忙中出乱!叫小疙瘩的年轻兵睡眼惺忪提枪往土围子外面跑,刚跑到土围子边上,就看见五个黑影以超乎想象的速度往这边包抄。当时他吓坏了,因为他清楚,这五个黑影不是别人,正是东突的反动势力,到目前为止,他们独立的野心还不死,非要顽抗作对,试图将十万大军赶出新疆去。他几乎没有犹豫,就冲黑影喊了一声:"我们是中国人民解放军,我命令你们立刻后退。"然后抬起枪,冲天就是两下。他以为这样就可阻止对方扑过来,没想这两枪没吓住黑衣人,却惊坏了驼。是七垛儿人送的那两峰驼,驼五爷的驼不会惧怕枪声,七垛儿的就不一样,它们是家驼很少听过枪声,枪声一响,它们就惊了,扬起蹄子毫无方向地就乱奔起来。这场面惊住了驼五爷,也惊住了黑衣人,黑衣人一开始没反应过来,弄明白时就笑了。因为他们看清这就是要找的驼,给红海子取水的驼,他们不容许把水再运往红海子,他们要渴死特二团!

两个年轻的士兵真是没有经验,居然一人跑向一峰驼,想把受惊的驼追回来。这情形简直令驼五爷哭笑不得,他还未来得及喊,黑衣人已分成三股,两股扑向两个年轻的士兵,领头那位,斜刺里冲他扑来。驼五爷再也不敢怠慢,跳上老海儿就冲。

沙漠里上演了一场恶斗,除了驼五爷和老海儿侥幸逃出,两个年轻的士兵还有六峰驼,全成了黑衣人的祭品……

可以断定,那支黑衣人是专门冲特二团来的,目的就是要把特二团困在红海子。听完驼五爷的述说,罗正雄和于海都陷入了深思,失去两位战友固然悲痛,可面对东突分子的恐怖袭击,特二团的生存将更加危险。不知怎么,罗正雄忽然就将头人阿孜拜依那支驼队跟黑衣人联想到一起,东突分子在疆域闹事,都是跟一些王族秘密勾结的。糟糕的是,侦察员祁顺到现在都没有消息,眼下黑风暴就要到来,水的问题虽说是解决了,但内内外外一系列困境真是令罗正雄不敢轻松。

两人商议一番,决计派侦察员小林再次潜回师部,黑衣人的问题不可小瞧,如果东突分子真想在沙漠中作乱,就得想办法铲除,这个情况必须尽快向师部报告,否则,整个兵团的行动都会被它所困。说什么也不能让这股顽固势力再在新疆猖獗,必须给予它最致命的打击,罗正雄再次向小林道。同时罗正雄要于海带上两个人,即刻赶往二组,一定要在黑风暴到来之前,将二组安全带回来。

罗正雄担心,东突分子会借黑风暴向特二团下手,现在必须作好最坏的打算。这支力量非同小可啊。

## 10

　　谁也没想到,黑风暴会来得这么快。
　　就在于海他们赶到二组的当天下午,大约五点多钟,天地间忽然响过一阵轰鸣,紧跟着一股黑浪腾起。那轰鸣犹如一颗巨大的爆炸物炸响,旋即腾起滚滚浓烟。当时于海跟副团长刘威刚刚见面,刘威拉着于海上了沙梁子,指着前面一片开阔地说:"我把这儿测了两遍,资料搞得非常翔实。"
　　"为啥要测两遍?"于海不解。
　　"我感觉这下面有东西。"
　　"工作可不是感觉出的,有没有东西,你我测了不算,得等地质专家来。"
　　"我也是这么想,尽可能把第一手资料搞翔实点,将来对专家也有帮助。"
　　两个人正谈着,猛就见天地黑压压的,紧跟着就有坦克般的声音响过来。
　　"不好,黑风暴来了!"于海惊叫了一声。刘威还在愣怔,他几乎不敢相信自己的眼睛,刚才天地还一片晴朗,太阳像个巨大的火球挂在空中,眨眼风卷着沙尘,就把世界弄暗了。
　　"还愣着做什么,快回营地!"于海的声音传过来,就这一闪身的空,两个人便看不清对方。隐隐约约,刘威看见前面有个影子在跑,他拔腿追上去,一个风浪打来,他被重重地击倒。
　　风扯着沙,沙扯着大地,整个世界在摇晃。
　　临时宿营地里,此刻乱成一团,帐篷被掀起,风筝一样卷上了天,战士们的行李、衣物,全都像树叶一样被轻飘飘掠走。提前赶到的于海正指挥几名炊事员往地窝子里抢放仪器,没想刘威他们临时挖的地窝子根本不叫地窝子,只能算个大一点的坑。于海还在叫唤,风已把那个小小的坑给填平了。没办法,于海只好招呼着让炊事员把锅掀翻,将几架没带出去的仪器还有资料扣在了锅下。等刘威跌跌撞撞摸回来时,宿营地早没了影,要不是五峰驼围成一个圈,替人遮挡出一片儿藏身的地方,怕是人都全给卷走了。

"怎么办,战士们都在测量点上。"刘威是第一次领教黑风暴,这阵儿他心虚了,对着于海耳朵喊。

"还能怎么办,这阵是风头,等风头过去,我们再想办法。"

每喊一句话,嘴里就要灌进一大把沙子,于海强行将刘威压在身底下,示意他别急,看情况风头不会持续太久,这是黑风暴的规律,来得越猛,风头就越短。只要不彻夜地刮,战士们还不会有生命危险。

果然风暴持续了半个小时,人还处在惊魂未定中,风势便弱了下来。于海努力睁开眼瞅了瞅四周,妈哟,四周全变了样,就算战士们全活着,怕也没谁能找到这个地方。

不能等,得抢在第二次风头到来之前,把队伍集中好!

于海站起身,命令炊事班马上点火,这个时候,只有火才能告诉远处的人,营地在这儿。两个随行人员加上三个炊事员,分五个方向顶着狂风恶沙,想在高地上把火点起来。可这太难,风势虽是弱了,但残风足以把人的脚步阻挡住,加上五个人怀里又抱着柴火,没走几步就都被风浪打了回来。只好先集中放一堆火。

费半天劲,终于将火点起,于海的心才稍稍趋于平静。火借着风势,很快向四周蔓延,沙漠里这时节多的是干柴干草,只要控制着不让火势蔓延得太开,这股火就成了灯塔。趁别人四处拾柴往高里堆火的空,于海跟刘威说:"我估摸着今夜不会有太大的风,我们得做好连夜返回的准备。"

"就怕……"刘威想说什么,说了半句吭住了。于海明白,刘威是怕战士们不能全部回来,这也是他最最担心的。但眼下除了等,别无他法。两个人沉默着,直到风一步步减弱,沙漠渐渐归于平静,两人谁也没再开口。

但心一个提得比一个紧。

到晚上九点多,营地外面传来声音,于海喊了声:"来了!"就往沙梁子那边跑,刘威跟过去,就看见有战士朝这边走来。

一个,两个,全都土头土脸,好像刚从土里面扒出来,问及刚刚过去的黑风暴,一个个摇头,那脸色,那神情,就像刚从战场上下来,心还沉浸在惨烈中,不敢回味。于海示意刘威,甭再问了,赶快清点人数,看到齐了没?一清点,才到了一半。炊事员早就准备好了饭,馍就酸菜,一人一勺粥。吃饭的时候,又有人陆续赶回来,样子更惨,有人被卷出五六里地,有人掉进窨井,有位小战士摔坏了腿,是两位战友轮流着背回来的。到半夜时分,还差四个人没回来,张笑天、杜丽丽,还有胖子张双羊跟秀才吴一鹏。

继续等下去,还是先行撤走?政委于海跟副团长刘威意见出现了分歧,于海主张先撤,不能再等了,再拖下去,如果第二次风头再来,整个二组都回不到营地。刘威坚决不同意。"不能丢下他们不管,这不是我们的作风。"

"现在不是讲作风的时候,我们得顾全大局。"于海说。

"这时候不讲作风啥时讲?啥叫顾全大局,难道置自己战友的死活不管,自己逃命就是顾全大局?"刘威说话有点冲,这也是免不了的,毕竟张笑天他们不回来,他比于海更为焦急。

争来争去,还是达不成一致。这时向导铁木尔大叔说话了,他的意思也是不能再等,现在出发,赶在第二次风头到来之前,队伍应该能平安到达营地。不过,铁木尔大叔说出了一个令于海和刘威都没想到的建议,他留下来,在临时宿营地等二营长他们。

"这……"于海有点为难情,让向导留下来他们安全撤走,似乎不是一个军人的作风。"要不你带大家先走,我跟铁木尔大叔留下。"他转向刘威说。

"要走你走,我不走!"刘威怒狠狠道。他虽是领教了黑风暴的厉害,但要他把战友弃下,自己安全撤走,他做不到。记得在当营长时,他的步兵营跟国民党一个团干了一天一夜,最后只剩了三个人,受伤的副营长要他撤退,自己掩护,他怒笑着说,你把我当谁了,就是死,我也要先你一步去见阎王!结果,他们又硬拼了三个小时,最后二排长壮烈牺牲,万般无奈中他还是背着副营长从尸体堆里爬了出来。

"刘威同志,我并不是贪生怕死,我是奉团长命令,要安全带同志们回营地。"

"安全?在我刘威的脑子里,要死一起死,要活一起活,这就是安全!"

"刘威同志,我现在是传达团长的命令,立刻集合第二组,撤回营地!"

"你——"

"你们两个不要再争了,就按我说的办。快撤,要不然,黑风来了谁也走不了。"向导铁木尔大叔也急了,他是真担心,在撤回的路上遇到风暴,后果比留在临时宿营地还糟糕。

"我也不回去,我要留下来陪我阿大。"阿哈尔古丽突然说。几个人尽顾着争了,居然把这位向导姑娘给忘了。

"不行,你得跟我们一起走。"于海转向阿哈尔古丽说。

"我不会走的,我要等杜丽丽和张双羊回来。"阿哈尔古丽说着一头钻进黑夜,朝测点方向走去。于海再叫,风把他的话转瞬吞没了。

又起风了,刚刚平静下来的沙漠,转眼又能听到风的吼叫声。

"不能再耽搁了,刘威同志,不为大家的安全着想,你也得替这些资料想想,如果在风中把资料丢失,这一个多月的辛苦就白费了。"这话一出,刘威沉默了,是啊,资料,这一个多月的努力,不就换来这两箱资料么,如果途中真遇上黑风暴,谁也保证不了资料的安全。

"全体集合!"他终于吼出了一声。

在向导铁木尔大叔的再三恳求下,于海最终还是同意将父女俩留下,其余人全部撤走,这样做一方面是替二组着想,另外他也坚信铁木尔大叔有对付黑风暴的经验。

谁知好不容易回到营地,一听他将铁木尔大叔和阿哈尔古丽留在了临时宿营地,罗正雄立刻火了,当着全组人的面,大发脾气道:"你这是严重失职,目前形势有多复杂,难道你不明白?!"政委于海顿时觉得自己做了一个错误的决定,但是后悔已晚,就在他们踏进营地的那一刻,第二次黑风已经卷了过来。

黑风一点不给人喘息的机会,一连三天,罗正雄他们都被狂野的黑风暴逼在地窝子里,想巴一眼外面的世界都不行。听着外面排山倒海的气势,没有哪张脸不染上沉重。一想二营长他们还在数十公里之外,地窝子里发出的就不只是叹息了。生和死,有时候竟是这样的纠缠一起,刘威已经发了无数次脾气,政委于海连日来比哑巴还沉默,他圪蹴在地窝子里挠头,心情比死了爹娘还沮丧。罗正雄更像是一头疯了的骆驼,三天里没看见他老老实实坐上一刻钟。

一切都是无济于事,这场黑风暴,注定要成为特二团的一次大考验,也是这支队伍走向成熟的一次大洗礼。

黑风中发生的一切,以一种意想不到的方式,改写着这支队伍的命运,使它最终在兵团建设史上,竖起了一座丰碑。

黑风起时,张双羊刚刚测完一个点。这些日子,张双羊的技术越来越熟练,读出的数越来越准确,测量的兴头也越来越高,恨不得整天抱着仪器,在沙漠里跑。唯一令她遗憾的就是搭档吴一鹏。张双羊发现吴一鹏其实是个绣花枕头,按她老家的话说,这种男人叫"中看儿",空有一副外表,加上能言善道一张嘴,真要让他吃点苦干点事儿,就好像抽他的筋扒他的皮。张双羊最看不起这种男人,长得好看顶啥用,人能一辈子靠长相吃饭?再者,张双羊眼里是没有好看的男人,只有能干的男人。张双羊自小跟哥哥长大,爹死娘嫁人后,哥哥就成了她唯一的依靠,在她心目中,哥哥那样的男人才叫男人。张双羊本不想跟吴一鹏配对儿,但副团长刘威说:"这不是找对象,这是工作,挑什么挑!"张双羊想想也是,但她心里还是赌着气,刘威是把他们当做最次的一对搭配在一起的,按老家话说,叫破箩儿找个破对头。哼,我叫你小看人!张双羊发誓要赶上别人,她最眼热的是张笑天和杜丽丽。暗中,她将这一对当成了超越的目标。

讨厌的是吴一鹏,你简直想象不出他有多讨厌,太热了不行,风大了不行,连续跑点也不行,总之他有太多理由,还有太多牢骚,张双羊简直想不通,这样的男人居然也能当兵,还在师部,笑话么。不过她也算狠,吴一鹏怕啥,她就专给他找啥,别的队员早早收工,她不,每天都要熬到天黑。别的队员测中间要休息,仪器手跟尺子手要交流一阵,她也不,从早到晚,不停地吼喊着让吴一鹏跑,不跑死你才怪!一段日子下来,吴一鹏乖了服了,在她面前老实了。

啥人得啥法儿治!这是张双羊早在老家就学到的本事。

张双羊最近心里烦,不是烦自己,还是烦吴一鹏。张双羊发现,秀才吴一鹏跟向导阿哈尔古丽,两人经常眉来眼去,收工的路上,别的队员都是仪器手跟尺子手走一起,边走边讨论明天怎么测。吴一鹏一收工,准是跟阿哈尔古丽结伴。阿哈尔古丽也真是,她咋就总能等到吴一鹏呢?还有好几个夜里,张双羊看见他们在一起,半夜半夜地坐在沙梁子那边,张双羊想把这些情况反映给副团长,又怕副团长骂她多事,不反映她心里又憋得慌。

黑风来的这天,张双羊是成心想给吴一鹏制造些麻烦,她本来可以不往坎儿井那边测的,但一看坎儿井那边沟沟坎坎,地形十分复杂,尺子手得不停地跳上跳下,比沙漠中跑还费劲,她就指挥着往那边测了。

张双羊一眼就看见了风,她本来是看张笑天的,张笑天测得真是太快了,她怎么努力也追赶不上。结果一抬头,她看见了风。

黑风滚滚而来,仿佛千万驾战车,轰隆隆开过来,那阵势,真是吓死个人。张双羊有片刻的愣怔,但仅仅是片刻,她便马上明白,黑风暴来了!这些日子,副团长刘威一有空就跟他们讲黑风暴,教他们如何在黑风暴中求生,二营长张笑天也利用空闲,讲他亲身经历的几次黑风暴。对黑风暴,二组成员早已不陌生,甚至有份暗暗的期待。当兵是不能怕的,不管是风暴还是敌人,你只能抱一个念头:战胜它!过去的岁月里,张双羊遇到过太多过不去的坎,最后都被她战胜了。每到关键时候,她总是想起哥哥当兵前跟她说的话:干啥事都得豁出来,你豁出来,对方就怕了。这话千真万确,不论是对继父,还是对村里那些恶毒的人,张双羊就用一个法子:豁!不豁她活不到今天,不豁她走不出八百里秦川。

张双羊迅速从三脚架上撤下仪器,装箱封盖背身上,平时十几分钟才能完成的动作,她仅仅用了两分钟,就这还是慢了,等她抱三脚架时,劈面而来的风浪一下掀翻她,差点将她卷到空中,若不是趁机抓住一墩芨芨草,她是没有机会抢到三脚架的。等把三脚架抢到手,黑风已吞没了大半个沙漠。顶着狂风,她将三脚架牢牢捆身上,还摸了摸装资料的箱子。这得感谢张笑天,是他教会每个仪器手,资料一定要随时放箱里,遇到紧急情况,首先要保护箱子。做完这些,张双羊开始寻思求生的法儿。这时候她显得格外冷静,一点不像处在危险关头的人。这也是多年养成的习惯,越是危险,她越能冷静。她得感谢秀才吴一鹏,若不是他,这时候他们一定在沙梁子那边,那样她就没地儿藏身了。现在好,她处的位置正好是坎儿井,那被水冲灌了上百年的深穴足够她藏身,借着凶猛的风力,张双羊纵身一跃,跳进了前面一个穴。没想这是个死穴,有半间房子大,里面没别的洞。张双羊觉得这不保险,如果黑风暴真如张笑天说的那么可怕,这样一个死穴用不了几分钟,就能让风沙填满。这样想着,她又爬出来,借着风势,纵身又跃进前面一个穴。

当她重重地摔到地上时,她知道,这个穴深,而且一定是进水穴,也就是坎儿井的入水口。这时天已彻底黑下来,尽管里面能睁开眼,但除了黑暗她啥也望不到。凭着双脚的感觉,她往里走了走,感觉里面有空气流动,就大着胆子又往里走。结果刚抬起脚,脸上便重重挨了一下,紧跟着洞穴里响起噼噼啪啪的声音,仿佛千万只翅膀在扇动。她迅疾往后退了几步,那片乱响还在继续,但声音渐渐变弱。从声音判断,她是误闯进鸽子的世界了,沙漠里这种废弃的坎儿井,是鸽子和乌鸦最好的穴居地,一个穴里至少能藏数百只。张双羊倒吸一口冷气,幸亏是鸽子,如果换成乌鸦,这阵儿怕就没命了,成群的乌鸦扑过来,不出一分钟,就能将她啄成碎片。她俯下身子,地上摸了摸,抓起一把鸟屎,手指头捻捻,确信是鸽子屎,心里的恐惧才缓缓落下。

后来她在离鸽子远一点的地方蹲下来,她必须驱赶掉身上的恐惧,让自己变得更加镇静,这时候只有镇静,才能救得了自己。外面的风声一浪猛过一浪,尽管在离地四五米深的穴里,还是能感觉到那种山摇地动的震颤。她开始担心吴一鹏,他会不会也能跟她一样跳进洞穴?抱起仪器离开测点的一瞬,两人还对视过,她冲他挥了下旗子,示意他继续往东走。随后她便顾不上他了,如果他往东走,相信能跳进洞穴,就算自己不跳,也会让狂风卷进去。这么想着,心里安定下来,毕竟他是男人,又是老兵,不会比她还缺少经验吧。

谁想意外偏偏就发生在这位老兵身上,风头过去很久,张双羊确信外面不会有危险了,才从穴里爬出来。只一眼,张双羊就惊道,完了,啥也完了。测过的地儿哪还有原来的影子,除了坎儿井还依稀有个模样,其他的张双羊都分辨不出来。

她开始找吴一鹏。这是一个相当艰难的过程,张双羊一开始估计得太乐观,所以她边走边喊,风掠着她的声音,飞得高高的,却不掉下来,让风给咬碎了。没喊上半小时,她就喊不动了。风势虽然减弱,但她走的方向是逆风,每喊一声,胸腔里就噎进一股子风,噎到后来,呼吸都很困难。她倒在地上,眼瞪着茫茫大漠,好像一只迷途的羔羊,找不到回家的路。

张双羊想哭,真的想哭,再坚强的人,一旦迷途在大沙漠,空前的绝望和孤独就会扑来。人能受得了恐怖,却受不了孤独,尤其张双羊这种人。况且她还担心着吴一鹏,这个可怜的秀才,不会真的被风卷走了吧？

"吴一鹏——"张双羊又喊了一声。

半夜时分，她找到水准尺，正是吴一鹏扛的那把，上面有标记写着她和吴一鹏的名字。尺子摔坏了，半截被黄沙埋着，半截露外头，张双羊用尽力气，将尺子从沙中抽出来。抚摸着这把不能再用的尺子，脑子里忽然跳出一个很吓人的念头，吴一鹏一定出事了！

如果不出事，他是没道理把尺子扔掉的。

"你个破秀才，我回去咋个交代？"张双羊呜呜呜地发出了哭声。

哭过，她还是不甘心，又接着寻找起来。这一次她找得细，不放过任何一个能藏人的地儿。包括枯井，乱草滩，废弃的地窝子，甚至野猪打下的洞。可是直到第二次风头来临，还是一无所获，这时候张双羊已筋疲力尽，再也迈不动步子。望着滚滚而来的黑风暴，张双羊喃喃道，天呀，你有完没完？

## 11

比起张双羊，张笑天和杜丽丽却幸运得多。

黑风暴席卷而来的时候，张笑天和杜丽丽正坐在一土窑里纳凉。这是他们的秘密，每天一出工，两人先是奋力赶一阵进度，等把其他测手远远甩身后，张笑天就会找个避风或是遮阳的地儿，硬拉着杜丽丽去交流。张笑天和杜丽丽原本不是搭档，那次罗正雄听了万月的建议，重新在仪器手和尺子手间搞组合，张笑天便耍了点小阴谋，将杜丽丽要了过来。

张笑天有点喜欢这个任性而又漂亮的女兵。

这喜欢仿佛是从第一次见面就开始的，到现在不仅阻止不住，而且越来越强烈。杜丽丽初到团部那天站在花园里看花的情景至今还像画一样定格在他脑子里，冷不丁就跳出来刺激他，让他对这个性格怪异的女兵生出无限遐想。有时候张笑天会借故仪器没整平，或是尺子在摇晃，读出的数字不准，让杜丽丽扶着尺子在他的视线里多站那么一会。

不知情的杜丽丽还以为自己真的没把尺子扶好,很是认真地重新调整尺子跟身体的角度,站成一条线。她哪里知道,张笑天正窃窃地笑哩,他的镜头一点也没对准尺子,而是完全落在杜丽丽身上,十字线忽儿在她脸上移,忽儿又到了她身上,总之一天下来,他会把杜丽丽看个够。这还不过瘾,这些日子他又想出个怪招,跟杜丽丽交流。

交流是特二团提倡的,为让仪器手跟尺子手之间尽快形成默契,能把准确度跟进度同时赶上去,团里鼓励大家闲下来别乱扯淡,尽量蹲在一起谈谈工作,交流一下测量心得。这主意还是张笑天出给罗正雄的。刘威是个粗脾气,担心这样会不会让男女兵闹出什么事儿。罗正雄笑着说:"闹出好,婚姻问题现在是兵团的大问题,司令部想办法招女兵,就是想给同志们解决这大难题,要是特二团真能闹出那么几对,我看这事该表扬。"

刘威把话咽进肚子没敢说出来。他怕的,就是这个杜丽丽。怕是罗正雄不知道,杜丽丽是怎么到特二团的。但他清楚,这事政委童铁山跟他提过,当时童铁山气梗梗道:"这黄毛丫头,真是不知天高地厚,让她到特二团去,沙漠里摔打上半年,她就知道自个是谁了。"

一个月下来,杜丽丽一点不怕沙漠,不仅不怕,还越发喜欢测量这行,弄得刘威心里很不是滋味。其实他是一心想把杜丽丽"吓"回去的,这也是童政委的意思。"能把她吓回来最好,吓不回来,你得替我看好她,要是跟哪个男同志好上了,我找你是问!"

为防万一,刘威才将杜丽丽调配给张笑天,张笑天是二营长,也知道事情的来龙去脉,只有把杜丽丽交给他,才让人放心。

谁知……

风很暖,太阳很艳,风暴之前的大漠总是呈现出一幅温和的景象,往往让人沉迷到错觉中。张笑天似乎无心顾及大漠扮弄什么相,他急着要跟杜丽丽问问,那事儿她考虑得咋样?

两天前张笑天突然问杜丽丽,如果有一天他去了地方,当个小官啥的,杜丽丽愿不愿跟着去?

这不是随便问的,张笑天确实在动去哪个地方的脑子,不只是他,兵团里动这种脑子的人多。张笑天本来都已拿到了通知,是一个叫红梁的小县,离罗正雄要去的旺水不远,算是一个专区。红梁解放之战,张笑天就在罗正雄手下,担任尖刀营营长。那个县的伪县长还是他捉住的,当时藏在小老婆的娘家。张笑天对那地方印象好,感觉那是个能活人的地方,上级兴许是考虑到这点,决定让他去红梁当副县长。若不是紧急成立特二团,指不定他现在已在红梁放开膀子干了。眼下全国解放,要打的仗越来越少,待在部队上就有点闷,还不如早点回到地方,当官事小,干事业是大。张笑天还年轻,才二十八岁,正是黄金岁月,如果放开膀子干上三五年,不信超不过罗正雄。当然超得过超不过这是次要的,重要的是他想有番作为。特二团是临时成立的,等任务一完成,这支队伍就要解散,张笑天的未来还在那个叫红梁的小县,所以他把梦也做到了红梁。可问题是现在心里有了杜丽丽,如果她不去,张笑天就难办了,他可不想因为想一个女人把工作耽误了,所以他想探探杜丽丽的口风。

张笑天这话问得贼,他不说喜欢杜丽丽,从来没跟她表示过,一个眼神也没。尽管处处替她着想,但那是工作,是男同志对女同志的照顾,跟感情不沾边。再者,杜丽丽这人高傲,她的心还不知在天上哪座仙宫里,如果冒失地表示,指不定人家怎么臭你。所以他想了这么一个办法,拿这话套套杜丽丽,谁知杜丽丽比他还贼,听完他的问题,当时没回答,只是很矜持地笑笑,那一笑真是好看,像在沙漠中看到一朵"天山雪",张笑天的心立马荡漾成一片。随后,杜丽丽调皮地眨了眨眼:"这个问题太遥远,让我想想。"

这两天杜丽丽说话的表情,神态,还有那调皮劲儿,总在张笑天眼前荡,荡得他都不知道一天该做啥了。夜里睡不着时,他就想,杜丽丽会怎样回答他呢?会一口回绝,还是多少给他留点希望?还有杜丽丽到底能不能听出他话里的意思?

凭直觉,张笑天感到杜丽丽应该能,杜丽丽不比胖姑娘张双羊,她是有过一次这种经历的人,应该能从男同志的话中听出些味儿。不过这事也很难说,越是像她这种人,心气就越高,弄不好还拿你开涮呢。

张笑天最怕杜丽丽拿他开涮。这事虽然勉强不得,但有好感就是有好感,没有就是没有,比如她对那位首长,该回绝就回绝个清楚,千万别拿根细绳儿把人家拴着。但他又怕被一口回绝,要是真那样,该咋办?

一向有智有勇的张笑天突然间没了主意,心悬在杜丽丽身上,终日落不下来。

杜丽丽呢？她觉得张笑天好玩，有点意思，真没想到能在特二团遇上这么有趣的男人。她决计好好逗他玩玩。但仅仅是限于逗他，别的杜丽丽没想过，真的没想。

杜丽丽绝不是一个轻易就把自己交给谁的女人，说她心高，可能有些过，但说她没有心气，也不客观。她是一个有目标的女人，这目标似乎打生下来就有。杜丽丽的爸爸就是军人，曾经在彭老总手下干过，悲痛的是，在一次剿灭土匪的战斗中，爸爸身负重伤，落到了土匪手中。后来虽经多方营救，但终未能营救成功，被土匪头子活活折磨死了。这事对杜丽丽影响很大，最大的就是心中自此树起了一个偶像，她的志向不仅是自己要成为军人，而且一定要嫁一个跟爸爸一样伟大的军人。

这志向受到了母亲的坚决反对。身为中学教员的母亲自从守寡后，对军人这个职业便充满了仇恨，一听女儿对军人抱着幻想，没来由地就发火道："你少给我提那两个字，这辈子就是送你去做丫鬟，也甭想踩进那个门。"后来发觉女儿在男女婚事上也往那方面动心思，更恼了，"你是成心要气死我啊，家里一个寡妇还不够，还要你也赶来凑热闹？！"

面对这样的母亲，杜丽丽真是没办法，一点也没，她偷偷报过几次名，有次眼看要穿上梦想多年的军装了，谁知又被赶来的母亲脱掉。为防止她当兵，母亲真是用足了手段，她哭，她闹，她以死威胁，这还不算，为了拴住她的心，母亲早在三年前就动用关系，今儿逼她相亲，明儿逼她相女婿，总之，她不答应放弃这个梦想，母亲就一天也不让她安宁。没办法，杜丽丽只好答应，说再也不想当兵了，就是让她当军官也不去。"真的？"母亲问。"真的。"杜丽丽说。"那好，明儿个跟我去相亲。"母亲的思维里，只有让一个男人把女儿实实在在拴住，她的心才能踏实。为让母亲彻底放松警惕，杜丽丽真就跟着她去相亲。对方是一所国办中学的语文老师，长得有点朽，不过人倒是很实在，一就是一，二就是二，说自己曾有过一房太太，不过是包办的，同房没几天，他就从老家逃了出来，如今也有五年了，不知那边情况如何。

"做二房啊？"杜丽丽尖叫道。

"啥叫个二房，那门婚是包办的，他不同意。"母亲在边上插话。

"可他同了房，说不定儿子都跑趟子了吧。"杜丽丽说着就要走，那教员很遗憾地说："我前些日子去过老家，儿子倒是没有，是个千金，四岁半。"

"你——"杜丽丽惊得,真不敢相信天下还有这样的男人。

母亲倒是一点不在乎:"苏先生人长得好,又有一肚子墨水,在学校可是受人尊敬的先生。那门婚也不打紧,反正将来结了婚,你又不回他老家,你在心里不承认他便是了。"

"不承认就不存在?"杜丽丽惊讶母亲的大度,更可怜母亲对男人的态度,在母亲眼里,只要有个男人守着,这辈子就是幸福,不管这男人身后是一个女人还是一群女人。

那门亲自然没相成,母亲很是伤心了一阵子,紧接着母亲的二番轰炸便来了。这一次是个银行小职员,油头粉面,长得倒是白净,可也太白净了,尤其张嘴说话,简直分不出他是男人还是女人。母亲看上去倒是比上次那个教员还满意,恨不得立刻将她推进白净男人怀里。杜丽丽心想,反正也是骗着让母亲高兴,莫不如就依了母亲,免得她一个接一个逼自己相下去。就这样,她忍着巨大的反胃,答应跟银行职员交往,不过最终能不能戴上他送的戒指,就要看他的表现。这话把母亲激动的,当下就逼着小职员去买戒指。小职员嘴上甜甜地应承着,行动上却一点也不甜,兴许真是钱紧吧,反正直到杜丽丽逃出那个县城,搭上专门去内地征女兵的车,也没看到小职员把戒指送来。

坐在车上,杜丽丽充满了憧憬,多年的梦想总算成真,她终于成一名女兵了。而且听征兵的说,这次专门征女兵,是为了培养新中国第一代女拖拉机手,到了辽阔的疆域,到处都是拖拉机,你想开哪辆都行。杜丽丽本来对当拖拉机手没太大兴趣,一看别的女兵又跳又唱,好像双手已摸到拖拉机了,便也兴奋地想,如果真能做一名拖拉机手,也算不错,至少她回家时可以开着突突叫的拖拉机,美美在县城兜一圈风。

铁皮车厢装着她们,昏昏沉沉走了不知多少天,等她们把胃里的食物吐了若干遍,吐得再也吐不出什么时,新疆到了。一下火车,满眼的昏黄,杜丽丽惊叫道:"这是哪啊,拉错地儿了吧,新疆不是瓜果满地,葡萄飘香么?"带兵的笑笑,说这不是新疆,这是下野地。

"下野地是哪啊,我要去新疆。"不只杜丽丽,同一个车厢的女兵几乎都这么嚷。

带兵的更为诡谲地笑笑,指着几辆军用大卡车说:"上车吧,那车就是拉你们去新疆的。"等上了卡车,等卡车奔驰在茫茫的戈壁上,杜丽丽她们的梦就一点一点地醒了,她们没看到满野的拖拉机,倒看到头戴花帽的维吾尔人赶的驴车,没看到星星一样缀满天空的葡萄,倒看到一眼望不到头的漫漫黄沙。更为沮丧的是,一下车,她们便被一大片目光包围,有年轻的,有年老的,有战战兢兢的,也有赤裸裸不带修饰的。起先这群女兵还没弄明白,为什么会有这么多目光像盯猴子一样盯着她们,等弄明白时,营房里便猛地爆发出一片哭。

她们在那个叫棉花塘的地方休整了半月,说是休整,里面却尽是别的名堂,那名堂真是叫人说不出口,比老家相亲还令人不爽。可那些首长并不管你爽不爽,他们照样天天来,来了就跟她们培养感情,还说这是组织交给的任务,为的是他们能扎根边疆。杜丽丽终于明白,她费尽心机从老家灾难般地相亲中逃离出来,越过千山万水,本以为自此就能成为一只自由的鸟,飞在辽阔疆域蓝蓝的天空里,谁知刚下车,就被关进了笼子。而且这只笼子要笼住女兵们的一辈子,让她们再也脱不开新疆。

站在笼子外的,是那些久经沙场战功赫赫听一下名字都能把她们吓倒的首长。杜丽丽感觉是上了大当。放着年轻的教员或职员不嫁,非要翻山越岭跑到这荒无人烟处嫁个"爸爸"。

她被军区首长相中的那天,没有选择逃,也没有选择闹,平静地盯住那位看上去远能做她父亲的首长说:"我答应你,但你得先答应我一个条件。"

"啥条件,你说,只要当我老婆,啥条件我都答应你。"

"先派我到基层去,让我过过当兵的瘾。"

"这……"军区首长犹豫了。

"如果不答应,你就挑别人,反正这儿比我好的女兵多的是。"

首长瞅了瞅她,又瞅瞅,感觉还是她好,就说:"那我派你到侦察连去,在那儿体验体验?"

"行。"杜丽丽想也不想就应了声。

侦察连是一支特殊的队伍,战争时期主要任务是刺探敌情,掌握第一手军事情报,新疆解放后,侦察连的重心转到对独立势力和叛乱分子的监控上。军区首长所以将杜丽丽派到侦察连去体验,是他原本就是一个侦察兵,侦察连是他的老根据地,派到那儿他放心。谁知杜丽丽一进侦察连,就嚷着要去库车,那是个很危险的地儿,连长怎敢派她去,几次请示后,将她派到相对安全的奎屯。这中间就听说杜丽丽早已订了婚,未婚夫是一名中学教员,过去是我党的地下交通员,两人早就建立了革命感情。消息传到军区首长耳朵里,惊得首长当下打电话质问,杜丽丽很有礼貌地说:"对不起,老首长,我真是订过婚的,我这次参军,未婚夫很支持,我们想结成革命伴侣,到时候一定要请您证婚。"气得首长当下扔了电话,第二天一道命令下来,要杜丽丽立刻离开侦察连,调到童铁山那儿去!

老首长给童铁山下了道死命令:"我就是看上她了,我把这个黄毛丫头交给你,你给我好好管教管教,哪一天她想通了,你给我送来!"

能想通么?杜丽丽笑笑,这笑带几分诡秘,也带几分女儿家的小聪明。我才不会嫁给你呢,杜丽丽再次笑笑,觉得老首长很好玩,像个老顽童,脾气很大,心眼倒蛮不错,可惜不是自己想嫁的男人。那么自己到底想嫁哪种男人呢?杜丽丽说不清,真的说不清,不过,她心里,似乎隐隐有个目标了。

## 12

黑风暴来时,两个人好像正在谈论一个敏感的话题,话题是张笑天引出的,他也是别有一番用意。"兵团招你们来,原本是让你们享福,你们倒好,一个个憋着劲儿往下面跑,下面有啥好呀?"

"享福,享啥福?"杜丽丽佯装不明白,傻呵呵盯住张笑天。

"嫁给首长还不是享福?那些首长,可都是大功臣,能嫁给他们,多好的事。"

"那我回去就嫁。"杜丽丽故意道。

张笑天突然不语了,这话似乎伤了他,又似乎让他想起了什么。是啊,杜丽丽是军区首长看中的,到特二团,只是磨一下她的性子,让她知道,还是乖乖嫁给首长好,自己咋能胡乱喜欢上她呢?

"你也算个小首长,说吧,你看上谁了?"杜丽丽突然问。

"我算啥首长,就算再拉来两火车女兵,也轮不上我。"张笑天有点悲观。

"不用这么愁,我看张双羊不错,那丫头有点喜欢你,要不要我给你做媒?"

"少拿我当炮弹,我要是看上谁,才不要别人做媒,自己没长嘴啊。"两个人正斗着嘴,土窑外突然响起狂风声。不用看,一听这声音,张笑天立刻明白,黑风暴来了。

"快把仪器收起来!"他冲杜丽丽喝了声,自个急忙往箱里装资料,还没把一切收拾好,土窑已被黑风侵吞。杜丽丽吓得浑身直哆嗦。黑风暴这三个字,在她耳朵里虽然灌了很多遍,但她压根没想到,会是这么一种怪风,不打招呼哗地就来,一来就把天给弄得啥也看不见。"我睁不开眼!"她冲张笑天喊。张笑天用身子护住她,将她护到土窑里面。"不用怕,这是风头,很快就会过去。"

"我不是怕,我是想睁开眼,看看黑风暴啥样儿。"杜丽丽明明是被突然而至的黑风暴吓坏了,又怕张笑天小看她,硬撑着说。

"千万不要睁眼,把身子弓下来,手捂住耳朵。"张笑天喊。

杜丽丽没听清,正想问一句,一个风浪打来,张笑天被袭倒,身子倒在杜丽丽身上。

杜丽丽挣扎着,想翻起来,莫名地身体就有了另一种感觉,酥酥的,麻麻的,虽然很短暂,却很真实。那是一种从未有过的感觉,很奇特,却也很诱人。杜丽丽一阵心紧,不,是心跳,被狂风惊吓住的心忽然一阵跃动,很凶猛,很微妙,脸莫名地就红了,几乎红到了耳朵根子处。等张笑天挣扎着起身,又保持住跟她的距离时,那份红还舍不得褪去,不过心倒是平静下来。杜丽丽有层遗憾,怪张笑天不该这么快就爬起来,是风吹倒的,又不是你故意,起那么快做什么?

张笑天似乎没觉察到,他的心思全让黑风暴给捉住了,这风实在太猛,比以往遇到的几次都厉害,他奋力展开身子,想把黑风全遮挡在窑外,这样杜丽丽就不用惊慌了。

杜丽丽却盼着,风能再大点,如果一个接一个起风浪,他就不能站那么稳了。

杜丽丽真是个怪女孩,刚才她还对张笑天充满看法,认为他癞蛤蟆想吃天鹅肉,眼睛长在头上,心却在天上。你也不想想,我连首长都看不上,能看上你?还拐着弯儿想问实话,我能跟你说实话,说了还不把你气死!这阵,却突然对他有了一层好感。这好感来得真是快,快得她

81

都想不清是不是好感。管他呢,如果他再倒过来,我就趁势在他怀里多靠靠。

可惜,杜丽丽等了足足有一个钟头,不但没等来那一靠,反把身上的感觉全给等没了。张笑天扔下她,跑到窑外观了半天天象,跑进来说:"风头过去了,这下你不用怕了。"

"我怕个啥,这破天爷!"

张笑天擦了把脸上的土,背起仪器:"我们不能待在这儿,抓紧时间往回赶。"杜丽丽极不情愿地走出土窑,抬头看看天,天苍茫一片,沙漠昏沉沉的,这样的天气,哪还能容得下一点儿浪漫,遂气急败坏道:"这破天爷,刮得到处乱糟糟的,方向都辨不清,咋回啊?"

张笑天努力辨认着,但是很可惜,他也有点辨不清方向了。两个人迎着风沙,艰难地走在茫茫的荒漠上。

第二次风头卷来时,他们的脚步刚刚迈到坎儿井,也就是张双羊最初藏身的地儿。不能怪他们慢,离开土窑不久,还没走上两个时辰,他们就彻底迷路了。越是往里风刮得越癫狂,沙漠也就越刮得不成样子。张笑天再有能耐,也无法判断出哪是去时的路。他带着杜丽丽,忽儿往左走走,忽儿又往右,惹得杜丽丽在身后直骂:"你到底记不记得,这样走下去,怕是一辈子也走不出去。"

张笑天心里想:走不出去才好,看你还想不想首长。嘴上却很认真地说:"你别骂我,这样的风暴,我也是第一次遇到。"

"我不骂你骂谁,这儿还有第三个人么?"杜丽丽蹲地上不走了,说与其这样乱走下去,还不如蹲下等死。张笑天硬拽起她:"不能蹲,一蹲下双腿立刻就没劲了。"

"我的腿早就没劲了。"杜丽丽的声音有点像哭。

"那好,爬我背上,我背你走。"说着,张笑天真就蹲下身子,风沙呼呼啸叫,打得人睁不开眼。杜丽丽真想闭着眼睛爬上去,让他背着走。可这样难为情的事,她真是做不出,再者张笑天背着仪器还有尺子,真要爬上去,怕是他连一步也迈不动。闹了一阵,杜丽丽不敢闹了,天很快黑下来,这次是夜晚来临了,如果还找不到藏身的地儿,怕是……

没想,他们真是走了一夜。张笑天把方向完全弄反了,他带着杜丽丽,深一脚浅一脚,走了两三个时辰,忽然尖叫道:"不好,我们走反了。"杜丽丽差点没晕过去,她一直感觉不那么对劲儿,可又不敢跟张笑天提,生怕一提,弄得他更辨不清南北。可是越往里走,沙漠越空旷,起伏的沙丘,叠乱的沙梁子,就是找不到一处土围子。她记得,测点那一带,遇到土围子是常有的事,还有不少窟井,都是暴风中藏身的好地儿。张笑天也正是凭这点,断定走反了。他真是后悔,没带上指南针,他本来有一个指南针的,可是给了秀才吴一鹏,秀才吴一鹏前几天不停地跟他嚷,说他头一次进沙漠,如果遇上黑风暴,真怕活着出不来。张笑天看不惯他那怕死样,就将指南针给了他,谁知自己却迷了路。

两人坐沙梁子上歇息片刻,刚刚缓出点劲,杜丽丽的骂就开始了,这次是真骂。"没见过你这么不顶用的,还营长呢,这么容易就迷路,我看你这个营长是混上的吧。"见张笑天不说话又骂:"谁知你是真迷路还是假迷路,成心把我往沙海中引,你安的什么心?"

"少说两句行不?我是成心,是想把你往死路上带,行了吧?!"

杜丽丽还要挖苦,张笑天猛地起身,背起东西就往回走。杜丽丽以为他不敢走太远,坐等了一会,哪知这个狠心的真还走远了。气得她边追边骂:"张笑天,这阵你逞什么英雄,有本事你别走错啊。"

赶在天明,两人原路又走回来,透过晨光,张笑天惊讶地发现,他们的脚步正好停在那座土窑前,这真是令人哭笑不得。杜丽丽再也骂不出话了,甚至说句话都很艰难,从晚上的某个时候,她变得沉默,起先是赌气,后来是真的不想说话,跑了一夜冤枉路,她开始害怕,开始紧张,生怕这多变的沙漠,成为葬身之地。站在土窑前,目光空洞而又黯然地盯住张笑天,脸色僵得比死灰还难看。

张笑天长长地叹口气,离开土窑子,又往南走。杜丽丽这次没敢耍性子,紧跟几步追上来。空气死沉沉的,压抑得杜丽丽想哭,这阵她才明白,当初军区首长说的话是啥意思。"有能耐你就到基层别回来,你以为当兵是过家家,由着你性子闹?黄毛丫头,本事不大,心劲儿还不小,有你哭着喊着要回来的时候!"那时她以为首长是吓唬她,想把她蒙到洞房里,现在她算明白,首长在给她敲警钟,跟她暗示特二团的处境。但是这阵后悔迟了,杜丽丽也没打算后悔,她只是气张笑天,这闷的路,你就不能主动说点啥啊?张笑天的脸色比风沙还令人害怕,自己走错了路,居然甩脸子给别人看,甩得还很扎实。相比前些日子的张笑天,眼前这个张笑天就有点过分,有点拿腔作势,杜丽丽才不喜欢这种动不动板面孔的男人哩。她走上前,一把从张笑天身上夺过尺子,张笑天刚一望她,她便吼:"我的尺子,不用你背!"就这样,两个人都冷着个脸,像是闹了什么不愉快,其实张笑天是恨自己,一个老兵,居然能犯这种低级错误,尤其在一个女兵前,这种错误几乎不可饶恕!

刚到坎儿井,狂风便横扫而来。张笑天清楚,第二次风头来了,这一次,才是真正的风暴!还没等风头袭击到他们,张笑天奋力一拽,杜丽丽还在愣怔中,连人带尺子便被拽下深穴。

"要死啊!"杜丽丽被摔痛了,咬着牙骂。

"快往里走,洞口风沙大。"张笑天扯着嗓子吼。杜丽丽翻起身,摸黑就往前跑,跑了没几步,脚下一绊,重重摔倒了。张笑天差点一脚踩她身上,拉起她时,外面已狂风大作,洞口像是扬沙一样,眨眼间黄沙已堆成了小丘,刺鼻的尘腥味呛得人不敢呼吸。两个人往里跑了有百来十米,张笑天说就在这儿吧,再往里,还不知遇上什么哩。杜丽丽已是喘不过气,这一路跋涉,力气早用光了,一听张笑天发了话,扔了尺子,倒地上就再也不想动弹。

张笑天也默坐下来,心里沉沉的,想说句什么,一听外面的风声,心又紧得说不出话。人虽是安全了,但能不能熬过这场风暴,还很难说。

黑暗笼罩了一切,井里的空气越来越稀薄,尘埃呛得人要窒息。张笑天用帽子捂住嘴,感觉好受了些,杜丽丽脱下外衣,顶在头上。撑过一阵子后,口干燥得难以忍受,杜丽丽摇了摇水壶,里面空空的,一趟冤枉路,不但熬光了力气,也把水给喝没了,杜丽丽有几分沮丧,可内心深处,她还没意识到缺水是多么可怕的一件事,反正身边有男人,用不着她去想这些。她忍着没跟张笑天要水,心里却想,这是多好的机会啊,他咋就不知道关心她?

风越来越紧,啸叫的风浪能把人的心撕出来,一浪接一浪的恐慌袭击着杜丽丽,她不敢再躺了,起身尝试着往张笑天这边靠近。张笑天伸出胳膊,想揽住她的肩,杜丽丽犹豫了下,还是没敢顺从。这样的黑暗里,他们似乎应该互相给一些安慰,或者彼此拿话语增加点信心,但干渴令他们张不开嘴。张笑天的水壶也没多少水了,他已经一天多没敢喝一口,那可怜的一点儿水,他得为杜丽丽留着。时间过去了好几个钟头,张笑天不敢再坚持,将水壶递给杜丽丽,杜丽丽忍了忍,还是接过去,拧开壶盖,先用鼻子闻了闻。多香的水啊,那份儿清洌,甘醇,令她久久地不愿拧上壶盖。这时她才明白,张笑天一直不说话,是怕浪费唾液,他的心真是细啊,经验也真是丰富。这么想着,她伸出舌头,在壶嘴上舔了几舔,感觉不那么干了,又把水壶拧好,递给张笑天。张笑天没接水壶,示意让她拿着。杜丽丽想了想,怕自己禁不住诱惑,提前喝光它,硬将水壶还给了张笑天。

杜丽丽终于将头靠在张笑天肩上,微闭上双目,真是奇怪,就这么一靠,她忽然就不再害怕,不再发憷,感觉狂野的风声也渐渐离她远去,她被一股陌生而温馨的气息包围,很新鲜很陶醉,竟很快进入了梦境。

他们在坎儿井困了一天一夜,风还不停下来,中间张笑天努力了几次,想爬到洞口看看,入口处堆满了沙,脚一踩上去,沙丘便轰然而坍,连着被埋了几次,张笑天就再也没有力气折腾了,只好软软地倒在杜丽丽身边,让黑暗覆盖着自己。

黑暗有时候也很可爱,比如现在,张笑天就觉得有一种叫做幸福的东西袭向他,他有点眩晕,有点想抓住这个时刻,他甚至想该不该伸出手,轻轻抚摸一下杜丽丽?他的手在空中动了一下,还是有点胆怯地收了回来,这时候如果惹怒了杜丽丽,场面可就不好收拾。

不过躺在身边也很享受,至少能闻到一股暗香,那是杜丽丽美丽的身体发出的,幽然,含着某种味儿,嗅一口,能让身子瞬间清爽。张笑天接连嗅了几口,感觉不那么口干舌燥了,才枕着资料盒,悠然入梦。

他必须睡一会儿,否则就没有力气走出这个洞穴。

不知睡了多久,张笑天睁开双眼,洞内仍是一片暗黑。静耳听了听,外面的风似乎比睡前还要猛。他不敢再抱侥幸,风如果持续下去,不被渴死也会被困死。之前不是没有这方面的教训,他最好的两个战友两年前就困死在一座窟井里。恰在此时,他似乎听到了什么声音,隐隐的,从洞穴里面传来,极弱却分明有。听了片刻,起身循着声音往里走,走着走着,他忽然明白,遇到救星了!

他一阵兴奋,步子不由得快起来,这时大约是半夜时分,尽管不知道在洞穴里困了多久,但凭里面发出的声音,他断定绝不是白天。这时候他想到了火,怎么把这个给忘了?他掉转身,沿着洞壁找寻干柴。不多时,他的怀中已抱了一大把。他做了一个简单的火把,提着它又往里走。还没到另一个洞前,他已闻到香喷喷的鸽子肉。

是的,张笑天断定,那声音是鸽子发出的,老天真是厚待他,让他在这绝境中还能吃到肉。鸽子在另一个穴里,跟他们藏身的这穴紧挨着,但中间一定有洞,要不然这声音没这么清晰。张笑天侧耳细听了会儿,大概判断了下方向,然后点燃火把,借着火光,很快看到一个类似于天窗的小洞,就在他的头顶。脱下外衣,将两只袖口扎起来,然后奋力攀上去,快接近小洞口的一瞬,猛地朝里扔进一个土疙瘩,然后快快地将火把举到洞口,就听里面发出一阵猛烈的撞击声,是鸽子受到惊吓后互相碰撞发出的。张笑天贴着洞壁,一手举着火把,一手将衣服撑开,很快循着光亮而来的鸽子扑扑钻进衣服,因为飞过来的太多,张笑天差点让鸽子的力量冲击下去。还好他坚持住了,看着衣服鼓起来,张笑天心想这已足够,扔了火把,双手猛地拢上衣服,有几只鸽子从衣服里飞了出去,在洞穴里没头没脑地瞎碰,多数却被他牢牢裹在衣服里。

再次回到杜丽丽身边时,二十多只鸽子已被他烤到火上,洞穴里弥散起一股香味,很香,天下怕是没有比烤鸽子更好吃的,张笑天他们在沙漠里野训时,抓鸽子是必修课,少了这功夫,你就只能挨饿。杜丽丽还在熟睡,她睡得真甜,燃起的柴火映出她大半个面庞,那么娇美的一张脸,可惜让风沙给染得一团糟,就这他还是感到呼吸突然紧张起来,心似乎在使劲儿跳。

真是没用,啥样儿的女兵没见过,凭啥要在她面前慌乱?!

杜丽丽是让一阵肉香熏醒的,她在梦中梦见了母亲,母亲带她去相亲,对方是一高个子男人,他在一古色古香的包房里摆了美美一桌,都是她没吃过的山珍,那味道真是馋死人。可她吃不下,口干得几乎要起火,一星儿唾沫都没了,杜丽丽拼命喊着水,母亲和那个高个子男人就是装听不见,水明明摆在眼前,愣是不让她喝。她奋力挣扎着,想抓过水杯,结果一睁眼醒了。

一阵肉香飘来,馋得她当下有了口水。

等她辨清是在坎儿井里时,张笑天已用柴棍挑着一只烤熟的鸽子,站她面前。"吃吧,刚烤熟的,味道真鲜。"杜丽丽的肚子饿得咕咕响,哪能经得住这美味,一把抢过鸽子,也不怕烫着,猛就往嘴里填。刚吞了两口,喉咙就干得咽不下了。"水——"她冲张笑天叫了一声。

"有,有,水有,快喝。"说着,张笑天真就递给杜丽丽一把水壶。杜丽丽一摇,竟是满满的。天啊,他真弄到了水!杜丽丽满是感激地看了他一眼,拧开水壶盖,就往嘴里灌。

杜丽丽真是渴急了,连着灌下几大口,都没尝出有啥怪味,灌到第六口时,猛觉嘴里咸咸的,有一股腥味。怪怪地盯了眼张笑天,张笑天赶忙转过身,避开她目光。杜丽丽用舌头舔了下壶嘴,细一品顿时清楚了!

"张笑天,你个王八蛋,给我喝的什么?"杜丽丽的声音在洞穴里炸响。

张笑天吓得不敢转身,他后悔让她灌得太多了,如果只让她灌两口,保证她品不出来。

"说啊,给我喝的啥?!"

"……"

杜丽丽拿手指往水壶里一沾,放眼前看了看:"血,你给我喝血,你个王八蛋,我要了你的命!"杜丽丽猛地起身,有了那两大口鸽子肉加上刚才一阵猛灌,她的身子陡地有了力气。张笑天没防备,让杜丽丽一个猛扑就给扑倒了,杜丽丽骑他身上,双手撕住他头发,边号啕边骂:"你个狠了心的,拿脏血骗我,我不活了,我这辈子最见不得的就是血。"

张笑天让杜丽丽真给弄痛了,猛地翻过身,一把将杜丽丽推翻:"你闹够了没,这哪是脏血,这是干净的鸽子血。"

"你混蛋,你不得好死!"杜丽丽骂着,胃里一阵难受,趴地上猛地呕吐起来。一想喝下去的真是鸽子血,她就再也止不住呕吐。一阵翻江倒海后,险些将肠子吐出来。张笑天看她这样,心里涌上一股同情,可这个时候,说啥也不能同情她。

"杜丽丽,你给我听着,这是在坎儿井,不是你的清水镇,你嫌鸽子血难喝,我还怕明天喝不到呢。不想喝是不,不想喝就等着死!"吼完,啪地将水壶放她面前,走了。

杜丽丽干呕了一阵,坐起来,吐过后,胃倒是好受了,可饥渴再一次袭来,而且比刚才还猛。也难怪,血本是热的,喝时能润润口,喝下去就成火了。

但不喝血,还能喝什么?

两天后他们走出坎儿井时,两个人一个比一个狼狈。只见张笑天脸上红一道黑一道,头发和眉毛让火燎去不少,脸上有几处鸽子抓伤的血印,那是在活活取鸽子血时被挣脱的鸽子抓的。杜丽丽呢,就越发的不能看。原来漂亮女人是经不住尘土洗劫的,况且洗劫杜丽丽的不仅仅是尘土。她的脸上涂满了鸽子血,是在跟张笑天发脾气时两手抹泪抹上去的,头发披着,荒草一般,里面灌满了沙尘,猛一看,简直就是从地狱里跑出来的乱毛女鬼。

张笑天望住杜丽丽,一阵开怀大笑。杜丽丽瞪他几眼,嘟囔道:"你也好不到哪去,还笑人哩。"

两人笑过骂过,抬头望了会天,风暴减缓后,天亮出了一点颜色,虽然还被风沙笼罩着,但已能辨清方向。两人不敢怠慢,背好东西又往回赶。

在沙漠中又行走了两天,总算到了临时宿营地。大风洗劫后的宿营地,早已没了原先的样子,张笑天也是凭着感觉断定方位的。他指着不远处的沙坑说:"那就是炊事班做饭的地方,我们挖的地窝子。"杜丽丽早已没心思辨认这些,她想的是,哪天才能回到营地,好好喝一肚子水,好好洗个头,然后舒舒服服睡一觉。

这当儿,张笑天眼里忽然闯进东西,就在不远处,两道沙梁子后,那儿有一匹驼,还有两个人影。刚想放开嗓子喊,忽地又起了警觉,他拉了一把杜丽丽,说:"别出声,跟我来。"杜丽丽也看见了驼,但她没看见人影,不明白张笑天神神秘秘做什么,但凭着本能,她知道又遇到意外情况了。

两人猫着腰,沙鼠一般贴着沙丘往前移,不大工夫,身子便藏在沙梁子下。

这一次,两个影子清清楚楚闪进眼里。

站在驼后面激烈争吵的,是向导阿哈尔古丽和秀才吴一鹏。

杜丽丽刚想跃起身子,张笑天一把按住她:"别出声,看看他们在做什么。"

"这不光明吧?"杜丽丽小声嘟囔。

"我还怀疑有人比我们更不光明呢。"张笑天压低声音说。

一听此话,杜丽丽的警觉上来了,其实她对向导阿哈尔古丽也藏着看法,只是碍于自己是新兵,不敢把疑惑讲出来。

两人趴在沙梁子这边,侧起耳朵听,可惜风声吞没了一切,虽能看得见他们争吵的样子,却一句也听不到。杜丽丽有些急,从秀才吴一鹏着急的样子看,他们好像遇到了什么难题,但一看阿哈尔古丽的做派,又不大像。

做派?杜丽丽忽然让跳进自个脑子的这两个字吓了一跳!一个向

导,一个土生土长的维族姑娘,怎么就能拿做派来形容她的举止? 可分明此时的阿哈尔古丽是有一种做派的,这做派很陌生,跟平时看到的阿哈尔古丽完全两样,但这做派又似曾相识,什么地方见过呢?

猛然,杜丽丽记起一件事,是在侦察连听连长讲述"东突精灵"时脑子里勾画出的一幅图画。

"东突精灵"是一个秘密活跃在疆域内的女间谍组织,这个组织历史久远,组织极为严密,手段极尽残忍。她们用抢劫或高价收买的方式,从游牧民族手里得到自己想要的孩子自小培养,教会她们各种生存方式,然后进行特种培训,直到这些孩子学会各种杀人方法和孤军作战的本事,才将她们分头打发到民间为她们卖命。这些精灵平时温顺得如同一只绵羊,对谁都彬彬有礼,目的就是赢得他人的信任,一旦掌握到她们想要的东西,便两眼一翻,露出杀人的一面。而且她们杀人从来不用刀,赤手空拳就能对付十余人,谁要是被她们盯上,除了死你别无选择。可是,连长不是说"东突精灵"全被消灭了吗? 解放前后多次清剿中,我解放大军擒获或击毙了数以百计的"精灵",给这支恐怖组织以毁灭性的打击,怎么……杜丽丽不敢想下去,如果事情真是这样,不仅秀才吴一鹏危在旦夕,而且……

# 第三章 潜伏的精灵

反动势力亡我之心不死，他们利用各种机会向我红色政权反扑，我们一定要擦亮眼睛，越是困难的时候，越要坚定信心。信心不死，反动派的一切阴谋就不会得逞。我们是正义之神，我们是威武之旅，在错综复杂的形势面前，我们一定要沉得住气！要坚信正义最终会战胜邪恶，让我们擦亮枪口，时刻准备着，将仇恨的子弹射向罪恶的胸膛！

——罗正雄

## 13

罗正雄陷入了沉默。

这是张笑天他们回来的第二天,黑风暴已彻底退去,沙漠再次露出它多变的面孔。

风暴过后,太阳格外地毒。但毕竟已到了深秋,再毒的太阳,还是不能阻止住战士们征服沙漠的脚步。

二营长张笑天提供的情报至关重要,它再次印证了罗正雄的猜想,这支队伍里,确实藏有毒蝎子!但罗正雄并没马上采取行动,目前还不是时候,外围的敌人还没侦察清,草率行事,只能打草惊蛇,罗正雄不想犯这种低级错误。他告诉张笑天:"先沉住气,只当啥也没看见,另外你转告杜丽丽,让她设法接近阿哈尔古丽,要装出很友好的样子。在师部没有明确指示前,我们决不能轻举妄动。"

"是!"张笑天啪地敬了个礼。敬完又觉不对劲,锁着眉头问:"为什么让我转告,你直接下命令不是更好?"

罗正雄笑笑:"我这是给你机会,你做了啥事,别以为我不知道。"

张笑天脸刷地红了,狡辩道:"团长,你可别冤枉好人,我跟杜丽丽啥事儿也没有。"

"瞧你没出息的样,啥事儿也没有就伟大了,我们是钢铁军人,钢铁军人是无坚不摧的,不就一个杜丽丽,好像多大个堡垒,你要是攻不下,回兵团种地去。"

张笑天的脸更红了,好像自己真对杜丽丽做了什么,可罗正雄这番话,又说得他心里痒痒,恨不得立刻拿个爆破筒,去攻下杜丽丽这个堡垒。

杜丽丽却像个没事人,远远地坐在红柳丛中,看深秋的红柳在秋阳下一点点吐出残红。这两天她吃得香睡得足,罗正雄破例批给她两盆水,让她美美地洗了一回头。此刻,那一头秀发散开着,煞是夺目,微风一吹,黑亮的发丝舞动起来,清风裹着暗香,熏得张笑天心里一扑儿一扑儿,恨自己少长了几个鼻子,不能将这香气全都吸进心肺。罗正雄瞅了一眼,被他的傻样儿逗乐了。多勇猛的男人,一遇上看中的女人,咋就全变成了没有头脑的羊。

这么想着,他离开营地,脚步往沙梁子那边去。刚越过沙梁子,一股子浓香袭来,熏得他胸肺里立刻多了些内容。抬眼望去,万月正手捧沙枣枝,从远处的沙海走来。沙海像一幅深远的背景,越发衬托得万月有了内容。这内容不只是简单的美,更像是,像什么呢,罗正雄想了想,还是想不出一个贴切的词。索性一摇头,朝万月走去。

经历了水囊漏水事件,万月变了,跟刚来时判若两人,任凭罗正雄怎样做工作,她就是高兴不起来,老是阴郁着脸,好像蒙受了多大的冤。当然,那件事真是冤枉了她,搁谁身上怕都不好受,在总结会上,罗正雄严肃批评了于海,对一营长江涛更是没客气。他还特意叮嘱田玉珍,让她多安慰安慰万月,毕竟有些话,他这个团长是不好当面说的。

凭啥不好说?罗正雄忽地问了问自己,转而一笑,微风中,他那一笑有点沙枣花的颜色,可惜如今没有沙枣花,只有那干败的枝条,拼命地发出最后一道香。

当然,万月的情绪丝毫没影响工作,正是靠了她顽强的劲头,特二团才在黑风暴袭击的这些日子,窝在地窝子里将前期的地形图绘了出来。罗正雄真是没想到,师部派给他的这支部队,啥人才都有。藏龙卧虎啊,一想到田玉珍绘图的那副专注劲,罗正雄不由得发出一声赞叹。他是小看这些年轻的女兵了,与其说她们是女兵,倒不如说她们个个是精灵。哦,精灵。罗正雄猛地想起杜丽丽说过的这个词:"东突精灵",他倒要看看,到底谁才是真正的"精灵"。

罗正雄的步子刚刚跟万月迎上,还没来得及说话,远处便响起驼五爷的声音。驼五爷在冲他招手,意思是让他赶快赶过去。

又是什么事?罗正雄对这个性格怪诞的老头生出一丝儿不满,怪他不该在这时候打扰自己,但脚步却丝毫不敢怠慢,紧着朝驼五爷走去。经历了一场生死的驼五爷近来越发诡秘,他成了特二团的一双眼睛,团里有任何风吹草动,他都能头一个捕捉到。

"团长,双羊这女子,死脑筋,我劝了半天,劝不回。"

"又咋了?"罗正雄紧问。

"还能咋,你不处理秀才,她心里不舒服,说团里看人做事,不公平。"

"这丫头。"罗正雄笑笑,一听是这事,心里轻松下来。这些天他最怕同志们反映情况,一场黑风暴,弄得谁的神经都敏感起来,只要看见点啥,马上就打报告,好像敌情随处可见。这虽是个好事,但长期这么下去,对团结不利。罗正雄已跟于海嘱咐过,一定要作好部队的思想工作,决不能搞得草木皆兵,什么时候,都要以团结为重,团结才能让敌人彻底孤立起来。

罗正雄走向张双羊,张双羊是让向导铁木尔大叔从大风暴中驮回来的。铁木尔大叔找到她时,她已在沙漠中昏迷了两天,半个身子被沙埋着,若不是她将尺子绑在身上,凭借身子的力量让尺子立在风暴中,怕是早就成了沙漠的殉葬品。这个可爱的胖姑娘,醒来的第一句话就是:"团长,你枪毙我吧,我没把秀才看好。"可是到第二天,她的话就变了。"团长,等秀才回来,你一定要开除他,这种人不能用。"

"为啥?"

"还为啥,他能把尺子扔掉,就能把特二团也扔掉。"

"不要这么想,他可能遇到了啥困难。"罗正雄尽量将口气说得轻松。

"困难?有困难就能把尺子扔掉,你不是再三教导我们,尺子和仪器,就是我们的枪,是特二团的武器,跟生命一样重要,他咋不把命扔掉?"这丫头说话还总是带着理。等秀才吴一鹏和阿哈尔古丽一前一后回到营地,张双羊第一个向秀才发难。"你不是有困难么,咋好好地回来了?"秀才嘴动了几动,艰难地说:"是阿哈尔古丽救了我。"

"救得真神啊,那么大个沙漠,她咋就偏偏找见了你?"

"你——"秀才吴一鹏怕的就是张双羊,他是让张双羊整服了。

罗正雄对此事没加任何追问,风暴中到底发生了什么,他比谁都清楚,但他装糊涂。只要大家都活着回来,就是最大的胜利。但在此后召开的一次会上,他将张双羊跟秀才分开了,把张双羊调到了一组,跟着田玉珍。张双羊不服气,嚷着要继续留在二组,就跟秀才做搭档。"我要不让他哭着离开特二团,我就不姓张。"

罗正雄严厉地批评了张双羊,指出她身上有农民的坏脾气。"哭,你让谁哭?"张双羊一听罗正雄把矛头对准她,哇地就哭开了,边哭边委屈地说:"好人不得好报,我就是农民,嫌我是农民,我走,我走还不行么?"

当然,这都是前些日子发生的事,后来罗正雄单独找过张双羊,虽没明说什么,但在话语里,还是透出一份对她的信任。罗正雄真是藏有私心的,发现田玉珍在绘图还有计算方面的硬功夫后,他就想把张双羊交给她,让这个来自农家的女娃儿多学几样本事。田玉珍也很喜欢张双羊,尤其喜欢她率真的脾气,两人近来亲热得很,形同姐妹。若不是田玉珍此时忙着整理资料,张双羊绝不会形单影只。

"怎么,还想不通?"罗正雄来到张双羊面前,笑着问。

"我就是想不通。"张双羊起身,鼓着嘴说。

"想不通好,想不通就证明你一直在思考。人只有思考,才能进步。但思考不是钻牛角尖,知道不?"

"团长,你为啥……"张双羊还是想让罗正雄开除秀才。罗正雄拿手势止住她:"张双羊同志,你现在的任务是好好跟着田玉珍和万月学技术,等把技术学精了,你就是特二团未来的专家,谁也不会小瞧你,知道么?"

"团长……"

"不要说了,快回营地去,田玉珍一个人忙不过来,你是助手,不能开小差。"

张双羊不服气地走了,望着她胖乎乎的背影,罗正雄发出会心的笑。

第二天经过休整的队伍再次出发,一定要把黑风暴耽误的时间夺回来,要提前完成测量任务。罗正雄做了一个大胆的调整,将向导铁木尔大叔和驼五爷换了组,把铁木尔大叔父女俩分开了。秀才吴一鹏真是庆幸,总算不再受张双羊的气了,可一听新搭档的名字,他的头马上低下来。这一次,跟他搭档的竟是副团长刘威!

部队是重新拉了出去,罗正雄的心却一点不得轻松。侦察员祁顺到现在还没回来,难道他真的出事了?一想这件事,罗正雄就后悔得要死,他不该将祁顺派去跟踪头人阿孜拜依。据最新得到的情报,头人阿孜拜依·马哈西并没有带着驼队迁居,他至今还在侦察连的严密监视下。也就是说,罗正雄跟祁顺看到的那支驼队是假的!

消息是风暴减弱后侦察连连长孙虎派人送来的,罗正雄他们进入沙漠前,师长刘振海曾将孙虎叫去,跟罗正雄见了面,再三强调,特二团担负的,不只是测绘任务,更重要的就是引蛇出洞,将残存的敌特分子一网打尽,把特一团丢失的绝密资料找回来。因此,罗正雄他们前脚进沙漠,孙虎他们的工作便也开始。据侦察连的同志讲,目前疆内有多股反动势力,最危险的,仍是东突分子,为了达到他们颠覆红色政权的目的,东突势力跟疆内一些顽固分子暗中勾结,密织网络,发展骨干,伺机对我图谋报复。其中头人阿孜拜依·马哈西就是东突分子最顽固的支持者。不过,就目前掌握的情况看,阿孜拜依·马哈西采取的还是按兵不动的策略,但也不排除他利用下人秘密跟东突分子勾结,图谋不轨。

罗正雄猜想那个自称是头人的,说不定就是阿孜拜依·马哈西的手下。马哈西在疆内有不可小瞧的势力,他从十六岁跟着阿大闹独立,到现在少说也有四十年光景,这四十年,这个新疆大富翁不知发展了多少恶势力,而且他还有国外敌对势力的暗中支持。

一定要打掉这股顽固势力!罗正雄暗暗地跟自己说。

下午四点多,侦察员小林回来了,一路风尘,小伙子看上去瘦了很多。

"情况怎么样?"罗正雄顾不上宽慰他,刚进地窝子就问。

小林擦了把汗说:"本来要提前回来的,但师长不让走,非要等黑风暴平息后再走。"

"没跟你问这个,快说,师部怎么讲?"

"师长有重要指示。"说着,小林弯下腰,在裤腿里摸半天,取出一封信。单从这封信藏的位置,就能看到它的重要程度。罗正雄接过信,急切地看起来。这一看,罗正雄的心阴了。

那支驼队果然是假的,领头的并不叫阿孜拜依,他是阿孜拜依·马哈西的二管家乌依古尔,是个极尽狡猾的家伙,他在阿孜拜依家负责训练手下,有"笑面魔王"之称。这些年,经他训练出来的手下已有不少混入新疆各种势力,意图在更广的范围内为这个家族发展成员。乌依古尔跟东突分子来往密切,是阿孜拜依家族跟东突势力联系的桥梁。这些情况是师部前些日子截获的一支驼队供出的,那支驼队也是乌依古尔派出的,目的就是想扰乱我解放大军的视线,为他本人在沙漠中平安出入充当烟幕。

信中说,黑风暴前,二师三十六团曾接到过求救信号,可等战士们赶去时,沙漠早已归入寂静,四周静静的,没一点异样。但地上明显留下搏斗的痕迹。照此分析，求救信号定是祁顺发出的，信中所说的地点正好跟祁顺跟踪的方向吻合。据此，罗正雄判定祁顺出事了。

一股悲伤涌来，他忍了忍，还是掉下一股子眼泪。

小林说，目前师部已派出力量，到处搜救祁顺，按照师长刘振海的判断，祁顺一定还活着，乌依古尔有个怪癖，不杀自己抓到的人，他会变着法子折磨，直到你忍受不住答应替他卖命。依照祁顺的坚强劲，乌依古尔的阴谋不会轻易得逞。但师长刘振海担心的是另一个人。在对特一团的调查中，兵团司令部发现了一个重要情况，渗透进特一团的，不是别人，正是在特一团负责资料分析的邓家朴。邓家朴原为甘肃地质院一名工程师，解放前夕曾到新疆搞勘探，被国民党马步芳部所控制，后来甘肃解放，马步芳逃往台湾，随邓家朴到新疆的那支部队在我先遣部队的动员下决定起义，邓家朴成了新中国第一代地质工程师。组建特一团时，他主动请缨，要求随团工作，组织上考虑到他是名工程师，准了他的要求，还委以重任，让他担任特一团技术顾问，没想……

"想不到是他。"罗正雄的语气里有一股遗憾。这个邓家朴他认识，刚到新疆时，那支部队就是在他的说服下起义的，当时为国民党马家军二十一旅，旅长是一回民，眼下在军区后勤处工作，是个很尽职的老兵，跟罗正雄关系也很好。当初邓家朴进特一团，还是罗正雄推荐的，说他年轻，专业知识很丰富，应该是边疆建设的主力军。谁知他竟是内奸！

"这个人现在还活着，"小林接着说，"特一团出事后，邓家朴跟一个叫王涛的拿了所有资料，想逃出沙漠，没想让东突的人发现，两人便将资料分开，各拿一半。后来王涛落入阿孜拜依的人手中，邓家朴却一直没有下落。司令部分析，邓家朴现在还在沙漠一带，他必须要等到王涛，那些资料才能以高价卖给台湾人。"

"卖给台湾人？"罗正雄越听越糊涂。

"邓家朴是为国民党残余卖命，他天真地认为，拿到资料，国民党就能给他高官厚禄，还能将他接到台湾去。孰不知，台湾方面早就下了命令，一等拿到资料，立刻让他去见阎王。跟邓家朴接头的，是一个叫铁猫的老特务，此人很善于伪装，司令部派出的精锐力量几次闻到了他的气息，但都让他逃掉了。关于铁猫的情况，目前掌握的不多，司令部正在全力调查，一有消息就会派侦察员送过来。师部要我们做好资料保密工作，切不可再让敌人有可乘之机。另外……"小林压低声音，将另一个重要情况报告给了罗正雄,罗正雄听完,长长出了口气。没想到,真是没想到啊……

有了这些情报,罗正雄迅速作出判断,那些袭击驼五爷的黑衣人,正是在沙漠中寻找邓家朴的东突分子,当然,如果有机会,他们也会伺机对特二团下手。黑衣人之所以知道特二团的行踪,靠的就是那个代号叫"乌鸡"的内线。看来驼五爷的怀疑没错,早在师部选配力量时,对方就已做好了局,所以师部被迷惑了,这才将东突分子引到了特二团身边。

但是小林说的另外一个黑衣人是谁?会不会就是铁猫?如果是,他的内应又是谁?

一团接一团的迷雾,到底何时才能揭开?

# 14

小林带回来的消息一点没错,祁顺真是落入了虎口。

事实上,二管家乌依古尔是有意将驼队暴露给祁顺的,目的就是引罗正雄上钩。祁顺带着罗正雄来到面前时,二管家乌依古尔露出了一丝奸笑。罗正雄,你不是一只神鹰么,怎么也会往我的口袋里扑?

二管家乌依古尔的确是一个精于伪装的人,这份天才是与生俱来的,要不然这个自小在草原上靠打野兔和偷盗为生的小扒手,怎能得到头人阿孜拜依如此器重,又怎能在短短几年里坐上二管家的位子?他靠的,就是那张堆满笑的脸,还有一肚子总也用不完的坏主意。

特一团出事后,阿孜拜依很快得到消息,说资料落入了工程师邓家朴和新兵王涛的手中,他自己的人啥也没捞到,还白白送了三条命。阿孜拜依暴跳如雷,指着乌依古尔鼻子骂:"你个养肥了不跑路的兔子,事情是怎么办的?!"乌依古尔自知罪责难逃,如果追不回资料,他这条命就没了。他拍着胸脯说:"主人请放心,不出一个月,我就把这两个强盗给你抓来,让他捧着资料给你长跪。"乌依古尔说到做到,靠着四处的眼线,他很快抓到了王涛,这个年轻的兵蛋子,居然想逃过他的掌心,乌依古尔将他暴打一顿,然后关起来。他要利用王涛,引出狡猾的邓家朴。因为他从王涛身上搜出的,竟是假资料,而真的资料他相信在邓家朴手上。可惜毡房里等了十天,还是不见邓家朴上钩,他这才怀疑邓家朴落到了罗正雄他们手中,于是生出这么一计,想探一下罗正雄的口风。

仅仅在沙漠里那么一次短短的碰面,老道的乌依古尔便断定,邓家朴还"自由"着,这只狡兔,居然连罗正雄们都找不到,可见他藏身的办法有多妙。

那天罗正雄跟祁顺离去后,乌依古尔笑了很久,只要邓家朴不落到解放军手中,他就有办法。"放心地走吧,他们是看不出破绽的。"他冲驼队喊。就在驼队刚刚离开那个沙湾,意外发生了。羊一样捆绑着装在口袋里的王涛竟然咬开了绳子,趁骆驼翻过沙梁子时,从口袋里逃了出来,没命地就往沙梁子那边跑。跟在后头的手下惊喊:"逃了,逃了,快开枪啊。"

乌依古尔望着野兔一般逃命的王涛,举起了手中的猎枪,就在扣动扳机的一瞬,他忽然想起了罗正雄。不好,枪声一响,还不惊动了他们?他愤怒地收回枪:"让他去吧,逃不了的,他会乖乖地回来找我。"

那天乌依古尔没有开枪是对的,如果一开枪,不但他们会暴露,而且王涛也会落入罗正雄手中。对罗正雄,乌依古尔早就有所耳闻,他带着那个尖刀团,在辽阔的疆域干了多少让头人阿孜拜依烦心的事。头人阿孜拜依曾经悬赏,拿五十峰驼换他的人头,可惜没谁敢拍胸脯,包括老谋深算的乌依古尔。后来听说罗正雄要转业回旺水,乌依古尔笑着跟头人阿孜拜依说:"主人,那匹来自荒原上的狼是立不住足的,他就要滚回他的老家了,我们的疆域总算能清静一些了。"万万没想到,姓罗的又带了一支古怪的队伍,再次进入大漠,这一次,他们说啥也不能放过机会。乌依古尔早已跟东突那帮人秘密达成协议,一定要在罗正雄他们离开红海子那一刻,将这支男女混杂的队伍全都报销掉。

"想霸占我们的地盘,没门!"

乌依古尔带着他的驼队,有点扫兴地往前走,他心里直纳闷,挨了若干天饿又被绳子牢牢捆上的王涛,怎么能逃出口袋?还没等他把问题想明白,他机敏的耳朵就听到了动静。

他收住驼装作观天,静听了几秒钟,就冲手下喝:"快,放好那峰驼上的袋子。"手下是他一手训练出来的,几乎在乌依古尔听到动静的同刻,也听出了马蹄声,不用乌依古尔多说,他就知道该怎么做。所以罗正雄他们第二次挡住驼队时,那峰驼并没有因为王涛的逃走而显出什么破绽。对乌依古尔忠心耿耿的独眼男人这点本事还是有的,他连东突那帮人都瞒得一愣一愣的,还怕瞒不过对驼队不大有经验的罗正雄?

凭借着超常的镇定力,乌依古尔再次瞒过了罗正雄。但他从罗正雄眼睛里,看到了异样。真是名不虚传啊,这么细小的变化,都被他怀疑在眼睛里。乌依古尔再也不敢掉以轻心,他提醒独眼男人:"睁大眼睛,竖起耳朵,不要只想着你的赏,中了他们的圈套,你的右眼也会保不住。"果然话说完没几分钟,他就感觉到了变化。这变化是一个经常出入沙漠者对身边环境的本能反应,只要沙漠有细微的响动,哪怕溜过一只沙鼠,也休想瞒过他的耳朵。乌依古尔对沙漠的敏感几乎无人能敌,多少次,他都是凭借这超乎想象的感应力,躲过了劫难。祁顺刚一跟上来,立马就掉入乌依古尔跟独眼男人的算计中。乌依古尔冲独眼男人挥挥手,示意他别惊了这只羊,就让他一路跟着,只当是给他们送赏钱来的。

每完成一次任务,头人对他们都有赏。这一次所以冒险将王涛带上,就是按头人的吩咐,将王涛转到另一个地方。因为机敏的头人已经发现,解放军对他的怀疑日益加重,继续把王涛关在寨子里,实在是件危险的事。

王涛逃了当然不爽,至少这次的赏钱是拿不到了,不过能再次猎到一个新猎物,这份遗憾就小得多了。

乌依古尔再次露出一丝笑。

他们在沙漠里走了三天三夜。中间阿依汗很不高兴,质问乌依古尔为什么走这么慢,还要故意多走几次弯路?乌依古尔笑着说:"我的阿依汗,路是一天走不完的,要想分享美味的果实,就得先学会跟日月为伴。你看看天空多么湛蓝,星星多么晶亮,这么好的夜,我们应该露出微笑才对。"

阿依汗就是那个挺着大肚子的孕妇,其实她的大肚子是假扮的,这女人的真实身份是"东突精灵"的教头,就是专门负责训练小精灵的。特一团出事后,她派进去的一个最得力的精灵生不见人死不见尸,她怕这个可爱的精灵落入解放军手中,进而把她的整个组织都暴露出来,所以急着去见头人阿孜拜依。没想阿孜拜依跟她谈得很不愉快,意思是

99

她往特一团派精灵,事先没跟他通气,结果各方都派了力量,最终却让台湾方面的人抢到了资料。"损兵又折将,这样糟糕的结局我阿孜拜依从来没遇过。"阿依汗自知理亏,当初瞒着阿孜拜依派精灵进去,她是藏了私心的,就是想趁火打劫,乱中窃得资料,据为己有。谁知黑河一场风暴把一切都给搅乱了。但对乌依古尔,阿依汗却不能容他放肆,更不能容忍他的傲慢和无礼。乌依古尔怕是打死也想不到,王涛正是因了她的暗中帮忙,才得以逃走的。早在上路前,她就背着乌依古尔,在王涛的绳索上做了手脚,驼队越过沙梁子时,也是她向王涛发出了一声咳嗽,王涛才敢贸然跳出口袋,往沙漠深处逃命。

阿依汗这样做,目的只有一个,就是不想让资料落入乌依古尔手中。她的人会在沙漠深处等着王涛,说不定这阵儿王涛已掉进口袋,正乖乖地跟她的人招出资料藏在什么地方。

阿依汗冷冷地剜了乌依古尔一眼,没跟他争辩。她从乌依古尔的话里听出另一层意思,这老狐狸又在玩花样哩。

这天晚上他们住在一座土围子里,睡觉的时候已近半夜,乌云笼罩着天空,天地一片昏黑。阿依汗把衣服里填充的东西取出来,刚躺下不久,就听土围子里响起异常的脚步声。她知道,那个影子一样跟在驼队后面的兵蛋子要出事了,等着瞧吧,又有好戏看哩。阿依汗笑了一下,闭上眼睛,慢慢进入梦乡。

祁顺无法原谅自己,一个侦察兵,怎么能犯那么愚蠢的错误?后来他把那晚的过程细想了若干遍,终于明白,他中计了。乌依古尔这只老狐狸真是狡猾,自己一上路,就暴露在他的眼皮下,后来落入魔掌,就不是一件奇怪的事。那个晚上的祁顺太累了,三天三夜,他凭着两条腿,跟在驼队后面,能不累?乌依古尔这只老狐狸,用一个老笨的办法戏弄了他,他故意在沙漠里走得很慢,不停地绕圈子,目的就是想拖垮祁顺。可惜祁顺当时没起警觉,只以为老狐狸习性如此,总爱跟别人玩捉迷藏。他小心翼翼地跟在远处,每走一步,都冒着被猎枪击中的危险,乌依古尔的枪法是疆域里出了名的,能凭着声音击中野兔。到了这个晚上,祁顺已断定跟踪的不是阿孜拜依,他对阿孜拜依家族多少有些了解,对头人阿孜拜依,也听过不少传闻,那是一个做事从不讨价还价的人,更不可能对谁让步或是屈从,他要是横穿沙漠,这沙漠就是他的,一只鸟都不许惊扰他。可见那个带着驼队绕来绕去的人压根就不是阿孜拜依,至于这人的真实身份,祁顺还不敢确定。毕竟他进疆不久,参加侦察兵也只有一年光景,辽阔疆域,有太多的未知,每一次执行任务,对侦察兵都是一次严峻的考验。

看到驼队走进土围子,祁顺心想他们今晚要歇脚了,是啊,再走下去,怕是驼也受不了。就近找个小土窑,祁顺猫下身,静静地注视着一切。直等乌云罩满天空,土围子那边再也不发出声音,祁顺的心才安下来。困倦趁势涌来,不可抗拒,这一路他跟得真是辛苦。祁顺想眯一会,哪怕打个盹也行,这么想着,他眯上了眼睛。身子哧溜一声,软软地滑开,累极了的祁顺跟沙漠一起进入了梦乡。

等感觉到不对劲时,祁顺已失去反抗的能力。乌依古尔带着两个男人,抓小鸡一样将他捏在手中,祁顺刚一挣扎,头上便重重挨了一下,他似乎听见过一句话:"把他捆起来!"然后就没了知觉,等再次醒来已被关在一间黑屋子里。

黑,真黑。祁顺起初以为是地窖,关了三天后才发现不是地窖,是主人家专门用来惩罚下人的一间暗室。室内没有任何设施,地面冰凉,潮湿,他被反捆着,双脚还不能落地。乌依古尔拿一根绳子,将他悬吊在空中。这还不算,乌依古尔还扒了他的裤子,在他的裆里恶毒地悬了一个小铁锤。

按乌依古尔的话说,他不想折腾他,"我这人向来不喜欢折腾别人,折腾起来大家都费事,只要你把该说的说出来,我就放你走,或者跟我们干。"

乌依古尔问他:"解放军到底要干什么,你们一次又一次地跑进沙漠,是不是想找矿?"祁顺说不知道。乌依古尔又问:"你们到底在塔克拉大沙漠发现了啥,油田还是煤?"祁顺还是说不知道。结果,他挨了两火棍。拿火棍的正是独眼男人,这家伙下起手来远比乌依古尔狠,他是乌依古尔最得力的打手。火盆就放在祁顺面前,燃烧的木炭发出噼噼的响声,跳跃的火焰舔着祁顺的脸,独眼男人稍微不耐烦,就会猛地一用力,将祁顺的脸摁到火盆上。祁顺的眉毛没了,头发没了,就连下体那儿也被燎光了。独眼男人似乎对下体特别垂爱,冷不丁就将火棍攻击到那,祁顺喊不出,嘴被牢牢堵上了,等独眼男人折腾够,撕出嘴里的棉花时,他已痛得昏了过去。

"拿凉水泼。"乌依古尔的声音充满磁性,在这间专门用来审讯的屋子里,听上去甚至有一种质感。祁顺后来想,那是自己的幻觉造成的,兴许是被折腾得太残酷了,他便靠幻想缓解神经。

祁顺被折腾了多少次,他自己也记不清,反正每折腾一次,就昏死一次,醒来后再接着来。那个独眼男人后来真是不耐烦了,大约他从没见过祁顺这么顽固这么能经得住折腾的人,气狠狠地说:"你要是再不说,我一刀把它割下来喂猫,信不信?"

如果不是中间出了档子事,怕是……

那声音是从隔壁屋发出的,祁顺被丢进黑屋子不久,大约是两天后吧,就听到隔壁屋有响动。那声音起先很弱,黑暗中的祁顺以为屋里有老鼠,后来侧耳细听,不像,倒像是人的低泣声,影影绰绰,但分明有一股悲伤。后来放风,祁顺才发现,这院里还关着别人,在复式小楼中间镂空花栏处漏下的阳光下,坐着一对像是母女的汉族妇女,老的在抽泣,小的拿花巾擦脸。祁顺刚把目光投过去,便重重挨了一棍。独眼男人是不容许他在这院里多望的。这座看上去很有气派的院子是典型的维族建筑,带廊,廊里铺着鲜艳的地毯。前室后室分得很清,藤蔓覆盖的天井下,是诱人的葡萄架。祁顺只看了几眼,便被独眼男人带回。后来他听到响声,是隔屋发出的,祁顺明白那一对妇女也被剥夺了晒阳光的权利。

她们是什么人,为什么也要遭受这样悲惨的遭遇?一个人吊在黑屋里,祁顺忍不住就去想。后来他从独眼男人跟乌依古尔不多的对话中,听出她们不是母女,小的是未过门的媳妇儿,老的算是准婆婆,是因了儿子,才被关在这里。

真是一伙禽兽!

每每听到隔壁屋发出悲惨的叫声,祁顺就忍不住怒火攻心,可惜他身陷囹圄,无法帮助她们。没想到这一天居然是她们救了他。就在独眼男人提着一把寒光森森的小刀向他下毒手时,院里突然传来叫声,是维语,祁顺听得不是太清楚,但从独眼男人和乌依古尔的脸色看,定是那一对妇女出了事。果然,后来祁顺听说,是那位母亲忍受不了非人的折磨想自杀,趁放风时一头撞在了砖墙上。大约他们并不想让这位母亲死,所以才停下对祁顺的折磨,忙忙乱乱地去救那位可怜的母亲。

也就在这一天,祁顺看见了一张脸,一张裹在花巾下的美丽的脸。

那是一位维族姑娘,顶多十七八岁,看样儿是院里打杂的,前几次放风,祁顺好像没见过她。这院里人杂,但能让他看到的极少。看来这是一座规矩森严的院子,是没有人轻易在院里胡乱走动的,特别是祁顺放风的时候。可这一天,就在独眼男人和乌依古尔跑向廊那头的时候,那张脸出现了,从偏房一扇门里露出来,对住祁顺这边,张望了一会儿。两人目光相对时,姑娘并没躲开,而是有意地冲祁顺使了个眼神。

祁顺牢牢记住了那个眼神。

这一天正是侦察员小林回到营地的日子,祁顺已无法辨清,自己在这里关了多长时间,甚至那场黑风暴,他也不知晓。

## 15

秀才吴一鹏这些天可真是怨言满腹,你简直想象不到,副团长刘威将他折腾得有多难受。

刘威原本不会摆弄仪器,黑风暴那些天,窝在地窝子里难受,他跟女兵田玉珍说:"你教我吧,看着你们摆弄它,我心里痒痒。"田玉珍惊愕地瞪住他:"你是副团长,摆弄仪器是我们战士的事。""哪来的这些歪道理,让你教你就教,不教我请别人。"刘威佯装生气。

"副团长的命令,我哪敢不接受。"田玉珍扮了个鬼脸,打开箱子,取出仪器,就在地窝子里教起来。啥事都怕上心,只要一上心,天下就没啥难事。等黑风暴刮完,自以为很笨的刘威已能对着尺子很准确地读出数字了。这次跟秀才吴一鹏做搭档,是他自己的主意,一则他刚学会,还没实际操练过,换一个熟练的尺子手,他怕对不住人家。秀才吴一鹏也是个半瓶子,半瓶子对半瓶子,正好。另则黑风暴中发生的很多事,令他们对吴一鹏有了怀疑,这层怀疑又不敢当面讲出来,毕竟人家是师部来的,又是师长刘振海的红人,胡乱猜疑,是会犯原则性错误的。他跟罗正雄私下商量后,决计利用这个机会,彻底搞清吴一鹏跟阿哈尔古丽之间的秘密。

甭看在地窝子里他能将仪器整平,一到了测点,三脚架支在沙滩上,那个小水泡就变得不听话起来。第一个测点,他费了三个小时,还没能将水泡调到中间,地窝子里田玉珍教他的那些法儿,全都不管用,仪器像是跟他作对似的,越急越不听摆弄。折腾出了几头汗,那个小水泡居然找不到了,气得他一脚踹起一团沙:"老子能对付得了一个旅的日本鬼子,却对付不了一个小水泡!"

在远处扶着尺子站了半天的吴一鹏跑过来:"这样整下去,到明天也整不平,要不你再找个仪器手,让他重新教你?"

"你放的啥臭屁,站回去把尺子扶好,没我的命令,要敢再乱跑,小心我先把你整平!"

骂完了秀才,他接着再整,这次那个小水泡居然很听话,没几下就给到了中间。真是怪了,刘威心里疑惑着,却悟不到窍门。后来他请教仪器手,人家告诉他,摆弄仪器时一定要心静,手上动作稍微一大,小水泡就跑远了。

"真是个秀气的家伙!"接连测了两天,刘威才发现,仪器手不但要沉着冷静,更要培养对仪器的感觉。这感觉就在手上,就跟你玩枪一样,玩得越熟,手跟枪的默契就越高,久了枪就成你手上一个部件,一会儿没了它,你就难受。他变得温和,变得有耐心,尽管每天都被其他仪器手远远甩在后头,可他一点儿不慌,甚至有点慢条斯理。吴一鹏却受不了,有时他得在一个点上站两三个钟头,还不能把尺子放下。刘威骂他:"干啥就得有干啥的样,你是尺子手,扶尺子是你的天职,我整平整不平是我的事,你把尺子扔一边躺沙滩上,跟放羊的有啥区别?"他心里不服气地道:"你整不平,我抱着个尺子,站给谁看?"刘威却不管他的委屈,哪怕一个点熬上一上午,也要他中规中矩。更可怕的是每天都让人家甩后头,沙漠里就剩他跟刘威,两个大男人,守着这一片荒漠,心里多寡味。

吴一鹏有点思念阿哈尔古丽,一阵见不着她的影子,心里就闹得慌。这真是一种荒唐的感觉,怎么会思念她呢?秀才吴一鹏把自己给搞糊涂了,自己不是发誓要跟她划清界限么,前些日子他还在犹豫着,要不要把阿哈尔古丽说过的话报告上去,怎么这才几天工夫,就变了?难道……

吴一鹏不敢想下去,这是件很危险的事,闹不好自己会让这个女人毁掉!还是向罗正雄坦白吧,免得……这个念头刚一蹦出,阿哈尔古丽的声音便响起来:"你要是敢把秘密泄露出去,我让你死得比孙旺子还难看。"

孙旺子是吴一鹏的老乡,同学,也是他最最亲近的一个人。当年他跟孙旺子一同从山西老家参军,两个人在同一个班,后来又到同一个连,一路从太行山打过中原,打过八百里秦川,在甘肃又跟马步芳部打了几个月的恶仗,最后总算活着进了疆。原想到了新疆,他们的日子可能好过点,没想又遇到一次次的叛乱。那些个日子,两个人很是苦闷,特别是孙旺子,已经有点后悔跟着大部队进疆了。"早知道新疆这么苦,还不如不来。""不来能到哪去?"吴一鹏也是一肚子牢骚没地儿发。"当初留在延安就好了,都怪你嫌延安穷,还说到了新疆,有吃不完的葡萄、哈密瓜,还有漂亮的维族姑娘,这下好,天天跟叛乱分子玩命,哪天要是落他们手里,怕是连个全尸也落不下。""能怪我么,前面的路黑着哩,早知道这样,我黄河都不过。可现在说这些顶啥用,得想个办法,不能这么盲目地混下去。""能想啥法啊,要是有办法,我还犯得着这么垂头丧气?"

这是两人间的悄悄话,每次执行完任务,两人总要找个地儿,把压在心头的郁闷说出来。一则两人都有种怀才不遇的遗憾,眼下他们所在的团,就数他俩有文化也有脑子,可团里有好差,总也挨不到他们,这就让他们有一种梦想落空的感觉。二则他们原以为,只要解放了新疆,仗就彻底打完了,剩下的就是该论功行赏,给个县长什么的当当,也好把这些年吃的苦受的罪担的惊弥补一下。至少应该能讨一房漂亮的媳妇,多生几个儿子,享一下人生的福。谁知上头突然下了令,不让进疆的队伍回了,真要在这大漠戈壁困一辈子,谁也不甘心。

那次谈过之后,两人暗中都采取了行动,就是改变自己命运的行动。老天可能格外开眼,让吴一鹏遇上了师长刘振海。刘振海到团里检查工作,吴一鹏让团长抽去搞总结,顺便帮团里写些宣传材料,正巧刘振海就在找这样一个人,能写会说,读过书,肚里有墨水。眼下不比战争时期,师里有很多宣传工作要做,再者刘振海也想多学习,提高自己,有个这样的人在身边,自己提高起来就快。就这么着,吴一鹏被刘振海看中,谈过一次话后,他就坐着刘振海的吉普车到了师部。这一下,他飞黄了,高升了,再也用不着提上脑袋跟那些叛乱分子打游击了。一段时期,他跟孙旺子失去了联系,后来有一天,孙旺子突然找到他,很神秘地说:"想不想结识维族姑娘,很漂亮的。"

"漂亮顶啥用，又不能通婚。"吴一鹏似乎对这话题不感兴趣，他现在有更高的志向了。

"干吗非要想着结婚，再说了也不是没可能，只要答应信她们的教，这事听说也有办法通融。"

"还通融哩，我看你是想女人想疯了，居然动起这个脑子来。"那天吴一鹏很忙，师部来了新兵，清一色女的，刘振海让他把二师的辉煌战绩全写出来，贴到墙上，让这些女兵一来就受到教育，所以没工夫多陪孙旺子。孙旺子一看他对自己的话题不感兴趣，遂失望地说："你现在有出息了，把兄弟不当兄弟了，算了，我走，就当我啥也没说。"

孙旺子的话吴一鹏并没深想，听完就忘在了脑后，直到孙旺子出事，他才猛地醒悟，当初孙旺子的真实意图并不是跟他介绍维族姑娘，而是想拉他到"那边"。"那边"是个很危险的词，进疆后，这种事儿不是没有，仅吴一鹏知道的就有五六个，有些还是副团干部，不知怎么就让人家给拉拢了过去。按"那边"的意思办事儿，重点就是策反。"那边"抱着一个梦想，想把进疆的官兵全部策反过去，这事听起来有点像天方夜谭，但"那边"很执著，即使不能达到策反的目的，也要让进疆官兵立不住脚，乖乖地离开新疆。你还别说，在他们的利诱或胁迫下，真还有人带着一个排的力量倒戈了，当然下场就不用说，跟孙旺子一样。

孙旺子死得真是惨，他被砍了头，身首分开，挂在一个叫布尔津的小城里。据说砍他头的正是当初跟他关系很亲热的维族姑娘热娜。此事由于影响极坏，被兵团封锁了消息，吴一鹏也是在刘振海的绝密材料夹里偷看到的，当时只当是孙旺子可能做了让热娜伤心绝望的事，激怒了维族人才遭此下场。直到黑风暴中阿哈尔古丽一怒之下吐出真相，他才震惊了。

原来热娜跟阿哈尔古丽一样，都是"东突精灵"。

天呀，真是可怕。东突精灵居然盯上了他！

吴一鹏矛盾死了，按说如此重大的军事机密，他应该在第一时间向罗正雄报告，"东突精灵"是我人民解放军坚决打击并要彻底消灭的反动势力，绝不能让他们有任何渗透的机会，可他居然将此瞒了下来。罗正雄有意跟他谈起这个话题时，他居然傻傻地说："啥叫精灵，我没听说过，我跟阿哈尔古丽真是迷了路，你如果怀疑，可以向师部打报告，让师部来人调查。"听听，这种时候他还没忘提醒罗正雄，自己是师部的人，如果要调查,也只有师部有权限。

罗正雄只好将话题打住。

事实呢?他在黑风暴中根本没有迷路。黑风暴来时,他丢下张双羊,一个人钻进了坎儿井,他跑尺子,早就对那一带的地形做了观察,哪儿能藏身,哪儿能抵挡黑风暴,他摸得比谁都清,而且他备有足量的水。张双羊那傻丫头,舍不得喝自个的水,老把水和食物节省下来给他,阿哈尔古丽那一天也偷偷给过他一壶水,还向他抛了个眼神,那眼神,真是能迷死人。一想到眼神,吴一鹏的心就荡漾了,无法控制。黑风暴中难忘的情景再次奔出来,令他热血沸腾。

阿哈尔古丽是在第二次风头到来前找到他的,其实压根就不用找,那个藏身的地方就是阿哈尔古丽告诉他的,当时好像很无意,他也装得极其自然,就像跟阿哈尔古丽谈论天气一样,让谁都觉不出话中还有话。一跳进那个坎儿井,他才发现,阿哈尔古丽跟他说的地方真是特殊,不但风沙袭击不到,里面竟还备有食物,水,用来点火的柴火,甚至还有供人睡觉的小炕。阿哈尔古丽跳下来时,他略略有些惊讶,没想她真的找了来,而且是在如此危险的关头。

"这儿舒服吧,我的秀才。"阿哈尔古丽一改平时的矜持,笑着说。阿哈尔古丽是轻易不笑的,在营地,你很难看到她漂亮的脸上盛开笑容,她矜持惯了,老给人拘谨或是羞怯的感觉,那双明亮的黑眼睛更是绝少向人流露出什么,只有跟秀才吴一鹏在一起,她脸上的乌云才能散开,露出皎洁明亮比月光还要令人心动的面容来。

吴一鹏没说什么,有点痴傻地盯住这个比黑夜还让人看不透的女人。

"这是我们专门为自己准备的,所有的向导和驼队都能在这儿歇脚,当然,你们汉人是不能进入的。"阿哈尔古丽似乎看出了他的疑问,笑着解释。

吴一鹏哦了一声,这解释似乎有道理,但他没打算相信。跟阿哈尔古丽私下接触久了,他才发现,她的很多话都是不能相信的,但他也不打算怀疑,更不会傻到向她质问。因为她是一个漂亮的女人,一个漂亮的女人主动向你微笑,很是殷勤地照顾你,体贴你,一眼清泉般让你在烈日烧烤的沙漠享受到透心的温凉,你若再怀疑她,就有点太残忍了。

"谢谢你,阿哈尔古丽。"

阿哈尔古丽的目光动了下,脸上突地飞出一团红。那是吴一鹏最想看到的颜色,每次阿哈尔古丽脸上染上红云,他的心都要陶醉很久。真是一个美丽的姑娘。

他们在那座更像是家的洞穴里度过了三天三夜,起先好像很平静,两人都保持着应有的矜持和距离,但是后来,后来……

到现在吴一鹏也没想清楚,他跟阿哈尔古丽是怎么抱到一起的,这事真是不可能,怎么可能呢?两人中间隔着那么多障碍,况且他也从没想过在阿哈尔古丽身上捞什么便宜,他只想天天看到她,享受她的微笑,感受她的温柔,以此打发掉这枯燥而烦人的可怕日子。跟一个美丽的维族姑娘有肌肤之亲,这是吴一鹏想也不敢想的事。但是这样的事偏偏就发生了。

真的发生了。

一切来得很没先兆,仿佛一刻间,他们被什么东西点燃,然后就不可遏制地走向了疯狂。是的,疯狂。吴一鹏认定那天是疯狂了,不但他疯狂,阿哈尔古丽也疯狂,比他还疯狂。多么可怕的一次疯狂啊。

可又是多么令人回味的疯狂!

忍不住的,吴一鹏就会沉迷到那天的情景中去,尽管一切早已朦胧,很多的细节他都记不起了,但那个场景在,那份如饥似渴的感觉在,那份迷醉在,那份……吴一鹏不敢想下去了,再想他就会被这个女人折磨得疯掉。

远处又响起副团长刘威的喝喊声:"秀才,发什么呆,扶好尺子啊!"

吴一鹏打个激灵,惶惶地扶好尺子。

秀才吴一鹏被刘威喝喊着重新骂回上一个测点时,另一个组里,团长罗正雄正跟向导铁木尔大叔展开一场看似艰难的谈话。罗正雄犹豫了很久,还是决定找铁木尔大叔好好谈一次。师部和侦察连反馈来的消息再次证明,铁木尔大叔是可信的,他是解放军最好的朋友。那么,问题一定出在阿哈尔古丽身上,会不会是驼五爷怀疑的那样,阿哈尔古丽是假的,铁木尔根本就没有女儿。

"铁木尔大叔,我很希望你把真话讲出来,你知道,师部是很相信你的,你是兵团的老朋友,也是汉族人民的老朋友。"

"你不要说了,罗团长,"铁木尔大叔打断罗正雄,"我知道你们在怀疑我,但是我铁木尔行得端,走得正,是草原上最光明的鹰。伤害解放军的事,我不会做。"

"铁木尔大叔,你误会了,我们只是想把事情搞清楚。"

"误会?罗团长,你只相信你们汉人,从来不相信我铁木尔,这趟向导做完,我再也不给你们特二团做了,我要向刘师长建议,一个不敢开胸襟的人,是很难找到真朋友的。"铁木尔大叔显得很激动,他是在生罗正雄的气,他几次发现,罗正雄跟驼五爷深更半夜在一起,密谈着什么。铁木尔大叔猜想,一定是谈他们父女。

"如果你怀疑我,我现在就可以回去,没关系的,我不要你们解放军一分钱。"铁木尔大叔接着说。

"铁木尔大叔,你听我解释。"

"罗团长,不用你解释,该怎么做,我心里清楚。阿哈尔古丽是我的女儿,这一点你不必怀疑,不过……"

接着,铁木尔大叔讲出了一个鲜为人知的故事,罗正雄听完,哑了。

阿哈尔古丽真是铁木尔大叔的女儿,这一点绝对不会有错。十三年前,铁木尔家遭了灾,那是一场少见的瘟疫,疫情让周遭几百里陷入了恐慌。铁木尔大叔家的牛羊死光了,他美丽的妻子也染了病,躺在土炕上奄奄一息。三岁的儿子还有五岁的女儿阿哈尔古丽也整日发高烧,咽不下饭。他美丽的妻子还有可怜的儿子还是离开了人间,铁木尔大叔伤心无比,抱着烧成一团的阿哈尔古丽,不知道该怎么做。村子里不时响起哭号声,那是死了人的人家发出的,这样的哭号几乎隔上一阵就响起一次,后来,死的人太多,活着的人实在哭不动了,就学他那样,抱着孩子,傻傻地坐地上发呆。

就在这一天,离他们村子一百多里处的一个叫乌尔沁的部落来了人,说是受真主的旨意,来村子拯救孩子。一听是真主派来的人,村子里的老人感动了,纷纷趴地上,虔诚地磕起头来。几乎没怎么耽搁,阿哈尔古丽还有十多个活着的孩子都让头人带走了,说是真主让她们离开这被罪恶浸染了的地方,到有圣水的地方去。这一去,阿哈尔古丽便杳无音讯。

一年前,阿哈尔古丽突然回来了,她循着牛羊的足迹,一路从天山那边找来,终于在这个叫库哈的小村落找到了自己的阿大。铁木尔大叔真是不敢相认,十三年未见,女儿的模样在他脑海中已很模糊,他只记得当年女儿傻乎乎的样子,可眼前的阿哈尔古丽不仅出落得婀娜多姿,而且会多种语言,汉语甚至讲得比他还流利。阿哈尔古丽见父亲的眼神里流露出一股陌生,从怀里掏出一样东西,双手捧给了父亲。

一见香包,铁木尔大叔不再犹豫了,一把将女儿揽入怀中:"阿哈尔,我的女儿。"

香包是吉祥物,是她美丽的母亲在她三岁时做给她的,里面不但有来自草原深处的香草,还有一块鹰骨,意思是祝福她坚强、美丽。这个香包自从戴上去,就再也没离开过阿哈尔古丽的身子。如今看到它,铁木尔大叔真是热泪盈眶,感慨万分。

"那你有没有问过她,这些年,她去了哪些地方?"罗正雄小心翼翼地问。

"我的女儿,当然是去草原上飞翔。"铁木尔大叔忽然充满了激情,带着赞美的语气夸奖起阿哈尔古丽来。

"铁木尔大叔,有句话我真想问问你,可不知当讲不当讲。"

"没什么不能讲的,你说吧。"

"你……听没听过一个叫'东突精灵'的组织?"

铁木尔大叔猛然黑了脸,半天,哑着声音问:"你怀疑,阿哈尔古丽是精灵?"

罗正雄重重地点了点头。

铁木尔大叔的脸色更难看了,不过他没冲罗正雄发火,其实同样的疑问也在他心里悬着,之所以不敢讲出来,是他不敢正视。

我美丽的阿哈尔古丽,你可千万不能让魔鬼附身啊。

这一天,罗正雄回到营地,意外地收到了两样礼品。礼品是师长刘振海派人送来的,一双布鞋,一把精美的藏刀。

布鞋是江宛音一针一线纳出的,藏刀是江默涵托人从藏区高价买来的。包裹里,还有一封信,是江宛音写给他的。

罗正雄捧着信,心情突然变得复杂。

就在他抱着布鞋发怔的时候,营地里传来万月悠扬低婉的歌声,那是首俄罗斯民歌,特二团只有万月会唱。

## 16

驼五爷不负厚望,终于查到黑衣人的线索。

派驼五爷到二组,看似随意,实际是罗正雄深思熟虑后下的一步妙棋。尽管罗正雄从未向这个耿直倔犟的老向导明确要求过什么,但言行中,他却对这位老向导寄予了厚望。两个人坐在沙梁子后头深谈的那些个夜晚,罗正雄尽量避实就虚,目的就是打消这位老驼人的顾虑,让他跟特二团铁起心来。罗正雄先是跟驼五爷聊一些过去的事,包括新疆解放时解放军跟驼客子之间鱼水相亲的故事。聊着聊着,罗正雄会冷不丁地说:"还是你驼老五厉害,新疆这帮驼客子中,哪个敢跟你比,别的不说,单说你能一个人带着二十多峰驼,穿过干驴皮滩,把粮食送到解放军手上,这事就让军区首长大会小会夸了一个多月。"说得驼五爷心里一片热乎,不好意思地垂下头。罗正雄趁热打铁,猛就扯出一档子事。"哎,那个黑三的小老婆你最后给弄到哪去了?"驼五爷惊了一惊,等辨清罗正雄没啥恶意时,挠了挠头不安地道:"那都是老早的事了,提它做啥?"

"说说么,反正又没外人,说出来让我也长长见识。"罗正雄不依不饶。

"嘿,丢死个人哩,不能说,真不能说。"驼五爷客套着,没说,心里却翻过一层细浪。

沙漠里奔命的人,有的不只是那些悲天悲地的故事,他们也闹些花花事,供驼客子们当笑料。驼五爷拐跑黑三的小老婆,算是件值得让人开心的事。黑三是沙漠里的一霸,仗着跟国民党一个团副是拜把子兄弟,又跟地方上的保安团混得贼熟,常常就把沙漠当成了私家院子,谁要犯了他的戒,驼客子这碗饭,你就甭吃了。驼五爷偏是跟这人较上了劲,几次都把黑三到手的活给抢了,惹得黑三放出话,要给他在干驴皮滩准备个好院子,让他安安稳稳睡里头。驼五爷听了笑笑,照旧在沙漠里轻松出入。一次,黑三揽了活儿,跑不过来,意外地找到驼五爷,让他代脚,银子三七分。驼五爷没犹豫,说行。临上路时,黑三突然不放心,怕驼五爷起歹心,吞了这几十袋大烟,让自个二十来岁的小老婆带两个心腹跟在驼队里,做他的哨。谁知二十天下来,驼五爷不但瓦解了两个心腹,还把那花似的小老婆搞到了手。这在当下简直成了沙漠里一档子奇闻,谁都知晓,小老婆是黑三拿一年的脚钱从国民党一个营长手里买的,他垂涎这小妇人的姿色,费尽了心机,让营长染了大烟,硬是把原来唤嫂子的小妇人给弄到了怀中。还没怎么享受哩,竟让一个又憨又笨的驼老五给甜言蜜语哄骗走了。气得黑三带了五十多支猎枪,沙漠里追了十多天,最后连人带枪让一股土匪收拾了。可怜的黑三,英雄了一辈子,最后竟栽到了驼老五手里。

都说那股土匪是驼老五引来的,叫洪五的土匪头子还是他拜把子兄弟。驼五爷嘿嘿笑笑:"哪有的事啊,我连洪五是光脸子麻脸子都不知晓,要真有那么个拜把子,我还用得着讨这碗饭?"

不过驼五爷也是个没艳福的人,虽说是把小妇人拐到了手,但没福享。没出一个月,小妇人的命就让一场怪病给夺走了,临走拉着他的手:"好人啊,等下辈子,我来伺候你。"驼五爷哭了一场,擦掉眼泪笑笑:"你个妖精,刚把我的瘾逗上来,你给一蹬腿走了,这日子叫我驼老五咋过?!"

这些事,驼五爷轻易不敢翻腾,一翻腾,就难受,心里堵。没想这坛子闷酒让罗正雄给掀腾开了。两人坐沙梁子后头,着实唏嘘了一阵,驼五爷心说:"你个姓罗的,哪壶不开提哪壶,成心不让人好受哩。"罗正雄心说:"一个粗粗糙糙的人,竟也是个情种哩。"

莫名地两人就近了,很近。驼五爷这才发现,轻易跟他不说话的罗正雄,心里其实装着他哩,不但装,还装得多。好些个陈年旧事,他都忘了,罗正雄却一档档的记得清。"他是个有心人啊。"走在沙漠里,驼五爷冷不丁就发出这样的叹。人世间,遇个有心人不难,遇个跟你对脾气的有心人,难。遇个把你当人的有心人,更难! 驼五爷是谁,一个驼客子,靠双脚奔命的人,说好听点是个向导,说难听点,就是个苦力,拿命挣人家碎银的人。这点驼五爷很清楚,清楚得很,他跑了半辈子脚,从没把自个当人物。而人家罗正雄是谁,团长,功臣,是个名字能在沙漠里炸响的人! 人家把你当人,不跟你计较取水时延误时辰,丢掉两条人命的事,你还咋着?要是不做出点事,能对得住人家?嘿嘿,你个驼老五,这辈子尽遇着好人哩!

　　驼五爷开始变得心细了,特细。一双眼不但要盯住妖冶的阿哈尔古丽,还要盯住阴阳怪气爱摆个谱的酸秀才吴一鹏。光盯盯不出啥,得找,不信黑衣人留不下蛛丝马迹,俗话说雁过留声,风过留痕,那么些个人,沙里来沙里去,能不踩下个脚印?

　　这当儿张笑天他们也开始了行动。按罗正雄的指示,张笑天和杜丽丽的主要任务就是拖住阿哈尔古丽,不让她有更多自由。本来向导随组是没有固定任务的,就是帮组员拿拿东西,送水什么的,再就是看护好骆驼。张笑天这次来了个别出心裁,让阿哈尔古丽做杜丽丽的助手,还让她扶一阵尺子。阿哈尔古丽当然不愿意,可这事由不了她,杜丽丽这女子,算计起人来真是有一套。她先是跟阿哈尔古丽套近乎,白日黑夜地套,白日她跟阿哈尔古丽学维语,热情地教她怎么当尺子手,夜里放着自己的地窝子不睡,非要跟阿哈尔古丽挤一起,缠着说女儿家的悄悄话。阿哈尔古丽心里有苦,却不敢表现出来,因为她感觉特二团已对她有警觉了。

　　怎么办?老练的阿哈尔古丽陷入了慌乱。

　　驼五爷这边,却是自由得很。从进入二组,他就没被分配过一件正经事,天天像个幽灵似的游荡在沙漠里,晚上更是神出鬼没,冷不丁就要吓人一跳。

　　终于,驼五爷闻到了气息,这气息是从阿哈尔古丽眼里发出的,阿哈尔古丽的确有一双美丽的黑眼睛,说她比葡萄还美,一点不为过,可驼五爷看到的,却是淫邪,却是狠辣。仅仅从她瞅秀才吴一鹏那一眼,驼五爷便断定,秀才吴一鹏完了,他掉进了陷阱,怕是一时半会儿逃不出来。沙漠里闯荡一生的驼五爷真是见多识广,他知道"东突精灵"是怎么回事,这些女人为了目的,啥都敢豁出去,甭说你是汉人,就算是魔鬼,也一样让你拜倒在她的风骚下。按她们的话说,她们的身子是不存在的,她们是精灵,只有灵魂,只有仇恨,献出身子是为了把仇恨注入你的身子内,把火苗喷你身上,让你跟她们一同燃烧。

　　这女人你也敢碰,不想活了!驼五爷恨了一眼秀才,顺着阿哈尔古丽的目光,往坎儿井那边去。

　　我以为你有多狡猾,原来你也有沉不住气的时候。驼五爷有点骄傲,能从阿哈尔古丽深不可测的眼睛里看见东西,真不简单。

黑风暴袭击后的坎儿井,一片颓废,尽管之前驼五爷来过多次,但千篇一律的洞穴,一点看不出什么异样。这次他耐下心来,一个洞穴一个洞穴比较。终于他的目光被一个图案吸住了,那图案其实不叫图案,就是一团梭梭,长得密,匍匐在洞穴上,如同爬山虎,往天空中伸展,可又伸展不了,像是被什么魔力给镇住了。沙漠中的植物大都如此,但这团梭梭分明有被人精心摆弄过的痕迹,猛看起来,它不是梭梭,像头困兽,挣扎着,呼啸着,要从洞穴上腾起。

看到这儿,驼五爷明白了,怪不得他们出神入化,在沙漠中如入无人之境,怪不得他们能长久地潜伏在沙漠中,而不被外人发现。原来……

驼五爷一个蹦子,毫不犹豫地就跳入那口穴。

一进去,他便发现,这根本不是坎儿井,貌似坎儿井的这口穴,是有人仿着坎儿井的样子挖下的,穴内的物什,更是让驼五爷目瞪口呆。

这口穴正是秀才吴一鹏和阿哈尔古丽有过肌肤之亲的那口。小小的土炕上,似乎还残留着他们忘情地拥在一起时身体喷发出的热骚味儿,小炕四周,残留着没被尘埃盖尽的脚印。离小炕不远的洞壁上,一只骷髅狰狞地龇着牙,牙齿足有一尺长,仔细辨认半天,驼五爷才认出那是一只野骆驼头。

这就是他们的据点,平时藏身的地儿。驼五爷这么想着,开始四下里找寻,一定要在这穴里,找到更多的秘密。

驼五爷在穴里耽搁得太久,等他两手空空走出穴时,黑夜早把沙漠吞没了。夜晚的沙漠,透出森森寒气,仿佛每一寸黑暗都隐藏着危险。驼五爷咳嗽了一声,借以给自己壮胆,就在他抬腿离开洞穴的一瞬,不远处,沙梁子下,一个黑暗嗖地一闪,不见了。驼五爷紧追几步,越过沙梁子,沙梁子这边静静的,除了几个脚印,驼五爷啥也没看到。

驼五爷定了定神,突然冲黑夜放出声:"你跑不掉的,我驼老五要是怕你,就不会给特二团当向导。"

副团长刘威听完汇报,立刻作出决定,让张笑天带上队员,再次搜查那口穴,自己则和驼五爷火速赶回营地,将这一重要情况向罗正雄做了汇报。罗正雄沉吟片刻道:"看来,我们对黑衣人的估计太过简单,他们既然把穴挖到这里,作的准备就不只一天两天,命令全团作好战斗准备,要严防黑衣人向我特二团偷袭。"

"是！"副团长刘威领命而去。地窝子里只剩罗正雄跟驼五爷时，罗正雄压低声音："你能确定，那个黑影是她？"

"看不花眼的，就是夜再黑，我也能辨出是她。"驼五爷回答得很肯定。

"可……"罗正雄困惑了，按刘威的说法，驼五爷走出洞穴的那个时间，阿哈尔古丽跟张笑天他们正在回临时宿营地的路上，这天张笑天他们测得晚，收工时杜丽丽又扭了脚脖子，所以回到临时宿营地的时间比平时晚了三个小时。难道她会分身术？

"你那个杜丽丽肯定没说实话。"驼五爷硬梗梗道。

"怎么讲？"

"这女娃不正经，依我看，她是想把张营长给毁掉哩。"驼五爷的话里明显带着对杜丽丽的不满。这话立刻引起罗正雄警觉："你是说？"

"我啥也没说，你把张营长叫来，让他自己跟你说。"

罗正雄明白了，一定是驼五爷看到了什么不该看的。罗正雄没再往下问，心里，却添上一层堵，要是张笑天跟杜丽丽之间真的生出什么，又是件麻烦事，至少跟师政委童铁山，他没办法交代。

第二天，罗正雄赶到二组，张笑天他们还没回来，说是又发现了新情况。简单问了下，他冲正在帮着做饭的杜丽丽喝："杜丽丽，过来！"

杜丽丽怯怯地走进地窝子，其实一看见罗正雄他们的马从远处奔来，她就知道昨天的事瞒不过去了。

杜丽丽跟张笑天果然合着撒了谎，当然，这是杜丽丽的主意，她还一再跟张笑天说："出了事我负责，不会连累你。"昨天，杜丽丽跟阿哈尔古丽吵了架，吵得很凶。不为别的，还是因张笑天。测到最后一个点时，杜丽丽肚子突然不舒服，起先隐隐的，后来便痛得厉害，杜丽丽坚持不住了，跟阿哈尔古丽说："你帮我扶一会吧，就剩一个点了，我去去就来。"阿哈尔古丽笑吟吟接过尺子："去吧，没事的。"当时他们所在的地儿正好是一片沙滩，四周无遮无拦，连梭梭都很少有。杜丽丽不得不跑出很远，确信张笑天和阿哈尔古丽看不到时，才蹲到一簇红柳丛下，宽衣解带，拉起肚子来。等她拉完，回到测点，却发现张笑天跟阿哈尔古丽蹲在一个小沙坑里，有说有笑，样子十分亲密。杜丽丽忽然就不舒服，这些日子，张笑天老是有事没事就找阿哈尔古丽搭讪，阿哈尔古丽呢，好像巴不得跟张笑天有独处的机会，只要杜丽丽一离开，立刻就换一副脸色,甜甜蜜蜜往张笑天跟前凑。好几次,杜丽丽都看到了这样的情景。她曾提醒张笑天,小心美女蛇啊。张笑天居然厚着脸说,我身边都是美女,你让我小心谁?

杜丽丽气狠狠冲过去,一把推开阿哈尔古丽:"不要脸,看看你们的样子,也不嫌脸红!"当时阿哈尔古丽正伸出舌头,要舔张笑天眼睛。张笑天一看杜丽丽推倒了阿哈尔古丽,红着脸道:"我眼里进了沙子,想让她吹出来。"

"我眼里才进了沙子哩!"杜丽丽勃然大怒,这种时候,张笑天还替阿哈尔古丽辩解,可见他们有多无耻。

杜丽丽的行为激怒了阿哈尔古丽,这个一向在杜丽丽面前乖顺听话甚至有点怯懦的女人,突然露出一张凶脸:"杜丽丽,你太过分了!"

"过分,我过分?刚才你给我喝的什么,你是不是想给我灌毒药,然后——"杜丽丽说了一句不该说的话。结果阿哈尔古丽跳起来,指着杜丽丽鼻子,破口大骂。

两个看似温柔贤淑的女人,一旦撒起泼,样子是很恐怖的,骂出的话,更是不能入耳。骂到后来,杜丽丽见捡不到便宜,便将火撒到张笑天头上,不善吵架的张笑天让杜丽丽骂了个狗血喷头。

夜幕落下时,张笑天喊收工,杜丽丽故意不走,阿哈尔古丽趁机说:"她不走,我们走。"

"你敢!"杜丽丽冲张笑天喝了一声,紧跟着她就惨叫一声,说是扭了脚脖子。张笑天知道杜丽丽心里想什么,犹豫来犹豫去,只好跟阿哈尔古丽说:"要不你先走吧,回去跟组里说一声,我陪她后面回来。"

阿哈尔古丽很不开心,像是真被张笑天冷落了,磨蹭了一会,一赌气,尺子也没拿,空手先走了。望着阿哈尔古丽远去的背影,杜丽丽这才转怒为笑,撒着娇道:"拉我起来啊,还愣着做啥。"

"混蛋,你们真是混蛋!"还没等杜丽丽讲完,罗正雄已气得咆哮了。

"我也不知道是她使的计。"杜丽丽怯怯道。

"你知道什么,让你跟张营长一个组,是让你学技术,提高自己,不是让你拉拢他的。"罗正雄一激动,讲出的话就变了味。一听拉拢两个字,杜丽丽委屈地哭了起来。

就在这时候,哨兵进来报告,阿哈尔古丽不见了。

"不见了,怎么搞的?!"罗正雄噌地拔出枪,就往外扑,杜丽丽也止住哭,警惕地盯住哨兵。哨兵拦住罗正雄,说已有人去追了,估计她跑不远。

原来,昨天晚上驼五爷一回来,阿哈尔古丽便被二组暗中监视起来,监视她的人中就有张双羊,谁知就罗正雄来的这么一会儿,阿哈尔古丽竟从监视者的眼皮底下溜走了。

茫茫大漠,初看上去一览无余,似乎连只老鼠也藏不下,但你真要找到一个刻意隐藏的人,却是那样艰难。六个士兵找了一下午,居然连阿哈尔古丽的影子都没看到。

形势相当危险。

罗正雄当即决定,二组立即撤出临时宿营地,同时,点火告诉张笑天他们,火速赶回营地跟一组会合。

# 17

三天过去了,阿哈尔古丽还是不见踪影,找遍了能藏身的地儿,但她像是突然蒸发了,就连一丝气味也没留下。

铁木尔大叔心急如焚,再也顾不上什么纪律不纪律,一个人牵着驼,非要到沙漠深处去找。为了安全起见,罗正雄让侦察员小林带上三个人跟在铁木尔大叔后头,并再三要求,绝不能走太远,必须当天去,当天回来。

还好,三天里沙漠分外平静,担心的黑衣人并没出现。

据张双羊说,阿哈尔古丽是她交完班一个小时后溜掉的,当时她睡着了,胖人就是瞌睡多,她也想坚持,可坚持没多久,就给眯了过去。当时负责监视的是一位年轻的小战士,他说阿哈尔古丽嚷着肚子痛,要解手,他跟了几步,被阿哈尔古丽骂了回来,等意识到不对劲时,沙梁子那边已没了人影。

"为什么不叫醒张双羊?"罗正雄真是气得要发疯,一个组的兵看不住一个阿哈尔古丽,这事要是传出去,特二团还能叫特二团?

"我叫过,可吴干事说张双羊刚睡着,不要打扰她。"吴干事就是秀才吴一鹏,年轻一点的战士都这么称呼他。

事实确实如此,阿哈尔古丽捂着肚子往沙梁子那边去时,挨了骂的小战士跑回来,想叫醒张双羊,让她跟后面,谁知秀才吴一鹏硬是将小战士挡了回去,还说出了事由他负责。小战士自然不敢往沙梁子那边去,偷看女兵解手是要受批评的,重者还有可能被遣送回去。

吴一鹏对此却矢口否认,他坚决不承认当时遇到过小战士。"这怎么可能,这怎么可能嘛?"

这天深夜,吴一鹏被叫醒,睡眼惺忪中跟着张笑天走进罗正雄的地窝子。恍惚中,他觉得坐在地铺上的不是罗正雄,正要问张笑天深更半夜带他来做什么,猛然他给醒了,彻底醒了。

因为他看见一个人,一个可以决定他生死的人。

"请坐。"昏暗的地窝子里,响起的竟是师长刘振海的声音。

吴一鹏抖了几抖,他万万没想到,师长刘振海会不声不响来到营地,这么大的事儿,怎么一点信儿也没听到?慌乱至极中,吴一鹏扫了一眼地窝子,除了不带任何表情的刘振海,他没看到别人,张笑天也悄无声息地退了出去。

吴一鹏强压住内心的恐慌,勉强将身子弓下,他真是没有勇气在刘振海面前落座。

"坐吧,好久不见,我们该认真谈谈。"刘振海的语气极为温和,一点听不出他带什么情绪。吴一鹏的心稍稍踏实了些,兴许事情并没他想的那么坏。

一等开口,吴一鹏心里的那点儿侥幸就全熄灭了。

"说吧,她是不是想拉你过去?"刘振海开门见山,丝毫没给吴一鹏回旋的余地。吴一鹏的心腾地暗下去,感觉整个世界昏暗一片。

让吴一鹏到特二团,是刘振海在好几个选择中艰难做出的一个,可以说这个选择带点儿亡羊补牢的味道,对吴一鹏,则具有新生的意味。吴一鹏是个人才不假,能说会道,文化程度又高,是师部难得的秀才,在兵团一大半人是文盲半文盲,部队文化水平极需提高的今天,发现和培养这样的苗子,应该说是全兵团的当务之急。可惜刘振海看花眼了。对此,他在师部会议上作过多次检讨,并顶着重重压力,没把吴一鹏打发回团部。这就让一些干部产生错觉,以为吴一鹏是他刘振海的红人,没谁能动得了。但刘振海对吴一鹏,却是在失望中含着期望,他甚至为这个年轻人祈祷，希望他能去掉身上的傲气和浮躁气，虚心做人，同时能彻底反省自己，不要老居功自傲，认为革命成功了，应该享受了。坦率讲，你吴一鹏哪来的功啊。有文化就了不起？有文化而没有骨气，没了军人的铁血斗志，你还是个孬包！刘振海不喜欢教训人，更不喜欢把什么也说透，说透就没了意思，再者像吴一鹏这么聪明的人，用得着说透？他应该知道前途在哪，路该怎么走。可现实一次次令刘振海失望，除了宣传方面表现出的那点儿优势，其余的压根就不能往桌面上提，一提就让人恼火。特别是吴一鹏多次吵着要官，要不到官又吵着转业这档子事，简直让刘振海脸红！当初，当初怎么就看上了他？

组建特二团，刘振海第一个就提出让吴一鹏去，政委童铁山坚决反对："让他去，这是特二团，不是参观团！""老童，不要这么看人嘛，秀才是有点毛病，有毛病你也得让人家改啊，给他这个机会，让他磨炼一下，兴许……""给他的机会还少，哪次他珍惜了？"两人争来争去，最后还是师长说了算。不过童铁山把话撂在了明处："我可说清楚了，如果他惹出什么乱子，这责任我不担。"

"好，我担。"会上，刘振海等于是替吴一鹏拍了胸脯，这个胸脯他当时拍得很自信，现在看来，是他自信得太早，甚至自信得很愚蠢。

"说吧，既然做了，就有勇气把它承认出来。"刘振海继续不恼不怒，到了这个时候，他还保持这么好的耐心，可见"秀才"两个字，在他心里有多重的分量。

刘振海没上过一天学，他那点儿文化，都是边打仗边跟人家学来的，有些还是跟国民党俘虏学的。在他眼里，文化人才是最值得尊敬的。当年他因把国民党一个团副私自扣押下，给自己当战地老师，差点让军长一怒之下把他旅长的帽子给抹了。

斗争了半天，矛盾重重的吴一鹏终于知道这事赖不过去，不得不垂下头，带着三分忏悔七分恐惧，将事情经过一五一十道给了刘振海。

吴一鹏知道，刘振海不发火的时候才是最可怕的时候，如果你硬逼他发火，很可能他会猛地抄起枪，一枪先打烂你的头。

就冲这点，他还算个聪明人。

阿哈尔古丽果真是"东突精灵"，代号叫"乌鸡"，这一点她跟吴一鹏讲得很清楚。吴一鹏回想起那天的情景。"我把身份告诉你，目的只有一个，就是让你听话，乖乖儿照我说的去做。"阿哈尔古丽说。

"你不怕我马上向团部报告,要知道,'精灵'两个字,是我们兵团的死敌。"

"我把身子都给你了,还怕堵不住你一张嘴?"阿哈尔古丽突然收起脸上的笑,变得比魔鬼还狰狞,"再者现在不是我怕你,而是到了你怕我的时候,别忘了我可是维族姑娘,敢动维族姑娘,你胆子不小啊。"阿哈尔古丽边说边掏出一把刀,刀光森森,惊魂未定的吴一鹏清楚地看见,阿哈尔古丽伸出软软的舌头,在刀刃上舔了几舔。"噗"一声,一股子血喷在他瘆白的脸上。

"听着,你必须在红海子测完以前,把特二团及兵团的全部意图打听到,他们到底要在新疆留多久,会不会真如传言说的那样,赖在我们的地盘上不走?还有红海子的所有资料,你要一份不少交我手上,如果有半丝闪失,孙旺子就是你的下场!"

"这……资料看管得很严,你让我怎么拿?"

"那是你的事,必要时你可以学特一团那位勇士,送他们上西天。"

"你——"

"哈哈——"阿哈尔古丽爆发出一阵狂笑,没想到被她搞到手的男人竟是这么一个窝囊货,她忽然有点后悔,一开始她的目标是张笑天,可惜杜丽丽那个妖精抢在她之前发情,把她的一道好菜给抢了。不过留着张笑天,她还有别的用处,想到这儿,她猛地冲吴一鹏喝了一声:"起来,现在还不是你躺在炕上享受的时候,你必须在风暴停止前把驼老五引出来,我要亲手宰了这只老山羊!"

"东突精灵"眼里,所有跟她们作对的,都是山羊,她们才是沙漠中的狼。

狼食羊,天经地义。

可驼老五这只老山羊真是狡猾,居然变着法子不让她吃。

吴一鹏说,黑风暴期间,他潜回过营地,阿哈尔古丽告诉他,只要把驼五爷的驼引出来,就不怕他不上钩,可惜他在营地外红柳丛下的洞穴里猫了两天,都没觅到机会。当然他并不知晓,黑风暴中,驼五爷并不在营地,按罗正雄的指示,他再次去了某个地方,暗中等待另一个人的出现。

张笑天跟杜丽丽看到的那一幕,正是阿哈尔古丽没能按计划宰了驼老五,冲他发火。

"现在该把罗盘拿出来了吧?"听完他的话,刘振海并没火,点了一支烟道。

"罗盘?"轮到吴一鹏再次吃惊了。

居然连这事他都知道! 可见从一开始,罗正雄就没相信他。自以为很聪明的吴一鹏这才相信,兵团里关于罗正雄神乎其神的传闻,并不是人们假造的,对罗正雄他真是了解得太少了。

罗盘的确是吴一鹏拿走的,在师部的时候,他就听说向导驼五爷有件宝贝,凭着这宝贝,纵是沙漠中有多大的风浪,你也迷不了路。这罗盘,不只是驼五爷救命的工具,更是他一生最最珍贵的信物。

罗盘其实是那个小妇人的,干驴皮滩上,小妇人拿它当命一样,面含羞涩地塞进了驼五爷怀里,然后软软地说:"往后,我的生死,就由你了。"

原以为偷了这宝,他就可高枕无忧,哪怕全团的人死光,他吴一鹏也能活着回去,没想一双眼盯在后头,正是那个早晨,改变了他的命运。阿哈尔古丽在土炕上也用同样的话说:"现在该把罗盘拿出来了吧?"

"你给了她?"刘振海这次有点惊了。

吴一鹏垂下头,脸比死灰还暗。他岂能不给,不给他能活着走出那洞?

这个晚上,这一对被官兵们传得很密的战友,在地窝子里一直谈到天亮。天明时分,吴一鹏走出地窝子时,战士们发现,他的双眼是红的,他的脸色却很诡谲,让人猜不出师长到底跟他谈了什么。

就在同一天夜里,离营地很远处的七垛儿梁,一场口袋战也在悄悄打响。

这得归功于驼五爷,发现黑衣人秘密的同时,驼五爷也闻到了邓家朴的气息。要说发现邓家朴藏身的洞穴,要比黑衣人那个洞穴早一天,可驼五爷当时并没意识到这是两码事,还以为两个洞穴都是黑衣人的,后来经罗正雄提醒,他才猛然醒悟:是啊,我咋糊涂了,前面那个洞穴又小又破,里面除了一摊血啥也没,一想就不是黑衣人的嘛。就这样,驼五爷带着人又找,结果在离坎儿井三十多里的地方,又找到一口穴。这穴不大,从外面看你根本猜不出那是口穴,那样的黑窟窿沙漠里到处都有,谁看见也不在意,但驼五爷在意了。他是从沙刺的异常上看出端倪的,长在那口穴处的沙刺跟别处不一样,具体有啥不一样,驼五爷说不出,但能一眼看出。

"就这儿。"他冲随行的战士讲。

两个战士狐疑地盯住他,认为不可能,因为驼五爷指的地儿太平常了,一个小黑洞,洞口乱七八糟长着沙刺,如果这种地儿也要怀疑,把全兵团调来一个月怕也搜不完。

"不信?"驼五爷狡黠地望着两个士兵,颇有意味地露出一笑,猛一用力将那株看上去快要死的沙刺拔了下来。这时候奇迹出现了,那团沙刺不是长上去的,而是让人栽上去的,随着沙子的哗哗声,一个直径约有一米的洞口显出来,跟刚才看到的洞口完全两样。两个士兵惊讶了一声,就见驼五爷已缩起身子,狗一样钻进了洞里。三个人往里爬了约有五米,前面豁然开朗,一个足有半间屋子大的洞穴呈现在眼前。

两个士兵这才不得不信服地赞叹起来。

"先别夸,耳朵和眼睛留点神,这种洞穴可不是好玩的。"驼五爷提醒道。两个士兵旋即提紧了心,小心翼翼跟在驼五爷后头。这穴很像是老早以前人们居住的窑洞,火把点亮后,三个人同时发现洞壁上留有不少刻画的痕迹,极像是现时人们家里挂的壁画。从画的线条上看,多是飞禽走兽之类供人们祭拜的东西。驼五爷不敢分神,立刻在洞里搜寻起来。然而搜寻的结果很令人失望,除了几个烟头,还有一些散落的馍渣,三个人啥也没见。凭直觉驼五爷断定,这儿是藏过人的,而且不止一天,说不定那场暗无天日的黑风暴,此人就是在这穴里度过的。可是这么长的日子,他靠啥生活?蓦地,驼五爷盯住前面洞壁下一个小土堆。"挖!"他说。

两个战士将小土堆挖开后,真相出现了,是一堆鸽子毛!

这穴里曾经有鸽子,那人正是靠这些鸽子活下命的!

是个有办法的家伙!驼五爷这么赞叹道。联想到罗正雄跟他描述过的邓家朴的特征,驼五爷断定,这穴里曾经藏的定是邓家朴。能在如此神秘的沙漠里一眼发现这孔穴,可见此人在地质方面的造诣有多深。照驼五爷的判断,此穴曾经是一户人家住过的窑洞,而且这户人家是打猎为生的。洞壁上那些画,就是他曾打到的猎物,打一样画一样。这么看来,红海子这地方就不简单,说不定老早的时候,它还是一处很发达的寨子。想到这儿,驼五爷忽然明白,刘振海为啥要把特二团的第一站定在红海子了,真是英明啊,解放军就是解放军,啥方面都高人一等。

这红海子地下绝对有宝藏,说不定这洞里挖下去,就能挖出啥稀世珍宝来。

驼五爷收回遐想,带两个战士离开,照着先前的样,将那株沙刺栽好,这样穴口又看不出什么了,跟司空见惯的大沙漠一个模样。驼五爷心里却牢牢记住这个地方。

按照前后两个穴的方向判断,邓家朴逃命的方向定是七垛儿梁。他一定是渴急了,想亲口尝尝圣水。或者七垛儿梁就是他们提前商量好碰头的地方。

"我叫你碰!"驼五爷恨了一声,当夜便带着几个战士往七垛儿梁去。

老羊倌的确是一个好客的人,而且从他跟驼五爷的亲热劲看,两人绝不是一天两天的交情。后来驼五爷才告诉罗正雄,他跟老羊倌是一同来到新疆的,他做了驼客子,老羊倌却给七垛儿梁一户人家牧羊,牧到后来,他成了那户人家的上门女婿。这些年,沙漠里奔命的驼老五偶尔思念家乡或是心里有了别的事,就要在七垛儿梁停个脚,两个人唠一唠,或者看看老羊倌的子女,心就又回到了地方。人这一辈子啊,难断的还是根,难了的还是儿女间那份情。驼老五是没啥指望了,自打娇艳的小妇人一命呜呼,离他而去,心就随着到了某个地方。不过,看见老羊倌一家甜甜美美,他的心就湿湿的,有几分酸,有几分甜,也有几分失落。前阵子,老羊倌还笑着说:"老五啊,这么活也不是个办法,要不到七垛儿来,落个脚,找个帮衬,至少炕头也得有个唠话儿的。"

"不盼了,也盼不到了,老天爷给我的,就这么条路。"驼五爷话里头有一股掩不住的悲凉。

"七垛儿的马寡妇,我看行,要不我给你问问去?"

"算了,谁有谁的日子,惊扰了人家,我担待不起。"

这话就没再提,不过偶尔的,驼五爷也想,听说马寡妇人倒是不错,心眼儿好手脚也利落,就是命不好,十年前守的寡,拉扯着一男一女,苦。尤其是这趟做向导,看到这些官兵,男男女女的,成双结对,有说有笑,就想要是马寡妇在,他就不太在乎他们谁跟谁好了。

嘿嘿,人世间的事,怪,真怪。驼五爷竟然跟张笑天他们较这个劲儿。

听了驼五爷的话,老羊倌一脸警惕:"你是说,那个人会朝七垛儿梁来?"

"我想他会。"

"你是说,他手里有解放军想要的东西?"

"啥解放军想要的,本来就是人家拿命换来的,你没见过那些测量兵,可苦哩。"

"嘿嘿,不就扛个仪器,满沙漠闹着玩,比起打仗,轻松多哩。"老羊倌笑着说。

"胡说!不懂就不要乱说。闹着玩,你去玩给我看,人家干正事干大事哩。"

"不就开个玩笑么,看你,发个啥火,说,要我咋帮你?"

"守住那口井,这人鼻子尖,一定会闻到水味儿。"

"放心,我老羊倌给他做个口袋,等他钻!"

很快,村子四处,沙梁子背后,布满了人,那口沙漠里闻名的圣井,更是摆下了龙门阵,就等着邓家朴一头钻进来。

但等了两天两夜,没动静。"他会不会闻到味儿啊?"老羊倌吃不准地问。

"应该不会,这事儿做得密,就罗团长知道,再者我们来时,是绕着弯进来的,不会留下啥踪迹。"驼五爷心里也犯惑。

"可他在暗处,你们在明处。"老羊倌又说。

"先甭灰心,我就不信他能一直拿鸽子血当水喝。"

人是不能多喝鸽子血的,啥血也不能,应应急可以,长期喝会把人的命喝掉的。

然后就等。又是两天过去了,老羊倌的儿女们已经不耐烦,觉得驼五爷拿他们开涮,这茫茫沙漠,一个人没水没粮,能活两个多月,没听过。再者人家也不一定到七垛儿梁来,人家可是地质专家啊,这一带哪儿有水,清楚得很。要不,能把他选到特一团?

## 18

二管家乌依古尔简直要疯掉了。

祁顺这个挨千刀的,骨头真是硬,比鹰的还硬。所有的刑法都用过了,他还是不开口。

"我真想一刀一刀扒了他的皮!"独眼男人更是恼羞成怒,祁顺哪是在抵抗,简直就是在羞辱他!自打跟了乌依古尔,自打做了副教头,有哪个人硬过他的刑法?那些自以为骨头很硬的,落他手里,没过三招,全都屁滚尿流,该说的不该说的全招。可这个祁顺,真是害苦他了。又不能让他死,又不能弄残他,还要让他乖乖儿说话,难,真难死他了。

乌依古尔阴阴一笑:"光用硬的不行,他的骨头里有钢,你越硬,他越跟你较劲儿。得想个怪招,让他尝些甜头。"

"啥甜头?"独眼男人急切地问。

"对男人来说,世上啥最甜?"乌依古尔露出一脸坏笑,一双狐狸似的眼睛盯住独眼男人。

"女人,世上没有比女人更甜的。"独眼男人淫笑着说。

"那就让他在女人的怀里把秘密全说出来。"

"他是解放军,这办法怕是不灵吧?"

"解放军难道不要女人?你没见他们成车成车地往这里拉女人,他们想女人想疯啦,我的教头,动动脑子吧。"

"这……"独眼男人难住了,就算祁顺能倒在女人的怀抱里,上哪儿去找这种女人,这可不是一般女人能做到的呀。

"阿依汗,别忘了我们的老朋友阿依汗。她手里啥样的女人都有。"乌依古尔提醒道。

阿依汗目前不住在这座院子,这院子是头人阿孜拜依以前的老院子,也是他们的一个据点,阿依汗不喜欢这儿,她住在自己美丽的小院里,那儿有高高的葡萄架,有粉红粉红的杜鹃,有温馨四射的薰衣草。当然,那里少不了女人,阿依汗四十多岁了,打八岁开始,她的生命便跟女人联系在一起,这辈子她已无法跟男人交流,更容不得男人的气味骚扰她,除非迫不得已。她喜欢这些年轻漂亮的女孩儿,听她们唱歌,看她们跳舞,夜深人静的时候,躺在葡萄架下,让一个乖巧可人而又聪明伶俐的女孩儿替她捶腿,是件很享受的事。

她爱她们,尽管对她们很狠,可这狠,是教会她们生存的法则,世界永远充斥着弱肉强食这样一个法则,要想不被食掉,你就得学会先食人。

食人有各种各样的法儿,阿依汗教给她们最朴素也最实用的法儿。当然,做"精灵"是另码事,阿依汗手下的姑娘,并不是个个都能做"精灵",十个里能出一个,就不错了。怪不得失去一个"精灵",她会那么哀伤。哀伤让阿依汗衰老,可她多么不想老。

"我的阿默罕,我要跟月亮同在。"她跟捶腿的女孩儿说。

阿默罕十七岁,跟其他维族姑娘一样,皮肤白皙,眼睫毛好长,眼窝好深,身材高挑,一双水汪汪的大眼睛像两粒晶莹的葡萄,嵌在白净而红扑扑的脸上,显得格外好看。但你如果把她想成温情脉脉的女孩子,那就错了。

她是阿依汗手里的一张牌,阿依汗是不舍得轻易用的。

独眼男人找到阿依汗的这天,阿依汗刚刚得到两条坏消息,一是那个名叫王涛的男人并没掉进她的陷阱,居然奇迹般地逃走了,至今觅不到踪影。另一条,更令阿依汗沮丧焦虑,她的宝贝"乌鸡"出事了,生死不明。

乌云吞噬了太阳,她美丽的小院落充满了悲伤。

独眼男人就在这时候把乌依古尔的想法说了出来,哀伤的阿依汗突然跳了起来,指着独眼男人的鼻子:"我阿依汗不是任人宰割的羔羊,我是草原上一只永远战不败的鹰,想借我的手达到你们的目的,办不到!"

"美丽的阿依汗,我们是老朋友,有共同的敌人,我们应该团结一心才是。"

"天上永远不可能有两个太阳,鹰是不会和犬做朋友的,告诉你的主人,草原是我的,沙漠是我的,辽阔的疆域,是我东突的。"阿依汗有点失去理智,她已经不知道自己在说什么了,她忘了曾经跟阿孜拜依达成的协议,在赶出解放军以前,东突跟头人就是一家。

独眼男人失望而归,对付阿依汗这样的女人,他还显得不够力量。

谁知第二天早上,太阳刚刚洒满大地,老院子的门被敲响了,进来的竟是美丽的阿默罕。

二管家乌依古尔无不得意地说:"我就知道她不会坐视不管。"

阿默罕就是他们要找的女人,昨天深夜,阿依汗突然改变主意,将阿默罕唤进自己屋里,如此这般,细说一通,最后拉住阿默罕细软的玉手,深情地说:"我的阿默罕,你是我最后的希望了,我等着你扫掉乌云,让我重新看到太阳。"

听见门响,祁顺挣扎着睁开眼,独眼男人真是太狠了,攻击他的下体不过瘾,又改为攻击他的眼睛。拿两根细软的芨芨草,专门抽他的眼睑。他的眼睛红肿,眼球都快要掉出来了。剧痛中,祁顺看见有人进来,屋子昏暗,光线朦胧,祁顺以为是独眼男人,等半天,不见有拳脚甩过来,他才挣扎着坐了起来。这一次,他辨出进来的是位女人,不是靠眼睛辨出的,是靠鼻子,女人的气息总是令绝望中的他想到光明。

女人静静地站着,不说话,也不走过来,祁顺感觉到一股柔柔的目光,抚在自己身上,那目光似风、似水,又似穿透黑暗轻洒下来的月光……

是她,一定是她。那张被花巾裹着的美丽的脸呈现出来,那么近,那么真实,祁顺甚至能看到她乌黑的眼睛里传递出的深意了。

是的,深意。每次放风或是被抬出去,他都能不期然地看见那目光,她就躲在这院里,或是长廊下,或是葡萄架下,一等乌依古尔的人走开,两个人的目光就会快快地相遇,有时短暂,有时稍长一会。无论多短,祁顺都能被那目光点燃,那是希望,那是召唤,那是黑暗中唯一能捕捉到的光明。

果然,三天前,就在乌依古尔和独眼男人再次扑向隔壁屋那对妇女时,她走过来,以闪电般的速度划过他的身边。祁顺听到一句话,不太流利的汉话:黑暗很快会过去,等着吧。

等他被抬回黑屋子时,手里就多了样东西,是美丽的维族姑娘塞他手里的,一颗花叶叠成的小五角星!

自己人,一定是自己人! 祁顺心里涌出一股热,很快这热传遍了全身,激励了全身。疼痛感一扫而尽,祁顺甚至能咬着牙站起来了。我一定要坚持住,师长他们不会不管我,他们一定得知了消息,正在想办法。

127

这位美丽的姑娘,一定是打入敌人内部的同志。哦,同志。祁顺深情地唤了一声。

三天里,那颗小小的五角星激励着他,鼓舞着他,让他不再有任何畏惧,可恶的乌依古尔,等着吧,你这狼窝一定会被端掉!

"水……"祁顺唤了一声,他真是口渴,狠毒的独眼男人,居然三天里不给他一口水,还说:"想喝水是不?说吧,说出一个秘密,给你一口水,等你把解放军的事儿全说出来,我给你一条河。"

门口的女人动了动,似乎有些犹豫,似乎带着点畏难,不过,她还是迈着轻盈的步子,走了过来。祁顺闻见一股香,那是维族姑娘特有的体香,别怪祁顺,被剧痛折磨得死去活来时,他就靠回味这种体香打发时间。祁顺做侦察兵,接触过不少维族姑娘,她们的美丽和多情是留在他心中的一道永恒的风景。

真是想不到,女人真就喂了他一口水,多么清香啊,清冽、甘醇,带着鲜果的甘美,带着冰雪的透凉。祁顺凑上嘴巴,等待第二口,女人却突然说话了:"我仁慈的主,救救受苦的孩子吧。"

就这一句话,祁顺便断定,她不是那个美丽的维族姑娘,尽管到现在,他还没跟那月亮般纯洁美善的人儿说过话,但他听过她的声音。"黑暗很快会过去,等着吧。"他再次记起她说过的话。

你是谁?祁顺很想问一句,但他忍住了,没问。没搞清对方身份前,绝不能先开口,这是侦察兵的原则,也是保护自己最有效的方式。

女人没给他第二口水,她像神一样站他面前,用目光抚摸着他。祁顺忽然有一种怪怪的不太妙的感觉。

政委童铁山在第一时间得到消息,乌依古尔果然又耍新花样。据内线古丽米热带出来的情报,老奸巨猾的乌依古尔想用女人来征服侦察员祁顺。"老掉牙的美人计,看来真是黔驴技穷了。"童铁山跟侦察连长孙虎说。

"不能小看这个阿默罕,她是阿依汗手中的一张王牌,不仅人长得够妖冶,而且手段极尽歹毒。"孙虎担忧道。

"用不着小看,但也用不着怕,相信祁顺同志,他还不至于让女人俘获掉。"童铁山说得很自信,自信里面却有掩不住的深虑。

乌依古尔藏身的据点是侦察连摸到的,在吐峪沟一个叫麻扎的小村落里,这里是葡萄的世界,也是哈密瓜的世界。这里曾是佛教和伊斯兰教的圣地,虔诚的穆斯林将它视为永世的净土。解放的时候,这儿没响过一枪一炮,和平和友好的光芒永远普照着美丽的吐峪沟。但是心中只有真主的穆斯林怎么也不会想到,吐峪沟最富裕最阔绰的两座院落,却是恶魔藏身的地儿。

"秘密包围麻扎,切断吐峪沟跟外界的通道,随时监视院里的一切,在师长没有下达命令前,切不可轻举妄动。"童铁山命令道。

"是!"孙虎啪一个立正,随后他又说:"我怕再拖下去,祁顺同志有危险。"

"一个人的危险事小,消灭整个东突势力才是我们的目的。你转告古丽米热,让她尽最大努力接近祁顺,告诉他外面的情况,同时让她设法跟五婶和兰花接上头,一定要把她们也救出来。"

"是!"

五婶和兰花,正是那对妇女。五婶是侦察员王涛的母亲,兰花是他未过门的媳妇儿。真是想不到,乌依古尔这样的消息都能打听到,居然神不知鬼不觉,就将她们抓来,可见这帮人多么神通广大。

乌依古尔却不这么想,为这两个女人,他费了多大心机,就在特一团出事的第二天,乌依古尔便得知资料落到了王涛和邓家朴手里。这两个名字他不陌生,甚至称得上亲切,因为特一团里他的人,就是跟这两人打交道,而且他还知道,这两人都跟国民党方面有联系,他曾动过脑子,想把他们拉过来,可这两人太狡猾,老是对他存一手露一手。当然这跟铁猫有关,那是个杀人不眨眼的家伙,比他乌依古尔还狠。乌依古尔跟铁猫有过两次交锋,两次他都败了,从心底里讲,他有点怵铁猫,更怵他背后的势力,那可不敢小瞧啊,怕是头人阿孜拜依,也得让他们三分。想到这乌依古尔猛然就想到一个人,兰花!这女孩他不算陌生,虽然是汉族,跟他却有点瓜葛,还是乌依古尔刚当上二管家那阵,他去南疆汉人居住的村落找玉女,所谓玉女,就是年岁没超过十五,家中属老大,尚未婚配,人嘛,要长得好看,正眉正眼,没啥毛病。重要的,她要对维族人心存感激,是维族给了他们汉人存活的地儿,是维族湛蓝的天空和辽阔的草原生出新鲜的空气,才让汉人有了喘息的机会。天是我们的,地是我们的,山川草木都是我们的,你们汉人生来就是为我们当奴役,在我们的眼皮下活人的。这就是头人阿孜拜依还有乌依古尔的逻辑,也是他们征服汉人的理由。头人阿孜拜依每年都要到汉人居住的村落找玉女,然后把她们带到寨子里去,按寨子的需要分配活给她们干,让她们一心一意伺候他的家眷。

被选为玉女,一生是不得嫁人的,就连多望几眼男人也不行。

那次选中的,正是兰花。临上路时,村里有个叫五婶的寡妇突然颤巍巍地跑来,一进院子就哭:"使不得呀,遭天杀呀,兰花是定过亲的,她有男人呀。"

"男人?"乌依古尔警惕地盯住兰花的爹,一个穷得只差卖自己的猥琐男人。

"没……没……没这回事。"

"穷老根,你咋出尔反尔,我儿子要是回来,饶不了你。"叫五婶的止住哭,尝试着要扑向兰花的爹,被乌依古尔带的人拦住了。

"到底有没?"乌依古尔恶恶地瞪住穷老根,这事可不敢马虎,玉女是绝对不能订过婚的,哪怕人家提过亲也不行,一提亲等于就是她的肉体已被男人的灵魂给附住了,这样的女人已经不干净,况且还是汉族女人!

"没……真没……"已经拿了银子的穷老根当然不肯承认,不过他的语气已不那么坚定了。从他越发猥琐的神态上,乌依古尔断定,这个貌似圣洁的女孩子早已被男人玷污过,不配做玉女。也就是那次,他得知兰花早已许配给一个叫王涛的男人,这男人在共产党的队伍里吃粮,两人按汉人的习俗相过亲,穷老根还收过王家二升小麦三尺花布的礼。

万万没想到,拿到资料企图想跑的王涛正是跟兰花定过亲的人。乌依古尔一点没犹豫,抢在前面就赶往那个村落,他必须在铁猫想到这一点前把她们抓来,相信有了她们,王涛不会不听他的召唤。

是的,召唤,乌依古尔喜欢这个词。

乌依古尔不能不沮丧,岂止沮丧,他简直要被王涛气疯了。五婶跟兰花是抓来了,尽管费了不少麻烦,但总算没逃出他的掌心,王涛也算是听他的召唤,乖乖儿就成了他笼子里的鸟。可结果呢,到现在他啥也没得到,资料没拿到,王涛在他手里捏了几天,又给逃了,原以为他还会回来,没想他真能舍得下母亲跟媳妇!狠啊,比我还狠!乌依古尔越想越气,越想越觉窝囊,头人阿孜拜依那边早就不耐烦了,再要折腾不出点动静,他这个二管家,怕就要跟大管家一样,做个替死鬼。

"来人,给我扒了她的皮,狠狠地抽!"

独眼男人闻声赶进来,这两天他的手真是痒痒,阿孜拜依发下话,留着祁顺还有用。乌依古尔也怕把祁顺给折腾死,不让他练手,正痒得难受哩,就听乌依古尔唤他。

反捆着双手的五婶被拖到院子里,乌依古尔指着院中央一棵树:"吊起来,我就不信汉人的皮有多硬。"

气息奄奄的五婶被吊了起来,屋子里响起兰花的号啕声。独眼男人阴笑着,手拿皮鞭,琢磨着先抽五婶哪个地方。

就在这时候,下人惶惶来报,说门外来了两个陌生人,嚷着要见二管家。

"什么样子?"乌依古尔惊问。

"是两个汉人,一个面生,一个面熟,面生的不到三十岁,手上奇怪地戴个猫套。"

"是他?!"

# 第四章 歼灭『东突之鹰』

反动势力越是疯狂,就证明越怕我们。我们要乘胜追击,不让东突分子有任何喘息的机会。记住了,东突分子和阿孜拜依有可能利用民族矛盾,挑起事端,在打击反动势力的同时,我们一定要保护好维族群众的利益,绝不能伤及无辜,更不能引发大的民族冲突。

——刘振海

# 19

刘振海感到从未有过的压力。这是一场没有硝烟的战争，敌对分子藏在暗处，肆意对我兵团的军事行动进行干扰。继特一团全团遇难后，兵团又有两个连队在执行任务时受到敌对分子的偷袭，造成七死一伤。偷袭者很可能就是罗正雄他们发现的黑衣人，当然也不排除是国民党残余。据侦察连报告，南疆库尔勒一带，活动着一支国民党顽固余孽，大约有六十多号人，号称反攻团，平时分散隐藏在山洞或沟谷间，个别也掺杂在当地群众中，风暴期间或是夜深人静时，他们会突然涌出来，对我驻扎在库尔勒一带的兵团战士进行反扑。北疆准噶尔盆地一带，更是有一支神秘的力量，他们装备齐全，武器弹药充足，更有疆外力量不时地予以接济。这支力量极为隐秘，他们分散隐藏在盆地四周，平时很难闻到气息。但侦察人员通过周遭牧民，还是打听到一些信息。据称，这支力量由一个代号叫血鹰的国民党特务头子控制着，其前身为国民党新疆独立特务纵队，这是一支背景复杂的王牌力量，是盛世才在疆时一手扶植起来的嫡系部队，盛世才离疆后，这支力量的操控权仍握在他手中，血鹰据说是盛世才在新疆认的干儿子，也有说是他私生子的。总之，这支力量相当顽固，单从能在新疆如此复杂的形势下存活到今天，就足以证明他们非同寻常。

血鹰的目的很清楚，就是跟东突分子联手，妄图颠覆我红色政权，实现他们吞霸新疆的目的。

兵团司令部命令刘振海，集中二师优势兵力，对这几股势力进行摸查，抢在他们对我兵团进行大规模袭击时，以迅雷不及掩耳之势，给敌人以毁灭性的打击。

但就眼下形势看，要想查清血鹰及其特务纵队，不是一天两天就能做到的，但侦察员祁顺在东突分子手里，时间不等人，绝不能让祁顺发生意外。一番争论后，刘振海作出一个大胆的决定，决计先利用阿哈尔古丽，引出黑衣人，兵分三路，对头人阿孜拜依、二管家乌依古尔，还有沙漠中隐身的黑衣人来一次痛快淋漓的歼灭战。先将东突分子一网打尽，斩断血鹰一只手，让血鹰陷入孤立无援的困境，然后再对其进行歼灭。

秘密会议迅速召开，罗正雄跟小林悄悄回到师部，同侦察连长孙虎一道参加了这次会议。按会议分工，罗正雄的特二团重点作好歼灭黑衣人的战斗准备，必要时可让三十六团增援。侦察连负责端掉头人阿孜拜依的老窝，那边还有二十一团，可全力配合。二管家乌依古尔还有阿依汗，则由师部派出力量予以打击。

一切布置妥当，就等狡猾的"乌鸡"阿哈尔古丽出现。

时光如同一架昏昏沉沉的老破牛车，不幸陷在泥潭中，阿哈尔古丽已搞不清，这样的停顿持续了多久。真的，她的思维僵止了，脑子里糊涂一片，她搞不清自己被困了多久，仿佛比一生还要漫长难挨。

昏昏沉沉中，阿哈尔古丽睁开眼，现在她连睁眼都很困难，但她必须坚持着隔一会儿就睁开一次。我不能睡过去，不能！她咬着牙，一遍遍命令自己。同时，她也给自己打气，不能沮丧，绝不能，你要挺住，一切都会过去，"东突精灵"是不会轻易服输的。

穴内静静的，没有一丝儿声息，世界真的像是彻底死亡了一般，任凭你内心里有多少不甘心的挣扎，它还是一副无所事事老气横秋的样子。这口穴不在别处，就在二组临时宿营地下面，这一点，怕是罗正雄还有刘威他们打死也不会想到。每每想到这，阿哈尔古丽就会露出绝望中的一笑。她为自己能成为"东突精灵"而骄傲，东突人能做到的，别人想都想不到。

这穴按理说不应该叫穴，它是家，是乐园，是梦想之王宫。阿哈尔古丽长这么大，还是第一次见到这么富丽堂皇的家。

是的，太神奇了。

那天她借故解手，将监视她的年轻兵蛋一顿恶骂，翻过沙梁子后，她真是钻沙刺丛中解了个手，然后迅速地掏出丝巾，对照着沙漠找起入口来。丝巾其实不是丝巾，是东突人的地图，聪明的东突人将偌大的沙漠绘在丝巾上，各种隐蔽的洞口标得很清楚，平时，它是"精灵"女儿的贴身物，紧贴着自己的胸，关键时候，它便成了武器，跟"强盗"们作战的武器。是的，"强盗"，阿哈尔古丽打五岁开始，就接受这个词，她的脑海里，辽阔的疆域是她们的，美丽的草原是她们的，这儿的一草一木，包括一滴露水一寸空气甚至一粒沙尘,都是东突的。那些违背真主意愿强行闯进疆域毁了东突的人,都是强盗,包括头人阿孜拜依,因为他们也不承认东突。他们只是想借东突的力量,实现吞霸疆域的目的。

阿哈尔古丽很快便看到那个隐蔽的洞口,极隐蔽,她在临时宿营地活动了这么长时间,居然都没能发现茂密的灌木丛中,还藏着那么一个小洞。趁秀才吴一鹏跟兵蛋子磨嘴皮的空,她一个飞跃就钻进了灌木丛,脸被划了几道口子,衣服险些让灌木挂住,但她还是顺利地钻进了洞。摸黑往前爬了十丈远,忽然就有新鲜空气吹来,阿哈尔古丽一阵激动,她还生怕钻错地方出不去呢。再往前爬,洞穴渐渐变宽,到后来就能直立行走了。阿哈尔古丽这才知道,东突人在茫茫的沙漠上,确实付出了一番艰辛的,单是这大小不等作用不同的洞穴,要是挖起来,没个几十年,怕也做不到。等她穿过漆黑一片的前洞,跃入宽敞舒适的正穴时,那番感慨瞬间化成一股力量,震撼带来的力量。

蓦地,她的耳边响起"圣母"阿依汗的话:"沙漠里我们筑有无数座这样的宫殿,它是东突王国忍受屈辱的象征,也是我们东突人赴汤蹈火重建家园的见证。记住了,我们的使命就是把地下王宫建到地面上来,让辽阔疆域永远归属我东突,谁也不可侵犯。"

这座地下宫殿足有五间房子大,可以装得下上百人。阿哈尔古丽判断,这应该就是当时东突人起事或是举行仪式的地方,东突历史极尽曲折,阿哈尔古丽只知一二,但这不要紧,等有一天她可以慢慢去了解。眼下,她必须把自己保护好,设法将消息传递出去。

一想到这,阿哈尔古丽忧郁了,神情几近暗淡。长长的睫毛垂下来,明亮的眸子瞬间罩满乌云。"东突精灵"是不容许失败的,失败就意味着耻辱,意味着你要以死来谢罪。可阿哈尔古丽不想死,她太想活在这世界上,跟失散多年的父亲相聚还不到两年,父女俩还从未说过一句知心话,父亲甚至还不知道她已成为"精灵",她一定要活着,要让父亲相信,女儿的选择是没有错的。

这么想着,她把希望寄托到秀才吴一鹏身上。

眼下,也只有等吴一鹏主动跟她联系了。

然而,时至今日,秀才吴一鹏居然没一点动静。"野狼,强盗,喂不肥的狗!"阿哈尔古丽诅咒着,颤抖着,身体里发出一种怪怪的响。这段时日,阿哈尔古丽过得何其艰难。看似华丽的宫殿其实不过是一座地窖,最初的那份新鲜一过,面临的就是你怎么活下去。毕竟,这座所谓的宫殿年代久远,且久未进人,除了充足的空气,还有一些柴火,阿哈尔古丽找不到活命的任何物品。她开始怀疑"圣母"阿依汗的话,按照阿依汗的描述,只要找到这种宫殿,你就可以高枕无忧,想在里面待多久就多久。真主会赐给你食物,赐给你水,甚至你想拥有的一切。但她眼巴巴望了两天,真主啥也没赐给她。她开始发急,开始为自己的生命担心。好在阿哈尔古丽不缺办法,是的,每一个成为"精灵"的人,在沙漠中都不缺少活下去的办法,只要拥有空气,她们就可以从容地活下来。鸽子,乌鸦,饿急了或渴急了,就连老鼠也敢拿来充饥。

比之生命,阿哈尔古丽更为担忧的,是自己的前景。抛开阿依汗定的规矩不说,阿哈尔古丽自己也不能容许自己失败,上次往特一团派"精灵",阿哈尔古丽输给了阿依米娜,后来阿依米娜失手,虽说最后侥幸地借助风暴将特一团干掉了,但东西没拿到手。为此,阿哈尔古丽还带着嘲讽的口气说:"要是我去,就不会这样。"想不到,这次"圣母"阿依汗将机会给了她,她竟连阿依米娜都不如,人家至少干掉了一个团,她呢,还没动手就暴露了,若不是溜得快,说不定早成了罗正雄的瓮中之鳖。

阿哈尔古丽咬牙切齿,她把这一切记在向导驼老五身上,她认定都是驼老五从中捣的鬼,这个老狐狸,深藏不露,真不该留他到现在。阿哈尔古丽后悔白白放过了两次杀掉驼老五的机会,如果她能再狠一点,事情就不会这样。

"生为精灵,你不能错失任何一次机会,真主最痛恨那些让机会从手指间白白溜走的人,他们是罪人,他们应该以死来向真主忏悔。""圣母"阿依汗的话又响起来。

阿哈尔古丽判断,秀才吴一鹏是不会来了,可怜的臭虫,贪生怕死的懦夫,她用极尽恶毒的语言诅咒着这个拿走她身体的男人。转念一想,吴一鹏不敢来,就算她活着出不了沙漠,"圣母"阿依汗也不会饶恕他。她把话跟他讲得很清楚,只要跟"精灵"有过肌肤之亲的男人,生是东突的人,死是东突的鬼,如果想侥幸,你就到地狱里去侥幸吧。吴一鹏还没那个胆子敢跟东突作对,定是让罗正雄限制了自由。

那么,希望只有寄托到张笑天身上了。

想到这阿哈尔古丽笑了。作为"精灵",她是恨张笑天的,恨他们中每一个人;作为女人,她却暗暗喜欢着这个男人。这是没办法的事,谁让她到了这个年龄呢。尽管"圣母"阿依汗再三声明,"精灵"是没有资格喜欢男人的,她们要为东突献身,可谁能阻挡得了这种喜欢?也尽管维族女儿是不能对汉人生出情感的,但谁又能挡得住这份情感?如果真能挡得住,倒也好了,至少可以让她们少一份痛苦。是的,痛苦。如果没有猜错的话,那个名叫阿依米娜的"精灵"定是喜欢上了特一团的某一个,这真是没办法的事,谁让他们身上有打动女人的东西。哦,张笑天,阿哈尔古丽轻唤一声,脸就无端地红了,心也跟着跳起来,很猛烈。胸脯那儿似乎有一团火,燃烧着她,鼓荡着她,可她必须让它熄灭。她知道这不好玩,思念一个不属于自己的男人不仅痛苦而且十分危险,弄不好会惹来别的杀身之祸。

眼下她必须将希望寄托在张笑天身上,如果秀才吴一鹏真的被控制,张笑天便成为唯一能救她出去的希望。

谁也想不到,怕是张笑天自己,也不会意识到,阿哈尔古丽在他身上做了手脚。她将一种叫"千里香"的草缝到了他的身上,那是一种独特的草,生长在天山脚下,很罕见,"圣母"阿依汗经过多年努力,终于找到这种草,将它制成小小的香包,交给执行任务的"精灵"们,任何时候,只要香包在,"圣母"阿依汗就能准确地知道"精灵"所处的位置。危急时刻,"精灵"们可将这香包安放在别人身上,香包发出的草香会让"东突之鹰"嗅到。这样,黑衣人就可顺着"东突之鹰"飞行的方向,找到要找的目标。阿哈尔古丽是借故要给张笑天缝衣服上的洞,悄悄将香包缝他口袋里的,那一刻,阿哈尔古丽心里激荡着女人的幸福感,皎洁的月光映出她染着红晕的面庞,那么痴情,那么陶醉,仿佛缝的不是一个带有杀身之祸的香包,而是女儿家的情物,甚至有种把心缝到他身上的晕眩感。缝好的那一瞬,忍不住将衣服牢牢贴在脸上,后来又贴到胸上,久久地,久久地,不肯移开。

也只有在那一刻,她才能品味到做"精灵"的悲凉,无奈,还有……

算了,想这些太过荒唐,还是想想眼下的处境吧。她估计,黑衣人已经知道她暴露的消息,被驼五爷发现的那个夜晚,回来的路上,她已作好应对准备,让"宝贝"把信送了出去。知道她暴露,黑衣人就有权采取行动,会提前向特二团下手,如果能顺利地将罗正雄他们干掉,她就不会有任何危险了,她可以大大方方走出洞穴,回到"圣母"那儿去。就算"圣母"要惩罚她,那也是她情愿的事。

可时间过去了这么多天,沙漠里怎么一点动静也没?难道"宝贝"没把信送到?或者黑衣人出事了?阿哈尔古丽的脑子乱成一团,外面到底发生了什么,为什么几条线都不跟她联系?越想越不安,越想越觉得不能再藏下去,她决计冒险,豁出命也要走出去看个究竟,哪怕一出去就被罗正雄开枪毙掉。

就在她顺着另一条出口往外走,穿过两个小洞,快要爬出洞穴时,沙漠里忽然响起脚步声,很轻,轻得几乎分辨不出那是脚步。但心细的阿哈尔古丽还是听到了,这就是"精灵"的本事,任何时候,任何情况下,都不能放过一丝细小变化。她屏住气,仔细听了半天,确信是有人朝这边走来。她兴奋了,定是冲她来的。这样她往后缩了几米,退出出口,到天窗那儿去,斑驳的阳光从窗口漏下,再次向她证明,里面跟外面是截然不同的两个世界。她屏住气,静心地等。天窗开得很隐蔽,里面可以看到外面漏下的光,外面却看不到里面。但只要有声音发出,里面的人就能断定是不是自己人。

过了好长一会儿,她终于听到渴盼中的三声响,两长一短,接近虫叫,却又不是虫,是秀才吴一鹏!

你总算来了!

# 20

吴一鹏在沙漠里周旋了一天一夜,这周旋带点儿侦察兵的味道,事实却不是,他是被自己的双腿困着。换以前吴一鹏可能毫不费力就能摸到阿哈尔古丽藏身的地儿,这其实并不难,阿哈尔古丽告诉他一些秘密,包括怎么跟她接头,怎么在沙漠中逃命,还有关键时候怎么获得黑衣人的支持,当然前提是他必须为她们服务,成为她们的一员。吴一鹏当时只是含混地应了一声,现在看来,有些事是不能含混的。

吴一鹏学虫子一样叫了三声,俯下身,耳朵贴住黑黑的洞口,半天,洞里传来三声,果真是阿哈尔古丽!吴一鹏一阵激动,四下瞅了瞅,沙漠静静的,看上去没一点儿异样。他缩起身子,冒着被沙刺划破脸的危险,兔子一样钻进了那个黑洞。起先的确很难,每往前爬一步,吴一鹏都要费出很大的劲,爬过十米左右,轻松起来,洞穴渐渐变宽,顺着洞壁上图案指示的方向,吴一鹏很快找到入口。到了这儿,他算是跟阿哈尔古丽身处一穴了。这时候吴一鹏忽然犹豫,步子僵了下来,他在思考,要不要真的那样做?但另一个声音告诉他,他已没了选择,哪怕是刀山火海,他也得去闯。一丝悲凉爬过他的心头,很快便袭击了整个身子,吴一鹏有种想哭的伤心,不,简直就是绝望。人走到这一步是很惨的,无奈,逼迫,脚下没有回头路,前面却是断头台,这样的人生,不是他吴一鹏想拥有的。想想,从当兵到现在,他有过多少梦想,多少奢望,最后却因了一个女人,世界黑暗一片。

有些东西真是不能贪啊,特别是女人!吴一鹏恨了句自己,咬咬牙,赴刑场一般往阿哈尔古丽藏身的地方去。

这个时候,沙漠里突然传出一片响,很轻,很细,吴一鹏却分明感觉到有雷霆之力朝他压来。

他的心猛地一悸,差点栽倒在地。

"你终于来了,鹏!"阿哈尔古丽看见吴一鹏,猛从地上弹起,以不可抵挡的方式扑向他的怀。这一扑,阿哈尔古丽丝毫不带做作,尽管她是那么的讨厌吴一鹏,但一个人在沙漠洞穴里困上半月,怕是看见任何一个生命,都会激动起来。

吴一鹏伸出双手,抱住了她。

这一抱,吴一鹏有太多的感慨。他恨过这个女人,惧怕过这个女人,但也疯狂贪恋过这个女人,现在,当他真真切切抱住这个女人时,内心里泛上的竟是爱,很奇怪很可怕的爱。是的,他爱她的刁蛮,爱她的精明,爱她身上那股无所畏惧的劲儿,还有……

吴一鹏不敢想下去了,阿哈尔古丽热烈的拥抱已让他的身体燃烧起来,无法遏制,她魔鬼般的身材一旦真实地落入男人怀中,那种致命的诱惑是很难令男人抗拒的。况且吴一鹏本身就是一个对女人如饥似渴的男人,这点上他真是没法跟罗正雄他们比。

吴一鹏颤抖着,晕眩着,被一种久违了的热浪席卷着,就在他试图以更猛的方式抱住这个比魔鬼还要魔鬼的女人时,阿哈尔古丽却突地推开他,拿一种怨恨的口气问:"你怎么才来?"

吴一鹏结了结舌,吞吐道:"我差点丢了命,若不是特二团内部出了事,怕这辈子都见不到你了。"

"出了什么事?"阿哈尔古丽警惕地瞪住吴一鹏,不放过他一个细微的表情。

"罗正雄跟刘威吵翻了,差点动起手,张笑天也跟着起哄,我是趁他们争吵时逃出来的。"

"哦?"阿哈尔古丽迅速作着判断,吴一鹏到底是不是说假话?不过,最终她还是相信了吴一鹏。特二团吵架是意想中的事,她一溜走,罗正雄自然不会放过刘威,有勇无谋的刘威早就在她面前发泄过对罗正雄的不满,他们本就是两个好斗的人,不起冲突才怪。

"没人跟踪吧?"阿哈尔古丽不敢掉以轻心,生怕吴一鹏的到来是个陷阱。

"放心,我在沙漠里绕了好几个圈,他们闻不到气息的。"

说着,吴一鹏又伸出手,想把半月未见的阿哈尔古丽揽入怀中。阿哈尔古丽这次表现得很顺从,小羊羔一般将头抵他怀中。"你受苦了。"吴一鹏的声音有点发软,听上去更像是关心着这个女人。在孤独和等待中饱受了煎熬的阿哈尔古丽忽然被这句话打动,不由得就伸出两只柔软的胳膊,想在吴一鹏怀里找回一丝温暖。

吴一鹏给了她。

如何对付女人方面,吴一鹏真是有一手,秀才就是秀才,他会用柔软来打动柔软,会用眼泪甚至比眼泪更软的语言感染女人,让女人一步步放松警戒,最后乖乖儿变成一摊他希望的泥。

阿哈尔古丽并没变成一摊泥,但是她还是情不自禁地跟吴一鹏温存了许久,如果换个地方,或是换个时间,兴许她会温存得更久一点。眼下不行,眼下阿哈尔古丽必须了解更多外面的情况,必须尽快想办法离开这里。所以她果决地把自己从吴一鹏双手间抽出来,让吴一鹏燃满火星的双手瞬间冰凉。

"你先忍忍吧,等把东西拿到手,我会让你疯个够。"

吴一鹏只能忍。他咽了口唾沫,道:"资料都在杜丽丽手上,目前他们还没跟师部联系,罗正雄很顽固,想自己应付这一切。"

"你能保证?"

吴一鹏重重点了点头。

"看来,我们得提前动手了。"阿哈尔古丽自言自语道。可是很快,她又怀疑地问:"黑衣人怎么还不出现?"

"我也纳闷哩,按说他们应该抢在我前面跟你联系,没想到他们居然按兵不动。"

"不会的,一定是'宝贝'出了事。对了,见我阿大没,他现在怎么样?"

"他被罗正雄关了起来,听说后天就要秘密押回师部。"

"什么?!"

阿哈尔古丽不再犹豫了,一听父亲出事,她再也不容许自己迟疑,当下决定,天黑时潜出洞穴,想法跟黑衣人取得联系,明晚二更时分对特二团下手。

阿哈尔古丽做梦也不会想到,是香包害了她,黑衣人所以迟迟不跟她联系,原因就出在香包身上。

是杜丽丽搞的恶作剧。

杜丽丽其实早就发现了阿哈尔古丽的险恶用心,尽管她还不清楚香包的用途,但她坚信,这不是个好玩意。趁张笑天不备,杜丽丽悄悄取下了香包,起先她将香包藏自个身上,阿哈尔古丽神秘失踪后,杜丽丽意识到不妙,说不定她的失踪跟香包有关。当下,她将香包埋在临时宿营地不远一墩芨芨下,后又觉不妥,挖了出来。就在她犹豫着该怎么处置这令人扫兴的玩意儿时,一只野兔从穴里跳出,钻她眼里。杜丽丽诡秘地一笑,一条妙计跳上心头。那天杜丽丽使出浑身本事,终于将惊慌逃窜的野兔逮住,她轻轻捋捋野兔的毛:"小兔儿别慌,姐姐不会害你,姐姐给你戴个信物,你到沙漠深处去吧,给自己找个伴,别老这么孤零零的。"说完,将香包戴到野兔身上,然后拿芨芨狠狠扎了下野兔屁股,用劲一甩,将野兔抛出去很远。受惊的野兔恍若离弦之箭,眨眼就消失得无影无踪。

杜丽丽不经意搞出的这个恶作剧,真是害苦了黑衣人。黑衣人收到"宝贝"带去的消息,知道阿哈尔古丽已暴露,而且处境危险。当下就在沙漠中寻找起来。谁知"东突之鹰"带着他们,在沙漠中乱跑一气,越跑离特二团的营地越远,越跑越让他们找不到方向。这个时候,黑衣人还不敢把自己暴露出来,他们也怕被发现,而且他们坚信,罗正雄正在想办法收拾他们。没有得到"圣母"阿依汗的准许,他们是不能轻举妄动的,否则下场一样很惨。几天后发现带着"东突之鹰"满沙漠乱跑的竟是一只野兔时,黑衣人差点气得晕过去,他们还从没被人这么戏弄过。

收拾掉野兔,重新往回走时,黑衣人遇到了难题,他们不知道阿哈尔古丽藏在哪,那只叫做"宝贝"的老鹰再也没出现,阿哈尔古丽身上又没其他传递信息的东西。时间一天天过去,黑衣人陷入了焦虑与愤怒,迫不得已,他们退出沙漠,等待"圣母"阿依汗的指令。

黑衣人并不是万能的,这件事让他们懂得,他们的能量还很有限。

"圣母"阿依汗之所以迟迟不下指令,是她对"乌鸡"抱有信心。在她一手培养的"精灵"中,阿哈尔古丽不算最优秀但也绝对值得她信任。要不怎能将如此重担交她身上?但,阿哈尔古丽这一次的表现令她失望,比之前几次行动,阿哈尔古丽失手得太早了。

怎么能暴露呢?美丽犹存的阿依汗半躺在椅子上,忽然就想到这个问题。这真是个恼人的问题,它让阿依汗百思而不得答案。按理阿哈尔古丽应变能力不在阿依米娜之下,加上有她父亲这样一个挡箭牌,对付特二团,应该绰绰有余。可往往越是保险的事,反而越让人揪心。

想着想着,阿依汗脑子里突然跳出两个字:男人。天呀,男人!阿依汗愤怒了,不可遏止,怎么会这样,怎么会这样啊!

作为"圣母",阿依汗对男人恨之入骨,一生最不能容忍的,就是女人把自己当祭品一样献给男人,任男人羞辱,任男人挥霍。她曾再三教导"精灵"们,一定要对男人充满仇恨。男人是什么?是强盗,是刽子手,是拿你们当粪池一样随便拉撒的臭虫!真正对你们好的,是我,是你们的"圣母"阿依汗。女儿们,来吧,到"圣母"的怀抱,让我搂抱着你们,这儿才是最温暖最体贴最最让你们开心的。为了彻底掐断"精灵"们对男人的幻想,她还煞费苦心,制定了十条戒律,每一条都能让企图背叛她而把自己玉一般圣洁的身子误投到男人怀里的"精灵"们丧命。只有这样,阿依汗才踏实,才觉得含辛茹苦抚养大的"精灵"们永远会对自己忠诚,不但忠诚,还要永远地属于她,为她生为她死。

可是,这些令人绝望的东西,总是惹她生气,出了一个阿依米娜还不够,还要多出一个阿哈尔古丽。她甚至担忧,派出去不久的阿默罕,会不会也重蹈覆辙?她们咋都这么贱呀,难道没有男人,她们就活不成?

那就去死！

就跟当初对待阿依米娜一样，阿依汗对阿哈尔古丽发出的求救信号无动于衷，在她没有彻底想明白前，她是不会轻易去救她的。现在想明白了，就越发不能救。要不然潜入特一团做向导的阿依米娜也不会在带伤逃出风暴后落入野猪的口，让残暴的野猪咬成碎片。一想到阿依米娜，阿依汗的心就越发硬起来，对企图背叛她的"精灵"，她是不能心软的，除非她们能用行动证明，她们的心还在"圣母"身上，仍然在为她赴汤蹈火！

但是随后传来的消息说，有一个叫张笑天的男人对美丽的阿哈尔古丽心存不轨，黑衣人曾亲眼望见，他跟"精灵"阿哈尔古丽坐在月夜下的沙梁子上，享受着温柔的月光。"张笑天！"阿依汗突然从椅子上弹起，牙齿中间血淋淋地喷出了这三个字。

此时，二营长张笑天正带着人以比黑衣人更神秘的脚步穿行在沙漠里。黑夜吞没了沙漠，也吞没了这个男人脸上神秘的表情。两天两夜他跟谁也不说一句话，仿佛阿哈尔古丽父女的相继失踪，对他伤害很重。

向导铁木尔大叔是两天前不见影的，本来他的身边一直有一营长江涛，几天前江涛忽然说铁木尔大叔疯了，他在沙漠里活生生将那只叫铁嘴的鹰掐死，还不解恨，又拿锋利的弯刀将铁嘴割成碎片，喂给了沙鼠。"好残忍啊，血淋淋的。"江涛的声音里充满了恐怖，身子也抖着，说啥也不肯跟铁木尔大叔结伴寻找女儿。铁木尔大叔巴不得这样，就在罗正雄考虑该派谁继续跟着铁木尔大叔时，铁木尔大叔突然不见了。

"必须把他找回来，他一定是发现了什么，要不然他是不会脱离部队的。"罗正雄跟张笑天强调。

"会不会是他才知道女儿的身份？"张笑天猜测道。

"怕是比这还严重。"罗正雄说。

张笑天不敢问下去，迅速带上人，往沙漠中去。这是最危险的时候，特二团已奉命做好向黑衣人开战的准备，就等阿哈尔古丽跟黑衣人出现，如果这时候向导铁木尔大叔落入黑衣人手中，后果不堪设想。

两天两夜过去了，他们啥也没找到，奇怪的是，黑衣人到现在还不出现。难道真如一营长江涛所说，会是虚惊一场？

# 21

　　黑夜下，一座破败的土围子里，铁木尔大叔孤零零地坐着。

　　夜有点冰凉，风儿一袭一袭，卷起的沙子打在他脸上，他感到木木的痛。

　　都怪那只鹰。

　　有谁想得到呢，一只陪伴了自个大半辈子的鹰，一个相依为命的老伴儿，最终会背叛了自己。

　　好寒心哪。

　　铁木尔大叔禁不住就滚出几滴老泪。

　　风一吹，泪珠儿掉了，可疼痛还在，很痛。

　　铁木尔大叔真想狠狠哭上一场。

　　发现铁嘴不对劲，是在某个早上，那时特二团还很平静，远没眼下这么复杂。铁木尔大叔一如既往早起头件事，就是驯鹰，可那天的鹰特别蔫，任凭他怎么挑逗，两只眼懒懒地闭着，睁都不想睁。铁木尔大叔双手将它抛起，想让它飞那么两下，但它硬梗梗的，一头栽了下来。鹰落地的声音吓了铁木尔大叔一跳，还以为铁嘴病了，精心侍弄了半天，才发现这家伙是成心的，它不想飞，也不想动，就想懒懒地睡。铁木尔大叔怒了，鹰不怕没功夫，就怕被懒赘住，一懒啥斗志也没，兔子打嘴边溜过，也懒得伸一下嘴。这样的懒物若要遇上劲敌，不用斗，乖乖儿服输。铁木尔大叔的鹰怎能服输啊，这要传出去，丢死个人！一个连鹰也驯不顺的驼把式，哪能是好把式？

　　那天，铁木尔大叔狠狠教训了铁嘴，那可是多年来他头一次下狠，他想让它飞起来，搏击天空。他想让它保持高昂的斗志，随时扑向可能的敌人。可这只顽固的鹰，像是拗着劲儿跟铁木尔大叔作对，身上都打出血了，它还是头缩在翅膀里，要出十二分的赖皮。后来女儿阿哈尔古丽走过来，一到跟前便惊讶地喊出一声。铁木尔大叔听得很清，女儿喊出的是两个怪亲热的字：宝贝。

随着那一声喊,奇迹出现了。一直把头缩在肚子下的铁嘴,忽然振了几下翅,还没等铁木尔大叔看清,它已跃到女儿阿哈尔古丽肩上。阿哈尔古丽那天也是成心想激怒父亲,就见她伸出细长的手指,轻轻捋了下铁嘴的羽毛,吹了声哨,"嗖"一声,铁嘴振翅而起,尖啸着,瞬间就已钻入苍穹。铁木尔大叔愣得醒不过神,阿哈尔古丽却妩媚一笑,扭着身子走了。走出几步,又回首,冲愕然中发傻的父亲说:"往后,少惹它。"

往后,少惹它。这话,铁木尔大叔想了很久,没结果。能有啥结果呢?总不能怀疑自个的女儿吧,就算怀疑,也只能想想这十多年她去了哪,做了些啥,至于鹰,就是有再神奇的想象,也不可能想到她会把鹰练到手上。

可偏偏就练到了手上。

意识到这点,已是女儿失踪以后。那段日子,叫铁嘴的鹰是跟着女儿的,女儿执意要带它,铁木尔大叔也没办法。只要女儿开心,就算要天上的星星,铁木尔大叔也想摘给她,谁让他欠她那么多呢?谁想,它竟帮着害女儿!

孽障啊!铁木尔大叔倒吸了一口凉气。

女儿失踪后,最急最疯的自然是他。他哪里还能顾得上自个的命,恨不能一夜里跑遍沙漠,将女儿找回来。这中间他跟罗正雄吵过,争过,差点闹翻。"啥叫个纪律,啥是个规定,要是她有个三长两短,我跟你没完!"他冲罗正雄吼,两只发红的眼睛比鹰的还要骇人。罗正雄怕了,再也不敢阻拦,将一营长江涛派他身后,说是保护,谁知道呢,铁木尔大叔现在懒得理这伙人,更是没时间跟他们玩心思。如果女儿真的出事,他是没法活下去的!

那只叫铁嘴的鹰啥时回到他身边,铁木尔大叔已记不清了,也没必要记清。那个时候,他已明白,女儿是不会回到他身边了,再也不可能。就算能活着出了沙漠,那也是一件毫无意义的事。她属于东突。铁木尔大叔绝望地承认了这个现实后,就变得沉默寡言再也不肯跟谁说一句话。

点点滴滴,这两年女儿的一举一动,包括一个眼神,一个微笑,就全闪现在脑子里,开始是温情的,甜蜜的,后来就有了苦味,等想到她跟铁嘴天天厮混在一起,用一些怪异的动作驯导它,让它腾起,扑下,或者长久地藏在某个地方,不听见她的口哨不出来。他的心就黑了。我怎么这么傻啊,我还以为是她喜欢铁嘴哩,没想……

你个畜生!

铁木尔大叔完全不知道自己是怎么掐死铁嘴的,掐死之后又做了些什么。反正他只有一个冲动,就是想掐死什么,狠狠地掐死。

坐在土围子里,铁木尔大叔是忧伤的,绝望的,没了女儿,没了铁嘴,他的日子,还能有什么?

不知过了多久,他听见一片细密的响,起先他没作反应,懒得动,还能有什么响声让他怕让他警觉呢?等意识到不对头,倏地竖起耳朵,就已有点迟了。

"圣母"阿依汗是突然之间作出决定的,这决定作得连她都惊愕,可她必须作。因为从沙漠腹地传来的消息说,那个叫张笑天的男人,正带着几个人,利用黑衣人喘息的机会,寻找向导铁木尔。这可是天赐的机会啊,阿依汗发出一串子冷笑,以惊人的果决命令黑衣人立即行动,趁张笑天跟罗正雄他们不在一起的空,分头攻击,以闪电般的速度,让特二团变成红海子一堆血泥。

她对另一支派往沙漠的黑衣人说:"记住了,张笑天我要死的,那个杜丽丽我要活的。"

也就在此时,一条口袋朝这个自封为"圣母"的女人布来,就在阿依汗向新派出的力量发号施令时,师长刘振海已带着人,神不知鬼不觉包围了整个村落,村落通往沙漠的所有通道都被掐死了。

战斗几乎是同时打响的。比起黑衣人和头人阿孜拜依,二师这次的行动真可谓神速,不仅神速,而且充满了戏剧味儿。这就应了刘振海一句话,打仗有时是一门艺术,不仅要打得干净,还要打得漂亮,让对手看戏一样,眼花缭乱辨不清方向。

阿依汗派出的黑衣二队刚一出村落,就被悄无声息地收拾掉了。这是很关键的一步棋,如果让这支黑衣人潜入沙漠,特二团就会两面受敌,罗正雄他们的压力就会很大。好在对付黑衣人,师长刘振海有的是办法,这支恐怖组织如同鹰,你要抢在它飞起时打断它的翅膀,让它掉到地面上,就连兔子也不如。阿依汗躺在炕上微闭着双眼享受她的"精灵"带来的奇妙快乐时,刘振海已收起一条口袋,将另一条口袋朝她撒来。

红海子的空气陡地变紧。

只差半步,铁木尔大叔就要落到黑衣人手上,黑衣人其实一直跟着他,只要阿依汗一下指令,第一个收拾的,就是铁木尔大叔。黑衣人忍他忍了好久,原以为这次给特二团做向导,铁木尔会帮着他们,没想他非但不帮黑衣人,竟连自个女儿也不帮。没有人性的家伙!如果不是怕阿哈尔古丽反目,他们早在黑风暴中就将他除掉了。后来,黑衣人收到阿哈尔古丽传出的信,说她打算跟父亲摊牌,她相信父亲会站在自己一边,帮东突除掉特二团。黑衣人相信了,就将计划推迟,打算在特二团测完红海子后动手,"圣母"阿依汗也同意这个时间。毕竟这个时间是头人阿孜拜依希望的,阿孜拜依习惯了不劳而获,想从特二团手中拿到更多有用的东西。可等来等去,却等到阿哈尔古丽暴露的消息。黑衣人愤怒了,一个"精灵"在父亲的保护下尚能出事,可见这个"精灵"是多么的没用,简直比死去的阿依米娜还没用。就在黑衣人缩在沙漠里苦苦等待"宝贝"送去更多的信息时,"宝贝"突然消失,让黑衣人陷入更加被动的局面。后来才知道,是狠心的铁木尔杀死了"宝贝"!这只鹰尽管是他的,现在却为东突人服务,他怎能杀死东突人的"宝贝"?

黑衣人冲土围子坐的铁木尔包抄过来,铁木尔大叔刚一抬头,便看到一片黑压压的影子。不好!他叫了一声,迅速起身,借黑衣人越过沙梁子的空,一个箭步跃入早已瞅好的地穴。这是一个向导的本能,任何时候,任何地方,都要先瞅好逃身的地方。铁木尔大叔刚把头缩进去,还没来得及取下身上的猎枪,外面的枪声响了。这枪不像是黑衣人的,黑衣人是很少用枪的,他们用刀、用绳索,甚至用藏在裤腿里的钢针,总之都是些比枪还管用的玩意。铁木尔大叔刚取下枪,就听见张笑天的声音:"我们是中国人民解放军,你们被包围了,放下武器,立即投降。"

"投降个屁!"铁木尔大叔狠狠说了句,"如果投降,能叫黑衣人?"张笑天的喊话阻断了黑衣人的脚步,没想螳螂捕蝉,黄雀在后,就在黑衣人转身袭击张笑天他们的空,铁木尔大叔的枪响了。尽管是猎枪,却能连发好几下,且一枪一个中。一向临危不乱的黑衣人瞬间遭受两面袭击,阵脚一时慌乱,借着他们调整的空,铁木尔大叔已飞身跃出土围子,在一处破墙壁下隐下了身子。

这一天的黑衣人算是尝到了厉害,原来张笑天不只是个会谈情说爱的男人，打起仗来，神勇不在罗正雄之下。黑衣人迅速布好阵，形成一个圈，里可对付铁木尔大叔，外可对付张笑天。而且，他们的钢针和枪是同时发威的，就听得沙漠里嗖嗖嗖一阵促响，似乎有千万支钢针同时飞向张笑天他们。因为双方距离太近，钢针正好能发挥出最佳效果。就听伏在沙丘后的张笑天大喊一声："小心钢针！"话音还没落，黑衣人的枪已喷起火焰。

这边，铁木尔大叔借着土墙的掩护，不慌不忙，瞅准了目标才扣扳机，免得浪费子弹。他知道复仇的机会到了，他要向东突人讨回自己的女儿，是他们将女儿送上了不归路。

夜色笼罩下的沙漠，顿起销烟。一场生死之战拉开了。

而此时，罗正雄正带着其他人，跟另一股黑衣人展开激战。罗正雄的战术，向来令人摸不着头脑，就连副团长刘威，这一次也让他弄傻眼了。暗中派出张笑天他们，是罗正雄下的一盘妙棋，一则，铁木尔大叔是解放军的老朋友，不能因为阿哈尔古丽，让他心灵上增添负担，必须把他安全找回来。另则，借此可将黑衣人分成两股，化解开来消灭。罗正雄料定，张笑天他们前脚走，黑衣人必定后脚就跟踪，为此他还跟政委于海打赌，如果黑衣人不上他的当，特二团团长他不当了，回老家种地去。

枪一打响，政委于海就信服了。还是罗正雄判断得准，换了他，还真以为黑衣人会死守着营地哩。其实就在张笑天他们离开营地后，罗正雄秘密带着其他人，也从地窝子里钻出沙漠。这是黑衣人给他的启示，凭什么东突人可以在沙漠里打地道战，我们就不能？他让于海带着人，用三天三夜挖出一条通道，从这条通道出来，正是密密的灌木林，还有起伏不定的沙丘，而原来的营地，就像碗底一样，在他们的包围之中。黑衣人哪能想到这点，他们自以为是沙漠之鼠，还想神不知鬼不觉地摸进营地，趁特二团熟睡时轻轻松松干掉这几十号人。孰知等他们摸进营地时，就成了瓮中之鳖。

战斗持续到第二天凌晨，相比罗正雄，张笑天他们打得要辛苦一点，中间黑衣人见势不妙，想撕开一道口子冲出去，这时哪还由得了他们。张笑天边指挥战士们布好防线，边说："不要慌，天一亮，这伙人就不知怎么打了，到时他们就是煮熟的鸭子，让他们飞他们都飞不掉。"没等天亮，二十多个黑衣人全都毙命。张笑天不敢松懈，一直在防区外守到天明,确信没有人活着,才带着战士们打扫战场。

铁木尔大叔受了伤,让钢针刺中了,幸亏不是在要命地方,血流了不少,人还清楚着。张笑天马上命令将他送回营地,黑衣人的钢针有毒,如果不在一天内取出来,人就会毙命。

铁木尔大叔却用布满了血丝的双眼瞪住他:"张笑天,我女儿要是有个三长两短,我饶不了你!"

看来,对张笑天跟阿哈尔古丽的关系,误解的远不止杜丽丽一人。

阿哈尔古丽跟秀才吴一鹏晚到了一步,时间是秀才吴一鹏耽搁掉的。从深穴里出来,阿哈尔古丽急着要跟黑衣人联系,吴一鹏说:"关键时候,我们还是自己活命吧。"阿哈尔古丽怒斥道:"贪生怕死的东西,亏你讲得出口。"吴一鹏不满道:"我贪生怕死?我冒着危险来救你,自己的队伍都不要了,你还骂我?你那些不怕死的同盟,他们呢,他们哪去了?"阿哈尔古丽被呛得说不出话,望着漆黑的夜,心里焦躁一片。走了不远,阿哈尔古丽又说:"你先回去,设法稳住罗正雄,等我跟黑衣人联系上,再给你消息。"

吴一鹏顿了顿,气急败坏地说:"你是不放心我,还是害怕我看到你跟黑衣人之间的秘密?这个时候你让我回,不是成心指给我死路么?"阿哈尔古丽让吴一鹏说准了,她正是想支走吴一鹏,一出洞穴阿哈尔古丽对吴一鹏的怀疑便加重了,如果他跟罗正雄设好计来对付她,情况就糟了。

见阿哈尔古丽犹豫,吴一鹏又说:"再者,我哪忍心丢下你。"

这话尽管很苍白,阿哈尔古丽还是被感动,这些日子,阿哈尔古丽的身心真是受到莫大伤害,居然变得听不成好话。"好吧,我就相信你一次。"她心里道。

接下来的路上,他们遇到了难题,不是迷失方向,有了驼五爷那个小罗盘,他们是不会迷失方向的。问题是方向在哪,他们该往哪里去?潜回营地?就他们两个人,潜回去等于是送死,不到营地又能往哪去?阿哈尔古丽长长地叹口气,开始想念"宝贝",要是"宝贝"突然出现,问题就好解决了,至少它可以告诉她,黑衣人现在的方向。

"走吧,别等了,'宝贝'让你阿大害死了。"

"你说什么?!"阿哈尔古丽惊得,愣在那儿动不了步子。

吴一鹏这才将铁木尔大叔掐死铁嘴的事说了出来。

"不可能!"阿哈尔古丽尖叫道。

吴一鹏并不反驳,他像个受了委屈而又没处诉说的人,样子带几分可怜,见阿哈尔古丽陷在震惊中,自个抬起步子,往前走。

吴一鹏要去的方向,跟营地正好相反,阿哈尔古丽赶上来,咆哮道:"你要去哪,往那边走出了沙漠!"

"难道你还想留在这?"吴一鹏转身,盯住阿哈尔古丽。

"不,我不能出沙漠,'圣母'阿依汗不会饶恕的。"

"忽儿是'圣母',忽儿是黑衣人,你念着他们,他们呢?还是听我的话,先出了沙漠再说。"

"不!"阿哈尔古丽险些扑上来,掐住吴一鹏脖子,幸亏这时候头顶掠过一只鹰,尽管是深夜,阿哈尔古丽还是第一时间看见了鹰。

她发出一声哨,等了片刻,鹰并没一个俯冲落她肩上。她又发了一声,这次是长哨,意思是让鹰立刻落下来。可惜那只鹰打了几个旋儿,斜刺里一个猛冲,掠走了。阿哈尔古丽更为震惊,难道自己看错了,它不是"东突之鹰"?

秀才吴一鹏无动于衷,似乎对眼前的事儿没一点反应。

阿哈尔古丽不甘心,将嘴唇捏起来,变成一只长哨,冲鹰飞走的方向,连续吹了几下。这一次奇迹出现了,那只飞走的鹰突然折翅回来,一个猛扑,斜斜地落在阿哈尔古丽肩上。

鹰俯冲的声音十分可怕,仿佛带着千钧之力,吴一鹏一个趔趄,跌倒在地。阿哈尔古丽发出一层黑暗的笑,手捋着鹰的翅膀,眼里浮出一层希望。

吴一鹏不安地说道:"会不会搞错呀,那鹰,可靠么?"阿哈尔古丽冷冷一笑,没理吴一鹏,继续往北走。他们要去的地儿,离营地有五公里,是一座叫跑泉的老寨子。跑泉的主人,曾是东突一名功名显赫的领袖,可惜清末年间,让官兵给杀了。那座老寨子尽管早成废墟,可在东突人心中,它却永远矗立在沙漠上。阿哈尔古丽感激那只鹰,是它告诉她会合的地点,一想"圣母"阿依汗和黑衣人都在那儿等她,心里止不住就荡漾成一片。

阿哈尔古丽越走越快,步子几乎像飞,吴一鹏气喘吁吁,累得满身是汗。走着走着,他突然惨叫一声,等阿哈尔古丽掉头到他跟前,他的脚脖子已红肿一片,踩不到地上了。

"起来,走!"阿哈尔古丽命令道。

"疼,疼啊。"吴一鹏抱着脚,几乎要哭。

"没用的东西!"一跟黑衣人联系上,秀才的作用就不大了,阿哈尔古丽对他,就有几分讨厌,恨不得一刀结果了他,自个快快地往"圣母"怀里去。转念一想,留着他还有用,必要的时候,可以拿他跟罗正雄讲条件。这么想着,她一把拽起吴一鹏,也不管他叫得多惨,连推带搡逼迫着他赶路。

虽是这样,他们到达跑泉时还是慢了,枪声已在沙漠中响成一片。阿哈尔古丽惊讶地望住吴一鹏:"怎么会有枪响?"

吴一鹏脸色顿变:"是你的鹰,是你的鹰领错了地儿。"

阿哈尔古丽刚要喊一句"不可能",跑泉里突然亮起火把,只见寨子四周,已被牢牢包围起来。借着火光,阿哈尔古丽清楚地望见,杜丽丽手握着枪,站在离她最近处。而那只可恶的鹰,居然乖乖儿蹲在侦察兵小林的肩上。

阿哈尔古丽往后倒缩几步,她的脑子一时有点反应不过来,等意识到上了鹰的当时,突地掏出匕首,一把掐住了吴一鹏脖子。"说,是不是你干的?"

这个时候,不用吴一鹏承认,阿哈尔古丽也应该很清楚,她上当了。先是上吴一鹏的当,接着又上鹰的当。吴一鹏背叛她她好理解,那只"东突之鹰"却令她无法转过弯儿。怔惑间,就听侦察兵小林喊话:"乌鸡,乖乖投降吧,别想着还有活路。"

阿哈尔古丽嘴里已渗出血,牙齿咬烂了嘴唇,可见这时她胸腔里燃着多大的恨。

杜丽丽端着枪,一步步朝她逼近。

"别过来,我会一刀杀了他!"

"杀了他?你以为他还是我们的人?"杜丽丽将计就计。

"杜丽丽,你不能这样,说好我把她引来,剩下的都是你们的事。"吴一鹏到底沉不住气,关键时候还是让这出戏给穿了帮。

"果然是这样!你个骗子,无赖,流氓——"骂声中,阿哈尔古丽的刀已毫不犹豫地划过吴一鹏的脖子,这个动作太令人震惊,也太出人意料。经验不足的杜丽丽根本没想到阿哈尔古丽会疯狂到这地步,一点周旋的时间都不留给她。秀才吴一鹏更是震惊,他还在考虑如何跟阿哈尔古丽辩解,就听哧一声,很清晰,一道冰凉的口子打脖子里划开,他感觉有黏黏的东西流出来,挣扎出手摸了下,感觉是血,自己的血。他惊了!

"你……你……你真的会杀我?"

阿哈尔古丽爆出一片狂笑,不愧是精灵,这个时候她还能笑出来。"退后,全给我退后,不然,我一刀要掉他的命。"

杜丽丽傻眼了,情势完全出乎她的预料,她将这个任务争到手,原是想借此好好戏弄一下阿哈尔古丽,让她明白,"精灵"并不是万能的。"想跟我争男人,没那么容易。"当时她还说过这样的话。谁知,凶狠的阿哈尔古丽,竟给她来这一手。

"放开他,有话好好说。"

"放开?你想得美,像他这种东西,死一百个也不可惜。"说着,她的刀又换了个地方,借着火光,杜丽丽惊恐地看见,随着阿哈尔古丽的手腕轻动,秀才吴一鹏的左耳正在一点点往下掉。吴一鹏疼得像狼一样长嗥,他现在是多么后悔啊,早知这个下场,说啥也不会答应师长刘振海。什么将功折罪,什么当诱饵,全他妈骗人的,他让刘振海害了,让罗正雄害了,他的耳朵,他的脖子,他的命……

局面僵持着,谁也不敢轻举妄动。远处的枪声越来越紧,越来越激烈,这边却是死一般的寂。趁侦察兵小林发怔的空,阿哈尔古丽猛地出手,就见两枚钢针划过黑夜,箭一般飞向"东突之鹰"。对付叛徒,不论是人还是畜,东突人就一个办法,让他去死。

随着鹰落地的声音,枪声响了,是杜丽丽惊慌失措中发出的。这一枪开得真差劲,不但没打中阿哈尔古丽,反把有可能争取到的主动打没了。事后总结会上,包括侦察兵小林在内的小分队成员,都对杜丽丽提出了严肃的批评,认为她太贪功,太不成熟。可是说这些还能顶啥用?这声枪响终于提醒阿哈尔古丽,再耽搁下去是没一点意义的,还不如豁出来,拼掉一个是一个,拼掉两个是一双。

叫跑泉的老寨子里发出一声长啸,那是"东突精灵"最后一搏时必然发出的声音,随着声音落地,秀才吴一鹏的头也跟着落地,接着阿哈尔古丽扑向杜丽丽。这时候侦察兵小林不敢傻眼了,如果再傻眼,他是没法跟罗正雄交代的。

## 22

　　围歼"圣母"阿依汗的战斗直打了一夜。溢满薰衣草香的吐峪沟，意想不到地给刘振海出了道难题。轻松收拾掉增派出去的那股黑衣人后，刘振海他们直扑阿依汗的老巢，原想睡梦中的阿依汗不会做出啥反抗，这只是一场关起门来打狗的游戏，只要下手狠，就能在极短的时间里结束战斗。不料还未靠近那座小院，阿依汗的枪声便响了。

　　狡猾的阿依汗说好的时间内没收到"东突之鹰"送来的消息，立马觉出味儿不对劲。她从炕上弹起，一把推开还想赖在怀里撒娇的小"精灵"，冲院内站哨的"精灵"吼："情况可能不对劲，赶快布防。"话毕，就见众多的"精灵"从各屋窜出，提着枪，蒙着脸，朝院外扑去。

　　"精灵"布防之神速，枪法之准，火拼起来的那份玩命劲，给刘振海留下太多感慨。事后很久，他还陷在这场火拼里，不能忘掉个中滋味。仗着小院四周山崖和树木的掩护，"精灵"们筑起铜墙铁壁，而处在沟底的阻击队显然处于劣势，不但将自己彻底暴露给对手，而且子弹打出去，全都钻进了山崖。还击了不到半小时，刘振海就发现，这样打下去等于是白费时间。他命令队员们停止攻击，全都退缩到沟谷山崖下。仔细观察地形后，刘振海决定兵分两路，一路顺着小山坡佯攻，吸引对方注意力。一路悄悄摸到山崖另侧，从后面攻上去。为了确保后面包抄的人不被发现，刘振海带着少量的兵力死攻硬打。"精灵"们的火力实在是太猛了，想不到阿依汗藏有这么多的火炮。吐峪沟一时笼罩在滚滚硝烟中，直等后面包抄上去的人抢占住屋顶上面的小山头，居高临下地向院内发起攻击，阿依汗才知大势已去，不得不缴械投降。就在刘振海以为可以活捉到阿依汗时，院内发生了意想不到的事。

　　阿依汗和剩下的八个"精灵"全都服毒自尽，她们咬烂香包，吞下了里面的香草。

　　后来才知道，阿依汗带给"精灵"们的香包，里面根本不是香草，而是天山毒性最强的一种草，此草平日发出一种怪怪的苦香，一旦嚼碎，毒汁便流出来。

这种苦香对鹰有极大的诱惑力,一经嗅上瘾,便再也抗拒不了那种味道,怪不得"东突之鹰"会被它控制。

相比阿依汗,收拾乌依古尔和头人阿孜拜依的战斗就显得利落干净,几乎没多少反抗,这股残恶的疆独势力便被消灭。"精灵"阿默罕被当场击毙,祁顺和五婶她们安全获救,而美丽的古丽米热却在营救兰花时不幸负伤,跟祁顺一同送往了兵团医院。

一场歼灭战后,沙漠又归入平静,特二团在稍做休整后,再次投入紧张的作业当中。罗正雄心里,却一刻也不得轻松。东突分子和疆独势力虽是遭到了打击,但辽阔疆域,形势仍然十分复杂,指不定哪一天,又会发生什么。特别是邓家朴和王涛至今下落不明,丢失的资料还不见踪影,这就更加重了罗正雄心里的阴影。资料找不到,兵团对塔克拉大沙漠一号地区的勘探及开采工作就不能展开。"必须做到万无一失,要不然我们的钻头前脚下去,敌人的炮弹就会跟着炸来。"他脑子里又响起兵团首长的话。

据师长刘振海讲,邓家朴和王涛拿走的,正是一号地区最最关键的几份资料,上面清楚地标着钻井的位置,甚至打多少个钻眼,都明确标在图上。真是百密而一疏,行踪极为保密的特一团,居然会毁在"东突精灵"手上。几天前召开的兵团特别会议上,兵团首长再次将搜捕邓家朴和王涛的任务交给了二师,会后刘振海拍着罗正雄的肩膀说:"歼灭东突分子,功劳在你身上,这次你的特二团更要再显神勇,让邓王二人无路可逃。"

话虽这么说,罗正雄心里,却一点没把握。驼五爷他们在七垛儿梁等空,表明邓家朴已嗅到了气味,他不会傻到自投罗网。至于王涛,很可能已被那个代号叫"铁猫"的特务分子劫走。

"你在想什么?"见他怔思,站在身旁的万月突然问。

罗正雄跟万月好长时间没单独在一起了,不是不想,真是没机会。这段日子,他哪有空啊。今天约她出来,一是想听听她对特二团下一步工作的意见,另则罗正雄也想跟她好好谈谈。至于谈什么,罗正雄还没想好,真的,内心深处,他是想找这么个机会,跟她单独说说话。

听见万月问,罗正雄叹了口气,道:"还能想什么,我在想这茫茫的沙漠,到底还藏着多少故事。"

"故事?"万月似乎有些吃惊,她没想到罗正雄会用这样一个词。

"每一次枪响,都会倒下不少人。你说,他们的背后,不都藏着很深的故事么?"

这句话令万月惊愕,这不像一个军人说的话,倒像,倒像什么呢?万月突然觉得,眼前这个浑身英气的男人,不只勇猛善战,而且,而且还具有一种诗人的气质。

"兴许,还有眼泪。"半天,万月喃喃道。

"是啊,眼泪。"罗正雄也由衷地发出一声叹。那些死去的生命,并不都是罪恶的,记得有一次,他带领部队平息叛乱,战斗快要结束时,斜刺里突然跑来一个维族男孩,大约十一二岁,长得很漂亮。不知怎么,罗正雄特别喜欢维族小孩,他们乌黑的眼睛,高高的鼻梁,还有那漂亮的略略卷曲的头发,都让他生出陶醉的幻觉。真的,在辽阔的疆域,你所见到的每一个人,都那么的有型,那么的棱角分明,给人留下久久不能忘怀的美好印象。可惜时至今日,还不断有枪声响下去。那个小男孩一冲过来,就扑向罗正雄,用维语喊着很愤怒的话,大意是说还我阿爸,还我阿妈。罗正雄正要伸出双手,抱过这个孩子,小男孩突然掏出一把匕首,直直冲他刺来。就在匕首扎向胸口的一瞬,枪声响了,警卫在离他很近的地方开了枪,小男孩嘴里还发着声音,身子已软软地倒下去。那真是一个令人无法忘却的画面,小男孩倒地的姿势还有他脸上扭曲了的表情,久长久长地盘桓在罗正雄脑子里,那段日子,他彻底失了眠,不得不靠吃药来保证每天三到五小时的睡眠。

有那么一段日子,罗正雄产生了动摇,不是说对自己的部队有了动摇,是对战争,是对终日鸣响在耳边的枪声。为什么一定要用枪声解决一切呢?过去他没思考过这个问题,也顾不上思考,敌人是不给你任何思考机会的。现在,他必须思考,逃避不了。但这个问题至今还没答案,真的没有。他之所以一直不拆穿阿哈尔古丽的身份,就是暗中给她留有机会,希望她能很快醒悟,从仇恨中跳出来。解放军在新疆,不是想掠夺她们的土地和牛羊,也不是想霸占她们的草原还有毡房,更不会像头人阿孜拜依散布的谣言那样,要抓美丽的维族姑娘做老婆。他们只是帮助维族人民,将荒漠变成良田,将戈壁变成草场。还有茫茫戈壁,雄浑大漠,地下有无尽的宝藏,解放军风餐露宿,冒酷暑,战严寒,为的就是早日把这些宝藏开掘出来,让疆域变得更富饶、更美丽。可这些良好的愿望为什么就让仇恨烧得变了形?阿哈尔古丽死了,多么美丽的一位姑娘,铁木尔大叔还不知道这个消息,一旦听到,他该多么的伤心。

起风了,很柔软的风,轻轻掠在两个人身上,脸上,风吹动万月的头发,万月今天没戴军帽,也没裹花巾,刻意将一头乌发亮在罗正雄眼前。那是多么美丽的一头秀发啊,像黑瀑布一样散开,微风中,黑发飘飘,罗正雄心中荡过一波一波的涟漪。

"沙漠有时候,其实也是挺温情的。"罗正雄忍不住道。

"我看不到温情,我看到的,只有荒凉,还有无奈。"万月捋了下头发,她的声音有股悲凉。

"万月,能告诉我,为什么要参军么?"

"这个问题你问过不止一次了,我告诉过你,这问题没有答案。"万月多少有点冲动,每次罗正雄问这样的话题,她都很不友好地打断他。

"那……"罗正雄还想问什么,万月突然甩下他,朝远处走去。

身后,响来侦察兵小林的声音:"团长,有情况。"

回到营地,还没来得及钻进地窝子,政委于海就撵过来说:"邓家朴抓到了,这个驼老五,真有办法!"

邓家朴绝没想到,他机关算尽,最终还是落入驼五爷手中。

那天邓家朴是奔七垛儿梁去的,他实在渴得受不了了。自打特一团出事,他跟王涛分头逃命,邓家朴就没痛快喝过一口水。按他和王涛商量的路线,他是往南逃,王涛往北逃。这点上,邓家朴是藏了私心的,他对沙漠远比年轻的王涛要熟悉,也知道从哪个方向逃命更容易。南部临近盆地,沙漠中绿荫多,可食植物也多,而且一路没啥危险。不像北部,不仅要面对荒漠烈日,还要提防野猪的袭击,弄不好还能遇上狼。再者,从塔里木河往北走,很容易走进头人阿孜拜依的地盘,一旦让头人阿孜拜依嗅到气息,你这辈子就完了。

邓家朴很庆幸,他能一路顺风,逃到红海子,原以为到了红海子,活下去的希望就大了。对红海子,邓家朴再是熟悉不过,当年跟着马家兵进疆,他第一个勘察的就是红海子。依马步芳的估计,红海子下面还是海,油海。甭看马步芳是个粗人,只会打仗,但每到一处,他灵敏的鼻子总是能闻到宝藏。这宝藏有些藏在洞里,有些在墓穴,这一次,他索性把鼻子伸到了沙漠底下。"我给你五十号人,一百峰驼,要啥仪器我给你啥仪器,你要在一年内,给我探出,红海子下面到底有没有石油。"他还记得当年马步芳耳提面命跟他交代这一秘密任务的事。如果不是国民党换防,马步芳被迫退出新疆,说不定红海子的事,那时就解决了。这一耽搁就又悬了起来。一想这个,邓家朴就有些难受,毕竟他是位地质专家,寻找矿藏已成为他生命中无法割舍的一部分。一踏上红海子,邓家朴马上闻到一股熟稔的气息,仿佛他在风沙迷漫的沙漠中,又看到自己当年的影子。就在他站沙梁子上大发感慨时,耳旁突地传来一声鹰叫。

邓家朴太熟悉这声音了,特一团的日日夜夜,他饱受这声音的折磨,夜里睡不着,白日只要一听见响,就怀疑头顶有鹰。那个名叫阿依米娜的向导,似乎是个恋鹰狂,夜里搂着鹰,白日将鹰扛在肩上。从没见过哪个女人这么恋鹰,邓家朴真是受不了。可受不了不顶用,这女人有心计,还没到营地,就把副团长给哄上了,那个亲热呀没法提。邓家朴既嫉妒又气愤,但又不敢说,毕竟人家是共产党的官,他呢只是个起义过来的,名不正言不顺,凡事只能忍着。这倒也罢了,邓家朴习惯了忍,在国民党马家兵手里,他就没少忍,忍能让一个人看清世界,忍更能让一个人坚定信念。他所以忍,就是在等机会,国民党垮了,马家兵完了,他等来了新疆解放,成了一名起义战士,重新又当起了工程师。原想这回可以出人头地,没想比过去更苦。生活条件差不说,仪器设备差也不说,单是那白眼,就受不了,不但要受团长副团长的气,到后来还要受那个女人的白眼。一提那个女人,邓家朴心里,就不只是恨了。

其实,他比特一团任何一个人都清楚,那女人不简单,一定有背景,只是,一时半会,他也判断不出这背景到底是哪方面。直到后来,他看见黑衣人,才恍然明白,阿依米娜是"精灵"!

"精灵"早在国民党时期就存在,就连马步芳听见这两个字,也会顿然失色。

邓家朴没告诉任何人,包括王涛也是后来才告诉的,但那时,他就为自己着想了。不得不着想啊,只要被"精灵"缠上,这特一团,出事是迟早的事。也就在那个时候,铁猫找到了他,两个人在黑夜下有过一次秘密约见,后来他便慢慢倒向铁猫。

他跟铁猫,也不算陌生,过去还有过一些交情,只不过起义后再没见过。邓家朴没想到,铁猫居然没去台湾,还留在新疆。铁猫告诉他,血鹰也没走,正在组织力量,反攻倒算。

　　邓家朴对反攻倒算不感兴趣,他对台湾感兴趣,他幻想着,有一天真能如铁猫所说,他会成为台湾的一员。

　　邓家朴抱着这个幻想,跟随特一团风里雪里,两年时间,走过了大半个塔克拉,完成了预定的任务。就在他暗中冲特一团下手时,那只鹰,那只可怕的鹰,袭击了他,差点将他的眼珠给啄掉。等他从鹰嘴下逃出命时,风暴来了,一场罕见的沙尘暴,吼天震地,狂啸而来。邓家朴被狂风掠出了几十米,等他挣扎着爬起身,想重回营地时,却惊讶地发现,沙漠变得一片迷茫,他再也回不到营地了。

　　凭借着对沙漠的熟悉,邓家朴在风暴中活了下来,但他跟特一团失去了联系。后来他在一座土围子里遇见王涛,王涛惊慌失措地说:"部队迷失了方向,他们很可能走向塔里木河。"

　　"塔里木河?"邓家朴惊讶了一声,接着就笑了。塔里木河是死亡之河,这个时候要是遇见它,就算有十个团,也休想活命。笑着笑着,突然僵了脸:"资料呢,资料拿到没?"

　　一听资料,王涛也傻了,他以为东西在邓家朴手里,所以悄悄离开部队,朝相反的方向走,心想这样走下去,准能遇到邓家朴。没想邓家朴是遇到了,资料却让部队带走了。

　　两人埋怨一场,不敢怠慢,顶着狂风,紧着朝部队行走的方向赶。一天后,他们再次遭遇强风暴,这次风暴更为凶猛,两人缩在枯井里,头都不敢抬。等风暴过去,沙漠重归平静,已是三天后。这个时候特一团已全体遇难,成了塔里木河中的一粒沙。绝望的两个人这才想到,是那个女人,阿依米娜,一定是她,迷惑了副团长,迷惑了特一团,让他们在风暴中昏了头,错误地选择了一条通向死亡的路。而且邓家朴敢断定,资料一定落在了阿依米娜手中。

　　接下来的事实证明,邓家朴的判断没错,特一团出事了,这支还没来得及壮大的新队伍,在它的雏形阶段便横遭夭折,全团百余号人像是蒸发一样,消失得无影无踪。那个名叫阿依米娜的向导也神秘地消失了。

　　怎么办?

拿不到资料,就算活着出去也是死。两个人绝望地想了一个晚上,决计先寻找阿依米娜,只有找到阿依米娜,他们才有救。但是不幸得很,三天后他们看见了悲惨的一幕,那是多么可怕的一幕啊,至今想起来,邓家朴仍然不寒而栗。

阿依米娜遭遇野猪的地儿叫三儿墩,是古时一驿站,驼客子和马队歇脚的地方,当然也是土匪强盗出没的地方。随着沙化,那儿已没了人烟,特一团曾在那儿停留过一周。邓家朴和王涛赶到那儿的时候,天已近黑,邓家朴想在三儿墩过夜,王涛有点不乐意,他怕沙漠里耽搁太久,会有人追上来,还不如连夜赶路。正在举棋不定,就听一种怪怪的声音传来,似狼嗥,又似马鸣,邓家朴侧耳一听,当下变脸道:"不好,有野猪!"

两人迅疾隐下身子,借着胡杨林的掩护,往安全处躲了躲。果然,胡杨林的尽头,一堵破败的土围墙下,两只野猪正围着阿依米娜,龇牙咧嘴,伺机发起进攻。野猪打算攻击人前,样子是很可怕的,两只暴凸的眼睛喷着寒光,牙齿露得有二尺长,四只爪子凶狠地踩在地上,借以用足力气。猩红的屁股里喷出股股臭气,能将几十米外的人熏倒。邓家朴和王涛双手紧捂住鼻子,生怕受不了野猪的气味叫出声来。阿依米娜脸上早已没有血色,那双曾经让邓家朴深深迷恋过的眼睛,此时除了恐惧就只有惊慌。好在她是"精灵",面对两只猛兽,还能做出抵抗的姿势,换了是邓家朴,怕早成了一摊泥。野猪大约也是觉出这女人的不寻常,不敢轻举妄动。后来邓家朴想,三儿墩那种地方,野猪是轻易不敢出没的,毕竟那儿曾有人类活跃过的气息,野猪最忌讳在人类生存过的土壤上走动,它们的一生,似乎都是在跟人类拉开距离,越远越好。一定是阿依米娜不识好歹,袭击或灭杀了它们的猪崽,惹得这一对夫妻红了眼,一路追踪而来,在此堵住了阿依米娜。后来邓家朴看见了鹰,就是阿依米娜唤作"亲亲"的那只讨厌的鹰,它已死了,让野猪咬成一摊血泥,死在土墙的另一个角落。紧张中的邓家朴便明白,是"亲亲"惹的祸,这只可恶的鹰,定是它在飞行中错误地将生下不久的小野猪当成了兔子,犯下滔天罪行。沙漠中有经验的动物都知道,猪崽是不能轻易伤害的,跟狼崽一样,你若伤了它,必将受到更残酷的报复。这只可恶的鹰,一定是骄横惯了,居然连野猪都不放在眼里,死就是它唯一的下场。

邓家朴屏住呼吸,这时候吸一口气都那么艰难,稍有不慎,要是让野猪听见一丝儿响,他跟王涛,将会成为这对野猪的美餐。王涛更是吓得血色全无,他哪有邓家朴这点经验,更无邓家朴这份沉着。他吓得紧闭双眼,恨不能将头钻进地缝里。

土墙下,空气一阵紧过一阵,野猪跟阿依米娜对峙了许久,终于不敢再对峙下去。因为天马上就要黑尽,一旦黑夜吞噬掉沙漠,它们将不再是这女人的对手。就在阿依米娜抬眼偷望西边的天空时,那只公猪突然发力,以迅雷不及掩耳之势,朝阿依米娜扑过去。早有防范的阿依米娜一个弓身,脚步稍稍动了动,算是躲过了一扑,可惜就在她愣神的空,母猪发威了。

一般说,攻击目标是公猪的事,母猪很少参与,它只要观战就行。这只母猪紧跟着发威,证明它已被阿依米娜彻底激怒。失去的,说不定是它头一个宝宝,野猪是很看重第一个宝宝的,如果是只公崽,就更了不得。阿依米娜遭遇到这一对夫妻,要是再能活着出去,真就是沙漠中第一大奇迹了。

一见妻子支援,公猪大受鼓舞,头都没回,身子已凌空跃起,阿依米娜就算再有能耐,也难抵两面受敌,就见她将身子缩成一个球,在地面上滚动,两手挥舞着两把利刃。那真是一场血淋淋的厮杀,更是一场势均力敌的搏斗。邓家朴真是小看阿依米娜这女人了,他原以为野猪用不了几个来回,就能将阿依米娜咬成碎片,没想血战将近持续一个小时,阿依米娜尽管遍体鳞伤,但她手中的刀,还是给了野猪致命的还击,那头母猪先她倒下去,尽管没闭气,但已失去不少战斗力。兴许正是母猪的负伤,让公猪的残忍达到极致,邓家朴清楚地望见,公猪最后那一扑,带点儿同归于尽的滋味,它几乎不躲避了,直直地冲阿依米娜扑去,四个爪子和嘴,照准一个目标,阿依米娜血污一片的脸。

天上最后一丝亮光消失时,公猪完成了它的绝杀,四个爪子死死卡住了阿依米娜的脖子,嘴巴毫不留情地咬向阿依米娜的脸。公猪的腹部,也响出扑扑两声,两把刀左右不同地扎入它的身体。

那个夜晚是怎么度过的,邓家朴和王涛都没有记忆。只觉他们死了一场。第二天太阳升起,他们发现还活着,身子软倒在胡杨丛中,手脚冰凉。等他们强撑着缓过劲,那堵破败的土墙下,只剩了一摊黑血,还有阿依米娜撕成碎片的衣服。她的骨头都没留下一块。两只受伤的野猪啥时溜走的,他们不知道。在胡杨丛中一直潜伏到中午,确信野猪没布下陷阱,两人才一前一后走出胡杨林,但是脚步不敢往土墙下去。若不是看见图纸,也就是他们一心要拿到的资料,说啥他们是没那份勇气的。

但是等他们走进那片废墟,就彻底绝望了,不只是绝望,甚至有点想死。

被阿依米娜偷出来的资料,全成了碎片,跟她的衣服一样,成了这一天正午沙漠中的点缀。风从胡杨林那边吹来,卷起纸屑还有破布片,像死者的魂,忽忽悠悠远去了。

他们至今还搞不清,毁掉资料的,到底是阿依米娜,还是野猪。反正最后从地上拣起的只有两张书本大的碎片。

# 23

为了活命,邓家朴和王涛不得不撒谎,他们商议好,无论落到谁手里,都说资料一人一半,分开藏在某个地方。若要拿到全部资料,就必须两人同时出现。可这一天起,他们便发下毒誓,哪怕是死,也不能说出对方逃身的方向。也就是说,他们这辈子是不可能见面了。

两个人挥泪而别,那场景真是让人感慨万千。

听到鹰叫,站在沙梁子上的邓家朴马上明白,又遇到"东突精灵"了,紧接着他就发现,红海子有了人迹,等他看清又是一支新的测量队伍时,心暗得就不能再暗了。

解放军就是解放军,这么快的时间,居然就能组建起特二团!

而且这一次他们居然首选红海子!

邓家朴在坎儿井里躲过了那场黑风暴,又如幽灵般在枯井或是地穴里躲了几夜,总算没让罗正雄的人闻到气息。但他的身体实在吃不消了。吞下去的鸽子,还有两只野兔,虽说关键时刻抵挡了饥饿,但那是火,比火更猛,烧得他全身要发黑,若是再找不到水,他怕是会被鸽子血烧死。这么想着他决计铤而走险,去七垛儿梁碰碰运气。

邓家朴摸到七垛儿梁时,驼五爷他们在圣井边已守了五天五夜,守得所有人都快没信心了。当时是半夜时分,天上有惨淡的星光,地上轻轻扬着沙尘。邓家朴按照事先瞅好的方向往村子边走,圣井在村子南边,那儿有几棵钻天杨,有棵歪脖子胡杨,胡杨很有些年成了,怕是比村子的年成还长,可它还活着,树干是空的,树头上却又冒出几个丫杈。丫杈上面有个乌鸦窝,一年四季乌鸦们都在那儿快活地叫。七垛儿人也不嫌烦,由着乌鸦的性子,想咋叫就咋叫。要是遇上个不知内情的外路人,想撵走乌鸦,七垛儿人是不答应的。他们认为,乌鸦跟圣井,都是七垛儿的脉,要不乌鸦叫了上百年,七垛儿人咋还好好的,一代比一代旺,一代比一代有出息。就连老羊倌这样的逃荒者,如今也都儿孙满堂,骆驼成队了。邓家朴熟悉那鸦叫,当年跟着马家兵,这一带都走过,马家兵还在七垛儿梁抓了几个壮丁,后来也都穿上了军装,最出息的一个腰里还挂过盒子枪,听说现在也到了台湾。世事如烟,邓家朴心中有几分难受。这是说不出口的一种难受,折腾来折腾去,他竟落到了如此地步,不但前程没一丝儿希望,想喝一口水,都变得这么难。

一想水,邓家朴脚底下来了劲,似乎有点不顾风险了。其实也没啥风险,大不了就是一死,死也要喝足了水再去死。他这么宽慰着自己,鼓舞着自己,也沮丧着自己,打击着自己。毕竟,死这个字是很怕人的,尤其一个揣了一肚子学问的人,尤其一个到现在还没尝过女人滋味的人,尤其一个活到今天还不知爹妈生死的人。所有这些,都成了邓家朴的伤心,一股脑儿涌出来,让他颓叹人生是这样的失败,这样的没意思。

又往前走几步,邓家朴就听见了鸦叫,这晚的乌鸦叫得很怪,跟邓家朴以前听到的决然不同。一般说,乌鸦的叫声里有股报丧的味儿,听上去霉气,不吉利,这晚不,这晚的乌鸦叫得很快乐,简直有点兴奋过头,简直把自己是什么鸟都给忘了,叫得比喜鹊还动听。

邓家朴突然止住步子,乌鸦是不会这么叫的,如果这么叫,就是有事了。

趴在乱草丛中,借着朦胧的星光,邓家朴屏声静气观察了半天,忽然就明白,七垛儿梁的平静是装出来的,它被某个阴谋装扮着,操纵着,故意把一幅天下太平的图画呈现给他,其实这太平里,潜藏着吃人的危险。邓家朴绝不是一个书呆子,如果那样,他是走不到今天的,他对时势的判断还有对不利形势的观察,远在同行之上,所以他走得比同行远,也比同行艰难。艰难的背后,关键是那颗野心在作怪,要不然他大小也成个人物了,还用得着受这罪?

邓家朴迅速掉转身,以想象不到的速度,转眼便离开七垛儿梁。从这一点,就能判断出他是一个多么果决的人,面对圣井的诱惑,面对生的可能,他能毅然掉头,继续忍受着干渴的煎熬,往安全处奔。是的,眼下安全才是第一位,安全也成了他唯一想抓到手的东西。

还算他幸运,掉头没多久,他捡到了一个小水囊,一看就是村子里的孩子们玩耍时掉下的,他如获至宝,尽管挤捏了半天,只挤出一口多一点水,但也是水啊。喝到嘴里,那份甘甜,那份清凉,直让他觉得这是一辈子喝到的最甜的水。

他有劲了,对迷失在沙漠中的人,一口水就是巨大的力量,就是活下去的坚强支撑。他居然喝了一口还多,凭此再走三天三夜,他还是有力气。

邓家朴没走三天三夜,两天两夜后,他站在了干驴皮滩上。

这是半道上突然作出的决定,只有穿过干驴皮滩,他的生命才有希望,他才能彻底摆脱黑衣人还有铁猫他们的追杀,至于以后怎么活,邓家朴不愿意去想,也没精力去想,要想的是如何穿过这死亡之滩。

事后回想起来,邓家朴就觉得一切都是天意,如果上苍不让你逃,你是很难逃掉的。甭说一个干驴皮滩,哪怕你穿过十个干驴皮滩,死神还在那儿等着你。

邓家朴遇上驼客子马老三,并不全是巧合,事实上这也在他的算计之中,熟悉沙漠就得先熟悉驼客子,掌握了他们的踪迹还有行程,你在沙漠中活命的几率就会大出一半。驼客子是不杀生的,尤其那些长年奔波在沙漠中的驼把式,看见生命,他们会格外亲切,只要你不主动攻击他们,并且不暴露出抢夺驼队或财产的阴谋,一般他们会和你友好相处。如果你是一个穷途末路的人,他们会引领你走出沙漠,并指给你一条生路。啥行有啥行的规矩,驼客子这一行,走的是鬼门关,吃的是阎王饭,交的是五湖四海的朋友,睡的是别人的老婆。对生死他们向来看得比吃饭睡觉还简单,正因为简单,他们才轻易死不了,也轻易不让别人死。死掉的都不能算是真正的驼客子。

马老三骑着驼,唱着西口调,晃晃悠悠地走进干驴皮滩。这已是又一天的早晨,太阳还没来得及升起,精神抖擞的马老三连着接了几趟大活,真是越走越气势,越走越觉得驼客子这碗饭吃起来香。眼下十万大军开赴荒漠戈壁，垦荒的垦荒，挖煤的挖煤，筑路的筑路，真正摆出一副驻扎边疆的架势，这让疆里疆外立马活泛起来。有人认为这是件好事，有解放军驻扎，往后做事儿就有保障，不至于让土匪抢让强盗掠，所以急着打疆外往疆里奔，奔就离不了驼客子。金子银子上好的烟土还有布匹药材凡是家里值钱的东西，包括新娶的小老婆，都托付给马老三。"马老三啊，这一趟，你给我赶着点，我要急着在疆里占个脚哩。"占脚就是占先机，抢在别人的铺面开张前放响自个的炮。"没麻达，你只管空身子走，保准比你快。"马老三回应着，他说到做到，从没在路程上耽搁过人家。也有人认为这是件坏事，坏得很，解放军他们不是专门打仗的吗，不打仗驻疆里做什么？不好说，真不好说，一想他们打土豪分田地的事，越发坐不稳了，"马老三啊，你就辛苦点，紧着赶几趟，这疆我是不敢驻下去了。"不敢驻下去就得逃，逃照样离不了马老三。这样来去，马老三都被生意缠着，走漠道真是来不及，曲里弯里，指不定耽搁多少时间。干驴皮滩是近道，一趟少说也省五六天，来回就是半月。半月啊，人一辈子有几个半月，省出来就是赚，马老三热爱上干驴皮滩了。对他来说，干驴皮滩就是白花花的银子，就是上好的信誉。一个来回添五峰驼，你想想，这样跑三年，会是啥光景！

  十三个月里嘛哟哟润一年
  秦琼敬德在米粮川
  打三鞭来还两锏呀
  咱二人给唐王爷保江山
  十二个月里嘛哟哟一年整
  岳爷命丧风波亭
  胶麻剥皮实残忍呀
  千年万代到如今
  十一个月里嘛哟哟飘寒霜
  王祥卧冰救亲娘
  他母亲得了个幼稚病呀
  要吃鲤鱼配药引
  十个月里嘛哟哟十呀月一
  孟姜女本是范郎的妻
  范郎打在长城里呀

孟姜女千里去送寒衣

这是马老三最拿手的西口调《珍珠倒卷帘》,打十三月唱到正月,一月一个典故,典故是啥,按马老三的理解,典故就是做人的理,就是活人的哲学,唱出来不只为了解闷,更在于提醒自己,啥钱该挣,啥钱不该挣。当然女人也是如此,啥女人能睡,啥女人不能睡,马老三清楚得很。

正唱着,前面突然倒下一个影子,就倒在他的驼队要过的路上。这路别人看不见,马老三却看得清楚。马老三跳下驼,往影子跟前走,走了两步停下,想了想,断定不是诈他的匪,也不是掠他的盗。盗和匪都在夜里,再者马老三这阵儿在驼道上威名大振,各方英雄都给他面子,想必没谁敢在这时候跟他过不去。走过去,仔细看了看,清楚了,遇上迷路的了,或者逃命也说不定。一看脸色,就知道饮多了鸽子血,离死不远了。马老三没犹豫,驼道上就这个规矩,不管是匪是盗,先得救下再说。转身拿水,一口一口地喂下。等醒过来时,已到了正午,阳光下,邓家朴断断续续把编好的谎撒出。他说他叫五子,疆里人,爹死了,娘也没了,新娶的媳妇又叫仇人杀了,仇人还不饶,还要杀他,只能逃,逃到疆外去。

"啥仇?"马老三问。

"一句两句说不清,世仇,爷爷身上结下的。"

马老三哦了一声,不问了,问人家的仇就等于揭人家的疤,抖人家的底,这事儿不光明。便走,走着走着,马老三突然问:"我咋瞅着你不像个庄稼人,倒像个吃官饭的?"

"说得对,说得对哩,你眼神真准。"喝足了水,又骑在驼上,邓家朴抖擞了不少,几个月的担惊一扫而过,心里已在想着未来了。一听马老三这样问,忙说:"前几年在国民政府跑腿,当个小差,解放军一来,回了家。想种庄稼,可手生了,种不了,想养羊,没想去年一场雪,全给冻死了。"这话马老三信,南疆去年确实落了厚雪,雪封了山,封了路,不但羊冻得没剩下几只,就连人,也冻死不少。

"我说哩,一看你就不是个受苦的。"驼队的跟脚想插话,被马老三拿眼神喝了回去,跟脚就是跟脚,没你插话的份。跟脚悻悻地掉转身,跟身后的小媳妇斗嘴去了。其他人各有各的事,没工夫搭理这个半道上拾上的人。

邓家朴心安了不少,第一关闯过去,剩下的就好对付。

喧着,说着,隔空不隙,还叹两声,就把这一天打发了过去。夜里歇脚,马老三突然问:"你咋进了干驴皮滩?"

"干驴皮滩?"邓家朴惊讶着,表示自己压根就不清楚这叫干驴皮滩。"这滩有啥稀奇?"他反问。

"要说有,一句两句说不清,要说没,它也真没。算了,不说了,早睡,明早五更起,得赶脚。"

睡着睡着,邓家朴忽然问:"有个驼老五,认得不?"

"认得,你咋知道?"原来马老三半天也没睡,还睁着眼。

"他跟我爹认得,我在国民政府跑腿时,见过他,是个好人哩。"

"是个好人哩,只是好久没见了,这行,见个老朋友难。"

"听说……他现在给解放军干?"

"这事倒是没听过,给谁干都是干,都是为了银子。"

"怕也有不为银子的。"邓家朴不甘心,像是要把话题往深里引。马老三转个身:"睡吧,再不睡,就没工夫睡了。"

接下来,连续几天,两个人都很少喧。干驴皮滩不是喧话的滩,越往里走,你就知道它为啥叫干驴皮滩。这滩时时要人的命哩,身为掌柜的马老三,要操心的事太多,要搭理的人也太多。这趟是为疆里一富户走,驮的不只是银两,还有大大小小二十口子人,还有富户祖传的家具,宝贝,以及他多事的姑娘还有娇气的小老婆。总之,操不完的心,费不尽的唾沫。邓家朴倒是清闲,清闲生自在,自在生插曲。插曲就是他跟人家的小媳妇说个不停,小媳妇是娶给大儿子的,大儿子不争气,染上了大烟,这一路,跟死人没啥两样,小媳妇大约受不了他的死人气,就想跟顺眼的男人们多说几句,瞅来瞅去,这一路人,最顺眼的还是半道上捡来的五子。

马老三并不阻止,只要有笑声,只要有说话声,这驼队,就有活气,活气就是人气,人气就是精神气。

抽空儿,他还要吼两嗓子珍珠倒卷帘:

九月里嘛哟哟九重阳

黄巢起兵灭代唐

陈敬本是栋梁将呀

沙陀堡搬兵救杨靖王

八月里嘛哟哟月正圆

刘全进瓜到阴间

北瓜进到阎王殿呀

借尸还魂的李翠莲

七月里嘛哟哟七月七

天上的牛郎会织女

一个东来一个西呀

喜鹊搭桥两相依

……

唱声中随风飘起的,还有叮叮咚咚的驼铃。

一路有惊无险,算是顺利,快要出滩时,马老三问:"出了滩,往哪去?"

邓家朴想了想:"走到哪算哪,活到这份上,还能指望啥。"

"也对,人嘛,活一步是一步,想也是白想。"马老三附和道。

说着就出了滩,就在邓家朴千恩万谢,道了一肚子感激话,打算在小媳妇恋恋不舍的眼神中离去时,马老三突然说:"对了,忽地记起一个人,他能帮你。"

"谁?"

"你看。"顺势一指,就见滩边突然多出一个人来,邓家朴一瞅,妈呀一声,魂就出来了。等在干驴皮滩那头的,不是别人,正是邓家朴一心想打听的驼五爷。

驼五爷嘿嘿笑笑,给马老三竖了个大拇指。惊慌中震醒的邓家朴刚要逃,驼五爷身边噌噌冒出几个人来,就是曾经守在圣井边的特二团战士。

听完于海的汇报,罗正雄发出会心的笑,真是没想到,驼五爷还有这一手。不过驼五爷倒是谦虚,他说开始也没敢把宝押在马老三身上,只是顺势跟他打了个招呼,想不到还真让他押中了,走投无路的邓家朴果真钻进了干驴皮滩。

"他这是自投罗网啊,怪不得马老三。"驼五爷道。

"不,还是你分析得准。"罗正雄由衷地说。

当下,罗正雄便命人将邓家朴火速押往师部,交给师部审讯。

邓家朴落网,罗正雄的心病算是去了一块。剩下一个王涛,料他也逃不到哪里去。

两天后的晚上,他再次将万月约出,走在微风轻拂的沙漠里,罗正雄心里一荡儿一荡儿,想好的话忽然间让风吹走了,脸憋得通红,却吐不出一个字。倒是万月大方,开口便说:"听说你那个江宛音,又给你带来一双鞋?"

真是扫兴!罗正雄恨恨道:"不是鞋,是几袋萝卜干。"

"她可真费心啊,几袋萝卜干,那得晒多少萝卜。"

## 第五章 情如冰雪

红海子的胜利,向全中国宣告,我们是一支战无不胜的队伍,有了这样一支队伍,我们的建设事业一定能搞好。我们一定要认真总结经验,加强学习,掌握过硬的技战术,随时接受兵团交给我们的光荣任务。记住,荣耀只属于过去,对我们而言,前面永远布满荆棘……

——于海

## 24

　　这是政委于海在全团会议上的讲话,时令已到冬季,屈指算来,特二团撤出沙漠,已有半月时间。这半月,政委于海和团长罗正雄就没消闲过。红海子的任务是胜利完成了,但特二团的工作才算开始。

　　连着几天,他们在师部和团部的道路上奔波,忽儿是接新兵,忽儿是接受新的任务。

　　按兵团司令部的指示,红海子测量结束后,特二团要休整一段时间,休整不是休息,人员要补充,队伍要扩大,建制要完善,重要的是知识要更新。司令部命令,但凡进入特二团的,必须从头学习,全团每个成员,包括罗正雄于海他们,都要做到拿起枪能打仗,放下枪能搞测绘。懂测绘的要学习用兵打仗,会用兵打仗的要学会摆弄仪器。没有专门的教员,派到特二团的,既是学员也是教员,按师长刘振海的话说,互相帮助互相学习,总之就一个目的,共同提高共同进步。

　　特二团现在搬了新地方,作为他们在测绘红海子中突出表现的奖赏,刘振海将师部最先办公的两处小院腾出来,让罗正雄做了团部。这是一个叫马家营的小村落,人口不多,一半是汉族人,这也是考虑到特二团的实际,尽量让他们驻扎在汉族人居住的地区,生活还是工作都方便一点。小院环抱在一片杨树林中,树林中有一条小河,坐在窗前,能听见小河的哗哗声,还有树上麻雀的喳喳声。罗正雄他们在前院,女兵们住后院,中间有道村巷。为方便起见,罗正雄在前院后墙上取个小门,站在小门前,就能望见后面院落里的景致。

　　初冬的风裹着抵挡不住的寒意,打在人脸上,嗖嗖地疼。新疆的天气一旦冷起来,便冷得彻底,由于条件限制,院里还没生火,娇气的女兵们被这骤然而至的寒冷吓住了,大白天缩屋子里,缠着二营长张笑天给她们讲战斗故事。从红海子回来,张笑天的人气飙升了不少,成了女兵们崇拜的人物,整天有女兵围着他问这问那。

　　这不是个好兆头。有次罗正雄跟政委于海站在窗前,眼瞅着张笑天跟张双羊她们几个有说有笑地去小河里担水,政委于海突然说:"这小子,成贾宝玉了。"见罗正雄不吭声,又道:"不行,得找他谈谈,不能这么下去。"

"谈啥?"罗正雄突然问。

"还能谈啥,让他注意点影响。"

"啥影响?"罗正雄又问。

"我们是特二团,不是文工团。"于海似乎意识到罗正雄话里的不满,辩解道。

罗正雄笑笑:"我说老于啊,是不是看着人家跟女同志好,嫉妒了?"

政委于海红了脸:"我嫉妒,我于海有那么狭隘?"

"我说嘛,你老于也是个大度人,咋能抓这种小辫子。"

"我抓小辫子?这小子也太张狂了,敢把军区首长不放眼里。"政委于海一急,说了实话。罗正雄的脸突然就黑了。

事情还是因张笑天和杜丽丽而起,从红海子回来不久,于海就被童铁山叫去,问事儿怎么样了。于海一开始还没反应过来,不明白童铁山指的哪件事儿,等弄清是问杜丽丽,有几分暗淡地说:"我看难,这丫头八成是不回头了。"

"你是说她有了相好?"童铁山是个实在人,说话向来不会拐弯抹角,见于海皱眉,又道,"是不是那个张笑天?"

"我也说不准,不过两人关系挺黏糊。"

"你咋搞的,说好了要把她给我逼回来,咋让张笑天这小子给闻到了腥味。这下糟了,你我都交不了差。"师政委童铁山有点急。

"交不了就不交,人家一个大活人,你要我怎么办?"于海对这事有点烦,不但他烦,好多基层的干部都烦。现在上头把这事儿当政治任务交给下面,遇到对方不乐意的,就派到基层,名义上是锻炼,其实就是搞变相体罚,认为吃点苦头,女方就回心转意了。事儿哪有那么简单,这些天他跟其他团政委交流,大家提到这种事,都表示无可奈何。

"不行,你得给我想个办法,不能让他们胡搞,这事要是弄砸了,你我都有挨不尽的剋。"童铁山还是不甘心,特二团还没回来,军区那位首长就找他问事情的结果,这几天更是天天打电话过问,杜丽丽要是再送不回去,他的日子就无法安宁。

"没办法,我真是没办法。要不,你找她亲自谈?"

"去你的,别想着把矛盾往上交,我只等着听好消息。"

回到团部,于海硬着头皮找杜丽丽谈话,没想话还没说出口,杜丽丽就硬邦邦甩给他一句:"你把我开除了吧。"

政委比起团长更不容易,明知是不怎么磊落的事,还要理直气壮去跟人家做工作。于海心里是不愿意把杜丽丽"交"上去的,他巴不得送到特二团的这些女兵,都做了特二团的老婆,这样干起活来才有使不完的劲,可……

"算了,不提这事,我看最近他们两人远了点,指不定杜丽丽回心转意了。"罗正雄说。

远了点是真,回心转意难。按于海的观察,杜丽丽还沉浸在阿哈尔古丽和秀才吴一鹏那档子事中。那次事件后,杜丽丽向团部交了检讨书,想不到那么自以为是的女子,写起检讨来,自我批评得比老兵还深刻,真是拿自己的思想下狠刀。那份检讨,让罗正雄他们傻了眼,谁也没想到,杜丽丽还是一个深刻的女人。

这些日子,杜丽丽表现得尤为忧郁,不仅主动拉开了跟张笑天的距离,而且常常把自己关在屋子里,跟谁也不交流,一天到晚冷个面孔,让人琢磨不透她脑子里想啥。

"不能这么下去,这会把她憋出病来的。"罗正雄让于海多注意点她,必要的时候跟她推心置腹谈一次。

"谈什么?"于海也是看在眼里,急在心里,一时半会却又想不出好的招。

"谈啥都行,总之,得让她开心,我可不想看到这些如花似玉的姑娘们藏着啥心事。"

两人正说着,门外响起了报告,进来的是张双羊。"政委也在啊,团长,想找你说件事儿。"张双羊怯怯的,少了沙漠里那份野劲。

"说吧。"罗正雄把目光投向张双羊,他发现这个做事泼辣说话直来直去的胖姑娘最近有了变化,知道在男人面前羞涩了。

张双羊微红着脸,瞅了瞅于海,好像有点张不开口。

"怎么,让我回避啊?"于海笑道。

"不,政委你可别这么想,我是……"

于海还是走了出去。一没人寒风中,于海忍不住就打出几个哆。这哆不是因为天冷打出的,他知道自己的神经又被触动了。每每看到年轻漂亮的女兵们跟别的男同志有说有笑,于海心里就会莫名地泛上一股懊恼,抑或叫做痛的东西。尤其是听到师里又有谁讨到老婆,就更加难过。于海都三十好几马上奔四十了,到如今老婆的事儿还连个影子也没,别人虽说讨不到,至少还可以在心里做做梦,他却连梦也不敢做。因为刚对哪个女兵有点意思,马上就有人下达命令,说这个女兵某某瞅上了,让他抓紧做工作。

混蛋工作!

于海一脚踢出个石子,瞅着石子奔奔跳跳落进小河里,仿佛心也跟着掉了进去。

屋子里,张双羊红着脸,吞吞吐吐道:"团长,有件事,我能不能跟你讲?"

"啥事,讲。"

张双羊却犹豫着不讲。

罗正雄有丝儿紧张,莫名的,却很真实。不自然地就将目光伸到了窗外。远处树林中,万月孤零零地站在灰白而没有温暖的阳光下,形单影只。

"我……我……"张双羊像是用了很大劲,可话在她嘴里明显卡住了,吐不出来。

"说啊,你啥时也学会扭捏了?"

"好,我讲。"张双羊啪地并起腿,做了个敬礼时的动作,用足了力道,"昨天,昨天,师部来的王首长他问我,问我有没对象。"

"你怎么回答?"

"我说没有。"

"哦——"罗正雄紧着的心松下来,暗暗笑了笑自己,从窗外收回目光,又盯住张双羊,"那他又问了什么?"

"他……他啥也没再问,走了。"

"哦?"罗正雄觉得奇怪,张双羊跟他讲这些是啥意思?

没等他想出个明白,张双羊又问:"团长,师部不会抽我回去吧?"

"回去?"罗正雄皱了下眉,转而就明白了,原来她也是担心会像杜丽丽那样,被"上调"走。这个鬼丫头!罗正雄忍住笑:"放心,我特二团的女兵,没人敢抽走。"

"谢谢团长!"张双羊啪地敬了个礼,笑着转身跑了出去。望着她有点变瘦的影子,罗正雄禁不住笑出了声。

兵团此举,搞得人心惶惶啊。

学习班设了两个教室,一个在前院,一个在后院。师部这次真是大方,从课桌到教学用具都是最好的。这一天轮到万月上课,罗正雄夹着教材往教室走。这些日子,他跟万月见面的机会越来越少,偶尔在一起,两个人都有点口吃,说不出话。这种感觉真是窝囊,罗正雄都有点瞧不起自个了。一个大男人,在自己喜欢的女人面前,居然笨嘴笨舌,想说的话一句也说不出。

喜欢?罗正雄猛地止住了步。这个上午突然从脑子里跳出的这个词把这位在女兵面前总是严厉大过亲善的男人吓了一跳,仔细一想,到现在为止,他还从没承认喜欢过谁,包括江宛音,也只是停留在一方有心一方无意的份上,为什么突然会对万月生出这么强烈的感觉?难道真是……

望着大大方方走进教室的万月,罗正雄突然有点怕,掉转身,想逃过这节课,张双羊不知从哪冒出来:"团长,快走啊,要不然,万老师可要罚你了。"

"罚我,罚我什么?"罗正雄机械地问。

"罚你算二十道数学题。"

张双羊说的是刚开课不久的事,也是万月的课上,罗正雄居然给睡着了,呼声打得震天动地,万月拿着教鞭,在他身边站了很久,他居然还鼾声大作,气得万月一把提起他:"起来,站外面去!"那天的万月真是严厉,好像面对的不是自己的团长,而是一个上课调皮捣蛋的小学生。她真是罚罗正雄在外面站了半节课,然后又写给他二十道数学题,罚他一下午做完。可惜那二十道题到现在罗正雄也没做出,不是偷懒,是压根就不会做。一见着那些洋码字,全身的瞌睡虫就活跃起来。

罗正雄还在愣怔,张双羊已跟张笑天嬉笑着走进教室。这两个,他们怎么最近给热火起来?这时教室门合上了,讲台上响起万月清脆悦耳的讲课声。罗正雄带着几分惆怅地站了一会,还是硬着头皮喊了声报告,万月说了声"进来",目光并没看他,表情似乎很严厉。底下的张双羊做了个鬼脸,罗正雄斥她一眼,坐到了座位上。

这节课讲的是等高线,罗正雄脑子里却啥也没听进。课后万月叫住他,道:"你如果实在不想听,就不要浪费时间了。"说完,也不管罗正雄啥感受,夹着课本回后院去了。

张双羊蹑手蹑脚走过来:"怎么,团长也有丢魂儿的时候啊。"

"你个坏丫头,说什么来着!"

张双羊吐了下舌头,跑了。罗正雄心里,却有一种怪怪的很幸福的感觉。

这天轮上罗正雄给新兵们讲战略防御,因为头天晚上睡得晚,罗正雄显得精神不足,站讲台上打了两个哈欠,不见台下有万月的影。"万月呢?"他问。"报告团长,万月病了,今天发高烧。"台下的张双羊立马起身作答。

"怎么搞的,病了也不打报告?"罗正雄忽一下就没了困意,紧追着问,"高烧厉害不,为啥不送医院?"

"她……她……说梦话,好像唤一个人的名字。"张双羊笨嘴笨舌,说出的话令人不敢恭维,罗正雄心里腾一声,丢下教案就往后院去。

后院里静静的,女兵们除了少数上课外,多数跟着张笑天,去了野外学习射击。实战也是重要的一项学习内容,尽管是寒冬,野外训练一点也不敢放松。罗正雄站在院里,心潮起伏。刚才课堂上,他表现得太急了,这不好,身为一团之长,如此沉不住气,不像是他罗正雄的作风,这怕是会给全团带来负面影响。尤其团里上下都知道他有未婚妻,是那个娇气而又天真的江宛音,突然在万月面前失态,战士们怎么想?

他咳嗽了一声,算是给万月打招呼,然后敲门,屋里响起虚弱无力的声音:请进。罗正雄推门进去,万月蜷曲着身子,躺被窝里,她的脸颊烫红,着了火般,眼神也有点飘离。罗正雄摸了一把万月额头,烧得厉害。"怎么不报告?"他带着怪罪的口吻问。"不碍事的,可能受了风寒。"万月强撑着想坐起,罗正雄止住她,万月接连打了几个寒噤,罗正雄怀疑不是风寒,"马上去医院,不能这么躺下去。"

等罗正雄把勤务兵叫来,万月却死活不肯去医院,她说:"不就发点烧么,犯得着兴师动众。"

"发烧,你以为发烧是小病呀?"罗正雄不管她,命令张双羊几个将万月抬上车。

"我不去医院,你不要逼我!"万月突然吼。

这一吼吓住了所有人,谁也没料想万月会这样,张双羊伸出去的手缩回来,求助似的望住罗正雄。罗正雄又说了一句,万月的骂就更猛了。

"要你操什么心,我烧死关你啥事,出去,都给我出去,我要睡觉!"

晚上,罗正雄将于海叫来,两人都感觉这事有点不大对头,按说生病送医院,这是很正常的事,万月为什么会发这么大火?联想到最近一些谣传,还有万月古怪的行为,罗正雄认为,万月这场病生得蹊跷,里面有其他文章。于海说三天前,他看见万月一个人朝村庄北部走去,当时天已近黑,万月有饭后散步的习惯,他没在意。可第二天张双羊告诉他,万月头天晚上很晚了才回来,回来后好像心事重重,黑暗中坐了很久,然后又走了出去。

"去了哪?"罗正雄紧问。

"张双羊也说不清,当时她想跟出去看看,一想万月的脾气又没敢。天快亮时,万月回了宿舍,但她脸上明显有哭过的痕迹。当天下午,万月就发起了高烧。"

"这么重要的情况,为什么不报告?!"罗正雄很是生气,看来自己的怀疑并没错,万月果然是遭遇了什么困境。

"我们怕……怕……"

"怕什么?!"

于海结巴着不肯说,罗正雄吼了几声,明白了,他们定是在顾虑他跟万月的关系!

# 25

万月的高烧不退,又执意不肯去医院治疗,罗正雄只好将情况报告师部。当天,师部派的医生便赶到团部,一检查,万月是急性肺炎,得马上住院治疗。万月还想顽固,罗正雄厉声道:"抬也要把她抬到车上!"一路万月真是害苦了医生,直等进了医院,躺在病床上,看清这儿不是罗正雄要送她去的地方医院,而是兵团新建起的部队医院时,她才不闹了,安安静静地躺下,等医生为她治疗。

就在同一天,罗正雄也被紧急召到师部,师长刘振海说有要事商量。到了师部,刘振海他们正在开会,罗正雄表现得非常焦急,一方面万月的病情到底咋样,会不会真如医生所说,让他给耽搁了?另一方面,师长刘振海这么急召他来到底有啥事,听口气像是跟万月有关,他担心自己的怀疑有可能被提前证实,如果真是那样,事情就复杂了。

万月啊万月,你心里到底藏着什么,为什么不跟我讲出来?

正急着,刘振海推门进来,看见他,没像以前那样亲热地伸出手,而是指指对面的椅子:"坐吧,有件事想听听你的意见。"

"什么事?"

"万月的事。"

"万月咋了?"

"你先别急,看你紧张的样子,一提她,脸色都变了。"

"我紧张什么?"罗正雄狡辩了一句,见刘振海的脸色比刚进门时还难看,不语了。忐忑不安地坐下来,心里猜测着师长要跟他说什么。

"老罗啊,这件事没提前跟你商量,听了别怪我,师里打算将万月抽回来。"

"抽回来?"罗正雄噌地打椅子上弹起,半天,有点失神地道,"为什么?"

"不为什么,工作需要。"

刘振海回答得很平静,一点不像是发生了什么事。但罗正雄非常清楚,师里一定是听到了什么,或者秘密调查有了结果。可刘振海为什么不告诉他真相,难道?这么想着,他心里便有丝怒。"我没意见,抽谁都可以,包括我自己。"

这话明显带着某种情绪,甚至有点叫板的味,师长刘振海没在意,他清楚罗正雄心里怎么想,但有些事现在真是不便告诉他,必须要等水落石出之后再说。刘振海控制着情绪,尽量平和地道:"特二团是一个新集体,要补充的血液很多,刚才我还接到电话,兵团挑选的新力量已经出发,估计三五天就能到你那里,这下可够你忙一阵子的了。"

罗正雄没接话,刘振海刚才讲什么,他一句也没听进去,他的心思完全让万月给攫住了。到底是什么事,让师部采取如此措施?这天直到走,罗正雄还恍恍悠悠的,心像是让人掏走了。临上车时,刘振海突然拉住他的手:"老罗,等这阵忙过去,我陪你去趟旺水。"

"去旺水做什么?"罗正雄有点惊讶。

"看看你老丈人,老人家可一直惦记着你哩,当然还有那个江宛音,你不能光顾了工作,把婚事给耽搁了。"

"扯什么淡!"罗正雄极不友好地抽出手,跳上车,头也不回地命令司机,"开车!"

车子在荒野上颠簸,罗正雄的心也在七上八下地乱跳着。

新派的力量说到就到,这一次出乎罗正雄他们的意料,兵团派来的,多是年轻精干的小伙子。十来个点缀似的女兵,刚一下车就被老兵们围拢起来。政委于海失望地说道:"不是说男女各半么,派来这么多瓜蛋子,咋个管理?"炊事班老兵老准头打趣道:"你是怕派来的女兵少,自个抢不到吧。"于海瞪了老准头一眼,这个四十多岁的老男人,似乎从来不为老婆的事发愁,整天乐呵呵的,没心没肺似的。

"老准头,你就不想着瞅一个?"于海半开玩笑道。

"我瞅,能挨上我?嘿嘿,这辈子,我还是安安心心抱着我的锅过吧。"

说完,赶去厨房做饭了,新兵一来,炊事班的任务就越发重,就算他想瞅,也没这个空。

随着新兵的到来,特二团的建制便提上日程。团部开了两天会,讨论干部提拔的事,宣布这天,每个老兵的心都提得老高,生怕团部在这次提拔中把自个给忘了。结果一出,还是有不少人傻了眼。

最高兴的是几个女兵,张双羊被任命为女一班班长,杜丽丽为女二班班长,田玉珍因为在歼灭黑衣人中的突出表现,破格提拔为女子连连长。决定宣布后,女兵们围着张双羊,硬要给她祝贺,张双羊红赤着脸说:"我去买只鸡,让老根叔给咱们改善伙食。"

相比之下,向杜丽丽道贺的人就少一点,这段日子,杜丽丽跟女兵们拉开了距离,不是她要拉开,是女兵们自觉疏远了她。大伙觉得,杜丽丽这人不好接近,相处起来也难,还不如跟张双羊一起痛快。当然,杜丽丽跟张笑天的关系,也是女兵们疏远她的一个原因。

会议宣布完,杜丽丽闷声钻进自个屋子,她在等张笑天向她祝贺,结果直等到天黑,张笑天也没出现。院子里不时响起女兵们的嬉笑声,张双羊真就到村子里买了两只老母鸡,吵吵着让老根叔爆炒,副团长刘威也掺在其中,看上去比女兵们还要快乐。

杜丽丽忽地就想到田玉珍,刘威的快乐一定跟她有关。自打从红海子回来,副团长刘威跟田玉珍的关系一下亲密了,简直称得上突飞猛进。特别是学习班上,只要田玉珍当教员,刘威准是一节不拉,听课那个认真,比学生还学生。明眼人一眼就能看出,刘威是让田玉珍迷住了,迷得有点失魂落魄。田玉珍呢也不避嫌,大大方方跟刘威接触,上课总是爱向刘威提问,有时弄得刘威面红耳赤,结巴着答不上题,有时也能让刘威风光一下,因为那题私下里她已跟刘威提前讲过。不管咋,刘威的测量技术确实进步了,比起罗正雄跟于海,他的进步是最快的。都说这是田玉珍的功劳。

杜丽丽却不这么认为,她认定田玉珍是个有心计的女人,她凭什么要对刘威好,还不是为了这次提拔。结果还未公布,杜丽丽便清楚,自己是竞争不过田玉珍的,有刘威向着她,谁还能争过她?没想自己连张双羊都没争过,虽说都提了班长,可张双羊是一班,她是二班,一班明显比二班有优势。张双羊带的是跟她们一起来的女兵,她呢却要带这次来的新兵。想到这,杜丽丽就觉来气,感觉团部不公平,凭什么她要输给张双羊和田玉珍?她真想马上就找团长罗正雄,当面问个清楚,又一想算了,罗正雄这些日子不开心,万月一走,他的魂也没了。

这些老男人,咋都犯一个毛病。

正怔想着,政委于海敲开她的门,一看屋里只她一人,道:"怎么,没去闹腾?"

"没那个心思。"杜丽丽的话有点发酸,不过她自己感觉不到。于海笑笑:"当班长了,就得想办法跟战士们拉近关系。"

"关系不是拿鸡换来的,再说,不就一个小班长,值得如此炫耀?"

这话戗人,于海当下便不知该说什么。本来提拔杜丽丽,他是有不同意见的,杜丽丽虽然表现不错,技术全面,但她个性太强,有时候难免不把傲气露出来。特二团现在需要的是向心力,是能把大家团结到一起的人。野外作业,随时都有不测发生,如果全都只顾着自己不关心同志,那会害大事的。而杜丽丽这方面就表现不好,爱出风头,老认为自己比别人优越,而且于海认为,杜丽丽有借军区首长抬高自己身份的嫌疑。那事儿虽说到现在她也不同意,但在私下场合,她又拿这件事显摆。有次跟田玉珍几个闲聊竟然说:"有本事就别在特二团挑,眼光放高点,军区还有司令部,眼下可都有眼睛瞅着呢。"

这虽是句玩笑话,却暴露出她思想中不健康的一面,所以于海建议,杜丽丽的事先放放,啥时候能正确认识自己了,再考虑提拔。罗正雄却说:"眼下是用人的时候,我们应该看主流,思想上的问题由你解决。"于海这阵来,就是找她谈心,没想杜丽丽几句话,就把他怹住了。默站半天,于海有点败兴地道:"行,你先忙着,改天我们再谈。"

这天晚上,于海单独召见了张笑天,开门见山问:"你跟杜丽丽,是不是真要那个?"

"哪个?"

"少跟我装蒜,说老实话,是不是真看上她了?"

"……"张笑天显得有些犹豫,不知该怎么回答。

于海叹了一声,道:"笑天啊,我们是老战友,有些话我也不必瞒你。杜丽丽这女孩子,人不错,你喜欢她,我支持,但不能因为喜欢,就把她的毛病也当成优点,有空多跟她谈谈,把她往正确的方向引。"

"政委,你这话……"

"我是怕她骄傲,虚心使人进步,骄傲使人落后,任何时候,我们的队伍里,都不能存有骄傲两个字。你是老同志,又是营长,面对骄傲的人,我想你会有办法。"

张笑天这才知道,自己察觉的,政委他们也已察觉,政委担心的,也正是他担心的。

从于海房间出来,张笑天独自站在月夜下,风吹着他的头发,也撩着他的心,跟杜丽丽的接触,一幕幕地闪现在眼前,他坚信自己是喜欢她的,这是他人生第一次拥有这种感觉,陌生,新奇,而又不可遏止。可当着政委的面,为什么又不敢承认,难道真如杜丽丽所说,他是怕那个人?

杜丽丽带着新兵训练的第一天,就出了事。

这一批女兵,虽然人数不多,但背景极为复杂。跟杜丽丽吵架的司徒碧兰,来头就很不小。司徒碧兰是司徒空登的小女儿,在新疆司徒空登绝对是个人物,不止汉人尊敬他,就连少数民族的头人也把他当座上客。司徒空登原在新疆国民政府做事,算得上一位大员,最红火的时候,他掌管着新疆国民政府一半财权,国民政府一年的财政进项,多半来自于他的四方奔走。这人不止是个杰出的理财专家,更是个运筹帷幄的谋士。国民军溃败,匆匆逃往台湾时,南京方面再三声明要把他带上,可他硬是拒绝了。按他的话说,生是疆域的人,死是疆域的鬼,苟且偷生的事他不做。弄得老蒋一年后还后悔不迭:"失去司徒,等于断我食指,一代良才白白留给共党了。"新疆解放后,新政府在财政运营上遇到一系列尴尬,为尽快走出困境,曾几次派员登门拜访,想请他为新政府做事。不料司徒空登一口回绝,理由是一臣不事二主。司徒空登生有三女,长女司徒碧云,十八岁时嫁给一飞行员。飞行员后升为重庆飞行大队大队长,逃往台湾,他是第一个驾着战斗机过去的。次女司徒碧雪,嫁的是新疆骑兵团团长,不过是二房。司徒空登倒是不介意,他本人就有过五房太太,可惜到现在,身边只剩了一位,比司徒碧兰大不了几岁,比长女司徒碧云还要小。只是司徒碧雪最终没能跟着丈夫去成台湾,是她自己不想去,仓皇逃走的丈夫也有点顾不上她,如今她在一座寺院,算不上出家,只是觉得那儿清静。对女儿的选择,司徒空登向来不说什么,天高任鸟飞,能飞多远飞多远,实在飞不动,就找个枝头先歇着,缓足了精神再飞。不过在小女司徒碧兰的事上,他却一反常态,做出了令人吃惊的选择。

"我想让你去部队,解放军的部队,愿意不?"

"无所谓,反正我对政治不感兴趣。"

"你对啥感兴趣,不能老是这样,小小年纪,怎么能如此没有抱负?"

"抱负?你们都有抱负,到头呢,还不是竹篮打水一场空。"司徒碧兰的话向来充满了对这个家的讥讽,司徒空登听久了,也习以为常,并不当真。他了解自己的女儿,其实他知道女儿是愿意的,只不过不承认罢了。

"我让你去,有两层意思,一是你不能在家闲着,应该尝试着做番事情。另则也想让你亲身感受一下,共产党的队伍跟你两个姐夫所在的部队有啥不同,如果真如他们所说,是一支得民心的队伍,或许我会改变主意。你知道,人是不能不做事的,你父亲还没老,有生之年,还是想为辽阔疆域出点力。"

"敢情是拿我当实验品啊?"司徒碧兰一边搂着五姨太的脖子,一边跟父亲斗嘴。在家里,她最能跟五姨太合得来,亲密起来形同姐妹,要是闹翻了,却也能长久地不说话。不过闹翻多是为了司徒空登,两个女人都在争宠,稍稍一偏心,就会引来家庭大乱,这事儿一直让司徒空登头痛。

"乱说什么,没一点儿正形。"司徒空登斥了女儿一眼,接着道,"这事儿我想了很久,一是不能太驳他们面子,毕竟现在是他们的天下。另则你也不能无所事事,得有自己的人生。"

"我不想有什么人生。"司徒碧兰撅嘴道。她是在故意气父亲,心里却已盘算着未来了。司徒空登教训了女儿几句,父女俩最后商定,让司徒碧兰参军。正巧赶上兵团领导登门造访,这事儿很快就促成了。不过司徒碧兰是个倔脾气,她哪也不去,非要吵着来特二团,一开始兵团有些犹豫,特二团毕竟是特种单位,她能去么?再三考虑,还是同意了她的请求,就这样司徒碧兰成了特二团一名新兵。

这丫头表面上很乖顺,可骨子里却充满了反叛。杜丽丽真是小瞧她了。训练第一天,杜丽丽带着十几个新兵,练正步,练着练着,司徒碧兰就不高兴了,站出来嚷:"我们是跑来当兵的,不是学走路的。"

"你说什么?"杜丽丽惊讶得很,新兵顶撞老兵,这事儿也太有点意外。

"我说你会不会带兵,不会带换别人来,少拿我们当猴耍。"司徒碧兰像是成心要激怒杜丽丽,她对这个班长没一点好感。

"你叫什么名字,敢跟我这样说话!"当着新兵的面,杜丽丽岂能忍受如此挑衅,当下拉下脸,命令司徒碧兰站队列外头。

"站就站,就你那点儿损招,当我怕?"司徒碧兰一点不在乎,大大咧咧站了出来。

"卧倒,匍匐前行五十米!"杜丽丽想也没想,就学张笑天训练她们时那样发出了口令。没想听完口令,司徒碧兰真就给卧倒了,她卧倒的姿势,一点不比杜丽丽差,好像早就经过专业训练。司徒碧兰往前爬行时,新兵们全都紧起了心,她们训练的地方是后院外面一片小空地,不远处是一处冰滩。女兵们常往那儿倒生活用水,久了就结成了冰。凭目测,五十米正好就到冰滩上。杜丽丽有点后悔,不该喊出五十米,喊三十米就行。就在她暗暗自责时,司徒碧兰的身体已趴在冰滩上,这可是大冬天啊,况且那里倒的不只是生活用水,女兵们的尿,也偷偷往那倒,杜丽丽自己就倒过几次。

杜丽丽难住了,不知道接下来该喊啥,本来她就是第一次带兵训练,很多口令都还没学会,再者训练也不是她的强项,她自己还害怕训练哩。

司徒碧兰一动不动,静静地伏在冰滩上。

这丫头,还跟我较上劲了!杜丽丽一狠心,咬牙就喊:"往前五十米,速度要快!"司徒碧兰怔了一秒钟,牙齿一咬,快速地往前爬了。杜丽丽这次是恶意,因为冰滩前面就是小河,小河尚没彻底封冻,溢出的水漫在冰滩上,冒着寒气,杜丽丽心想司徒碧兰一定会惧怕,会向她求饶,没想这死丫头比她还狠!

她真就给爬到了水中,还坚持着一动不动的姿势。

完了,这下全完了。杜丽丽有些慌,不知道接下来该咋办。可怜兮兮地望住水中的司徒碧兰,祈求她自个站起来,赶快回屋换衣服去。

司徒碧兰偏就不给杜丽丽台阶下,女兵们已经在责骂杜丽丽了,有两个已跑进前面院子,去告杜丽丽的状。

这天若不是政委于海,杜丽丽怕是很难收场,不过心里,她狠狠给这个叫司徒碧兰的死丫头记下了一笔!

# 26

冬日的大漠,严寒取代了一切,几场小雪后,大地发出硬邦邦的声音,砍土镘砍下去,地皮没动静,人的手臂却震得生痛。尽管如此,天山南北,还是密密麻麻扎满了人。远处望去,地窝子就像大地上蒸出的馒头,一个挨一个,袅袅青烟从天窗里升起,盘绕在四周,那景致十分壮观。

这是兵团召开的一次现场观摩会,针对个别人思想松懈严重,对兵团下一步形势持怀疑态度,嚷嚷着要回老家享福去,司令部决定及时召开这次现场会,现身说法,让大家坚定信念不可动摇。副团级以上的干部全都参加,一天的动员大会后分头乘车,到生产一线实地参观。

就在这次会上,兵团领导传达了王震司令员的指示:每年两套军衣节约一套,两件衬衣改一件,一年发一套棉衣改两年发一套;鞋、袜自备;帽子去掉檐,衬衣去掉领,军衣口袋由四个减为两个,集中由此节省的经费,加上从粮食、菜金、马饲料、杂支、办公费用等挤出的一部分资金用来建设工业。罗正雄他们先后参观了六道湾露天煤矿、乌拉泊水电站、新疆水泥厂、七一棉纺厂、八一面粉厂等建设现场,所到之处热火朝天,一点看不出有什么畏难情绪和怀疑思想。官兵们对建设事业充满了信心,对辽阔的疆域更是充满了热情,纷纷表示,一定要用自己的双手建设出一个新新疆。三天后他们结束对工厂的参观,来到天山脚下参观和慰问垦荒队伍。

茫茫苍苍,巍峨险峻的天山下,呈现出的是一派战天斗地的壮观景象。五个团的官兵集中在这里垦荒,明年开春,这儿将是兵团第一个农场,全兵团人吃的粮食,将从这里长出。听完十三团的汇报,又分头下到工地,罗正雄耐不住双手痒痒,从一个小战士手中接过砍土镘奋力刨起来。其他人也脱掉军装,跟战士们一道热火朝天地干起来。劳动就是最好的防寒服,一身热汗后,罗正雄忽地记起兵团首长说过的这句话。这一次参观,他内心真是震动不小,跟建设一线的官兵们相比,特二团做得还很不够,尤其吃苦精神还差得远。等到吃晚饭时,罗正雄的感触就更深了。

尽管是在严寒的冬季,也尽管是超强度的体力劳动,垦荒部队的伙食却十分简单,一锅包谷面糊糊,外加一盆咸菜就着窝窝头,就是战士们的晚餐。罗正雄捧着碗,感觉有些难以下咽。正好政委于海端碗走过来,他便问:"有何感想?"

"还能有啥,回去,回去就把伙食减下来。"

"单减伙食?"

"要减的东西很多,要加的也很多。这么说吧,应该找机会,把他们也带来,好好感受一下。"

"老于呀,我忽然有个想法,不知当讲不当讲?"

"看你,啥时也变得婆婆妈妈了。"

"表面看,师部好像是给你我压了重担,实际呢是把你我给解脱了出来。"

"这话怎讲?"

"你光看到的是他们吃苦受罪的一面,对军人来说,最难受的是什么,是让你听不见枪声,闻不见火药味。饭前我跟几个老兵聊过,他们啥都不怕,就怕让他们一辈子这么干下去。"

"看看,又落后了是不?会上首长还批哩,我看你这是典型的落后思想,要不得。"

"不不不,老于,你误会了,我不是落后,我是在想,要是真如兵团构想的那样,我们这批人,将来都不回去,都脱下军装当农民,你说,这辈子该有多寂寞?"

"谁让你当农民了,就算脱下军装,我们还是军人,会上不是讲清楚了么,将来叫建设兵团。既然是兵团,咱就是军人。"

"对,军人。"

罗正雄不再言语,端起碗,几口将糊糊喝了下去。

最后一场现场会是在二十八团召开的,二十八团所处的位置,离天山远一点,几乎就在塔克拉大沙漠边上。团长张有福是罗正雄以前的部下,罗正雄当营长时,他是连长,后来分开了,张有福去了一师,因为干劲猛,理论水平又高,提拔得很快。两人见了面,自然少不了一番亲热,不过寒暄得更多的,还是兵团的未来。看得出,兵团下一步到底怎么走,已成为全体官兵共同关注的热点。

一月前,二十八团在垦荒中挖出一古墓,初步鉴定是一座明朝时期的墓,葬的是那个时期在新疆很有地位的一位王爷。墓里除了挖出大量稀世珍宝外,还有陪葬的若干女仆,家眷,甚至还有牛马的骨骼。古墓挖出后,曾引来一阵混乱,当地一位头人硬说是他家祖先的墓,还带着族人跟解放军闹事。二十八团奉命加强警戒,确保了古墓不被当地人盗走。眼下,古墓四周已被铁丝网拦了起来,日夜有士兵站岗,兵团请来的考古专家已进入墓地,珍宝都已安全转移,跟族人的矛盾也已调和。二十八团除留有一定的兵力保护现场外,其他人全都拿起了砍土镘,按张有福的话说,古墓要保护,垦荒也不能耽搁。罗正雄他们没有参观古墓,只是在团部听了张有福的汇报,主要是讲如何保护古墓,如何做通周围群众包括那位头人及其家族工作的。会上带队的首长讲了话,他说:"通过这件事,我们就是想告诉新疆人民,我们解放军,是人民的军队,是人民的保护神。我们进疆,就是要保护边疆,建设边疆,边疆的一草一木,一滴水一粒沙,都是边疆人民的。我们绝不会像国民党反动派那样,掠夺和强占边疆人民的财产。但是也不容许任何人,以任何借口,把属于人民的财产据为己有。开荒种田,为的是让边疆人民尽快富裕起来守家卫国,更是为边疆的发展创造一个安宁平和的环境。"

讲话的,正是看上杜丽丽的那位首长,看上去他并不显老,目光灼灼,眉宇间透着坚定和自信。罗正雄对这位首长并不是太熟,以前在尖刀营,他曾接受过首长的接见,听说他是一位性格倔犟脾气有点古怪但骨子里却很自爱的人。在他身边工作过的人都说,首长不只严厉而且宽容,但绝不允许你犯原则性错误。会后师政委童铁山告诉他,首长已听说特二团将杜丽丽提了干,当时很不高兴,骂了句家乡粗话,然后说:"这个小罗子,敢给我出难题,看我怎么修理他!"不过听完童铁山的汇报,他又笑着说:"你转告罗正雄,就算杜丽丽不嫁我,她也是棵好苗子,将来如果长歪了,我饶不了他。"

罗正雄心里有几分忧,见他脸黑,童铁山悄声说:"没事儿,告诉你一个小秘密,首长已不固执了,他知道拽不回杜丽丽那丫头的心,死心了。前阵子,政治处给他另外物色了一位,他老家来的一位乡下妹子,人很实在又能吃苦。接触了一段,首长说行,找老婆是为了过日子,那些花花草草的,留给年轻人。"

"你是说,他放弃了杜丽丽?"

"不能说放弃,其实,首长们有首长们的婚恋观,他们更看重持家过日子,我原来的团长,找的就是一个字不识的乡下妹子,还直夸她针线活做得好,茶饭么更是一流。"

"那么,杜丽丽……"罗正雄忽然有丝失落,说不清为什么,听到这消息,他非但生不出一丝轻松,相反心头的压力更重。

"杜丽丽啊,是有点骄傲,不过小丫头嘛,多栽几个跟头就会成熟。"

但愿如此!


一场大雪悄无声息地覆盖了大漠,这是入冬以来最厚的一场雪,漫天遍野,皑皑茫茫。大漠一夜间变得素净、典雅。山不见了,河不见了,嚣叫的漠风也收敛了,雪成了唯一。

大雪封住了村庄通往外面的路,也阻断了战士们训练的脚步。无奈,男男女女在院落里打起了雪仗,嬉闹声还有尖叫声响彻着院落。

罗正雄静静地站在窗前,心情有点灰暗。这场雪破坏了他的计划,本来他打算将部队带出去,在沙漠深处搞一次野外训练。现场观摩给了他太多感受,让他对这支队伍有了新的定位,必须先在思想上让他们坚定起来，成熟起来，学了技战术才管用。他跟政委于海商量，趁冬季没有大的任务，多带部队出去，只有在野外，只有在异常困难的条件下，部队的成长才能加快。可惜一场雪把一切都给搅黄了。

沉闷了两天，第三天太阳刚一出，罗正雄便命令把部队带出去，练习雪中追捕。谁知还没到指定地点，杜丽丽跟司徒碧兰就干起来了。

这一对小冤家，真是较上劲了。上次司徒碧兰勇卧冰滩，虽是最终挨了政委于海的批，她的形象却哗地在新兵中立了起来，这段时间，新兵们总爱跟她在一起，包括一些男兵，也有事没事往她那儿跑。班长杜丽丽本来就势单力薄，卧冰事件更是毁了她的形象。之后的练习中，杜丽丽一直想找机会扳回面子，无奈司徒碧兰是个天不怕地不怕的丫头。这丫头不但脾性烈，还学得不少本事，骑马射箭摔跤格斗样样在行，当着政委于海的面，她曾露过两手，赢得新兵们一片掌声。她还挑战似的瞪住于海："敢不敢跟我比？"于海真想跟她较量一次，压压她的威风，又一想她是小丫头，没敢。不是怕输，跟一个小丫头较劲儿，算什么本事？司徒碧兰本性并不是太张扬，也懂得收敛，只是团里忽然冒出这么个宝贝，焉能不引起大家的追捧。杜丽丽看在眼里，急在心里，却又想不出好法子收拾她。

我必须收拾她！杜丽丽给自己定下一个目标，一定要在冬训结束前彻底制服司徒碧兰，让她乖乖儿听自己的话，不然她这个班长就没得做。

这天机会终于来了，部队刚从团部拉出去，按计划杜丽丽带的女二班跟张双羊她们分头走，从东西两个方向向沙漠挺进，然后在指定地点会合。走了不到一小时，雪地里忽然窜出只兔子，女兵们兴奋地叫喊起来，嚷着要抓兔子。没等其他人醒过神，司徒碧兰一个箭步窜出去，几乎像鹰一样，朝兔子逃窜的方向奔去。她在雪上奔跑的姿势真是美极了，半曲着身子，仿佛身体紧贴着雪地，脚上像是安了滑雪器，只看见身子在嗖嗖往前飘，却不见双脚有什么动作。这样的功夫只有长期在雪地上奔跑的人才能练得，女兵们哪里知道司徒碧兰很小的时候就跟着那个飞行员学滑翔，包括滑雪，后来飞行员成了她大姐夫，她又跟着二姐夫学骑马，久而久之她的身体便灵活得不成样子，如果你有幸看到她在马上表演，那才叫过瘾。女兵们让司徒碧兰优美的姿势还有绝顶功夫吸引，全都紧起呼吸，看她赤手空拳如何擒拿那只狡兔。杜丽丽却无法容忍她的放肆,部队是在行军途中,没有命令,谁敢擅自离队?当下,她便命令:"全体注意,目标,前方土围子,跑步前进!"

女兵们刷地掉转头,朝土围子方向跑去,司徒碧兰跑的方向,正好跟土围子的方向相反,此时她的注意力已完全被兔子吸引,哪里还能顾得上其他。等她抱着抓到的兔子,兴高采烈回到土围子这边时,杜丽丽正恶狠狠地等着她。

"回去,哪儿抓到的兔子,就给我放回哪儿去!"

"你——"司徒碧兰吃了一惊,脸上的兴奋劲瞬间没了,不明白杜丽丽发哪门子神经。

"听见没,向后转,跑步走!"杜丽丽今天是成心要给司徒碧兰一点颜色。

司徒碧兰却站着没动。一双眼由兴奋转为失望再转为费解,等杜丽丽再次发号施令时,司徒碧兰的脾气就上来了。

"你太过分了。"她说。

"我命令你,把兔子放回原地,然后回团部,你没资格参加这次训练。"杜丽丽一点不在乎司徒碧兰说什么,今天她是吃定这个死丫头了。

"我要是不去呢?"司徒碧兰松下紧绷着的身子,站出一个优美的造型,不怀好意地瞪住杜丽丽。

"你——"杜丽丽没想到她会如此放肆。

"收起你那套吧,杜班长,本小姐不吃那一套。"说着,手一松,怀里的兔子扑出来,瞅瞅她,又瞅瞅面色煞白的杜丽丽,然后眨了下眼睛,甩甩尾巴跑了。

"小兔子——"就有女兵失声,大伙实在不忍心把小兔子放走。

杜丽丽气疯了,不只是气司徒碧兰,更气这帮女兵。"全都给我听好,跑步前进,不准回头。"等女兵们甩开脚步,她才转向司徒碧兰,"司徒小姐,本班长也不吃你那一套,你被开除了,去找你的政委告状吧。"说完扬长而去。

雪地里,只留下孤零零有点变傻的司徒碧兰,她这话什么意思,怎么就成了我的政委?

杜丽丽带着报复后的快乐,高喊着"一二一",心花怒放地来到会合地。她在路上已想好怎么告状,就算不能把司徒碧兰咋样,也得让她领教领教,我杜大小姐不是想欺负就能欺负的。当然,最好能把她调给张双羊,一想张双羊跟司徒碧兰将来作对的样,杜丽丽就控制不住地乐起来。

可她一抬头,傻眼了。明明看见司徒碧兰是僵在雪中的,她们翻过沙梁子的时候,她还偷着朝后扫了一眼,司徒碧兰就像被男人抛弃了一样可怜无助地站在雪中,怎么她会跟政委于海站在她面前?

"到了?"政委于海问。

杜丽丽没回答,杏眼怒睁,逼视住司徒碧兰。可恶的司徒碧兰,不但抄近道提前到达,怀里竟又抱着那只兔子!

"把兔子放回去!"杜丽丽有点失态,这简直就是对她的侮辱,今天若要不争出个高低,这班长,不当了!

"把兔子放回去,听见没!"

"你激动什么,是我让她抓的。"政委于海还在等杜丽丽向他敬礼报告。

"我不管,她要不把兔子放回去,今天没完!"杜丽丽接近疯狂了,于海一而再再而三帮司徒碧兰说话,让她的自尊心受到了伤害。

"我就不放回去,气死你。"司徒碧兰火上浇油,她也是成心想激怒杜丽丽,好让她在政委面前失态。

还没等政委于海看清,杜丽丽一个猛扑,原本是想夺过兔子的,不料司徒碧兰早就防着这一手,见她果真上当,佯装一摔倒了下去,身子着地的空,没忘脚下暗一使劲,将杜丽丽送过了自个头顶。杜丽丽哪能料到司徒碧兰会来这一手,一个狗吃屎重重栽地,嘴里满满啃了一嘴雪。

司徒碧兰起身,笑着挖苦道:"就这点本事,还想偷袭人?"杜丽丽此刻已红了眼,如果就此服输,在特二团,她就别想有出头之日。她吐掉雪,趁司徒碧兰得意的空,一个恶虎掏心。司徒碧兰这次大意了,被杜丽丽扑了个正着,怀里的兔子摔出老远,感觉胸口那儿发出一阵闷疼。不过毕竟是练过摔跤的,没等杜丽丽来第二下,右腿已扫出来,同时身子一跃,双掌已狠狠地朝杜丽丽双肩劈去。

如果不是政委于海,杜丽丽是逃不掉那一劈的。司徒碧兰这一招叫"童子劈柴",她能从飞奔的马上跃下,双掌同时用力,砍断碗口粗的树干。这招是她二姐夫教的,练了不下五年,不过很少用,今儿也是气急了,如果不是政委于海抢先一步接住此招,后果真是不敢想。

于海一个趔趄倒地上,两条胳膊像是挨了铁棍,生生的痛。尽管如此,他还是咬着牙冲司徒碧兰笑了。他是打心底里欣赏她,特二团需要的,正是这样身怀绝技的人。

杜丽丽白了脸,从政委于海脸上,她看出那一劈的力量。狠啊,她抽了口冷气。

"好了,我看你们也闹够了,今天的事,我不追究谁对谁错,但下次如果再闹不团结,小心我把你们两个都关禁闭。"说完,拐着腿,龇着牙,找地方缓劲儿去了。

女兵们一听政委放过了司徒碧兰,哗地围上来,又是喊又是闹,直把雪野闹得欢腾起来。

## 27

农历十一月初九,是张双羊的哥哥英勇牺牲的日子,早在一周前,张双羊就向团部提出,要在这一天去为哥哥扫墓。团部答应了她的请求,并安排张笑天带队,带上新兵代表,让他们也接受一次教育。因为雪厚,车子不能前行,只能由驼五爷用驼队送她们去。出发时,不愉快又发生了。

本来去的人中没有杜丽丽,征求过她的意见,她不去,谁知驼队临出发时,她又嚷着要去。张笑天这次没客气,批评道:"你太自由主义了吧,这事不是闹家家,守点纪律好不好?"

"我就去,兴你去就不兴我去?"杜丽丽完全不在乎的样子,其实她是跟张双羊较劲,眼见着张双羊跟张笑天一天比一天热乎,她心里不舒服。

"不行,我不同意。"张笑天很坚决,他已经多次批评过杜丽丽,让她少点个人主义,多点集体主义,可她就是不听,弄得两个人最近关系很紧张。

"不行我找团长去。"说着,杜丽丽就往罗正雄的房间走,张笑天没理她,吆喝着骆驼出发了。没想罗正雄答应了杜丽丽的请求,他也是没多想,扫墓嘛,只要大家有这份热情,能去尽量去,况且杜丽丽这种心高气傲的人,更应该接受教育。谁知等杜丽丽赶上来,张双羊又不乐意了,撅着嘴道:"她要去,我不去了。"其他女兵一听张双羊的话,也闹起了意见,总之就是不欢迎杜丽丽。

罗正雄一开始没明白杜丽丽的真实用意,等弄清她是成心挑起矛盾时,再也不能容忍。"太过分了,先回宿舍写份检查,晚上开会深刻检讨。"接着,他又转向张笑天,"你也别去了,让一营长去,我看你也该好好检讨检讨,乱七八糟尽搞的什么事。"

对杜丽丽,罗正雄一直是网开一面的,好多次他都忍着没发脾气,这决不是因为她曾是首长看中的人,关键是罗正雄有点欣赏她的个性,一个人如果没有个性,是不能成长为一个优秀战士的,当兵如此,干任何事也是如此,个性往往是人成功的动因。但个性一旦超出底线,那就成了坏脾气,必须得改。罗正雄是想多给她几次改正的机会,没想她竟得寸进尺,越来越不像话。还有张笑天,罗正雄也是一肚子气,典型的吃着碗里的看着锅里的坏毛病,本来以为他跟杜丽丽的关系要明确了,谁知又跟张双羊闹得火热。罗正雄真是搞不清他脑子里咋想,难道非要惹出什么事儿来才开心?

这天的杜丽丽跟张笑天是让罗正雄震住了,但是天黑后扫墓者带来的消息,却让他陷入了深深的震撼中。

消息是张双羊告诉他的,扫墓一回来,张双羊顾不上回自己的宿舍,慌慌张张跑到他那儿:"不好了团长,万月姐姐出事了。"

"什么事?"罗正雄正在看张笑天写的检查,头也没抬便问。

"他们说……他们说……"

"说什么,讲啊!"见张双羊吞吞吐吐,他才意识到问题有可能严重。果然等张双羊讲出来,罗正雄的脸上,就不只是震惊了。

"他们说,万月姐姐是特务,正在隔离审查。"

"特务?"罗正雄怔在了那。半晌,他吼出一句:"去,给我把于海叫来!"

几乎是在瞬间,罗正雄就断定,他上了当,大当,这当是师部上给他的。帮师部演这戏的是于海。

万月住院后,罗正雄曾几次去看她,每次都让警卫挡了回来。警卫的话很客气:"罗团长,师部说了,万月同志是特二团的骨干,红海子测量中的功臣,她的病由我们照料,你就不必操心了。"一开始,罗正雄没多想,认为这是师部跟他讲客气,给他面子。后来觉得不对劲,就冲警卫发了火:"我看看我的战士,有什么操心不操心的,让开,不然我就告状去。"

"不行,罗团长,师部有令,任何人不得进入重病区。"

"重病区?她不是发烧么,怎么会进了重病区。"

"这我不知道,你来的是重病区,如果有疑问,你可以去找师部。"

罗正雄真就找过师部,师长刘振海笑着说:"怎么,病人交给我们,你还不放心?"

"我哪敢不放心,就是想看看,你给通融通融,巴一眼就走。"

"老罗啊,我可做不了这主,这规定不是二师定的,是兵团定的,理由呢,就是让你们好好工作,不要老为病人担心。治病的事,还是交给医院来,咱俩下盘棋,好久没领教你罗大炮的威力了。"罗大炮是师长刘振海私下里对他的叫法,意思是他离了当头炮,就不知棋该咋走。

就这样,罗正雄前后去了五次,每次都让刘振海给哄了回来,一次万月也没看上。现在一想,就是他傻,没把这事当成个套,听张双羊一说,他立马明白,师长刘振海在提防他,不让他跟万月接触。

"报告!"门外响起于海的声音。

"进来!"罗正雄没好气地应道。

"什么事,老罗?"

"什么事,你还给我装,老于,你可真能装啊。"

"团长,你……这话啥意思?"

"啥意思?我让人耍了,我成了大头鬼,这下你明白了吧。"

于海怔住了,他心里自然清楚,罗正雄为啥事跟他急,可这事……

"说,人弄哪去了。"

"……"

"你倒是说呀,人呢,人到底弄哪去了?"

"我不能说。"

"好啊,于海,你终于吐实话了,你不是能装吗,继续装呀,为啥不装了?你给我听好了,我罗正雄不是小人,也怕被小人算计,今儿个你要不把话说清楚,你马上离开特二团。"

"团长……"

"少叫我团长！在你于政委眼里，有我这个团长吗？"

"团长你消消气，这事……"

"我消不了，也不想消！我罗正雄还从来没被人算计过，想不到你会跟我演双簧，你演技不错呀。"罗正雄的脸已经变形，看得出他是被这事彻底激怒了。

然而，无论他怎么奚落，怎么发脾气，政委于海就是死守着一张嘴，什么也不告诉他。这下他不得不火了："姓于的，我算是把你给看清了，我特二团待你咋，啥地方亏待你了，我罗正雄自信还不是一个独断横行的人，在我特二团里，向来把你于政委抬得高高的，念你有文化懂战术，没想，你把战术用到我头上来了。不说是不，好，我去问师长，我就不信找不出万月来！"说完，他真的叫了车，连夜往师部去。政委于海拦挡不住，让副团长刘威拦，刘威竟也拿怪眼瞪着他，好像他做了啥坑蒙拐骗的事。没办法，于海叫上另辆车紧追而去。

三个小时后，罗正雄坐在了师长刘振海面前，听完他的话，刘振海并没急着跟他解释，而是反问道："你这消息是哪来的？"

罗正雄不吭气。从刘振海脸上，他已断定，万月真是出事了，而且是大事。

"说啊，哪来的？"刘振海有点急。

"你先告诉我万月在哪，到底出了啥事。"罗正雄忽视了刘振海面部表情的变化，他把事情想得太简单了。

"说啊，消息哪来的？！"刘振海突然吼起来，这声音太吓人了。

"师长……"罗正雄不明白刘振海为什么要问这个，这跟万月是不是特务有啥关系。

正怔着，于海推门进来，刘振海转向于海："你来得正好，马上给我查明，是谁散布这谣言，谣言散布得有多广。"

"是！"

"谣言？"罗正雄完全让刘振海搞糊涂了。

"你好大的胆子，敢夜闯师部，敢跑到我面前兴师问罪。我现在顾不上追究，你回去，连夜回，赶明天中午，你把传播谣言的人给我带来，这事要是出了岔子，你这个团长，就当到头了。"

转眼，两辆吉普车又驶进黑夜里，车上的两个人，各自陷入到困惑中。

据张双羊说,消息是一营长江涛告诉她的,扫完墓她跟哥哥告别,离开烈士陵园的一瞬,江涛凑过来低声说:"知道不,万月是特务,已被隔离审查。"

问江涛,江涛却吞吞吐吐,先是说消息是听来的,后来又说是过去一个战友在墓地告诉他的。

"到底怎么来的,我希望你讲实话。"政委于海一脸沉重,他后悔让江涛去扫墓,早上他是想阻拦的,可罗正雄点名让江涛去,他便不好说什么,就这一念之差,便惹出如此大的乱子。别人可能不拿这事当个事,他不同,万月的事,严格控制在他跟师部几个领导间,包括副团长刘威,也不明真相,怎么就能传出去呢?

江涛默不作声。他似乎也认为于海有点小题大做,不就一个万月么,犯得着这样兴师动众,把全团的人集中起来,一个挨一个摸查。

"我希望你讲实话。"于海又重复一句。

江涛有点怕,于海如此重复一句话,就证明这句话含有很危险的信息,到底是什么信息呢?万月真的是特务,还是他们怕别人知道万月是特务?

他们?江涛被这两个字吓了一跳,无意中脑子里闪出的这两个字,忽然让他对自己产生恐惧。他们?那你是谁,你跟他们又有什么不同?

"你不想说是不?那好,我给你一点儿时间,你好好想想,仔细想想。"说完,于海扔下江涛,出了门跟警卫说,"给我留点神,不要打扰他,但不能出意外,明白么?"

"明白!"

直到第二天,江涛被带到师长刘振海面前,他还是没说清消息的来源。他的回答很模糊,消息是他听来的,扫墓时正好有两个人在扫另一个墓,江涛听他们议论万月,留心听了几句,后来他把听到的说给了张双羊。事情就这么简单,没有刘振海想象的那么复杂。从陵园管理处了解到的情况看,这一天扫墓者众多,跟张双羊哥哥一同牺牲的有二十多人,不排除江涛说的这种可能。为了慎重,刘振海决定事情到此为止,不做深究,但有一点他讲得很明确,关于万月,她正在接受治疗,肺炎不是小病,而且她的身体里还潜伏着一种传染源,师部所以如此,是为了特二团考虑,如果谁怀疑,可以随时去医院看,这个便利他给。

罗正雄一路沉默着回到团部,于海主动跟他说话,他装听不见,他心里一直响着一个声音,有人在怀疑他!

夜已经很深了,驼五爷还没睡,有只骆驼病了,不吃草也不喝水,想了很多办法都不管用,驼五爷心里很难受。

圈骆驼的地方离团部不远,是一座草园子,园子口有间茅草房,驼五爷平时就住那。此刻,他点着一堆火,蹲在离骆驼很近的地方。睡不着觉的时候,张双羊会跑到草园子来,陪驼五爷拉话儿。这一老一少,有时聊得还特带劲儿。

"又有心事了?"驼五爷问。

"没,就是睡不着。"

"睡不着就是有心事。"驼五爷挑了一把火,呼呼跳动的火焰中,打趣道,"心事其实是个魔,人要是被它缠上了,这辈子都不安宁。"

张双羊不置可否地笑了笑,火光映得她双颊飞红,有一种说不出的味儿。这味儿要是搁年轻男人眼里是了不得的。驼五爷瞅了她一眼,道:"还是为他?"

张双羊没点头但也没摇头,驼五爷便明白,这娃又犯傻了。

"听五爷一句话,离他远点。好男人世上多的是,甭往是非窝里钻。"

"我没钻。"

"明明钻了,还想瞒我?不过也难怪,你这个岁数,正是心里乱的时候。"

张双羊垂下头,啥心思也甭想瞒过驼五爷,她也不想瞒,更多的时候,她像女儿一样依恋着他。

"那个杜丽丽你得提防着点,小心让她给算计了。"

"这事儿跟她无关,是我不好,自个难为自个。"一说这事,她的脸越发红了,心也扑扑跳。

"你呀老是替别人想,迟早会吃亏的。不过也对,人嘛,该光明还是要光明,小肚鸡肠,成不了大事。"

"五爷,你年轻时,也这样?"

一句话,问得驼五爷哑了。人都年轻过,年轻时都犯过傻,可不犯傻就好?怕也不一定。犯傻有犯傻的乐子,人要是不犯点傻,活人是没趣味的,就跟骆驼一样,要是太乖了太听话,也就成不了好驼。这么想着,他的愁又漫上来。"大眼睛"已三天没吃一嘴草了,再要这么下去,是抵挡不过这个冬天的。"大眼睛"是那峰病驼的名字,驼五爷的驼都有个漂亮的名字,比如"花耳朵""蓝尾巴""宽鼻梁""美人坯"啥的,看似叫得随意,其实细细观察起来,叫得很形象,驼五爷是抓住了驼的神,拣最关键的叫。驼是他的亲人,无论哪峰驼病了,他都伤心得要落泪。"大眼睛"跟了他八年,八年啊,小羔子跟成了老驼,小媳妇熬成了当家婆,它竟给不吃不喝,打算要走了!

　　六月里嘛哟哟热难当
　　磨坊里受罪的李三娘
　　生下太子咬肚脐呀
　　东挡西杀保宋王
　　五月里嘛哟哟五端阳
　　白蛇黑蛇闹一场
　　连升三杯雄黄酒呀
　　吓死了许官人公还阳
　　四月里嘛哟哟四月八
　　……

　　蹲着蹲着,驼五爷竟给唱上了。驼五爷心里有事,不只是"大眼睛"病了,比这更揪心的是狗日的马老三。

　　马老三要娶女人! 你说说,光棍了大半辈子,他要娶女人! 娶女人你就娶吧,我驼老五也不反对,人嘛,一个人活到头也不是个滋味,该娶的时候,还得娶,免得这大冷夜的,没个人暖被窝。你猜猜,他娶谁?

　　孙寡妇!
　　七垛儿梁的孙寡妇!
　　千真万确!

　　是三天前老羊倌带来的信,还说马老三请他吃喜酒。狗日的马老三,欺负人哩,哪的女人不能娶,偏要娶孙寡妇。还请我吃酒,这酒,我能吃么,咽得下去? 也怪老羊倌,咋就看不住个孙寡妇哩,让马老三钻了空子! 人心不古,人心不古呀,亲亲的兄弟,一个道上混下命的,竟,竟做出这等事!

　　四月里嘛哟哟四月八
　　黎山老母把山下

下山不为别的事呀

单为了大弟子樊梨花

三月里嘛哟哟三清明

桃园结义的四弟兄

桃园结义的四弟兄呀

刘备关张赵子龙

"甭唱了,五爷,我心里难受。"张双羊说着,真就淌下了泪。白日里她跟杜丽丽吵了嘴,是为张笑天。张笑天找她说事儿,进了屋屁股还没坐稳,杜丽丽就杀了进来。骂出的话,难听。真难听!

"娃,唱,唱了心里就好受,唱,唱啊。"

于是,黑夜里,火光下,一老一少,就唱了:

二月里嘛哟哟龙抬头

王三姐梳妆上彩楼

绣球打在平贵手呀

王凤楼上戏诸侯

正月里嘛哟哟是新年

马王曾朋夺状元

马王反戈九连环呀

曾朋箭射金钱眼

……

# 第六章

## 测量科古琴

科古琴山是座山，但它又不仅是座山，它是力量之神，死亡之神，它考验的，不止是我们特二团的测量技术，更是我们团结作战的能力。在科古琴面前，任何人都会感到渺小，个体的伟大是不存在的。团结，只有团结，我们才能战胜洪流、狼群还有雪崩。我们将要征服的，不只是一座险峰，更是我们自己。

——罗正雄

## 28

美丽的科古琴山横在面前。

这是天山西端的一个支脉,东边紧邻婆罗克努山,山势西高东低,绵延百里。它继承了天山主脉的险峻与逶迤,又独具自身冷峻险恶的气势,按蒙古语科古琴为"做皮口袋的人",可见这山是以怎样的态度迎接着试图征服它的人。尽管之前作了充分的准备,真正站到它面前时,战士们心里还是生出一派肃然。

怕是免不了的。

这已是第二年的春天,冬天在不知不觉中逝去,当冰消雪融,大地解冻时,人们才发现,疆域的春天平静地到来了。该发生的事儿并没有发生,大约是冰雪茫茫的缘故,爱情还悄悄潜伏在地下,尽管有几对影影绰绰的影子,但都不好公开。怕什么呢?兴许什么也不怕,就等春暖花开。不是说赛里木湖是个爱情的湖么,当月亮伏在科古琴山,星星跃上赛里木湖时,躺在溢满奶香的草原上,怀抱马头琴,听着土尔扈特人优美的歌声,每一颗心灵都能感受到爱情。

哦,爱情,已有人迫不及待了。

除了爱情,特二团似乎在过去的那个冬季没太多收获,倒是有一两件伤心的事,让人忍不住就会掉下眼泪。

铁木尔大叔死了。

初冬时节,郁郁寡欢的铁木尔大叔提出要回趟老家,考虑到他刚刚失去心爱的宝贝女儿,心情一定悲伤,师部批准了他的请求,并派人将他送回老家。没想这一去竟成了永别,等人们听到消息时,铁木尔大叔已离开这个令他伤心万分的世界,去了天堂。他真的去了天堂么?冷不丁的,就有人会这么想,然后便是滚滚的泪水。一个人的死去竟是这么平常,如同一阵风,说没就没了。又如同一枚酸果,令人越咀嚼越觉难受,那味儿啊,真是不能细想。

驼五爷的老宝贝"大眼睛"也死了,死的那天,驼五爷跪在雪地里,跪了整整一天,那劲儿,直让铁眼仁都软得掉下泪来。一个人跟一峰驼,会有这么深的恋,这么浓的情。仿佛死去的不是一峰驼,而是他生命中不可缺失的一位至亲,一位老朋友。那一天,特二团掉眼泪的,不止张双羊一个,就连政委于海,团长罗正雄,也偷偷抹了泪。

当然特二团也有高兴事。冬去春来的那天,师长刘振海亲自来到团部,跟他一同下车的是万月。那是个激动人心的时刻,当美丽干练的万月走下车时,团部小院先是出现了短暂的静默,接着便爆出狂欢声。女孩子们的想念总是这样夸张,见面礼也令人瞠目结舌,她们居然将万月抛起来再接住,如此反复,持续了将近十分钟。直到罗正雄微笑着走过来,冲万月伸出手,她们才识趣地让开一条道,给两个久别的人一个小小的机会,然后歌声便响起来,很嘹亮很热烈。

师长刘振海感动地说:"想不到,你特二团还有这个节目,真让我开眼。"

不管是喜是悲,冬是过去了,和暖的春风已吹开地面,站在湿扑扑的草地上,罗正雄的心头,涌过一层接一层的细浪。

这次特二团奉命进驻天山西部,是要抢在酷夏来临之前,将科古琴山的几个重要地段测绘出来。这是一项硬任务,按师长刘振海的话说,这是司令部喂给特二团的一个硬骨头,啃也得啃,不啃也得啃,而且要啃得干净,啃得利落。为啥?科古琴山不只是一座险峰,更是一座富饶的矿。山内不但藏有大量的煤,更有金铜等贵重金属。早在明末清初,这儿便有采掘者在活动,可惜,科古琴并不是掘金者的天堂,险恶的山势和时常发生的洪流、滑坡,还有令人闻之丧胆的雪崩,常常让采掘者有来无回,加上山谷里神秘出没的野兽,杀伤力极强的食人鸟,使科古琴成为一个诱惑四射的陷阱,谁都想进来,想占领,但谁的步子却也都恐惧着不敢轻易迈进。当年国民党马步芳部垂涎科古琴的富饶,用三个团的兵力想把这儿的金子掘走,谁知进山不到一月,一场雪崩彻底堵住了掘金者逃生的路,虽是多方营救,最终还是有近一个团的士兵丧生雪中。

"眼下十万大军要用煤,新疆各族人民也要用煤,单凭六道湾,远远不够,你们的任务,就是先探出一条路来,要让科古琴的黑金子安安全全运出来。至于其他嘛,留待以后。"兵团首长的话又在耳边响起来。决定这次行动,兵团司令部矛盾了很久,也争议了很久,但是煤的问题不解决，十万大军就没法在疆域待下去，矛盾来矛盾去，最终还是将希望交付到特二团身上。

营地建在山下，离山谷约有三公里，为安全起见，在离营地五公里处，又选择了一块临时宿营地，作为突发事件时安全撤离的地方。一切准备就绪，第一场动员会召开了。罗正雄给大家再次讲了这次任务的特殊性，强调了几点注意事项，特别是安全问题，然后话题一转，望着万月说："下面请万月同志给我们讲话。"

万月有点惊异，事先罗正雄并没告诉她要给全团战士讲什么话，她诧异地望着罗正雄，脸上渗出淡淡的红晕。这次回来，罗正雄尽管嘴上没明说什么，但万月明显能感觉出，他对她好，好到近乎无微不至的程度，这让她感动，更让她不安。一想冬天里发生的事，她就忍不住要打寒噤，好在，到现在罗正雄都不知道，冬天里到底发生了什么，她被控制起来的那些日子，又经历了怎样的内心煎熬。

她收回目光，平静了下自己，讲就讲，反正要想拿下科古琴山，绝不是件轻松的事，莫不如先把困难讲到前头，让大家心理上多几分重视。她咳了一声，道："科古琴的难点有两个，一是山体坚固性不强，容易滑坡，加上表层又被植被覆盖，因此判断起来很难。进山前一定要多观察，多分析，要学会根据植被的长势判断山体的坚固程度。二是主峰终年积雪，春末夏初，每年都要发生大面积雪崩，这对我们是个很大的威胁。但，最大的煤田三号区就在雪峰附近，靠近雪峰前，一定要学会用耳朵听，雪是有声音的，雪崩前也有征兆。这次既是征战，也是学习，相信等任务完成时，大家一定会学到不少东西。"

万月还在讲，罗正雄的心却有几分迷醉。这次出发前，他终于意识到，自己喜欢上这个女人了，很喜欢，如果师长刘振海不把她送来，他可能三番五次要冲到师部去要人。当然，这样做也不仅仅是他喜欢她，更重要的是特二团不能少了万月，尤其测量科古琴山，更是不能缺了她。

万月熟悉科古琴，新疆解放的前一年，她还跟着北京来的地质专家一同进过科古琴，当然那是为国民政府做事，可这又能怎样？罗正雄向来不用那种眼光看人，给国民党做事咋了？人家是被逼迫的，人家是专家，专家就要做事儿！为这事，他还跟政委于海吵过，于海不同意让万月回到特二团，至少她不能执行这次任务。气得罗正雄黑了脸跟他骂脏话，于海被骂急了嘟囔道："我就谈点个人意见，这也不行？"

"当然不行,你这是意见吗,你这是门缝里看人,极端的偏见!"

"我看你是让感情蒙骗了眼睛,让这个女人迷住了。"于海一激动,说出一句罗正雄最不爱听也最怕听到的话。

"你说什么,我让感情蒙骗了,那你呢?那个司徒碧兰,她老子也给国民党干过事,她两个姐夫现在还在台湾,你怎么像遇到宝贝似的,不容别人说她一句坏话?"两个人就这么吵了半晚,互相揭老底,互相讽刺对方。弄得一旁的副团长刘威劝也不是,不劝也不是,后来又听他们互相攻击起对方喜欢的女人,忍不住笑道:"你们吵就吵,人家又没惹你们,犯得着拿人家小姑娘开涮。"

罗正雄猛地掉转头:"你少给我装好人,你以为你干净啊,每天晚上打着学习的旗号,把人家田玉珍骗到房子里,我忍你好久了,谈对象有你那么谈的?!"

"那咋谈?"刘威老老实实就给问了过去。

"咋谈我不晓得,至少不能像你那么明目张胆。你是副团长,你那个猴急样儿,还不把人家姑娘吓跑了?"

本来是吵架,结果三个人最后竟围到桌子边,探讨起追女人的办法来。天快亮时,三个人哈哈大笑。"啥叫个狼狈为奸,现在我算是懂了,我们三个就是典型的狼狈为奸!"罗正雄开怀大笑地说。

这边万月仍然讲着,看上去投入极了,她详细介绍了科古琴山的山容山貌,还有爱滑坡的地段,包括下雨时的洪流也讲到了。最后她说:"这次的任务主要是选路,矿是现成的,但如何能找出三条路,就看我们的本事了。"

三条路,这是司令部的命令,如果大面积开采煤田,只有一条路进进出出就跟没路一样,加上随时发生的滑坡、塌陷,运输的难度将会极大。司令部研究来研究去,最后下了狠命令,找三条,分东西中各取一条道,这样就连将来开采金矿的问题也一并解决了。

准备了一天,第三天早上,三路人马出发了,分三个方向,向科古琴山挺进。前两路基本以红海子时的一二组为主,适当补充了点新鲜血液。一组由政委于海带队,江涛任副组长。二组由副团长刘威带队,张笑天任副组长。罗正雄跟万月为三组,他们走的是最西段,也是最具挑战性的一个地段,队伍基本是新人,司徒碧兰吵着要到他们这组来,罗正雄笑着说:"你还是乖乖跟着政委吧,到了我这儿,可没人照顾你。"司徒碧兰撅嘴道:"谁照顾谁,还指不定呢。"这个小丫头,大约是意识到了政委于海的目光,想逃避。一想于海在司徒碧兰面前那份傻,马上的罗正雄就忍不住笑出声,这些大老爷们,枪林弹雨都能做到镇定自如,一到了小丫头面前,全给乱了方寸。正想着,驼五爷的唱声响起来:

鸡冠花老令公李陵碑碰死

芍药花李娘娘新生八子

黄菊花杨大郎宋王的一子

韭菜花杨二郎刀尖割死

萝卜花杨三郎马踏如泥

大豆花杨四郎身穿白衣

一心心五台山当和尚去

……

这个驼老五,脑子里尽是些古书。罗正雄熟悉这支西北调——《杨家父子花》,老家一带也常有人唱,大约是带队出征,心里鼓荡着一股子浩气,忍不住就跟驼五爷唱起来:

郝花子杨六郎把定三关

一心心想保宋王的江山

刺梅花杨七郎万箭穿心

干枝梅杨八郎北国招亲

刚吼了两句,前面队列中突然有女兵接过了声:

松柏花佘太君冬夏常青

洋绣球穆桂英大破天门

罗正雄以为是万月,仔细一听,不是。想想也是,万月怎么会当着这么多人唱歌呢?她太深沉了,总是给人心事凝重的感觉。不行,得让她轻松起来,不能老这么压抑。于是,罗正雄冲前面喊了几声:"大家都唱,跟着驼五爷,把这支小调唱完!"队伍中大多是西北人,仅甘肃老乡就不下十个,一听团长下了令,会唱的不会唱的,全都跟着喊起来,一时寂静的草原热闹起来:

麦子花王颜林梁国招亲

糜子花包文拯陈州放粮

蜡梅花唐三藏西天取经

桃子花孙悟空大闹天宫

西瓜花八戒高老庄招亲
菜子花沙悟净斜挎袈裟
龙柏花杨宗保宁折不弯
青稞花杨天官辞职交印
雏菊花五千岁大坐龙墩
在朝中黎民安风调雨顺
冬青花薛仁贵征西征东
父子们都是保国的将军

## 29

山势越来越险，山路越来越崎岖，每走一步，都要付出很大的努力。这是三天后的上午，罗正雄他们沿着几乎看不出的山道继续往前行。这次跟上次测红海子完全不同，上次目标是明确的，部队一到那儿，就可以拉开架势来测。这次不，这次他们必须得把科古琴山先看个明白，要在千回万转的山峰间选择一条能开通出道路的线来，然后再定测量方案。尽管手中有一张国民政府留下的山形山貌图，但跟实地看到的景儿比起来，那图就不是张图，就跟小学生绘的画差不多。罗正雄后悔没多找几个向导，出发前师部曾征求他的意见，他颇为自信地说，龙多了不治水，要想征服科古琴，还得靠我们自己。现在看来，这话说得就有些早，驼五爷在沙漠中是千里眼顺风耳，没啥难住他的，一进山就变成了聋子瞎子，唯一比罗正雄他们强的，就是不怕走山路，再陡峭的悬崖，他也敢爬，再密的灌木林，他也敢把步子闯进去。但对整体工作，他的作用是很有限的，幸亏有万月，她几乎是凭着几年前的记忆，把罗正雄们一步步地带进山里。

这是一个云锁雾裹的早晨，他们从一个低矮的垭口出发，沿着伊宁人的毛驴踩出的一条小道，在浓云密雾中缓缓前行。这条小道还是费了很大劲才找到的，万月说伊宁人过去靠卖煤谋生活，清末年间，伊宁出了不少煤客子，大着胆儿走进科古琴，干起了挖煤的行当。他们的家人还有亲朋,便赶着毛驴将这黑金子驮出去,卖到四面八方。久而久之,山里便有了毛驴踩出的小道。当年她跟北京的专家,也是跟着向导,踩着毛驴的蹄印,踏遍此山的。"最了解科古琴山的,还是煤客子,顺着毛驴留下的踪迹,准能找出一条道来。"万月说。

浓雾锁着的山景是极写意的,西风吹送着雾霭,经松树头低矮的垭口,瀑布般倾泻入赛湖。远看似千万匹白马跃海,汹涌澎湃,气势雄伟;近观团团然若絮,蓬蓬然似海,急剧涌动,波澜壮阔,瞬息万变。视线深处的科古琴密林,也被雾瀑团团围裹,恍若仙境。置身山林中,每颗心都潮起潮伏,豪情激荡,如果真能在如此奇山峻岭中开辟出几条大道,那该是多么壮观的事。罗正雄一边走,一边忍不住就遐想。见他分神,万月再次提醒道:"雾中走路,一定要留神儿,你要是再摔下去,可没人救你。"

万月说的是一天前发生的一件趣事儿,他们到达松树头垭口时,天还没黑,因为拉起了雾,万月建议立刻扎营。一进了山,万月的话就成了命令,罗正雄当即命令三组停止前进,就地扎营。其实扎营就是找块相对安全和宽敞的地儿把身上的东西卸下来,然后支锅,拾柴点火。春季宿营是不带帐篷的,男女兵分别找个能藏身的地儿,堆几堆柴火,一觉就能睡天亮。吃过简单的晚餐,罗正雄没像前几夜那样坐在火堆旁给大伙讲故事,一个人摸到离扎营地不远处的小溪边,坐听溪流声。其实溪流声是钻不进他耳朵的,耳朵里反复响着一个声音,驼五爷的声音。白日里,驼五爷突然神神秘秘说:"团长,你说这万月,会不会真是国民党?"

"瞎说!"罗正雄当下便黑了脸,怒斥了驼五爷一声。过了不久,驼五爷又自言自语道:"其实我也纳闷哩,要说是,我看不像。要说不是,那她咋……"

"不许你瞎琢磨,牵好你的马,当好你的向导!"罗正雄怕驼五爷真给说出什么,厉声止住了他。但不让驼五爷说不等于自己就没疑惑,其实他的疑惑一点不比驼五爷少,驼五爷要说的那些儿事,件件都在他心里,甚至他心里还藏着别人不知道的很多事儿。

是还是不是?坐在青石上,罗正雄再次陷入困顿。凭直觉,他断定万月不是。当兵多少年,这点判断力他还是有,要不然他罗正雄走不到今天,甚至活不到今天。当年在旺水,在怪老头江默涵家,他遇到的情况比现在复杂,处境也远比现在艰难,随时随地都有落入虎口的危险,不也挺了过来!

如果不是,那个沙漠中几次出现的神秘的黑影怎么解释?一组那个破了的水囊怎么解释?还有歼灭黑衣人的那些个日子,她为啥表现得那么异常?如果不是,师部为啥会将她秘密控制起来?肺炎?笑话,哄别人行,哄他罗正雄还嫌嫩了点。他所以不点破,是不想让师长刘振海太过难堪。他敢断定,师部一定是先他掌握到了什么,或者刘振海跟他玩捉迷藏,想探探他的底子。用得着么?罗正雄冷冷一笑,他对师部冬天里的做法很有意见,几次会上,都想冲谁发泄些什么。无奈于海一直拦着他,不让他把憋在肚里的话讲出来。但他不明白,师部为啥要把她二次送来,还再三强调一定要照顾好她的安全。这话什么意思?难道她身后,还潜伏着什么危险?师部一定在她身上下了什么注,或者她现在是个诱饵,对,诱饵。

蓦地,罗正雄像是茅塞顿开,盘伏在心中的疑云像是瞬间抖开了去,他怎么就忘了这一点?这是师长刘振海一贯爱用的计谋,他想把别人都装在套子里,这样才能帮他把戏演真。

是得演真啊!罗正雄深深叹了口气,接着他笑了,他终于想到了诱饵这个词,只有这个词才能合理解释一切,也才能把万月留给他的诸多疑虑一一化开。哦,万月——罗正雄不由得在心底发出一声唤,这声唤,有太多的内容在里面。

一个复杂的女人,也是一个痛苦的女人。

是的,痛苦。

想到这儿,他猛地起身,感觉被一种东西鼓舞着激荡着,恨不能立刻见到万月。他对她的关心真是太少了,理解就更是不够,亏他还喜欢她!就在他转身的空,一个黑影忽地闪出来,就在他面前相距不到五步。"谁?!"罗正雄惊叫一声,手已摸到了枪。黑影刚要动,罗正雄已抢先出手了。谁也没想到,黑夜里发生了滑稽的一幕,因为太过紧张,罗正雄一脚踩在滑溜溜的贼石上,还没作挣扎,一个仰脖子便倒了过去。就听得黑夜里"扑通"一声响,团长罗正雄掉入了湍急的溪流中。科古琴山里有不少这样的溪流,看似平缓,实则流速极快,而且脚底滑得根本站不起来。等万月扑过来,捞起他时,他已被溪流冲了五米多,浑身成了落汤鸡。万月忍不住要笑,罗正雄恼羞成怒:"你是贼啊,来也不咳嗽一声。"

"你那么专注,谁敢打扰你。"万月一边解释,一边手忙脚乱,急着给他拧身上的水。她今天真是有点恶作剧,想成心吓吓他,谁知……望着浑身湿透的罗正雄,她的心真是不安。虽是初春,科古琴的气温却仍然很低,转眼罗正雄就冻得打起了哆嗦。万月连忙将他扶回营地,这个夜晚,两个人围着柴火,一直坐到天亮。衣服是烤干了,两个人的心,却没能因这场小小意外而走得更近。

是什么阻挡着他们呢?

五天后,他们在一座叫处女峰的山岭下扎下营。连日的奔波总算有了结果,测量路线基本确定下来,这路线比最初预计的要理想,避过了两处滑坡频发地段,绕过了一处危崖,不过困难也有,主要是要越过两条河流,穿过一片茂密的灌木林。但是不管咋样,那张草图上总算清晰地绘出了一条通往煤田的路。

也就在这天,侦察员小林送来消息,一组的线路也基本确定,眼下正在安排下一步工作。二组遇到了麻烦,刘威的脚脖子崴了,不能走路,还躺在担架上。

"怎么崴的?"罗正雄眉头一皱,紧着问。

"是杜丽丽,她跟张营长吵架,赌气离开了营地,副团长去追她,不小心一脚踩空,坠入崖下。"

"扯淡!"罗正雄恨了一声,这个杜丽丽啥时能让人安心。

小林接着汇报,科古琴山四围的侦察哨已全部布好,赛里木湖周遭也做了布置,孙连长让他转告罗正雄,万事俱备就等敌人冒出来。

罗正雄心头一阵鼓舞,这仍然是秘密,除了他跟刘威、于海三个,别人都不知还有这事儿。"祁顺呢,他什么时候能到?"罗正雄接着问。

"快了,师部的联络员说,他的伤已痊愈,正在做战前训练。"

"老战士了,还训练个啥,直接来不就得了?"

"这是侦察连的规定,每次执行任务,都必须接受一周的强化训练。"

夜,漆黑一片。乌云吞没了一切,也让处女峰变得更加神秘。远处,赛里木湖发出点点亮光,那一闪一闪的波光,仿佛在预示着什么,令处女峰下的罗正雄心情久久不能平静。

这一次征战科古琴,同样是一石二鸟。东突分子的嚣张气焰暂时是打下去了,但潜伏在疆域内的国民党残余势力依然猖獗,亡我之心不死。据邓家朴交代,疆域内有一支代号"316"的国民党精锐部队,分散隐蔽在准噶尔盆地和赛里木湖一带,他们的头子就是血鹰。这支力量到底有多少人,邓家朴不得而知,但至少不会少于三百。因为邓家朴听铁猫说过,他们的目标是发展一支千人武装。"我要用这一千人,跟共产党的十万大军较量,看看谁才是真正的英雄!"邓家朴听完铁猫的话,心虚地问:"一千人对付十万大军,这不是鸡蛋碰石头么?"铁猫发出一阵阴笑:"我这一千人,可不是平庸之辈,以一当十,以一顶百,走着瞧吧,草原是我们的,天山是我们的,辽阔疆域将是我们的。等反攻那一天,你就会明白,你选择的才是光明之路。"

铁猫是血鹰的副官,跟血鹰一样顽固且有着勃勃野心,这个国民党高级特务武艺高强,身手敏捷,而且心狠手辣,真可谓杀人不眨眼。一提他的狠辣,邓家朴便不寒而栗,最初跟铁猫接触时,就因了错说一句话,差点让铁猫拧断脖子。

邓家朴还交代,除了"316"外,疆域内尚有不少国民党顽匪,他们有的跟血鹰有联络,有的没,自立山头,独立为王,目标却都对着解放军。

"形势仍然很严峻,我们要作好打硬仗的准备,一定要将国民党残渣余孽消灭干净!"这是师长刘振海部署这次任务时说的话。按师部的部署,特二团这次出征科古琴,战略战术跟出征红海子一样,一方面要把科古琴这座神秘之巅当做顽固的敌人,不惜一切代价拿下。另一方面要以此为诱饵,诱使敌人出洞,暴露在我人民解放军的枪口之下。这是一步险棋,科古琴毕竟不是红海子,征服难度和潜藏的危险远远大于红海子,顽敌"316"及其隐藏在暗中的血鹰和铁猫,也远比东突分子狡猾,而且他们有丰富的作战经验。为确保此次战役的胜利,师部在征得兵团司令部的同意下,秘密派出三支力量周旋在特二团附近,特别是神秘的赛里木湖,如今已布下神兵,就等暗中的敌人冒出来。

一定要慎而又慎啊,一想即将打响的科古琴之战,罗正雄便再三提醒自己,这仗不仅要打得漂亮,而且要干净利落,决不能给敌人任何喘息的机会!

离处女峰一百公里外的科古琴东脉,政委于海的心情却是另一番样子。连日来,政委于海都处在高度兴奋中,这兴奋,一半是由美丽的科古琴山带来的,一半来自于可爱的司徒碧兰。

于海没想到他跟司徒碧兰的关系,会因着草原瓦蓝的天空还有圣洁的白云一天天近起来,这近带着太浓的蜜意,带着阳光般的灿烂和春意般的盎然,蜜意一旦流入心中,便比科古琴的清泉还要醉人。

真美啊。躺在繁星点点的草原上,于海的心里荡满了春风。他们所处的位置是科古琴东脉一块腹地,叫扎尔默朵的一片草原。据向导哈喜达说,这儿曾是蒙古族贝萨部落的牧场,国民党时期,贝萨一家的财产,还有他家的牛羊被军阀霸占了,年老的贝萨郁闷而死,在一个冬天的寒夜闭上了不甘的眼睛。他的女儿,美丽的斯琴格尔带着部落里不屈的人,在父亲死后的第三个夜晚,杀向国民党第十六骑兵团的营地,一片乱枪声中,斯琴格尔的血染红了草原。哈喜达的父亲曾是贝萨家勤劳的牧羊人,很小的时候他便跟着父亲来到扎尔默朵草原,这里草肥水美,是牛羊的乐园。可惜父亲在那次血仇中也被罪恶的子弹射死,这片美丽的草原自此便陷入寂寞,再也没有牛羊如云一般飘荡在上面。哈喜达是一位精干的小伙子,摔跤和射箭更是了得。一有闲司徒碧兰就冲他喊:"哈喜达,美丽的草原等着我们呢。"哈喜达也不示弱,往往是鞋子一摔,赤脚在草原上跳一阵摔跤舞,然后两个人便像斗士一样牵在一起。比武的结果三胜二负,哈喜达暂时处在下风,不过输的那场比赛于海看了,是司徒碧兰耍了点小计谋,仗着哈喜达不敢碰她的胸,故意用胸部做武器,趁哈喜达犹豫的空,她来了个钻裆绝招,猛一用劲将哈喜达打裆里举了起来,然后将他抛向看热闹的女兵。女兵们在哄笑中接住了哈喜达,哈喜达羞得面红耳赤,说再也不跟她比武了。

"不比由得了你!"获胜后的司徒碧兰窃笑着,拿霸道的口气说。

这小丫头是有点霸道。躺在星空下的于海这么想。心里却为她的霸道找了若干条理由。真是奇怪,无论司徒碧兰做什么,于海都能原谅,不只是原谅,更多时候还带着欣赏的目光。

我是喜欢上这匹小野马了,于海带点陶醉地自叹道。她以脱缰的方式闯进来,就再也不肯溜走。不溜走好,不溜走好啊——于海幸福地发出一串笑,柔美的夜色下,他的笑染着山花的烂漫。

春日的山野虽然料峭,山花却已竞相开放,这是科古琴的一大特点,山花开得比别处都早,而且一旦盛开,便是漫山遍野,令人目不暇接。躺在草地上,你的鼻子里全是山花的味儿,神秘的夜色令这种味儿具有别样的诱惑力,它让草原上到处盛开司徒碧兰花一般的灿烂笑容。

"好啊,到处找你,你却躺在这儿。"突然,身后传来他焦灼渴望着的声音,于海以为是幻觉,等坐起身,司徒碧兰顾长的身影就跃入眼中。

他有略略的惊慌,更有种不期然的惊喜。"你……"他再一次在她面前结舌,望着她比星光更撩人的眼睛,却不知说啥。

"老瞅我干吗,这么美的夜色,你还看不够啊。"司徒碧兰照样表现得大方而随意,这女子到谁跟前都没有拘谨,天生就是一副天不怕地不怕的样子。

"夜色再美,一个人赏起来就是没啥意思。"于海终于说出一句想说的话。

"那好,我陪你赏。"司徒碧兰说着话,一屁股在他身边坐下了。于海刚一欣喜,司徒碧兰又接着说:"不过陪你赏月可是有条件的,说,答应不?"

"答应,答应。"

"这么快就答应啊,如果我提的条件很难答应呢?"她的眼睛调皮地眨着,这鬼丫头不知又在打什么坏主意。

"我们组最优秀的战士,不会拿什么怪事儿难为我这个组长吧。"

"少夸我,我说的是真的。如果你不答应,我就回营地去。"

"别走!"于海真害怕她一抬屁股走了,忐忑不安道,"说吧,啥条件?"

"你把江涛派到别的组,这人我不喜欢。"

于海一怔,没想到司徒碧兰会跟他说这事。江涛跟司徒碧兰吵过几次嘴,但都是些小事儿,于海还婉转地批评过她,让她注意团结,特别对团里的老同志。没想……

"不行,这不可能。"于海很坚定地说。同时心里涌上一层不满,这丫头也太骄傲了,总是不把别人放眼里。

"那好,我走。"司徒碧兰真就起身,朝临时宿营地走去。望着她的背影,于海有片刻的怔然,不知道该怎么跟她解释,或者这事就压根不需要解释。

"我知道你留着他的目的,但是我告诉你,他是个狡猾的狐狸。"走了没几步的司徒碧兰突然转身,声音很高地说。

于海吃了一惊。司徒碧兰怎么会说这话,难道?

"你等等。"

"我不想多说什么,留着他,你会后悔的。"说完,司徒碧兰消失到黑夜里去了,于海生怕惊动别人,没敢追。但司徒碧兰的话给了他重重一击,莫非?

## 30

三组的测量工作全面拉开,按万月的建议,罗正雄将组员分成五个班,每班十公里,限期测完。

这天清早,罗正雄正要跟万月一同上山,侦察员小林突然赶来,气喘吁吁地说:"团长,师部有急令,要你火速赶回师部。"

"什么事?"

"我也不知道,是联络员送来的信,要你立刻动身。"

罗正雄没敢耽搁,跃上马朝山下奔去。路上他又问了几次小林,到底什么事?小林摇头,说联络员把信送到就走了,多的话没讲。罗正雄心里嘀咕,这个时候师部召他回去,不会是情况有变吧?五天后的早晨,他跟小林站在了师部大院里。师政委童铁山看见他们,笑着走过来说:"这么快就赶来,不会是想人家想疯了吧?"

罗正雄一头雾水,不明白童铁山话里的意思,童铁山却蛮有意味地笑了笑,丢下他们自个忙去了。等到了师长刘振海那,罗正雄就傻了眼。

"跑得倒是快,路上没休息吧?"刘振海笑着打招呼。

"报告师长,我们星夜兼程赶来的。"

"星夜兼程,八天的路,你用了五天,好,说明你的战斗力还很旺盛。"

罗正雄急着想知道,师部召他来到底有啥急事,刘振海却东说说西聊聊,故意不往正题上说,急得罗正雄心里直打鼓。谈了半小时,刘振海忽然说:"一路辛苦了,你先休息休息,上午我有会,等下午我们再谈。"

"这……"罗正雄极不情愿,搞不清刘振海口袋里到底卖啥毛,但又不好强迫他说出来,只好沮丧地嗯了声,回了接待处。这个上午,罗正雄过得极不舒服,脑子里乱七八糟,不知想了些啥。下午,勤务兵过来叫他,说师长有请。再次坐在刘振海面前时,罗正雄就感觉到紧张,因为刘振海的脸色跟上午大不一样。

"这次叫你来,也没啥大事,师部分了个新兵,嚷着要进特二团,我们犹豫再三,还是决定让她去。"

"这是好事啊,证明我特二团有魅力。"罗正雄一阵窃喜,看来特二团还真成了香饽饽。

"你能这么想,我们很高兴,不过这位新同志可不是一般人,就怕你见了,又要反悔。"刘振海绕着圈子,好像在跟罗正雄玩捉迷藏。罗正雄一想不对呀,分个新兵,不至于让他亲自来接吧?

"师长,到底发生了啥事,你就直说吧,不要再折腾我了。"

"能有啥事,你可别往坏处想,这么着吧,你们先见个面。"说着,冲勤务兵招了下手,勤务兵一脸诡谲地走了。不多时门外响起清脆的报告声,这声音似曾熟悉,只是一时记不起来,正在疑惑着,喊报告的人已走进来。罗正雄望了一眼,差点没把自己惊死!

一身戎装微笑着给他敬礼的,竟是江宛音!

"你……?!"罗正雄惊得打椅子上站起,真是没想到,江宛音居然参了军,而且……

"没想到吧?"刘振海脸上这才露出笑,这次专门召罗正雄来,就是为这事。

"你……要去特二团?"罗正雄结巴着问。

"是!"江宛音很标准地敬了一个礼,目光在罗正雄身上跳动着,脸上渗开掩不住的喜悦。刘振海见状,悄然走了出去,门刚一合上,江宛音便忍不住道:"正雄哥,我想你。"

罗正雄愕了一下,极力掩饰道:"这儿是师部,不许乱说。"

"我不管,人家就是想你嘛。"说着就要扑过来,罗正雄吓坏了,一年不见,这丫头怎么变得如此胆大?

"正雄哥……"江宛音真的就扑过来,一抱子抱住了他。

罗正雄像是被火烫着一样,颤抖着想要抽出身子,江宛音却牢牢地箍住他,将脸贴他胸上,一股难以名说的细浪升腾起来,罗正雄仿佛被拉入了梦境。

好久,江宛音才松开他:"正雄哥,你瘦了。"

这声音,哗地让罗正雄回到了从前,回到了旺水那个留下太多记忆的深宅大院里。他有片刻的恍惚,内心里甚至泛上一层热乎乎的浪,不自禁地就想伸出手,将娇小可人的江宛音揽入怀中。关键时刻,另一个影子哗地跳出来,很真实地横在眼前,他一把推开江宛音:"不行,你不能去特二团!"

"为啥不能,我做梦都想着跟你在一起。"江宛音并没觉察到罗正雄的变化,她的脸上溢满了见到罗正雄后的幸福。

"不为啥,反正你不能去。"罗正雄垂下目光,有点不敢正视江宛音。这时候他才明白,师长刘振海为啥把他特意叫来,这事儿果真棘手啊。

"我不管,我就要去!"江宛音突然抬高了声音,脸上的桃红瞬间褪去,看来那些传言没错,罗正雄并不想见到她。

"我不同意!"罗正雄慌了,情绪败坏地坐回到椅子上。

江宛音抑制住内心的不快,问:"是不是那个万月,听说你有人了?"

"……"

一向行事果决说话从不拖泥带水的罗正雄在这个下午遇到了挑战,面对一脸纯情和无辜的江宛音,突然不知该作何解释。事后他才知道,关于他跟万月的传闻,年小的江宛音早就听到,正是冲这点,她才在父亲的支持下从旺水跑到了部队。令罗正雄惊讶的是,早在去年冬天,江宛音就已穿上军装,为了不让他分心,先在军区后勤部过渡了一阵,为进特二团才调到二师,在二师最为严格的特种兵培训营接受了三个月的魔鬼训练,日前各项考核都已过关。

"她这么做,都是为了你啊。"师长刘振海沉沉地说。

罗正雄真正无言了。

不管罗正雄有多少个不愿意,最后还是乖乖地领着江宛音上路了。骑在马上,罗正雄心事重重,好像小媳妇儿受了委屈,有说不出的苦楚。江宛音却一点不在乎,她就一个目的,到正雄哥身边,看看他的特二团到底啥样子。至于那个万月,她才懒得烦心,她江宛音才是罗正雄未过门的媳妇儿,走到哪她都敢承认,而且别人也必须得这么承认,按爹的话说,父母之命,媒妁之言,谁也不能抵赖,而且也抵赖不掉!

嘻嘻,看着罗正雄生闷气的样子,江宛音偷着笑了,这下好了,只要到了特二团,就由不得你了,看你还敢跟那个万月眉来眼去!况且我还有爹和刘师长撑腰哩!

看见江宛音,万月目光很复杂地动了一下。那天罗正雄突然去师部,她便猜想江宛音可能要来。在医院被隔离起来的那些日子,万月无意中从值勤兵口里听到江宛音参军的事,说不清为什么,当下她便想,她是为罗正雄到部队来的。这事一直搁心里跟谁也没说,没法说。夜深人静睡不着觉时,她便拿这事儿折磨自己,那种折磨,真是疼人啊……

罗正雄是江宛音的,谁也抢不走,这一点万月深信不疑。这种深信几乎没有理由,而且也不需要理由,就跟自己不属于任何人一样,同样没有理由。但她的心,还是为这事难受,有时难受得要死。不能否认她喜欢他,罗正雄给她的那些眼神,她都能读懂,不但懂还能做出回应。不过不是当面,而是在夜深人静、独自待在月下的时候。有什么比一个男人闯进心扉更令女人心情难静的呢,又有什么比爱情的降临更令人心血沸腾?没有,想遍这世上所有事,独独只有爱情,爱情真是美啊。万月不认为自己只是喜欢罗正雄,她认定是爱情,爱情早在红海子时就降临了,那是一个黄昏,或者是在一次蒙蒙的月光下,反正很美,很有感觉。只是她不敢接受,不敢承认,真的不敢。爱情对她来说,是一件奢侈品。

现在,万月就越发不敢了。

难道仅仅是因为江宛音?不!万月眼里,这个长得跟她有点相似,略略矮她一点瘦她一点也比她清纯一点的小城女孩并不构成障碍,如果自己执意要越过,江宛音是阻拦不住的,罗正雄也阻拦不了,包括那个固执而又老谋深算的学究老头江默涵,还有师长刘振雄,都不是力量。但她就是不能越过,而且必须要拉开距离。不为别的,就为她自己。

万月现在不得不承认,是她的身世害了她。

她的确是国民党特务!

万月的心蓦地疼起来!一想到这点,她的心就痛得要烂,要出血,而且出了不止一次,每次都是鲜血泪泪,要把她彻底淹没。好在一切即将过去,新的生活也将开始,她总算能偶尔地露一下笑容了。

万月的记忆里,那段不幸从十一岁时开始。

那是一个寒冷的冬天,那一年重庆的天把从未有过的冷寒泼下来,大地冻得发颤。万月跟母亲谢雨亭缩在山城一幢不太温暖的旧居里,这是母亲谢雨亭的房子,跟父亲万海波没有关系。母亲跟父亲吵架了,吵得很凶,是为了一个叫紫娟的女人。身为四姨太的母亲自嫁入万家,便不容许父亲再在外面碰别的女人,跟其他几房太太表现得亲热点也不行。可这无异于痴人说梦,她哪里管得住花心惯了的父亲!父亲像个情种,走到哪儿都能把爱情的火苗点燃,那些如蜂蝶般在交际场上狂飞乱舞的妖冶的女人们更是能投父亲所好,在极短的时间内就能跟貌似正统的父亲火热得如胶似漆,比新婚燕尔的夫妇还要缠绵。母亲谢雨亭当然不能忍受,尤其这一次父亲喜欢上的是重庆社交界臭名昭著的交际花紫娟。这个二十来岁的女人刚刚被一个叫本田什么郎的小日本给轰出来,听说是在小日本的房间里跟翻译官也就是被重庆人骂做汉奸的一个白脸男人偷情,让小日本给撞上了,差点惹出杀身之祸。为了保住社交界的地位,也为了给自己受挫后的心灵找点抚慰,她将秋波抛给了不闻世事的万海波。父亲万海波也许是让母亲谢雨亭约束急了,一逃出来便有点饥不择食。当然这都是母亲谢雨亭的说法,一面之词也说不定,年幼的万月并不懂大人们之间这些乱七八糟的事,她只是觉得从父亲宽敞漂亮的小洋楼里逃出来是这个冬天最大的损失。为此她尝试着劝说母亲,想搬回父亲身边去。

"不去,让他跟那个小妖精鬼混去!"谢雨亭恨恨道。

"那小万月岂不是没有爸爸了?"万月尽量装出一副乖女儿的样子,小嘴巴灵巧地说。

"你本来就没有爸爸!"谢雨亭大概是被丈夫的混蛋行为气疯了,想也没想便道出这么一句。

小万月一怔,很快她的脸绿了,又变黄,变黑,最后看不出是什么颜色了。谢雨亭顿觉失言,但再想挽回就很难了。

因为在不少场合,十一岁的万月已听到风言风语,大家先是围绕着她的脸盘说事,后来又说到她的身材。十一岁的万月已显出跟同龄女孩迥然不同的身材,尤其一对胸,小小年纪已很有些咄咄逼人,如果不是每次出门前谢雨亭都要特意拿一块布带帮她束起来,怕是身材不凡的谢雨亭,都要让她给比下去。尽管如此,那些眼尖的女人们还是一眼就能从她身上看出跟万家人的不同。关于她是谢雨亭的私生女这一说法便在某个圈子里以女人间的私房话这一传统而有效的方式迅速传播开来。这个寒冷的空气里带点凄凉味儿的冬日的夜晚,谢雨亭无意间脱口而出的这句话,一下让万月激动,传言没错,不是那些烂女人在嚼舌头,怕是事实原本如此。

"我到底是谁?!"十一岁的万月竟学大人的样子吼了一声。

谢雨亭劝了老半天不见奏效,双手一摊道:"好了,算我白废话,反正你也长大了,也该让你知道。事实呢,就是我说的那样,你不是万家的孩子。月儿,现在你该明白,妈带你搬出来,也是让他姓万的看看,我们娘俩不是好欺负的。"

"我要回去!"还没等谢雨亭把话说完,万月已是泪水滚滚声嘶力竭了。

这是谢雨亭听到的女儿最为坚决的一句话,谢雨亭惊了,呆了,尔后突然放声朗笑:"还是你有种啊,比我强,好,有这句话,以后妈就放心了。"就在小万月惊讶于母亲神态的变化时,谢雨亭忽然说:"不过现在不行,现在你打扮一下,跟我去见一个人。"

那个寒冷的冬夜,外面飘着雪花,重庆的雪花并不好看,落到半空中就有一半先化掉了,掉下来的更像天女们的泪。万月缩着脖子,忍着胸被禁锢起来的痛,坐在黄包车上,在惨淡的街景中朝一扇幽深的门走去。后来她才知道,那是一扇改变了许多人命运的门,人们只知道那扇门的神秘,却不知道那扇门的恐怖。那扇门并不是谁想进就能进去的,进去了,你的人生就会成另一番样子。

接待她们母女的,先是一位老得有点变形的黄脸女人,也是后来万月才知道,那女人并不老,才四十来岁,不过脸黄倒是事实,容不得狡辩。黄脸老女人并没像万月期待的那样对她们露出笑脸,她龇开一嘴黄牙,用拒人于千里之外的目光扫了万月母女一眼,然后拿地道的重庆话说:"我家先生不在,要么坐下等,要么改天再来。"

谢雨亭微微一笑,露出两个甜甜的酒窝,道:"不要紧的,我们等一会儿。"

就这么着,万月紧挨着母亲,战战兢兢跨在椅子沿上。黄脸女人对她们的作为很是不满,鼻子里重重哼出一声,扭着瘦小干瘪的屁股上楼去了。

接下来的时辰十分难熬,万月至今还对那一天的情景记忆犹新。

空荡荡的一楼只有她们母女,这家人一个也不露面,万月的眼神里开始露出一种叫做恐惧的东西,来时的气愤还有趾高气扬一点都不见了。她抬起目光,开始在屋子里四处乱碰。这真是一座豪华至极的屋子,万月虽是跟着万海波见过不少世面,但对这样奢靡和具有尊严的地方还是头一次领教。她看到了硕大的花瓶,精致而又具有某种气势。看到了形色各异的鹰,有的腾空展翅,有的跃跃欲试。还看到了一头凶猛的虎,她的身子哆嗦了几下,是被那虎的气势吓出的。后来她把目光从盲目中收回,努力镇静了下,顺着那块暗红色毯子朝楼上望去。

这么豪华的屋子,到底是谁的地儿啊。

母亲谢雨亭倒是泰然自若,良好的素养还有丰富的阅历让她在这座令人发抖的屋子里保持着超乎寻常的镇定,她似乎一直在微笑,尽管这时候没一个人能看见那微笑。她的坐姿显得极其优雅,那真是难得的淑女风范啊。万月的记忆里,母亲谢雨亭那天不但镇定而且极为美丽,那一刻她蓦地明白,母亲为什么不容别的女人抛些廉价的媚眼给父亲,那些乌七八糟的女人跟她一比,算什么东西?可恨的万海波,居然如此不知珍惜!

终于楼上有了动静,一阵脚步声后,万月看见,有个年轻漂亮的男子从楼上走下来,以另一种诱人的姿势往她们母女眼里走来。听见脚步响,母亲微微侧过身子,把一张半粉半红的脸呈现给年轻男子,两人目光相碰的一瞬,母亲的眼神动了动,是那种含而不露的动,是那种一动就要倾城的动。细心的万月敏感地捕捉了这个眼神,她在心里讶了一声,她真是太佩服母亲了,不同男人面前,她总是能流露出不同的眼神。年轻男子很快被那眼神鼓舞,说诱惑也可以,因为没有哪个男人会对母亲的眼神无动于衷。

"伯母好。"他的声音从楼梯上发出来,如同山间的鸟叫一样钻入万月耳朵,不知什么原因,这声音一下让万月放松,紧绷着的身子一下松懈下来,僵硬的两个肩头蓦地具有了活力,脸色也跟着缓和,甚至能泛出淡淡的红了。

"这位是……?"年轻男人将目光对住她,温和的目光,欣赏的目光,万月感到浑身沐浴了一层晨光。

母亲这才款款起身,侧着身子矜笑道:"我家小女,万月。"

这时年轻男人已站她面前,万月闻见一股新鲜气味,比山野里的味儿还要清新,还要宜人。她忍不住就吸了一口,一股清泉滑过心田,身上的恐惧感一扫而尽。

"早就闻伯母家有位天仙妹妹,今日见了,果然名不虚传。只可惜我就要走了,不能多陪妹妹玩。"

万月的脸红了一下,又红了下,因为搁她脸上的目光火辣辣的,她第一次在男人面前生出羞。

羞其实是一种很美的感觉。可惜那是唯一的一次。

那个寒冷的冬夜,万月不知道那幢屋子里发生了什么,只记得后来母亲要见的人来了,那是一个跟年轻男人完全不同的男人,他却说是年轻男人的父亲。万月诧异地将目光在他们两个身上来回窜了几窜,就听长相带着凶恶的老男人说:"慈航,带妹妹上楼去。"然后她就跟着那个叫慈航的上了楼,边走还边在心里反复念叨着慈航两个字,像是要永远记住似的。

至于到了楼上,怎么单独跟叫慈航的说话,又怎么看他写字,作画等等,她都不记得了,那天的脑子好像被一种叫雾的东西罩着,直到走也没清醒过来。至于楼下母亲跟那个长相凶恶的老男人说了什么,就更是不晓了。直到后来有一天,母亲突然要她管那个老男人叫干爹时,她才明白,那晚母亲带着她去,原是让她认干爹的。

母亲的本意很简单,生怕父亲万海波有了别的女人,她会受虐待,就想借这位干爹的光,让她多一层保护。

谁知……

# 31

江宛音哪个组也不去,执意要跟万月在一起。她的理由堂而皇之,要跟万月姐姐学本事。

"扯淡,纯粹是扯淡。"罗正雄一急,又吼了起来。

"我怎么扯淡了,人家就是想跟万月姐姐在一起嘛。"

"那好,你自个去问,看她要不要你。"

"问就问!"江宛音一鼓嘴,赌气走了。

结果令罗正雄很意外,万月不仅痛快地答应,还亲自领着江宛音来找他:"你就把她交给我吧,我会尽力带好她的。"

"谢谢姐姐。"没等罗正雄开口,江宛音已亲热地亲了万月一口。望着两人亲密的样子,罗正雄怀疑自己的眼睛走了光。怎么可能,怎么可能嘛?"好,她要惹出什么事儿来,你负责!"

就这样江宛音成了三组的测量员,这时节三组的测量工作已很是紧张,江宛音几乎没休息,就背着挎包上路了。

三天后的傍晚,万月带的三组一分组在一座名叫马儿嘴的岭下安下营。一分组的测量速度最快,跑的点也最多,万月打算在马儿嘴休息一天等等其他几个分组。深山中作业,相互之间不能拉得太开,以免遇到紧急情况互相增援不上。扎好营,布置好警戒,万月冲江宛音说:"你跟我来。"

"到哪去?"江宛音真是累了,连续三天,她都是跑点最多的,不跑由不得她,万月测多快,她就得跑多快,稍慢万月的脸就黑了。她不想让万月挑出毛病,当初是讲好了条件的,一旦她不能适应这个分组,就要无条件离开。三天拼下来,她的双腿真是有点支持不住,真想倒草坪上好好睡它一觉。

万月没理她,自顾自往前走了。江宛音愣了有几秒,翻起身追着万月的步子去了。

夜幕很快降临,这是科古琴一天里最神秘最庄严的时刻,暮色如水一般漫过整个山脉时,你能听到松涛一般的轰鸣声,其实科古琴是没有松涛的,除了辽阔的草原,再就是各种杂生植被,那些植被,多得万月叫不上名字,但却能凭借着它们,判断出岩层的走向还有山体滑坡的可能性。这是进入大山必备的本领,要不然你就会被貌似坚固的山体欺骗,一旦发生滑坡或遭遇泥石流,后果将不堪设想。

江宛音追了一阵,撵上万月。"万月姐姐,你要带我去哪?"

万月还是不说话,今天看上去她有心事。两人闷声走了几步,来到一片灌木前。寻眼望去,远处的山岭下,泛出点点亮光,江宛音心想,那一定是美丽的赛里木湖。

"能告诉我,为什么要到特二团来吗?"万月突然问。

江宛音有点紧张,她为什么要问这个?

"不敢回答?"

"敢!"

"那告诉我。"

"可以,不过你得先告诉我,为什么想知道这个?"

万月没想到,江宛音会将她一军,一时有点回答不了。江宛音并没难为她,很是坦诚地说:"我是为正雄哥来的。"

"这我知道。"

"知道你还问?"

"我是想知道,为什么一定要进我这一组?"

江宛音认真想了想,如实道:"听说他喜欢你,所以……"

"喜欢我?"一直冷着脸的万月突然笑出了声,夜幕下她的笑声接近恐怖,江宛音感觉脊背陡地起了层疙瘩。"这个世界上,没有谁会真心喜欢你,只有利用,只有霸占,你还小,不要轻易相信喜欢这个词。"

"你太偏激。"江宛音不愿意听万月说这些。在她眼里,世界是美好的,每一天的阳光都是新鲜的,她被快乐包围着,每时每刻都想放声歌唱。

江宛音的快乐感染了万月,本来万月找江宛音也没啥事,她只是心情不好,想找个人说说话,借机也想探探江宛音的底,看她是不是铁了心要嫁罗正雄。现在她明白了,是她自己太愚蠢,难道还指望江宛音让给她机会?

两个人站在马儿嘴岭上忽然无话。万月心里翻腾着太多的东西,这些东西跟江宛音有关,跟她更有关。但江宛音显然没有听她说下去的耐心。万月有层失望,更有层无奈。每个人的生活是不同的,兴许对她来说意义非常的事,到了别人那儿却不值一提。这么想着,她把倾吐的欲望压下去,又保持了平日那份冷傲。

"回去吧,我冷。"大约过了一个时辰,山上起风了,江宛音穿得单薄,建议说。

两个人收回目光,有点不舍地掉转身子,往宿营地走。走了没几步,江宛音忽地收住步子,警觉地掉转头,冲四下张望。奇怪,刚才她明明看见有个黑影动了动,怎么一转身,没了。她静静地注视着山野,她确信自己没看花眼,确实有个影子在她的视线里动了动,很疾,只那么一闪。然而此时的山野寂静一片,没一丝儿异常。江宛音不动声色地观察了一会儿,紧追几步赶上万月,万月的表情很镇静,那份镇静让江宛音怀疑,自己是不是真看花了眼?她把疑问咽回肚里,啥也没说,跟着万月回到了宿营地。

这一夜,江宛音没睡,万月也没睡。

就在同一个夜晚,科古琴东脉的天岘岭子发生了意外。天黑时分,一营长江涛带队在小溪边扎下营来,草草吃过晚饭,战士们就倒头睡了,连日来高强度的作业已让战士们体能消耗不少,加上这一带山路崎岖,灌木密布,越往前测量难度越大,战士们都想把精力攒下来。独独司徒碧兰不喜欢这种生活,她是个爱热闹的人,工作多紧张多辛苦她不怕,怕的就是宿营后谁也不说话,倒头睡觉。

这两天向导哈喜达不在,跟政委于海去了其他分组,司徒碧兰更显得形单影只,漫长的夜晚真是难以度过。众人都睡了,司徒碧兰仍无一点睡意,几天前父亲捎过话来,问她在特二团过得咋样,她没说好也没说不好。真的,到现在为止,她还对这支队伍没感觉,这感觉指的是内心深处发出的那种强烈愿望,那种要把整个生命跟部队融合在一起的愿望。犹如骑手对于宽阔的草原,雄鹰对于湛蓝的天空。不过她告诉父亲,她还要在特二团待下去,一定要出色完成这次任务。

半夜时分,困意总算袭击了她,司徒碧兰迷糊了过去,睡意蒙蒙中忽听得耳边一阵窸窣声。猛地睁开眼睛,见一黑影蹑手蹑脚离开了营地,朝天岘岭子那边的沟谷走去。

司徒碧兰一激灵,穿好鞋,迅速跟了过去。

黑影越走越快,夜幕下,他的步子跟飞一样,司徒碧兰几次险些被他甩掉。黑影疾走的方向正好是天岘岭子最最神秘的野狼谷。当初围绕着要不要测野狼谷,一组还展开过争论。政委于海坚持要测,一营长江涛却说野狼谷极其危险,而且离选定的线路较远,就算测了也没多大作用。向导哈喜达也坚决不同意,他说:"那是死亡之谷,就连本地的猎手,也不敢把脚步送进去。"

这么深的夜,他独自闯进野狼谷,到底要做什么?司徒碧兰甚是困惑,脚下却不敢怠慢,生怕一不留神被黑影甩了。半个小时后,她跟黑影一前一后进入了野狼谷。从远处看,野狼谷跟其他沟谷没啥两样,哈喜达所说的那份可怕也就感觉不出,一旦进入里面,你才发现,这儿的山草是不一样的,灌木也不一样,就连空气也比别处的吃紧。脚步踩在厚厚的柴草上,发出噼噼的响,司徒碧兰生怕这响惊动了前面的黑影,所以脚下格外留神。还好谷里起风了,风声帮了她的忙,让她的步子能快起来。然而越往里走,她的心就绷得越紧,呼吸也越发急促。

他到底要去哪儿,干什么?会不会真如海怀疑的那样,他就是内奸,是被血鹰和铁猫拉拢过去的人?如果是,今晚他一定是跟铁猫接头。糟了!司徒碧兰后悔没多叫上几个人,自己一个人怎么对付得了他们?又往前跟了一会儿,司徒碧兰的脚步慢下来,透过懵懵的黑夜,野狼谷把它狰狞恐怖的一面露了出来,这是一条外紧内松的沟谷,从进口处看,它不过一条小谷,比司徒碧兰她们测过的其他沟谷都要小,到了里面,它的阔大才显出来,不只阔大,还带着说不出的神秘、压抑。夜幕下层层渗开的是它阶梯式的草场,一片比一片高,一片比一片阔,一片比一片茂密。凭经验,司徒碧兰断定,这草场是从没沾过人烟的,向导哈喜达说得对,没谁轻易敢把脚步送这里。这么想着,她的身上起了一层寒气,跟踪的脚步不由得慢下来。前面的黑影似乎也怕了,步子忽然放慢,后来竟站在那儿不动了。司徒碧兰犹豫着要不要跟过去,当面向他质问。

就在这时候,黑糊糊的山谷里突然发出一声嗥叫,这声响震彻入耳,令人毛骨悚然,还没等司徒碧兰从惊吓中回过神,黑影突然一个闪身,不见了!

奇怪,明明看见他在前面不远处站着,怎么一眨眼,就没了踪影?司徒碧兰紧追几步,赶到刚才黑影站过的地儿,这儿的草丛跟别处一样,没见一点异常,但黑影确实没了。再往四下看,野狼谷似乎比刚才更显恐怖,尤其那一声嗥叫之后,山谷的空气瞬间凝了起来,天地间平添出一股肃杀之气。司徒碧兰又往前走几步,脚下意外地踩着了一团东西,湿湿的,软软的,低头一看,妈呀,狼屎!

狼群就是在那一刻包围住司徒碧兰的,等司徒碧兰明白自己陷入包围圈时,已经迟了,头狼一双蓝眼已恶狠狠地瞪住她。

这是一只公狼,长得十分健美,体格健壮,毛色整齐,一双耳朵冲天竖着,让人很容易想起蓄势待发这个词。如果在别的场合,司徒碧兰一定会发出赞叹,她是个喜欢动物的女子,对狼豹也不例外。记得一次,她跟父亲去疆外的路上,遇见几只追逐山羊的狼,那些狼不仅个头奇大,长相也极为冷酷,荒原上奔跑的动作更是敏捷有力,而且充满智慧。

当下她就在车里惊叫了。父亲听她为狼喝彩,惊愕地掉转头:"你怎么能这样,那是狼啊。"

"我喜欢它。"她想也没想就说。后来父亲专门跟她谈过一次,认为她没有是非观,没有分辨力,美丑不分。她居然毫不在乎地说:"世上哪有绝对的美丑,我喜欢它,是因为它太有个性。在荒原上,没有哪个动物能像狼一样无所畏惧,从容镇定。"她还要赞美下去,父亲猛地黑下脸:"不要说了!"等她意识到父亲是借狼来比喻世界的罪恶时,笑得更猛了。"为什么要把人类的罪恶强加到狼身上,这不公平。狼捕捉猎物,是为了生存,大自然就这么规定的。你们呢,你们总觉得自己崇高,为了小小的利益,不惜大开杀戒。做了坏事良心不安,又要把臭名转嫁到狼上,很可笑。"父亲被她的言辞激怒了,大骂她不学无术,整天拿些歪理狡辩。她呢,也懒得跟父亲理论,骑着马,又到荒原上找寻她的偶像去了。

可此时,司徒碧兰心里完全没了对狼的崇拜,只一眼她便明白,她闯进了死区。脚下的这片荒原,是狼的家园,这野狼谷,更是狼的世界。狼群是不容许别人贸然进犯的。

果然,就在她跟公狼对视的当儿,荒原上已响出另一种声响,那声响尽管轻微,甚至接近隐蔽,可对司徒碧兰来说,它却如同千军万马奔腾而来,不,比千军万马更令她恐怖。因为她清楚地看见,一大群狼正从四面八方向她靠拢,它们循着头狼发出的声息,从隐蔽的各个角落窜出,一步步地朝目标走来。

黑夜里猛就布满了眼睛。

蓝幽幽的狼眼。

那光儿就像萤火虫一般,忽闪忽闪,灭一下,闪两下,然后便直直地冲她而来。野狼谷瞬间罩满阴森森的恐怖。

一股冷气突然袭来,穿心而过,司徒碧兰连打几个寒噤。

再看沟谷,哪还有她跟踪的目标,仿佛那个黑影摇身一变,也成了狼群的一只,正虎视眈眈地要冲她发威。

司徒碧兰屏住气,这个时候她必须清醒,稍有不慎,就会引发一场混战,混战的结果必是她被撕成肉块。不,肉块都剩不下,会被撕成血酱。她尝试着弓下身子,趁头狼还没发出信号的空,悄悄往草丛中隐了隐,然后双目盯住头狼,展开了对峙。

经常只身出没荒原的司徒碧兰懂得,只要她不动,头狼就不敢轻易攻击,头狼不进攻,其他狼也只能静静地等待。是的,等待。狼群等待的,是头狼再一次发出长嗥。事实上前面那声长嗥,就是头狼发出的,它第一个嗅到了司徒碧兰的气味,紧跟着便听到脚步声,昏睡中的头狼猛地睁开眼,确信有人朝这片禁地走来,连忙向同伴发出信号,告诉它们荒原上有了危险。对狼而言,最大的危险便是听到人类的脚步声,过去的岁月里,科古琴的狼群遭到过数次来自人类的毁灭性打击,迫不得已才退守野狼谷,想凭借这儿丛生的野草还有灌木,以及四处密布的洞穴和险要地势跟人类作最后的对抗。特二团的到来,已让狼群预感到灾难即将降临,但它们还是抱着侥幸,心想人类不会给它们一点栖息地也不留。没想……

司徒碧兰等待的,却是奇迹。要么狼群会主动离去,要么就是外围突然有人增援,让狼群转移注意力,她好伺机逃出去。

可能么?

司徒碧兰不敢抱这奢望。

天愈发黑,一团黑云不知啥时滚过来,正好盖在野狼谷上空。空气急速变沉,沉得如同天地间灌了铅。司徒碧兰缩在草丛中,一只手摸向左腿裤脚处,另一只手,慢慢朝怀里摸去……

政委于海是第二天中午赶到野狼谷的,他跟向导哈喜达没在四分组留宿,检查完工作,连夜就赶了回来。到达天岘岭子小溪边时,天已透亮。这个早晨的情景跟往日完全不同,战士们一改往日风急火燎的样子,表情肃穆地站在宿营地。于海刚要问发生了什么事,一营长江涛走过来,声音喑哑地说:"司徒碧兰不见了。"

"不见了?"于海惊愕地瞪住江涛,想听他说第二句。江涛却沉沉地垂下头,不再言声。

"什么时候不见的?"于海接着问。

"具体时间不好说,早起清点人数时,发现少了她,我们找了好几个地方,都不见影子。"

"那还愣着干什么,快去找呀!"于海一下就给急了,心仿佛一下从嗓子眼跳了出来,一看江涛还傻愣在那,莫名地就发起了火。

江涛本来要带战士们去测点,一看政委发了火,没多说什么,带着战士们分头又去找寻。就在他离开宿营地的一刻,于海发现江涛的腿有点不大对劲,走路稍稍有点跛。

于海和向导哈喜达在宿营地四周找了整整一个上午,这个上午他的心情有多急躁,兴许只有天知道,按后来向导哈喜达的说法,这个上午于海是没有思维的,脚步疯狂而又混乱,而且固执得听不进一句劝。他先是认定司徒碧兰遭遇了不测,要么是晚上出去散步迷了路,要么就是失足掉进了枯井。后来找了几个地方,又说司徒碧兰一定是嫌特二团生活枯燥,偷偷溜走了。为此他还骂起了脏话,说漂亮女人没一个能吃苦的,全都是些中看不中用的东西,兵团选这些人,简直就是瞎了眼。骂着骂着,双腿突然一软,倒在草滩上。哈喜达没急着扶他,跟他接触久了,哈喜达也多少掌握了点他的脾气,一直等他在草滩上缓过劲,又能站起来了,哈喜达才说:"猎物乱跑是会钻进套的,羊群乱跑是会遇上狼的,人要是乱跑是会迷路的。"

"想说什么你就直说,少跟我废话!"于海对哈喜达的镇定自若非常不满,他想哈喜达比他更急才对。

年轻的哈喜达笑笑,说:"你先把事情好好想一想,想清楚了我们再找。"

"人都不见了,还想什么,啊,有什么好想的!"

哈喜达仍旧不急不躁,笑看着蓝天说:"我们哈萨克人有句话,只要蓝天在,就有牛羊在。你看,今天的天多蓝,草原有多美。"

于海恼了,他不能不恼,这个时候,哈喜达还有心情欣赏蓝天,赞美草原。他骂了句粗话,扔下哈喜达,一头钻进前面一个山谷,放开嗓子就喊:"司徒碧兰——"

年轻的哈喜达完全是凭山谷里的怪异气味判定出方向的,事后他跟于海说,狼群集体出动时,会发出一种怪味,这味儿你可能闻不出,但一定能感觉出。关键是你要静下心,用心去感觉。"他们为什么找遍了附近其他山谷,却独独不去野狼谷?"后来他又这样问于海,一下就把于海给问明白了。不过当时于海没心情想这些,哈喜达硬拉他进野狼谷时,他还放声大骂:"那地儿她跑去干什么,喂狼啊?!"等看清黑压压的狼群围困住形单影只的司徒碧兰时,他双腿一软,倒地说:"完了,就算救出来,也只能是一件衣服。"

于海完全低估了哈喜达的能耐,包括司徒碧兰,也是头一次看到这奇迹。的确是奇迹,因为在这之前,司徒碧兰从没听说过狼能听懂人的声音,而且会按人的旨意友好行事。尽管她在荒原上野了多年,不乏对付狼群的办法,但比起年轻的哈喜达,她还差得远。

谁能想得到,一场僵持了十余个小时的对决,居然在哈喜达号子一般的鸣叫声中悄然化解。穷凶极恶并且早已不耐烦的头狼,一听到哈喜达怪诞的口哨声,扭过脖子朝新来的两个人看了看,然后伸出长长的舌头,冲双手舞动的哈喜达流了几滴涎水,在哈喜达后退的手势中,无可奈何地掉头而去。随着头狼的转身,狼群齐齐地发出一声低嘶,似乎在向头狼诉说委屈,大半夜加上一个上午的对峙,就这么不了了之,哪个能甘心?可头狼全然不理同伴的埋怨,扔下它们兀自远去。众狼一看这情势,恨恨地剜了哈喜达一眼,流着涎水,一个个远去了。

荒原上紧绷着的空气这才缓和下来。等政委于海扑向呆若木鸡的司徒碧兰时,野狼谷已是一派阳光明媚。

这样的奇迹,说出来有几个人相信?更令人难以相信的是,哈喜达原来就是个狼孩,很小的时候,大约两岁多,他被当猎手的父亲丢在家中,不幸被一只母狼叼走,就在父亲万念俱灰打算以死了结自己时,突然有人告诉他,科古琴山脉深处,一只母狼在四处寻觅食物,喂一个酷似哈喜达的孩子。之后哈喜达在深山里生活了五年,直到母狼死去,他才重新回到父亲怀抱。

## 32

情报很快到了师长刘振海手里。面对特二团出现的新情况,刘振海毅然作出决定:派祁顺进山。

几个小时后,祁顺被秘密拉到师部。

"那边情况怎么样?"刘振海问。

"四周很安静,看不出他们有啥行动。"祁顺道。特二团进入科古琴不久,祁顺便秘密潜入准噶尔盆地暗中监视那一带的敌情,这事没跟任何方面讲,包括侦察员小林也不知内情。按师部的判断,血鹰控制的

"316"很有可能和疆域内其他国民党残孽勾结在一起,伺机向我反扑。为了彻底粉碎敌人的反攻阴谋,师部已在那一带布下精锐力量,一旦发现敌人有所行动,将抢先一步将其歼灭。

"血鹰真能沉得住气啊。"刘振海叹道。

"血鹰可能嗅到了啥气味,前阵子他们还有所行动,最近突然没了声息。"祁顺对这段时间敌人的反常行为深感不安,作为一个老侦察兵,他的神经总是比别人敏感。

刘振海将特二团最近遇到的几桩新鲜事说给了祁顺,祁顺听完,沉思片刻道:"看来敌人是想走捷径。"

"这话怎讲?"刘振海很想听听祁顺的看法。

"敌人很可能是想放弃正面较量,他们会利用科古琴特殊的自然环境不断制造麻烦。一旦特二团身陷困境,将是他们下手的好机会。"

刘振海微微点头。

祁顺的看法跟刘振海的一模一样,这也是刘振海决定派他进山的缘由之一。现有的侦察兵中,刘振海对祁顺格外器重。

两人正说着话,门外响起了报告声,进来的是古丽米热。几个月不见,古丽米热出脱得更为水灵,黑扑扑的眼睛每闪一下,都有水要冒出来。歼灭东突分子的战斗结束后,古丽米热跟祁顺一同进了医院,她的伤势恢复得很快,出院后被派往南疆地区,协助兵团政治部做当地游牧民族的工作。新疆解放后,基层政权建设被提上重要议程,眼下县一级的政权建设已进入正常轨道,乡一级的工作却遇到不少阻力,古丽米热这样的少数民族骨干全被派到一线。她眼下是一个旗的妇女委员,工作相当出色。看见祁顺,古丽米热的脸热了一下,飞出一团暗红。想想她跟祁顺也有好一阵子没见面了,经历了那场生死之战,两个人结下了非常深厚的友谊,彼此已萌生出一层隐隐的爱慕之情,只是碍于别的原因,两人都不敢表示出来。不过,从他们的眼神中,分明能感觉出那股强烈的爱意。

看着这一对男女,师长刘振海发出会心的微笑,不过眼下召他们来,不是让他们暗送秋波的,还有重要的工作交付给他们。

"这次派你们去,就是要想方设法把暗中的敌人引到明处,要密切注意铁猫的行动,掐断他跟血鹰的联络,让他陷入孤立无援中。"说到这儿,刘振海又转向古丽米热,"你的任务,就是保护好万月,根据小林送来的情报,她目前处境危险,血鹰并没放弃她。"

古丽米热心头一震,一听血鹰的名字,她内心深处的仇恨就溢了出来。五年前,正是血鹰带着人闯进她家,将她的哥哥嫂嫂还有可爱的侄儿杀害。此仇此恨,她焉能不报!

当天下午,一辆吉普车便载着祁顺、古丽米热还有另外三个战士,向巍巍的科古琴山脉驶去。别离后的重逢,带给两颗年轻的心一阵接一阵的骚动,似有千言万语,却又无法言说。两个人的目光不时碰撞、交融,而又含羞地分开。

送走祁顺他们,刘振海马上又投入到另一场战役的指挥中。两天前,塔克拉大沙漠传来消息,王涛出现了!这真是振奋人心的消息,这半年为搜捕王涛,刘振海不知动了多少脑子,可王涛像是蒸发了般,一点踪影都觅不到。王涛抓不到,邓家朴的话就不能证实,兵团关于一号地区的所有行动就被迫得停下来。这可是件耽搁不起的事,一号地区的开发关系到新疆发展的全局,它是兵团开发和建设新疆的重中之重,也是未来新疆发展关键所在。关于一号地区的战略开发,是兵团高度机密,只限于少数几个师以上领导知道,包括罗正雄他们虽是知道该地区非常重要,却不知重要性在哪。一号地区就是新疆一号油田所在地,那儿有丰富的石油资源,它将成为新中国第一大油田,其战略位置可想而知。刘振海没告诉罗正雄的还有红海子其实也是一个大油田,鉴于一号地区的绝密资料丢失,兵团作出决定先开发红海子油田,目前,专家和开采人员已进入红海子,用不了多久,红海子将喷出黑糊糊的石油。

想到这儿,刘振海激动了,如果真能在这荒漠戈壁开采出石油,就算苦死累死也值,值啊——


塔克拉大沙漠南缘,一个叫红疙瘩的小村落,"哑巴"王涛独坐在暗夜里,忧伤而又绝望地望住天山方向。他的心底翻腾着比沙尘暴还要强烈的懊悔与恐惧。

他是两个月前摸进该村落的,之前他在塔克拉大沙漠游荡了三个多月,几次险些落入铁猫手里,好在每次都能逢凶化吉,从恶魔手中逃脱。可这样的日子毕竟不是久长之计,有两次,王涛想到了死,他想结束自己荒唐的人生,让罪恶还有恐惧一道离开躯体,让噩梦不再纠缠他。然而刀子搁在血管上的时候,母亲的身影就会跳出来,还有那个叫兰花的女子,也时不时地跳出来,乱一下他的心。四处逃命的王涛被这两个女人纠缠着,总是不得轻松。更不轻松的是下一步咋活?新疆是待不下去了,往外逃又那么难。跑到哪儿都有眼线,都有人追踪他。仿佛这辽阔疆域,到处藏着对方的影子,不是乌依古尔就是铁猫,还有躲在暗处的血鹰,要是落他手里,不被扒掉一层皮,也得断掉几根筋。王涛越想越怕,越想越觉没有活路。如果不是丢不下母亲,怕是他早就走了。

哦,母亲——

落到这一步,怪谁?

王涛简直要恨死自己了。但光有恨是不够的,他必须得想办法活下来,唯有活下来才能见到母亲,才能见到兰花。

这么一想,他的眼睛又湿了。

多少个夜里,王涛的双眼被忏悔的泪水打湿。如果重新给他一次机会,他宁可跟特一团的那些将士一样英勇牺牲,也不会做这种苟且偷生的事。

走投无路之下,王涛摸向这个叫红疙瘩的小村落。那是一个飞沙走石的黄昏,沙尘将暮色下的沙漠染得一塌糊涂,红疙瘩村更是被刮得天翻地覆。天昏昏,地昏昏,置身沙海中,人是想不到活这个字眼的。已经三天没进一滴水的王涛在看见村子的一刻,终于筋疲力尽,倒在一棵干枯的胡杨树下。那一刻他就想,死是他唯一也是最好的结局,他甚至毫无祈求地闭上眼安安心心等死。兴许他真不该命绝,也或许老天总在暗中护着他,总之王涛又一次得救了,而且这次救他的,是一个叫三杏的女人。

那一天的三杏是去沙窝里赶羊。三杏是个苦命的女人,她从宁夏嫁到新疆,丈夫是她娘家远房亲戚,几年前辗转千里去宁夏看她的娘,结果看上了她,就把她娶来了。没想孩子生下的第二年,丈夫在一场械斗中意外丧身,让人活活打死了,丢下他们母子还有一群羊走了。三杏一人带着儿子,还要操心着一大群羊,一把眼泪一声叹,把日子过到了今天。那天的三杏赶着羊回来,半道便遇上了沙尘暴。三杏不怕沙尘暴,比起夜里的寂寞还有日子的苦焦,沙尘暴算是好的。在红疙瘩,你可以啥也没,但绝对不能没了男人。没了男人你不只是寡妇,更是祸水。村落里的男人都可以随意踏你的门,女人们心情不好就可以朝你吐口水,吐了你还不能还口,一还啥话就都出来了。人不怕被口水淹死,却怕被脏话淹死。有些脏话,一句就能让你背过气去。三杏这些年,听到的脏话岂止一句。

好在,她从脏话中活了过来。

三杏在风沙中赶着羊,一边吃力地往回走,一边骂她死去的男人。如果不是男人好事,去参加什么械斗,她就不会成寡妇,这放羊赶羊的事也挨不着她做。可死鬼男人偏偏是个爱凑热闹的人,活着时她的话一句也不听,有事没事就爱往是非窝里钻,结果把命给钻没了。"花头子,找死啊,胡杨林里乱跑啥!"花头子是她家的头羊,也是个爱惹事的主,老是带着羊群乱跑,这几年真是害苦了她。三杏骂完,就去撵花头子,结果一脚就给踩在王涛身上。

那天的王涛是到三杏家后才醒过来的。当时他是昏迷过去了,三杏背他回来,喂了水,又给他掐了人中,他才醒过来。醒过来的王涛差点失声喊出话,后来他一激灵,啊啊了两声,三杏就把他当成了哑巴。

当哑巴最安全。这是王涛逃命中逃出的经验。当哑巴也省掉很多麻烦,对逃命者而言,麻烦是个讨厌的东西,能少最好少点。

王涛就这样做起了哑巴。

红疙瘩村落的人都知道,三杏家来了个哑巴,是她娘家的表兄弟。也有人不信,什么表兄弟啊,怕是哪儿来的野男人。野男人好,野男人比起逃兵来安全。王涛先是在屋里窝了一段日子,偶尔也帮三杏干点家务活,后来三杏让他学着放羊,王涛犹豫再三,还是听了三杏的话,把羊赶出去,赶到没人烟处,然后就呆呆的,羊吃不吃草跟他没关系,羊乱跑不乱跑跟他也没关系,他心里就一件事,会不会有人追到红疙瘩来?

好在,到今儿,也没人追来。王涛侥幸地想,兴许他的生命安全了?

夜晚是最难熬的。白日里好说歹说还有羊,有时憋闷极了,拿鞭子狠抽一顿花头子,也能缓解一下心中的压力。夜晚呢?夜晚你总不能跑进羊圈,再跟花头子过不去。三杏倒是暗示过几次,那眼神王涛能看懂,那是饥渴中的女人,没啥坏意,就是想了男人,当然这想也不只是身体上的想,或许是想让他进屋陪陪,多少坐一会儿也行。可王涛不敢,怕进那个屋,到现在三杏屋是个啥样,他都没弄清。头一晚背回来,三杏把他放在了偏房里,他就一直住偏房,闷极了就到月色下,没有月色就蹲在黑暗里,其实黑暗更好,黑暗遮去他很多心事,也遮去他很多惆怅,他感觉自己更适合待在黑暗里。

今夜就是黑暗,比黑暗更黑。白日里他差点露馅,赶着羊群走在沙窝里,沙窝静静的,一只鸟也没有,这儿的沙窝老这样,顿不顿就把寂静泼过来,泼得你窒息。确信四周无人的时候,他会放开嗓子说上几句,当然是别人听不懂的话。如今他说话,都是些很怪很没头没脑的话,有时连他自己也听不懂。听不懂不要紧,能说出来就好,他怕日子久了,真就说不出话。他记得当时喊了一声三杏,奇怪本是想喊兰花的,喊出来居然是三杏。他呆了,站沙窝里想了好久,怎么能喊三杏哩?他好困惑,解不开自己。后来花头子跑过了沙梁,还要往远里跑,他生气了。花头子一乱跑,整个羊群就要乱跑,他也得乱跑,不然就对不住三杏。他不想对不住三杏,三杏对他好,这世上从来没人对他这么好过,三杏的好胜过母亲,更胜过兰花。他想如果有可能,就给三杏好好放羊,干啥也行,只要三杏不撵他走,让他继续留在红疙瘩。

这是他目前最大的梦想。

当然,偶尔的,也会有非分之想,这是他喊出三杏后才意识到的。

很可怕。

可也甜蜜。

甜蜜对他来说,是多么奢侈的一样东西。

他追过沙梁子,莫名地就冲花头子骂了一句:"要死啊,你个不安分的!"

羊跟人一样,总有不安分的。不安分其实不是件好事,如果他安分一点,也就不会有今天。

骂完,他愣住了,因为他看见,沙梁子那边,一个人影清清楚楚立在他视线里。那是一个陌生的老头,来了有好些日子,说是也想给红疙瘩谁家当个羊倌挣口饭吃,但到现在也没哪家收留他,肯把羊交给他放。但他仍就赖在红疙瘩,有事没事的就在沙窝里溜达。他的样子很让人生疑,包括三杏,也对他的来历疑惑,不过念在他是老人的分上没多想。王涛觉得,这老汉好生奇怪,一双眼睛老围着他转,啥意思?他匆匆赶上花头子,就往回走。跃过沙梁子时,他还在想,老头会不会听见那声骂?如果听到他不是哑巴,那就糟了。

蹲在黑夜里,王涛的心事一桩接一桩地往上漫,想完老头,又想三杏。这些日子他常想三杏,控制不住。想她的笑,想她的愁,想她的骂,想她每一个眼神。如果老天开恩,饶过他,他是愿意留在红疙瘩陪三杏的,陪一辈子也心甘。

三杏也一定愿意。

他相信。

后来他又想起了母亲,不过没想兰花。他已经有些日子不想兰花了,甚至记不起她的样子。

又一场沙尘暴来临时,王涛被捕了。

这天王涛没去放羊,肚子痛。头天晚上他回来得晚,花头子惹事了,跑别人家的羊群里,害他追了不少路。三杏没做饭,她跟村里人吵架了,有个女人骂她骚母猪,养一个野男人还不过瘾,还要贪别人家的男人。结果三杏哭了,三杏一哭就不想做饭,王涛只能吃剩饭。谁知剩饭发了馊,王涛闹了一夜肚子。

早起,三杏红着眼说,我放去吧,你在家待着。三杏说这话时,声音是很对不住王涛的,王涛当时没听出来,事后想起,觉得三杏话里有话。莫非三杏提前知道他要出事?要不然她赶着羊出了门,走了很远又跑回来,定定地望了他半天,一句话也没说,抹了下鼻子又走了。一定的,一定是她提前就知道了信儿。

王涛不怪三杏。

这一天的王涛干了两件事。一是他终于鼓起勇气走进了三杏的房间。那是多么令人心动的一间屋子啊,王涛一走进去,立刻就被那屋里的气息弥漫住了。那味儿粉红粉红的,荡在屋里,悬在梁上,盘旋在屋顶,不,渗在每一寸空气里,只要你嗅一口,你的身心立刻就被感染,一种近乎迷醉的感觉涌遍全身,令你不由得想张开嘴巴,想把那味儿全吞进去。那味儿你是吞不尽的,你甚至吸进一口,就已经迷失掉自己了。王涛这一天就迷失掉了自己,要不然他不会意识不到危险的。可惜,他在那屋里困了太久,等走出时,整个人像是被掏空了一次,包括苦难,包括忧伤,包括恐惧,都好像离开了身子,轻飘飘的,他就迷失掉了方向。后来他又干了一件事,这件事有点说不出口,还是不说的好,反正跟那味儿有关,是那味儿诱发了他的冲动,让他迫不得已,不得不那样做。等做完,回到偏房,他就有点累,就想倒头而睡,后来他果真睡着了,睡得很踏实,也很幸福,因为在梦中,他又一次梦见了三杏,而且,而且……

门被推开时,他还沉浸在一片回味中,很美好的回味,他咀嚼着,留恋着,脸色赤红,有点接不上气的感觉。等看清破门而入的是荷枪实弹的人民解放军时,王涛傻了,他怎么也想不明白,解放军怎么会在这时候冲进来?

等他反剪着双手,走出那间偏房,才发现外面起了沙尘,天空一片迷蒙,跟他的心情一样。那个形迹可疑的老头就站在沙尘中,怪怪地望着他笑。老头的身后站着三杏。她不是放羊去了么,怎么这早就能回来?王涛瞅了一眼羊圈,里面空空的,并没有他想看到的羊。他的目光这才回到三杏身上,那一瞬三杏是捂着脸的,像是不忍看到他的样子。王涛知道他的样子很难看,不配让三杏看到,不过他从三杏猛烈抖动的双肩上,还是看到了一样东西。

那是一种叫做疼的东西。

他怕带给三杏这样东西,最终还是带给了她。王涛真想跪下来,虔诚地给三杏磕个头,可抓他的人不允许,他只好强撑着自己没做任何傻事,走出那座院子,被扔到吉普车上,他就瘫了。

他知道,他再也直不起腰了,一辈子都直不起。

天空中弥漫着沙尘。

一声惨叫穿过沙尘,穿过重重阻碍,从小院传到他耳朵里。

"我知道你不是哑子呀——"

## 第七章 乌鸡岩山崩

人是不能有污点的，污点如同长在额头上的痣，谁都能一眼看见。人更是不能有动摇的，动摇会让你错失很多机会。可我两样都有！每天望着蓝天，我都在想，是谁带给我如此沉重的枷锁，是谁将我一次次拖入黑暗？我真想对着蓝天大喝一声，我是鹰，我渴望飞，我是鸟，我渴望自由。我更是一名军人，我渴望用自己的行动证明，我是无愧于这湛蓝的天空和圣洁的草原的！

——万月

## 33

夕阳下,小溪边,美丽的古丽米热跟万月并肩而坐。

这是春末夏初的又一个黄昏,夕阳很是绚丽。科古琴沐浴在一片金色中,多情的山野发出无边的诱惑。

两个人原本是认识的,早在加入中国人民解放军以前两人就是朋友。这得归功于父亲。父亲万海波是个闲不住的人,工作之余最大的爱好便是到民间的各个角落走动,他认识各色各样的人,有些关系还很密切。八岁的时候,古丽米热住在舅舅家,舅舅当时在新疆国民政府下属的一个军马场工作,说工作是好听,其实舅舅的职业就是驯马,他对马有着特殊的爱好,更有着道不清的感情。受舅舅的影响,古丽米热打小就喜欢马,一有空就要到舅舅的马场骑马。偏巧万海波也喜欢骑马,就这样古丽米热跟小万月在马场认识了。万月在马上的功夫,一半是古丽米热教的,另一半来自于另一个人。

那个人古丽米热也认识,在古丽米热的印象里,那是一个英俊的青年,不但英俊,而且多情、开朗。一段时期,古丽米热唤他武哥哥,后来舅舅跟他闹翻了,原因是武哥哥抱着她坐在马上。那一天天特别的蓝,蓝得能把人的影子照见,风很暖,有几朵羊似的白云荡在半空里。美丽的布尔旗草原像一片阔大的毯子,铺展在她的视野里。那一天她很幸福,感觉不是在马上而是飘在云中。耳边有呼呼的风声,是马策跑时掠起的,小小的脊背后面很温暖,那是武哥哥宽厚的胸膛。他们从正午骑到了太阳偏斜,具体跑了多少圈,古丽米热记不清,她也不想记清,唯一的盼望就是马不要停下来,就那样驮着她还有她的武哥哥,永远奔走在草原上。

后来舅舅策马追了过来,用一根长长的绳子套住了疾跑如风的枣红马。因为套得太猛,枣红马差点一个跟斗,幸好她将要失重从马上飞走的一刻,武哥哥一个凌空,托着她跃到了地上。真的是托,武哥哥落地的时候,她是平躺在他双臂间的。舅舅喝了一声自己的坐骑,跃下马,一个箭步冲过来,将她从武哥哥手中夺走。

那个夜晚,舅舅教训了她。舅舅是从不教训她的,重一点的话都从不说,但在那一个夜晚,舅舅的脸色很是骇人,说铁青也不过分。"往后离他远点!"舅舅骂完,这样补充了一句。

"我就不!"古丽米热也在那一天耍起了小脾气,她一向是很乖的,从不跟舅舅顶嘴,但那晚她还是忍不住顶了舅舅一句。

舅舅很伤心。

后来,舅舅把她揽进怀里,轻抚着她的头发说:"热儿,不是舅舅骂你,你还小,有些事不大懂,那个武哥哥不是好人啊。"

"不是好人?"她记得问过这样一句,当时傻傻的,一脸的不信。舅舅却没就这个话题再说什么,他避开她的目光,只是淡淡地说:"我还是把你送回去吧,我看得出,那个人对你存心不良。"

说实话,当时她对舅舅是充满了怨恨的,她甚至认为舅舅不该那么快就把她送走,她在草原还没玩够呢。再者她走了,就再也见不到武哥哥,那不把人遗憾死。直到后来,舅舅倒在血泊中,母亲带她去痛哭的时候,她才明白舅舅是对的,武哥哥的确是一个杀人不眨眼的刽子手。为了一匹马,竟能血洗马场,一次砍倒五个人,这样的男人,除了用狠毒,还能拿什么来形容?

"他……还来找你吗?"半天,古丽米热这么问过去一句。这话带点试探,也带点审问。这是来特二团后,她第一次这么问万月。

"你说呢?"万月并没扭过头,目光仍旧望住天山的方向,她的回答有点出乎意料,古丽米热似乎听出另一种味儿。

"我也说不清,不过我想他不会善罢甘休。"说完这句,古丽米热脸热了一下。其实她跟万月之间用不着拐弯抹角,但她仍然没有勇气把那句话直接说出来。

万月这次没吭声,她知道古丽米热想问什么,还知道这些话都是师部让她问的。她是师部的人!头一眼看见她,万月脑子里就跳出这样的想法。原本很友好的两个人,本可以情同姊妹,就因走了两条不同的路结局便有点不同。这是人生的无奈,也是人生的悲哀。这些日子,万月在有意拉开跟古丽米热的距离,宁可跟江宛音在一起,也不愿陪古丽米热到营地外走动。到底是什么原因呢?有时,万月忍不住也会向自己发问,不过她从来不去找答案,有些事是没有答案的,比如她跟罗正雄。尽管罗正雄表现得一天比一天强烈、急切,可她心里,却是一天比一天冷,一天比一天沮丧。跟古丽米热也是如此。古丽米热约她出来,无非就是想借机拉近两人的关系,把遥远的岁月里那份曾经的亲热重新找回来。但这可能吗?岁月冲走的,不只是童真和友爱,也不只是彼此的经历。两颗心一旦有了隔膜,怕是短时间很难贴在一起。况且古丽米热这次来,本身对她就是个刺激。

我是个被人怀疑的人!

到现在也没人彻底相信我!

这么想着,医院里的一幕幕又猛地跳出来,在这个黄昏再一次无情地咬伤她的心。她的心已被咬伤过无数次,到现在近乎鲜血淋淋。可又有什么办法呢?

过去的那个冬天,她的确是被当做怀疑对象带进医院的。侦察连在沙漠里拦截了一支驼队,意外抓获一个叫麻尕的特务。麻尕以前是铁猫的随从,后来铁猫将他派到阿克塞,在那儿发展地下武装。审讯中麻尕交代,自己是奉命进入市区跟"雪莲"接头的。

"雪莲是谁?"

一开始麻尕死活不说,说出"雪莲"等于就把自个的性命说了出去,要是让铁猫知道,那是多一分钟也活不过去的。后来麻尕被带到刘振海面前,望着这个眉清目秀一头卷发的小伙子,刘振海突然说:"你的名字不叫麻尕,叫麻小武。"

"你怎么知道?"麻尕惊讶地瞪住刘振海。麻小武三个字已在这世界上消失了十多年,连他自己听了,都有点想不起这是谁。

"你有个双胞胎哥哥,叫麻大武,十六年前,你父亲麻老实因为一峰骆驼被一个叫古尔拜孜的头人给害死了,你母亲投了河,你们兄弟二人也在那场不幸中失散,自此天各一方,再也没见过面。"

"你……你……"面对刘振海,麻尕惊得喘不过气。半天,他听刘振海冲外喊:"让麻大武进来!"

那一夜在二师师长刘振海的办公室里,上演了一场催人泪下的戏,那场面真是感人啊。失散多年的同胞兄弟,想不到以这种方式见面。麻大武已是二师十七团三营副营长,一名优秀的解放军战士。而麻小武,却成了被国民党遗弃的一只无头苍蝇,整天在刀尖血刃上瞎碰。那晚麻小武最终交代,"雪莲"就是万月,他此次的任务就是潜入医院,等候"雪莲"出现,从她手里拿到情报。

麻小武紧跟着说出了那家医院的名字,正是罗正雄当初要送万月去的那家地方医院。

师部连夜作出决定,将患病的万月带入部队医院,同时一场审讯战也秘密展开。

对万月的身份,刘振海不是没有怀疑,其实一开始,万月就处在严密的监视中,师部之所以下命令不让特二团对她采取措施,就是想借她引出铁猫还有血鹰,包括红海子时罗正雄几次派小林向师部提出对万月的怀疑,都被刘振海以各种说辞遮挡了过去。这步棋走得相当险,弄不好刘振海是要担大责任的。当然,内心深处,刘振海也是想给万月多争取一点时间,好让她从自我挣扎中走出来。

师部对万月是充满了信心的。一个人不可能在困惑和迷乱中陷太久,面对阳光,她应该能作出正确的抉择。

"你应该把真相说出来了。"记得住进医院的第二个晚上,刘振海这样语重心长地说。万月紧紧地抿着嘴,内心里充满了挣扎。一则她确实病了,发烧,呕吐,病情折磨得她两天两夜没合眼,思维一片混乱。另外她不知道该向刘振海说啥,从哪儿说起。她的人生真是混乱透了,从母亲带她走进那扇门的那一刻起,她就注定被混乱包围,被混乱困扰。时间过去了这么多年,境况非但没好转,反而有越来越乱的趋势。

血鹰,铁猫,罗正雄……

私生女,女子学堂的才女,留洋专家……

各种各样的符号贴在她身上,不同性格不同身份的男人盘旋在她感情的浪尖上,一方面是这个世界用各式各样的爱席卷她,令她应接不暇。另一方面又是乌云一般的恨牢牢地罩着她,让她年轻的心经常电闪雷鸣,不得轻松。

那个晚上她啥也没跟刘振海说。

第二天睁开眼,就发现自己被换了病房,门口站着手握钢枪的麻大武。

后来她听说,那家地方医院发生了一场血战。刘振海让一个长相酷似她的女兵住进该院,在麻小武的配合下,铁猫果然上当,派了一支小分队潜入医院,想把"她"劫走。事后才知道,铁猫跟血鹰闹翻了,原因很是荒唐,竟是为了争夺她!

那一刻万月才相信,铁猫的话没错,这个男人终于露出了血性!记得在通往红海子的路上,铁猫猛地抱住她,声粗如牛地说:"我不想让你去,我要跟你在一起!"后来,在一个月光黯淡的晚上,铁猫再次潜入营地,冲她发毒誓:如果她胆敢爱上罗正雄,他会让特二团死得很惨。

为什么,为什么会是这样?从武哥哥到血鹰,从血鹰到铁猫,现在又是罗正雄,她生命中为什么老是躲不过男人这个劫?难道真如母亲预言的那样,她是个蛇精,这辈子注定会让众多的男人为她生,为她死?

等刘振海再次语重心长跟她做工作时,她就再也忍不住,以泪洗面,将所有的事儿一股脑儿说了出来。包括起初怎样被武哥哥保护,后来又怎样被已经叫做血鹰的武哥哥强行拉进那个阵营,并以爱要挟,逼她为国民党卖命。她不从,血鹰又暗中向母亲下手,试图彻底让她陷入孤立无援的境地。后来遇到铁猫,这个外貌粗鲁长相奇丑的男人又怎样以和风细雨甚至柔情似水的方式爱上她,并默默承担起保护她的角色。直到国民党分崩离析,远逃台湾,血鹰跟铁猫奉命潜入民间,秘密组织反攻力量,图谋反攻大业,她自己又以传奇的方式逃出虎口,企图远逃魔掌,重新找回人生等等。刘振海听得入了神,半天发出一声叹。那声叹对她而言,接近苍白,接近无力,她知道,无论任何人,任何力量,都不能真正帮她从魔掌中逃出来,要想彻底摆脱那个噩梦,还得靠她自己。

然而,就在医院,就在她快要坚定起信心时,不幸发生了。

麻大武被人暗杀。麻大武在奉命回三营的路上,被不明身份者暗害,尸体被砍了头,扔在驼道上。他裸露的身子上,竟大大地刻了两个字:"雪莲"。

据此,师政委童铁山在师部会议上提出异议,并第一次公开向师长刘振海发难。这是两个搭档第一次发生争吵,场面相当激烈,传到万月耳朵里,就是另一种情形。有人说师长刘振海有意于她,为了获得她的芳心,不惜违反原则,以战士的生命作代价,向她表白爱心。还有更难听的,说得她不仅脸红心跳,更是无地自容。

天呀,这世界,究竟怎么了?

起风了,风儿柔柔的,轻打在脸上,像母亲的手掌。黄昏早已退去,黑夜不知何时已悄然降临,山谷陷入一片神秘中。科古琴的夏天真是感人,尽管才是初夏,但每一寸阳光,每一片空气,都已露出柔和之意。

远处,传来驼五爷的唱,这个老头,总是把夜晚拉得更长。

一颗子儿一根箭
平贵西凉招姻缘
好酒灌醉女代战
四讨令箭出关山
两颗子儿成呀成一双
千里路送妹的赵宣郎
盘龙棍斜搭在左肩上
金娘在马后泪儿汪汪
三颗子儿三桃园
董卓要谋汉江山
王士图定下了美人计
凤仪庭貂蝉女戏吕布
四颗子儿成两双
白书生爱的是李会娘
西湖玩景增友谊
三更天的会娘到书馆
五颗子儿五支箭
西门郎大闹潘金莲
武大郎口含毒药死
武松杀嫂报含冤
六颗子儿攒茂星
张梅英花园里动哭声
高文举上京三年整
花亭椅上再相逢
七颗子儿七星剑
王金龙所爱的小苏三
苏三坐监三年满
洪洞县的大堂上再团圆
八颗子儿八桃园
陈杏元小姐和北蕃
自幼许给了梅良玉

他夫妻哭出雁门关
九颗子儿九连环
倒返杨岸的是双杨
介牌关战败的杨长江
为的是狄青少年郎
十颗子儿十样景
双锁镇抬亲的刘金定
高宗宝得下的头甲疯
连汤带药是夫妻的情

# 34

江宛音哭了,她不能不哭。

她辛辛苦苦费尽周折来到部队,来到特二团,目的就是想跟正雄哥在一起。谁知,正雄哥非但不好好待她,反而一天到晚变着法子欺负她。白日里,她跟正雄哥又吵了一架,没法不吵,她自认为已忍了好久,忍得不能再忍了,正雄哥居然还嫌她多事。

都怪那个古丽米热,自打她来,特二团就没安稳过,罗正雄的心也像是到了另一个地方,整天阴个脸不说,动不动就要冲人发火,见谁向谁发,好像这一组的男男女女,合起来坏了他啥事儿似的。

她本来跟万月姐姐关系处得很好,万月姐姐也是成心教她学测量,除过测量之外,还教了她不少知识。包括怎样辨认岩层,怎样根据岩层走向判断山体的倾斜度等等。万月姐姐真是有知识啊,啥都懂。对风,对雪,对水,对树木,对这山里的一切,都能说出个道道。江宛音很奇怪,不就一座科古琴,看上去跟别的山峰没啥两样,怎么到了万月姐姐眼里,它就神秘得不成,有学问得不成?学问这东西,是能把人变神秘的,现在的万月,在江宛音眼里,就神秘得很。江宛音再也不敢拿最初来的那种态度对待她了,她变得毕恭毕敬,比尊重父亲江默涵还尊重她。

可惜,一个古丽米热改变了这一切。

古丽米热一到特二团,罗正雄就作出一个令人十分费解而且十分生气的决定,他让江宛音离开万月,跟一个叫孙奇的男兵做搭档。孙奇三十多岁,是个相当木讷而且冷漠得有点过头的男人,一天里除了工作,额外说不了三句话,特别不会跟女兵说话。女兵们私下里叫他孙木头,江宛音更是看不惯他,暗中叫他孙化石。化石这个词,也是万月姐姐教她的,她认为这个词形容孙奇,太形象。

跟孙奇一起搞测量,这日子就乏味了不少,山也没了色,阳光也没了色,就连风也干巴巴的,没了一点味儿。特别是,罗正雄把她交给孙奇,就像把她出嫁了似的,再也不管不问,有那么一阵子,她竟三天了没看上他一眼!你说说,这日子能让人受得了?

受不了还得受,甭看孙奇是个木头,是块化石,这化石一旦工作起来,是能把人吓死的。这死人可能是属老虎的,一进了山,一到了工作点,眼里也有了光,腿上也有了欢劲,特别是那嗓门,能不停地冲你喝叫上三个小时。你累得要死,你的双腿已抬不动,你恨不得找块平展地躺下,再也不起来,他呢,照样儿拿个旗子,冲你连喊带吼,硬逼你往他看中的那个测点跑。一收工,他便立马没了声儿,死塌塌的,好像气让贼偷了,好像兴奋劲儿全甩到工作点了,指望他关心你一句,宽慰你一句,等着去吧。

给这种人当助手,自个都快变成化石了。

江宛音两次找到罗正雄,提出要回到万月姐姐身边,罗正雄看也不看她便训:"还想到哪去啊,你跑到特二团,不是来享福的,也不是跑来观景看色的,能留就留,不想留,我送你回去!"

"我就要换!"江宛音的脾气也上来了,她最见不得人冲她横眉冷眼。谁知罗正雄丢下她,就像啥也没发生似的走了!

"你个没良心的!"江宛音委屈得快要流泪了,若不是驼五爷走过来,安慰似的拍拍她的肩,示意她不要闹,没准她会扑上去,冲罗正雄狠狠咬上两口。

这么过了一阵子,江宛音发现,罗正雄变了,她的正雄哥变了。如果刚来时罗正雄那份不冷不热她还受得了,还能多多少少在心里为他找个理由的话,现在,他的冷漠和绝情就让她绝望,让她疯狂。

他把所有的热情和精力都放在了万月和古丽米热那一对上。

他几乎不再是特二团团长,不再是这一组的带队,而成了万月和古丽米热的跟班。不,跟屁虫,彻头彻尾的跟屁虫!

江宛音看在眼里,急在心里,如果再照这么下去,她来特二团的目的就会落空,她的正雄哥就再也不可能属于她,不被万月诱惑掉,也很可能让那个大眼扑闪扑闪浑身都散着妖气的古丽米热俘获掉。

不行,我得想个法子,必须把他抢回来。她想起父亲江默涵的话:"音儿,爹已把你许给他了,能不能把他的心拴住,就看你自个的本事了。本事大,他就是你的人,本事小,你就是他眼里的草。"

"我不做草,不做!"江宛音冲幽幽的山谷吼了一声。然后扔下尺子,就去山谷那头找罗正雄。今天她说啥也要跟他讲清楚,讲明白,她跑到特二团,跑到这深山野谷,不是想建功立业的,不是想征服什么科古琴的,她就一个目的,要让他娶她,一定娶!

她跟化石孙奇的测区和罗正雄他们的测区隔着一个小山头,没费多大力,她便翻了过去。这边的山谷静悄悄的,比她和孙奇测的山谷静了许多。本来这一组是不测山谷的,只测路,谁知古丽米热一来,罗正雄突然下了一个莫名其妙的命令,要战士们分头测山谷,把这一带的山谷地形图全测了。还说这是师部的新命令。啥师部,我看就是你擅自作出的,目的就是想给自己找机会,一天到晚跟万月还有那个古丽米热钻在别人看不见的山谷里。江宛音边想边加快步子,这时候她已想好,见了罗正雄第一句话就说:"让古丽米热到那边去,我留下。"别的啥也不说,看他怎么着。如果不答应,她就回去搬师长,搬父亲江默涵。

万万没想到,江宛音看见了不该看的一幕,也听到了不该听的内容。

寂静的山谷里,先是传来一两声鸟叫,接着又响起几声山羊的"咩咩"声。这一带常有山羊出没,惹得战士们一惊一乍,见久了便也不再惊讶。江宛音的步子很灵快,一点不像是在走山路,这也难怪,旺水本来就是山区,父亲江默涵又喜欢在乡野走动,跟志趣相投者谈论国家大事,所以也就练就了女儿的一双快腿。走着走着,江宛音忽然慢下来,这山谷里总有种味儿,令她感觉不大正常。要说,这阵正是干活的时候,山谷里应该响起万月的声音,隔得远听不见,现在近了,都能看见测点的红旗了,怎么还是半天听不见一丝儿声音。古丽米热呢?她可是个哑不住的女孩呀,只要有她,就能听见歌声。什么《阿拉尔汗,我的黑眼睛》啊,《半个月亮爬上来》啊,《采牡丹》啊等等,江宛音虽跟她不是太亲近,受她的影响,都能哼几句新疆民歌了。比如那首《玛依拉》,她能完整地唱出来:

人们都叫我玛依拉

诗人玛依拉

牙齿白

声音好

歌手玛依拉

高兴时唱上一首歌

弹起冬不拉

冬不拉

来往人们挤我屋檐底下

玛依拉

玛依拉

啦啦啦啦

玛依拉

我是瓦利姑娘名叫玛依拉

白手巾四边绣满了玫瑰花

年轻的哈萨克人羡慕我呀

谁的歌声来和我比一下

玛依拉

玛依拉

谁的歌声来和我比一下

……

今儿这山谷,死死的,寂寂的,有点儿深沉,有点儿悲凉,好像山谷的主人出了啥事。江宛音抬起头,瓦蓝瓦蓝的天空里,一只鹰旋在她的头顶,那是只老鹰,江宛音认得它,多数的时候,它跟着自己和孙奇,这阵儿却飞这边来凑热闹。除此,江宛音看不到别的。她的步子再次放慢,心也跟着紧起来。莫非?这么走了一会儿,她就能看到测点上的仪器了,奇怪,仪器孤零零地摆在小土包上,周围却没人。装资料的铁箱子还有水壶什么的全都在,就是看不见人。江宛音的心更紧了,这时候她想的,绝不是罗正雄他们出了事,而是……

她猫起身子,踮起脚尖,将整个身子的重量提起一半,脚底下就发不出声音了。这样儿极像贼,可这时候江宛音除了做贼,还能做什么?就这么着,她屏着呼吸,一步儿一步儿往前摸,终于她听见了声音,就在不远处,一片密密的草丛中。草丛在崖下,正好可以循声望见那里的一切。江宛音此时已完全进入了角色,仿佛摸进敌营的侦察兵,将身子伏在草丛中,支起耳朵仔细辨听崖下的每一句话。

"不行,你不能这样做!"是万月的声音。

"我为什么不能?!"罗正雄听上去很激动。

"我是一个有罪之人,不配你付出感情。"

"不,你错了,你现在是我们特二团的功臣,没有人再怀疑你。"

"你是一团之长,不应该儿女情长。"万月的声音在变软,讨厌的女人!

"可我也是男人,我喜欢你,向你说出来,有什么不对?"

"宛音呢,江宛音呢? 她那么喜欢你,又跟你订过婚,你能舍弃她?"

"我跟她没订过婚,都是那怪老头瞎编的。"

"我不信!"

"不信你去问他,她啥时跟我订婚了? 我在她家住的时候,她还是个屁大的孩子,怎么可能订婚?"

崖上的江宛音快要气疯了。好啊,罗正雄,你竟然敢反悔,我们是没订过婚,可你临走时,我爹当那么多人的面,说将来要把我嫁给你。那时你咋不反悔,你还笑着说,将来一定要来旺水,还要住在我家。现在你后悔了,不承认了?

"不可能,这事绝不可能。我求你放过我,也放过你自己,好吗?"万月的声音有点像哭了。刘皇爷假哭荆州,演给罗正雄看的,心底里巴不得多有几个男人跟她说这话哩。崖上的江宛音莫名其妙就恨起了万月。她曾当面向她说过,自己是正雄哥的人,生是他的人,死是他的鬼,谁也抢不走。她居然到现在还跟正雄哥来美人计,想用眼泪迷惑正雄哥,真是不要脸!

"我矛盾了很久,今天终于有勇气跟你说了,答应我吧,等科古琴测完,我就向师部打报告。"

"师部不会同意的,刘师长决不会答应! 罗团长,你不要再说了,从明儿起,你也不要在我们这一组了,要是传到师部,对你影响不好。"

"他为什么不同意？啊,为什么?"罗正雄忽然抬高了声音。

万月半天没吭声,江宛音看见,万月已在挪动步子,想走出乱草丛。几束野花裹住了她的腿,让她有点抬不动步子。罗正雄居然走过来,直直地走向万月,江宛音看见,罗正雄伸开双臂,像是要猛地把万月搂怀里。她再也不能忍受,猛就站起来,冲崖下喊:"罗正雄,你不要脸!"

这一声,让崖下的两个人吃惊不小。就见罗正雄刚刚伸出的双臂突然僵住,半天都不知该咋个收回。一脸红晕的万月更是慌了手脚,她可是亲口答应过江宛音的啊,无论什么情况,什么时候,都不会做出伤害宛音妹妹的事。

"好啊,你们两个,大天白日竟干这事!"江宛音的眼泪哗就下来了,如果今天她不出现,还不定他们弄出啥事。但是,她能天天出现么？想到这儿,她冲崖下又喊了一句:"万月,你说话不算数,以后休想让我唤你一声姐姐。"说完,一扭头,像受惊的小兔一样朝山顶跑去。

身后响起罗正雄的喊声:"江宛音,你给我回来!"

令江宛音愤愤难平的是,回到临时宿营地,罗正雄非但不向她认错,还严厉批评她,说她工作期间擅离岗位,乱跑乱窜。化石孙奇这一天也突然有了话,当着全组人面,竟然说她对工作三心二意,不听指挥,还要求她向全组做检讨。这可把江宛音气坏了,她眼巴巴地瞅着罗正雄,看他最后怎么决定。你猜怎么着,他竟说:"饭后开会,让江宛音同志做检讨。"

天啊,这就是她日思夜想的正雄哥,这就是她千里迢迢跑来投奔的亲人!

本来,小组会上,江宛音是很想把白日里看到的听到的还有心里恨过的,一股脑儿讲出来的,后来,后来是万月拿眼神阻止了她。万月的意思很明显,讲出来,罗正雄就没了威信,没了面子,再要指挥全团的人,就很难。江宛音虽然任性,关键时刻,还是能顾全大局,当然,这个大局里,正雄哥占了一大半成分。

开完会,江宛音就从临时宿营地走了出来,化石孙奇讨好似的想跟着她,被她一句恶骂给骂回去了。古丽米热跟了她几步,好像对她不大放心,江宛音带着讥笑的口吻说:"想不到你白日里会放哨,夜晚又会跟踪。"这话有所指,开会前江宛音才知道,万月跟罗正雄在崖下草丛中说话的空,古丽米热就在不远处,一匹狼一样守望着山谷。古丽米热当然没敢跟,不过心里,她是真有话要跟江宛音说的。

独坐在岩石上,江宛音内心起伏难宁,委屈的泪水一次次流出来,染湿了她整个脸。夜色像绸缎样包裹着她,让她受伤的身心处在极端的压抑中。这时候她一次次想起父亲,她认为父亲的手段并不高明,死缠硬磨不是个好办法,如果正雄哥真的不喜欢她,她这军也就白参了。

不知啥时候,向导驼五爷走过来,静静地立她身后,见她这么久了身子还在抽动,驼五爷俯下身,用十分暖和的语气说:"娃,不要难过,啥事儿都有个结果,放心,他跑不出你手掌心的。"

"你咋知道?"江宛音猛地扭过头,紧盯住驼五爷问。

"我会看相,他这辈子,就跟你有夫妻相。"

"真的?!"

驼五爷坐下来,并不急着回答,而是跟她讲起了自个的故事,故事里,驼五爷是有过一个相好的,差点都做了老婆,可惜,当时他眼光太高,嫌人家是个二婚,没娶。后来,风里雨里,驼五爷也遇过不少女人,但真正搁心里赶不走的,还是那女人。

"就是那个给你罗盘的人?"江宛音忍不住就问。

驼五爷缓缓地摇头。

也就在同一天,另一个组里,杜丽丽也流下了伤心的泪。

杜丽丽终于清醒,那种美好的日子再也不在,飘浮在她心头的梦想彻底破灭了。

杜丽丽一向认为,这个世界上,她是优秀的,也是聪明透顶的。聪明人就该有聪明人的人生,更该有聪明人的婚姻。所以在跟张笑天的关系上,杜丽丽始终保持着主动,张笑天热了,她冷;张笑天冷了,她热。总之,她想表现出胜券在握不急不慌的超然感,让张笑天摸不着头脑最好。摸不着头脑,才证明她杜丽丽有诱惑力,摸不着头脑,她杜丽丽才能进退自如,退守有余。谁知……

人的一生是充满变数的,尤其像杜丽丽这样聪明而漂亮的女人,啥变数都有。当初她如果听了母亲的话,嫁给那个银行职员,她的人生可能就是另一番样子。至少,就没有红海子的生生死死,没有科古琴的风风雨雨。或者到部队后,安安心心嫁给军区首长,她的人生更可能风风光光,体面无比。这两项选择放弃后,杜丽丽应该正视,应该对人生有个明确的目标或思路,可惜杜丽丽是个自我感觉很好的女人,这感觉要是冲上头顶,是很能让她飘飘然一阵子的。

杜丽丽吃亏就吃到了这上面。

换上别的姑娘,发现张笑天跟张双羊的热乎劲儿后,就应该保持警惕,至少应该冷下心来认真想一想,该不该阻止,该不该自己也换种策略?杜丽丽没。她太自信了,张笑天怎么可能舍弃她而转向张双羊?是个男人都不会做这愚蠢而荒唐的选择。所以她表现得一如既往,甚至比以前还冷淡,还无所谓。我倒要看看,你们能弄出点啥?论长相,我有张胖子十个好看。论能力,我比她聪明,比她能干。论家庭出身,她更是没法跟我比。就那么一个又胖又憨又没文化的人,你张笑天能看上?哈哈,笑死人。

但是张笑天偏偏就给看上了,而且目标一旦确定,他便表现出惊人的韧力,真可谓铁胆忠心,不悔不改。杜丽丽这才急了,杜丽丽越急,越是没有好的办法,除了一天到晚对张笑天耍脸子,使性子,说风凉话,或者恶狠狠表现出一副看似不在乎的样子,居然找不出另一种更为奏效的法儿。她不这么做还好,一做反而迅速成全了一对姓张的。到今天,张笑天居然当着全组人的面宣布,科古琴之战一结束,就请大家吃喜糖。

这话无异于晴天霹雳,还没等大家的呼叫声响出来,杜丽丽脑子里便嗡一声,炸了。失去理智般冲张笑天吼:"张笑天,你休想做梦!"

张笑天略略惊讶地抬起头,目光在她惨白的脸上轻轻一掠,然后转向张双羊。他搁在张双羊脸上的目光,显然比扫在她脸上的要温柔,要细腻。杜丽丽是女人,对这种目光尤为敏感,而且感觉极准。曾几何时,张笑天也用这种目光抚过她,只不过那时他的目光缺少自信,缺少镇定,不像现在,那目光既老到又坦然,就像老夫老妻互相欣赏的目光。杜丽丽再次受到刺激,她认为张笑天真是无耻,居然当着她的面,放肆地把目光搁在另一个不如她的女人脸上。天啊,这简直就是一种羞辱!杜丽丽忍无可忍,紧跟着又发作了:"张笑天,别以为这样做,就能刺激我。告诉你,我杜丽丽不是那种随随便便的女人,感情是要经得起考验的,你这种小把戏,哄哄张双羊还行,想蒙我,远着哩。"

这话,杜丽丽自认为说得极其有水平。一则她在向全组人宣告,张笑天刚才那话是玩笑话,是想拿张双羊刺激她,目的还是想逼她答应他。另则她更向全组人宣布,她杜丽丽绝不可能这么随便就答应他,就算答应,也得再考验他一阵。说完,杜丽丽自信地笑了。这么有智慧的话,也只有她杜丽丽能说得出。

然而,张笑天跟张双羊都没接她的招,两个人事先预谋好似的,当众人面,给她演了一场戏。尤其张双羊,一改老实样,竟然不知羞耻地走过来,甜甜地望着张笑天,就把,就把头给靠在了张笑天身上。

这动作,这情景,能是一个班长做的? 能是张双羊做的? 可她确实做了,不但把头靠上去,而且,而且还伸出一只胖手,捏住了张笑天的手。天呀,当那么多人面,她竟捏住了张笑天的手! 在他们开放的小镇上,女人跟男人也不敢这样! 这是在军营,不是在花前月下,不是在背人处,更不是在烛光跳跃的洞房里!

她竟做得出!

"张双羊!"杜丽丽喝了一声,忽然就不知再说啥了。张笑天对她的呵斥无动于衷,而是更肉麻更无耻地回应了张双羊,用另一只手盖在张双羊肥嘟嘟的手上,那样儿,就像他们今天要结婚!

这时候,宿营地发出一片狂呼。几个平时对她不满的男兵带头起哄,嚷着让张笑天跟张双羊来点更激烈的。尽管张笑天张双羊最终也没来啥激烈的,但那场景那热烈,深深刺痛了杜丽丽。更为悲壮的是,众人围着他们起哄时,完全忘了她的存在,全组没有一个人意识到她的存在,意识到她的伤心。这就证明,在这个组里,她杜丽丽早被排斥在外,她的那份好感觉只属于她自己,没一个人跟她分享。

天呀,怎么会这样!

不是感觉一直挺好的么,不是一直认为自己很重要很夺目么? 怎么会这样?

屋漏偏逢连阴雨,一波未平一波又起,就在杜丽丽强忍着不让泪水喷出,一个人咬着牙躲远处负气的当儿,侦察员小林轻轻走过来,似乎无意,似乎有意,望住她说:"军区首长结婚了,娶的是你老乡。"

"你走开!"

## 35

　　一场雨夹雪劈头盖脸降下来,科古琴罩在雪雨濛濛中。
　　时令尽管已是夏季,但科古琴的天就是这样,不论何季,不论地面有多热,天只要下,就必然有雪。
　　雨雪逼迫着战士们退缩到岩洞里。连续五天特二团都没有工作。之前的某一天,罗正雄被紧急召回师部,开了一夜的会,回来后,三个组班以上干部集中在一起,在科古琴山下的大本营开了一天一夜会。有消息说,师部对特二团下达了新命令,科古琴的测量任务有变,不仅要测出道路,还要测出几个矿点的详图。尤其几处地势复杂、山体易滑坡的险要段,师部要求特二团一并将其攻下。
　　作出这样的决定,也是基于兵团整体工作的需要。罗正雄带来的消息说,中央军委已作出新指示,要兵团做好扎根边疆建设边疆的战略准备,而且建设速度一定要加快,要在两年内解决兵团的自给自足,五年内把新疆的工农业建设搞上去。这就是说,所有想回到老家或是去疆外的想法都破灭了,持这种想法的人只能放弃空想,安安心心驻守边疆。
　　当然,这种思想在特二团是不存在的,加入特二团就意味着你把生命已交给了边疆,交给了这大漠戈壁。但是要想彻底征服科古琴,困难和险阻还很多。尤其是那些复杂地段,几乎是对特二团的极限挑战。
　　会议决定,除留一小部分力量继续测量道路外,精干力量全部集中起来,趁天气还不是太暖,雪山还未开始融化,抢先向危险地段进军。
　　会上,张笑天和万月被分别任命为突击营营长,目标为东脉的天柱岭和西脉的马牙峰。战前动员连夜召开,抽调到这两个营的战士激情勃勃,斗志昂扬,一点看不出畏难情绪。如果不是这场突如其来的雨雪,怕是在人烟罕至的天柱岭和冰雪茫茫的马牙峰,红旗已经飘扬起来。
　　这场雨雪来得真不是时候,不仅阻断了战士们征服科古琴的步伐,而且让特二团的气氛变得凝重压抑。驼五爷就说,六月飞雪,怕不是好兆头哩。话没说完,留守在东脉的一组第二分组就出了事。

而且是大事。

谁能想得到呢？如果想得到,于海说啥也不会将战士们留在山里,留在那座崖下。罗正雄跟他建议过,要不就将战士们全带到山下,一则让他们听听会议精神,另外也让三个组的战士们互相交流一下。到科古琴后,三个组的战士们各踞一方,还没集体活动过。于海说,还是让他们坚持一下吧,等测完这个月,来一次集体大联欢。罗正雄觉得这建议不错,临时改变决定,将三个组没抽到突击营的士兵们全留在了山里。如果能想到,罗正雄说啥也不会作这种改变。

迟了,凡事一等后悔时,就迟了。而且上苍是不给你后悔机会的。只能傻着眼接受这残酷的现实,可这现实,谁能接受得了？

天地茫茫。

出事时,司徒碧兰不在临时宿营地。司徒碧兰本来是要跟着于海去山下的,成立突击营的消息于海向她透露过,她很是向往,一心嚷着要去。于海兴许是出于私心没答应。兴许不是,或许司徒碧兰真不够资格。谁知道呢,事实是司徒碧兰没去成,留在了山里。向导哈喜达陪于海去了山下,司徒碧兰连个摔跤的伴都没有,闷得慌,加上于海他们下山没几天,天便落起了雨雪。困守在崖下,日子是那样无聊,接近苍白,司徒碧兰感觉自己的心里都要长出绿毛了。

这天她困了一天,到晚饭时分,实在困不住了,独自走出宿营地,朝前面开满野花的山谷走去。雨还在下,雨雪打在脸上,生扎扎地疼,司徒碧兰一点不在乎,她最见不得的就是遇到雨雪便躲起来。还特二团呢,这么点雨雪就怯了步,要是遇到冰雹,或者洪水,还不全完？这么想着,她将了捋头发,将雨水打湿的刘海从额前捋开,露出水晶晶漂亮的额。

走在雨雪中,司徒碧兰的心情接近灰蒙。这段日子,她过得并不愉快,工作老是提不起精神,常常不自禁地陷入怔想中,一想就是老半天。司徒碧兰烦恼的是那种叫做感情的东西。来特二团之前,她压根没考虑过此事,甚至从没想过有一天自己会嫁人。父亲先后给她介绍过几位,都是父亲的助手,他们年轻有为,似乎具备了好男人的所有优点,但她觉得滑稽没意思,一个个推掉了。父亲倒也不逼她,按他的话说,世间万事都应顺其自然,不可强求。特别在她的婚事上,父亲表现得远比他嘴里说得开明。加上五姨太也舍不得将她嫁走,生怕家里少了一个拌嘴的,变得冷清,变得感情没有寄托。所以司徒碧兰在男女感情上是很自由的,自由得近乎成了空白。这也好,空白就意味着没有污点,没有痕迹,可以放开手脚书写新的篇章。父亲司徒空登送她参军的路上,曾说过一句玩笑话:"到了部队,眼睛可要灵活点,瞅见上眼的要主动。"当时她调皮地一笑:"怎么,想把我彻底赶出家啊。"身旁的五姨太脸色一沉:"他敢!我可不许你乱嫁人,嫁不好一辈子受罪。"司徒碧兰嘟起小嘴巴:"好好好,我决不嫁人,守着你,免得将来有一天,你守了空房没人陪你。"这种玩笑话她们常说,彼此也不介意。但是那一天,五姨太却有点心为所动,抓着她的手,半天,略带忧伤地说:"也不知这一去,何时才能再见面。兰儿,说句真心话,我是舍不得把你送出去的,你如果后悔,现在还来得及。"

司徒碧兰当然不会后悔,她做啥事后悔过,没!但不后悔是没遇上伤心事,遇上了心情一样会糟。

司徒碧兰现在的心情就很糟。

她忽然发现,自己并不喜欢于海。尊敬是有,崇拜也有点,但要真正往那事儿上靠,就不沾边了,硬沾也沾不上,弄得心里还很难过。依她往常的性子,这种事儿是烦不到她头上的,沾不上就不沾,把烦心事扔一边,不理它。这次不行。司徒碧兰终于意识到,军营就是军营,没法跟家里比,家里你可以啥都不在乎,军营却不行。再者于海是政委,不同于一般男人,要是换成张笑天他们,她或许还能一笑了之,不当个事。这点是受父亲影响,父亲的做人原则是:对上必须尊,对下必须爱,爱和尊可以有方式的不同,但在内心里,你必须守住一个原则。就是做人一定要真诚,绝不能把生活中的儿戏带进人际交往中。

这交往就有男女之间的交往,比如现在,就面对如何处理跟于海的关系。

按说她没给过于海错觉,一次也没,所有的交往都在正常范畴内,不存在两心相悦的那种。仅有的两次单独相处,也是于海找她谈工作,谈二营长江涛。细细想一想,她并没流露出爱慕他的意思,也没法流露。爱慕一个人得有条件,必须是那人先能打动她,让她心为所动,情为所萌。这点当然是受五姨太影响,五姨太不止一次跟她讲过同父亲的故事,说父亲在某个瞬间一下打动了她,让她觉得这样的男人才是天,才是阳光,才是可以把女人一生照亮的火把。那么为他赴汤蹈火也就在所不辞了。

五姨太还教导她,爱男人,就该爱让自己第一眼就怦然心动的那种男人,这种男人不但热烈,而且一定能让你迷失终身。

五姨太的理论是,好男人是让女人沉迷的那种,做女人最幸福的事便是沉迷到男人的海洋里,再也不醒来,这份沉迷有多长久,幸福便有多长久。司徒碧兰信。

但偏偏政委于海是个让人清醒的男人,越是跟他在一起,你就越清醒,想沉迷都沉迷不了。特二团的男人几乎都这样,包括那个张笑天,也是智性有余而慧性不足,男人少了慧性,便缺少许多味道,司徒碧兰对这种男人实在生不出爱慕。

远不如跟向导哈喜达在一起快乐。

问题是于海不这么想,他对她动了情,还是很热烈很执著的情,他甚至当面向她说:"你必须嫁给我,这是命令。"

听听,多没情调啊。

司徒碧兰又好气又好笑,天下竟有这样向女人示爱的,怪不得解放军到现在一大半是光棍,官再大也讨不到媳妇。更怪不得他们四下里招女兵,原来是闹婚荒啊——

可怜的一群孩子。她这么叹道。

如果有可能,她真想请父亲来,给这些孩子上堂课,怎么讨女人欢喜的课。这课真是很重要。

司徒碧兰一边乱想,一边往前面走。六月的雨雪似乎能感知她的心情,忽然地不那么粗野了,变得淅淅沥沥,有点像伤心人的泪。司徒碧兰要去的地儿,是前面一座叫姐妹崖的小山峰,几天前向导哈喜达带她去过,那儿有太多的山花,天一旦晴朗,遍野的山花将很是烂漫。她跟向导哈喜达在那儿摔过跤,三胜两负,她输给了哈喜达。后来又往峰下扔石头,结果她扔得比哈喜达远。哈喜达不服气,说敢不敢钻峰下的山洞?

"有啥不敢的,钻!"结果他们就一前一后钻进了山洞。那是几天前的一个黄昏,测量队员们刚刚在乌鸡崖下扎下营,政委于海又要找她谈心,司徒碧兰借故不舒服婉拒了。向导哈喜达似乎看出她的心迹,借故查看周围地形,跟踪而来。也就在那一天,她向哈喜达道出了苦衷。哈喜达听完,很认真地说:"于政委是个好人,他对你是真好,不过……"哈喜达犹豫半天,接着道:"这号事,我没经验,不比骑马射箭。要是你真不喜欢他,就告诉他你已有人了。"

"可我没人。"司徒碧兰说。

"随便编一个嘛,你不会连个人名也编不上吧?"

"这种事哪能编,没有就是没有嘛。"司徒碧兰突然间变得较真,好像编一个人名对她很重要似的。

"那就啥也不说,我们哈萨克人有句话,河流不会因风改变自己的方向。"

"河流不会因风改变自己的方向。"那天在山洞里,司徒碧兰反复念着这句话,觉得哈喜达跟她讲过的所有话里,就这句最有水平。

往姐妹崖去要穿过一条小河,科古琴这样的小河真是太多,有的深,有的浅。横在司徒碧兰眼前的这条小河,不深不浅,不过河谷很阔,河内乱石耸立,张牙舞爪。那天过河时,她差点滑倒,幸亏哈喜达眼尖,抢先一步扶住了她,要不然,她单薄的衣衫就会让湍急的河水打湿的,那可是件害羞的事。司徒碧兰有过这样的尴尬,有一天她不慎落入水中,人倒是没大碍,不过衣衫全弄湿了紧贴在身上,她的身子一下被湿衣箍起来,箍得紧紧的,自己都能感觉出那毕显的曲线。司徒碧兰莫名地就脸红了,这可是件从没有过的事,以前在家里,她会刻意穿些紧身点的内衣,对着镜子,一遍遍欣赏。有次被五姨太撞见,笑着取笑她:"知道欣赏自己了,心里准是有了男人。"她哑了一声,擂起小拳,在五姨太丰腴的肩上轻擂了一下:"你才有了男人。"

对自己的身体开始羞涩,虽不能证明心里有了男人,但至少她懂得在男人面前矜持了,这也是进步。如果让五姨太知道,一定会夸她的。五姨太最担心的,就是她始终大大咧咧,不懂得女儿家的矜持,为此还专门训导过她,教她在男人面前怎样启齿,怎样舒眉。"女儿家的一举一动,都透着娘家的教养,为母的风范。我可不想让人指着你骂我,说我这个当母亲的没把你教育好。"

"母亲,你给谁当母亲啊,也不害羞,叫你姐姐还挺合适。"她扮个鬼脸,同时在五姨太粉白的脸蛋上嘬了一口。

那天,就是她掉进河中湿身的那天,偏巧就给于海撞见了,真是倒霉,就在她弯腰拧裤腿上的水的空儿,身后传来一阵响,扭过头一看,正是政委于海。那一刻,司徒碧兰发现政委于海的双眼是发光的,很奇怪的光,直直地射过来,烙在她身上。而她的身,羞,别提了。有了那次尴尬,司徒碧兰再也不敢玩水了,她的身子真是发育得太好了,跟五姨太比起来一点也不逊色。

这样的身子,既是福,也是麻烦。

司徒碧兰小心翼翼地踩着河底的石头,一步步地往河那边摸去。说不清为什么,这一天她特别想到河那边,想到姐妹崖下的石洞里去。石洞里固然没啥秘密,但除了石洞,她找不到更好的地方。雨雪交加,她不可能长久地淋着它,也不可能无目的地乱窜,那是纪律不允许的。政委于海虽是不在,但组里还有临时负责的老兵。那可是个严厉的家伙,发起火来比于海还猛。司徒碧兰说了一大堆好话,才得到准许。不过老兵只给她一个小时的时间,说天黑如果还不回来就鸣枪。

鸣枪算是处罚,哪个人要是得到鸣枪的待遇,就意味着在特二团待不长了。这也是于海想出的怪招,生怕女兵们闲下来乱跑,看见花呀鸟的乱追,迷失方向,就定了这么一条。不过到现在,还没谁让鸣过枪。

快要钻过小河时,草丛里突然窜出一只黄羊,只听得河对岸扑腾扑腾响了几声,受惊的黄羊便不见了。"黄羊——"司徒碧兰喊了一声,挽起裤腿快步越过小河,就冲黄羊追去。科古琴的黄羊长得小巧玲珑,样子甚是好看,司徒碧兰最喜欢跟黄羊斗智了。追了几步,她发现,刚才黄羊跑过的地方,洒着鲜红的血,雨水打在上面,血很快盛开。一定是被狼咬伤了,怪不得刚才跑的样子像野兔,一蹦一蹦的。这野滩,这雨雪,黄羊的伤腿要是得不到包扎,很容易流血而死。司徒碧兰抬头看了看天,天已蒙蒙,夜色很快降临。莫名的,她就替黄羊担起忧来。不行,得找到它,得把它的伤腿包好。这么想着,她便顺着血迹往前走。

那只受伤的黄羊最终得到了司徒碧兰细心的呵护,是在姐妹崖下的石洞里。司徒碧兰没想到,几天前她跟向导哈喜达钻过的山洞,竟是黄羊的家,可惜那天他们没能在洞里看见黄羊。受伤的是一只小羊羔,大约是跑累了,或者它从司徒碧兰甜甜的眼神里看到来自人类的友好,所以司徒碧兰接近它时,它没作挣扎,乖乖地让她揽入了怀里。小羊羔的腿不是被狼咬伤的,定是雨雪迷了眼,摔在了崖下,断了。司徒碧兰撕开衬衫,在洞口处找了一种叫野百合的草,嚼碎,贴在伤口上,然后一层层地包扎起来。做完这一切,天已完全黑下来,司徒碧兰猛地记起鸣枪的事,赶忙跑出洞口,就在这一瞬,她听见了可怕的声音。

那是多么恐怖的一声巨响啊!事后很多天,司徒碧兰一想起那个黑夜,想起那声轰响,心就禁不住颤悸。当时,她完全被那巨大的轰鸣震住了,排山倒海,惊天动地,用什么词形容,都不为过。总之,那一刻她听到了死亡的声音,世界刷地倒塌了,崩裂了,接着耳边就响起一连串的碎响,那气势,那惊骇,是能让人在瞬间变疯的。

司徒碧兰傻了有足足一刻钟,一刻钟后,大地发出的余威还没消逝,声音仍在持续,恐怖在层层加剧。司徒碧兰却在巨大的惊恐中醒过神。"滑坡!"她叫了一声,然后就没命地,比听到鸣枪要紧张一万倍地,朝宿营地跑去。

她在小河里连续摔了十几跤,跌倒爬起,又跌倒再爬起。此时的河水,已浑浊一片,恶浪卷着泥沙滚滚而来。衣服湿成一片,已感觉不出身上还有衣服,羞涩感却已消失殆尽。嘴里灌了水,泥水,呛得她要吐,却没工夫吐。她在心里一遍遍发出吼喊:"滑坡啊——"踉踉跄跄地朝乌鸡崖下的宿营地奔去。

罪恶的乌鸡崖,以它坚固的外表还有整齐的灌木迷惑了测量队,也骗过了司徒碧兰。记得在此扎营时,政委于海还问过她,说这儿扎营有没有危险?司徒碧兰四下打量了一番,显得很有经验似的说:"没问题,这儿岩层坚实,灌木齐整,是扎营的好地方。"后来还是向导哈喜达说营地离崖太近,建议往河谷这边挪挪。于海怕河谷夜里起水,没挪多远,放放心心就扎了营。想不到,真是想不到呀……

那天的司徒碧兰最终也没能靠近营地,事实上等她连滚带爬越过小河时,营地早就不见了。它被轰然滑落的乌鸡崖往前推了足足五百米,所以她的脚步被迫停在了离河谷很近的一座石崖下。天黑压压的,黑得人想死,可又没法死。空气稠得简直夯实了般,压在人心上,比山石还重。脚下,大地仍在颤动,一晃儿一晃儿,像是随时要把人甩到十万八千里外。司徒碧兰强撑着,不让自己倒下,这一刻她不能倒下,宿营地有三十多条生命,三十多个兄弟姐妹,她还没听见他们一声喊,哪怕是一声救命。

天仍在呐喊,地也在呐喊,她钻过的小河,此时已是恶浪一片。这世界要是狰狞起来,比地狱可怕万分。司徒碧兰的嗓子已喊哑了,从洞口处震醒的一刻,她就不停地喊。喊什么她听不见,其实营地的同志们也听不见,但她一直在喊,一直在叫。那嘶声,比狼的野,比狼的哑,比狼的更凄惨。

"老胡——"

"陈喜娃——"

"刘兰梅——"

没有回声,有回声也听不见,转瞬就被吞没。那一夜整个乌鸡崖,不,整个科古琴,都被死亡笼罩着。

天亮时分,大地终于安静,这时候的司徒碧兰,已成了个泥人,血人。这一夜,她做了太多的挣扎,太多的努力。她在黑夜里不停地奔走,不停地呐喊。尖利的山石刺破了她的膝盖,血从骨头缝里流出来。毛刺和灌木刮破了她的衣衫,一大半肌肤裸露着。腿上,胳膊上,甚至胸上,四处留下被荆棘刺破的痕迹,到处是血,到处是泥,她感觉不到痛,身体从某个时刻开始已失去知觉。她只剩了一双手,一双不停地挖不停地掘的手。黑压压的乌鸡崖把巨大的灾难推她面前,也把战友们的尸体推她面前。每走一步,都能踩到战友们的血,她伸出手,下意识地,毫无目的地,在地上乱摸乱抓。她感觉能摸到自己的战友,能抓到他们的生命,哪怕一只手,一条腿,那也是生命啊,那也是兄弟姐妹啊……

她的确抓到了。先是一条胳膊,的确是一条胳膊,软绵绵的,血糊糊的,血很热,染了她一手,她一阵兴奋,心想总算找到自己的姐妹了。她感觉那是来自江西的刘兰梅,于是就喊了一声。刘兰梅没回答,那个时候刘兰梅怎么还能回答她呢?她又喊了一声,然后一用力,想把压在石堆里的刘兰梅拉出来。"你挺住啊,兰梅——"腾一声,她跌倒了,重重摔倒在后面的泥水中。她用力拉出的竟是刘兰梅的一条胳膊,一条被巨石砸断了的胳膊。她惊了,心里哪还有害怕,冲黑压压的大地就喊:"兰梅,兰梅你在哪,我是司徒碧兰啊,我还活着,我来救你——"

紧跟着她又摸到一只脚,一只男人的脚。那脚很大,她一下就想起山胡子,那是二分组里个头最高的一个兵,来自山东。"山胡子,是你么?山胡子,你坚持住,我一定救你出来——"她喊着,哭着,挣扎着,用全部的力气,用全部的情感,奋力将山胡子拽了出来。可那是山胡子么,那只是山胡子一只脚呀。其他呢?山胡子足有一米八啊,其他的呢?

疯了,司徒碧兰完全疯了。这样的黑夜,这样的场景,她怎能不疯?怎能不疯么!

她挖呀,刨呀,双手像两把刀,不,两只利器。指甲没了,手指头没了,她还不敢停下来,也停不下来。这时候她已清晰地感觉到死亡,不,死亡就摆在眼前,血淋淋的,很真实,很刺眼。她的双眼早已模糊,带着泪,带着血,带着她全部的感情还有呼唤。她呼唤什么呢?除了生命,还能有什么?是啊,这时候,只要能救出一条生命,她或许就能停下来,就能缓上一口气。可生命在哪,在哪啊——

生命全都埋在了石崖下!

一个分组,三十几个兄弟姐妹,竟全埋在了石崖下。

天亮了。天终于亮了。

亮了又能咋!

第一束光亮刺破黑暗的时候,司徒碧兰是瘫在泥水中的,被血染得黑红的泥水帐子一样裹着她。她已没了一丝力气,一夜的挣扎换来的是比挣扎前更喘不过气的绝望。如果说黑夜里她还心怀着一丝希望,那么这一束光亮,就把一切都给毁灭了。

毁灭了。

她软软地倒在泥水中。血水漫过她的身子,漫过她的肌肤,头颅,朝崖下的小河流去。

山谷一片血红。

这一刻大地出奇地静,科古琴出奇地静,山野出奇地静。

风停了,雨住了,雪花,没了影踪。这一场雨雪,仿佛为的就是这一场山崩。是的,山崩。乌鸡崖终于耐不住寂寞,在这绵绵的雪雨中暴发了。

它一暴发,人类就有三十多条生命为它殉葬。

司徒碧兰接受不了这个现实,尽管一切明摆在眼前,可就是接受不了。她闭上眼,这个时候,除了闭眼还能选择啥?

思维失去,情感失去,爱失去,恨也失去,剩下的只有一个念头,让大地吞没她,让血水吞没她,她要跟二分组的兄弟姐妹们在一起。

在一起。

也不知过了多久,怕有一个世纪那么漫长,冥冥中一阵细微的响动传来。像大地在喘息,像树在呻吟,又像老鼠在逃命。总之声音飘到了司徒碧兰耳朵里,很真实,很清晰,还带着一丝儿亲切。

是啊,这一夜听到的,都是死亡的声音,地狱的声音,吞没一切的声音。这阵儿飘来的,就有点不同,就有点接近生接近希望的意味。起先她没动,动不了,任声音在远处响着,一遍遍地咬着她的耳朵。这时候她奇怪自己还有耳朵,还能听到这么细微的声音。后来,后来她猛地一跃,那可真是一跃啊,就跟向导哈喜达比武时那样,噌就给腾起了身子。

"有人活着!"她这么喊了一声,就冲声音的方向扑过去。

黎明迟钝的光亮下,司徒碧兰看见一双手,先是一双手,舞着,动着,从地层伸出来,像是要抓住天空,抓住阳光,可又抓不住,所以舞得很绝望。接着她看见头,真是头,天呀,是头。她扑过去,冲那颗头扑过去。"老钢炮——"她喊了一声。这一声,是山谷里最为嘹亮的一声,也是最最激动人心的一声。

那颗头上有一双眼睛还在扑闪,尽管扑闪得很弱,但仍旧扑闪着。听到司徒碧兰的喊,那双眼似乎挣扎了下,然后缓缓地,艰难地,冲她望过来。那是怎样的一望啊,司徒碧兰这一生,都忘不了那一望,忘不了那目光。

忘不了……

老钢炮就是那个老兵,来自河南,是跟司徒碧兰一起来到特二团的。没啥过硬的技术,但就一条,能吃苦,再累的活,他不嫌累,再苦的事,他不嫌苦。这组里的仪器,多的时候搁他肩上,这组里那口煮饭的锅,多的时候他抬着。还有要是哪个战士受了轻伤,扭了脚,准是由他背着。女兵们没一个不受过他的照顾,男兵们没一个不占过他的便宜。就这么个人,三十好几了,还像新兵一样,见谁都客气,见谁都尊敬。更重要的,十个晚上,有八个他都在守夜。他咋没瞌睡啊?女兵们常常惊叹他的精力,说他十天十夜不合一眼也没事。想媳妇呗!男兵们常常这样取笑他,取笑完,硬让他睡,他偏不睡,还要守夜。

这次他终于当领导了,于海走时,将二分组交给他,说考验考验他的领导能力。没想这一考验,就给考验在了石头下。

是一块石头,锋利的岩石,长着利牙的岩石,压在他身上。他的大半个身子已看不见,能看见的,就是血,就是白生生的碎骨,还有一片连着一片的肉酱。

"老钢炮!"司徒碧兰又喊了一声,然后,然后她就学夜里的样,扒了,刨了。老钢炮终于辨清是她,努力着,挣扎着,像要跟她说啥,可实在说不出。他的脖子让乱草缠着,随乱石一块滚下的乱草,荆棘,绳索一样捆住了他。他的双腿压在另一块石下,那块石比压住身子的这块还大。石和石的中间,填满了泥土。

司徒碧兰拼命地挖,她想先把土挖掉,再想法把石头挪开,可这有多难啊。司徒碧兰恨死自个了,平日学了那么多功夫,还自称武林第一呢,怎么到了这时候,就连一点儿力气也没,一点儿办法也没。双手艰难地挖出一把土,还没扔远,山体的土又到了,土又压在了老钢炮身上。

"不要啊——"她哭着,喊着,挖着,清晨的山野,因了这一幕,忽然间生动起来。

很生动。

奇迹都是人创造的,谁说人不能创造奇迹?司徒碧兰就创造了奇迹!她居然将那些土全挖掉了,居然将压在老钢炮身上的那块石头搬开了,居然,居然……

什么也没居然成!

就在她打算扶起老钢炮的一瞬,一块石头猛从头顶滚下来,瞅准了她似的,不偏不斜,照准她的头砸过来。幸亏她提前看见了,幸亏她习过武,身手还算敏捷,要不然,不敢想。

就这样她还是被石头砸中了。只听得一声惨叫,极尽凄厉,是她发出的,尔后大地便死一般地失去声音。

……

# 36

科古琴陷入到巨大的悲痛中。

山无声,水无声,天地黯然一片。

罗正雄他们赶来时,已是这一天的下午。雨后的乌鸡崖呈现出一派血色宁静,谷内的情景惨不忍睹。所有的人在那一刻都失去了声音,似乎这满谷的血,这疯狂坍塌的石崖,是一把无情的剑,瞬间封了喉。

政委于海第一个奔向司徒碧兰,惨烈的场面骇得他不敢睁眼。司徒碧兰的右腿压在石块下,那条腿分明是断了,再也不听使唤。司徒碧兰奄奄一息,奋力地张着嘴巴,却说不出话。她的怀里抱着老钢炮的头。

那能叫头么?

纵是在战场上,于海也没见过那样血淋淋的头!老钢炮的头让清晨滚下来的那块恶石砸了个正着,一半没了,另一半血肉模糊地烂在司徒碧兰手上。于海不知道是怎么救出司徒碧兰的,或许他压根就没救过,他哪还有力气救人啊。那场面,没让他昏死过去就万幸了。

当天晚上,一匹快马驮着断了腿的司徒碧兰连夜往师部去。怀抱司徒碧兰的是向导哈喜达。这个二十一岁的年轻人,平生头一次看到如此血腥的场景,但他没倒下,他咬着牙策马狂奔,心里一遍遍呼唤的是他想唤却又不敢唤的司徒碧兰的名字。

悲哀持续了整整一月。被悲哀击中的不只是政委于海、团长罗正雄,特二团每一颗心都在这场巨大的灾难面前,阴了,暗了,流血了。得到消息,师长刘振海带队火速来到科古琴,在霾气沉沉的乌鸡崖,为死难者举行了庄严而又隆重的葬礼。那一天,哑巴了的乌鸡崖被枪声震醒,它睁开昏沉的眼睛又一次目睹了自己的罪孽。枪声是特二团的战士鸣响的,在这荒山野岭,每一声枪响都是战士们悲壮的呐喊,是不甘心,是对死难者最深情最痛彻的呼唤。枪声过后,所有的心沉入了默哀,沉入了追思,也沉入了对生命的冷峻思考……

鉴于乌鸡崖发生的这场特大灾难,师长刘振海命令特二团暂停作业,全部撤回山下。一则全团用十天的时间开展一次追思活动,兵团政治部送来了遇难者的全部资料,请来了跟他们一同战斗过的战友讲述他们的事迹,追忆他们活着时的每一个日子。师长刘振海想用这种方式,表达二师对遇难者的哀思。另外这场灾难也暴露出特二团在管理上的漏洞,他们没有倒在敌人的枪口下,却倒在自己的疏忽里。如果事先能对乌鸡崖多做一些了解,哪怕到崖顶看一看,兴许这场灾难就能幸免。针对特二团暴露出的诸多问题,师长刘振海要求全团战士务必以高度的警惕性和敏感的政治觉悟对待这次任务,决不能抱任何侥幸心理,更不能在思想上麻痹大意。

师部召开的现场会上,团长罗正雄和政委于海都做了深刻的检讨,尤其是于海,几乎是流着泪做完检讨的。

会后,政委于海在兵团政治部人员的陪同下离开了科古琴。师长刘振海这样跟罗正雄解释:"让他回师部,帮助师部解决善后,慰问烈士家属。另外……"刘振海犹豫很久,才说:"司徒碧兰没了腿,醒来后还不知怎么闹,这个时候,他要是不去,说不过去。"

罗正雄无言。这场灾难,给了他致命一击。身为特二团团长,他知道自己有不可推卸的责任。他确实有点疏忽大意了,这是以往的工作中从没有过的,为什么到现在,自己就能犯如此错误呢?

罗正雄陷入了思考,从听到噩耗的那一刻起,他的心就被深深的自责折磨着,等到了乌鸡崖,看到那恐怖的一幕,还有血腥的场面,内心里翻滚的就不只是自责,是忏悔,是恨憾。不,啥都有,真可谓五味俱全。他终于意识到,在特二团的这些日子里,一种可怕的东西悄无声息在身上滋长,想想过去的岁月,想想尖刀营的日子,他才发现,自己变了,变得粗心,变得骄傲,变得对困难对险境再也不那么重视了。他记起过去曾经跟战士们讲过的话:"在任何不可知的情况面前,我们都必须保持如临大敌的谨慎,战略上可以蔑视,战术上必须重视了再重视。"正是这种变,导致了全团思想上的放松,行动上的懈怠。也正是这种变,让他渐渐远离了战士,变得封闭、自负,甚至……

"我有罪啊……"那一天,当着全团战士的面,他曾发出这样的痛悔。可这又顶什么用呢?三十四条生命,三十四个兄弟姐妹,就这样去了,永远地留在科古琴,再也看不到他们的笑,再也听不到他们的歌声。是的,歌声。他想起初到科古琴的那个月夜,战士们围在篝火旁又跳又唱,把美丽的草原激荡得连小草都舞了起来。

"你不该太自责,出了这种事,谁的心里都不好受。但这是科古琴,踏上它的那一刻,死亡就跟随了我们,我们是在跟死亡较量,是在跟死神捉迷藏……"那天在乌鸡崖,副团长刘威这样劝他。从灾难发生的一刻,刘威的作用便兀地突显出来。这个铁打的汉子,平时看不到他有多重要,但在生死关头,他的镇定和从容便成了特二团度过危机的关键。记得在红海子,每当跟政委于海发生认识或决策上的争执,意见不一致时,他总是站出来默默地支持着他。这份支持,里面有太多的内容,既有兄弟间的深厚友情,更有对这个新生集体大局上的维护。是的,维护大局,他总是做得那么到位,从不争功,从不抢眼,无声无息处弥补着他的过失,填补着他的漏洞。到现在,罗正雄才真正懂得师部派刘威给他做助手的良苦用心。可自己却总是有意无意的,很多时候疏忽了他。

兴许一把手当久了,不自觉的就有了坏毛病。

抢险和善后工作,几乎都是刘威做的,而他却像是被这场突如其来的灾难打懵了,打傻了。直到现在,他还缓不过劲儿。

缓不过劲儿也得缓,这就是军人!

思考再三,罗正雄向师长刘振海交了一份请罪书,请求师部给他处分,革职也行。这不是作秀,也不是演戏给别人看。该自己承担的,必须承担,否则一生良心都会不安。

刘振海一直没表态,他没法表这个态。

半月后,师部下了处理决定,除了对特二团进行思想整顿外,没处理任何人。罗正雄并不知道,一开始师部是建议给他处分的,但兵团司令部否决了二师的意见,要求二师从实际出发,从大局出发,不要轻易给哪个人追加不该追加的责任,但思想上的麻痹,工作上的漏洞,必须解决,而且要解决彻底。

随后,张笑天被任命为团政委。有消息说,司徒碧兰一醒来,便疯狂呐喊:"我的腿,我的腿啊——"她拒绝吃药,拒绝治疗,甚至拒绝活下去。有两次挣扎着从床上爬下,想自杀。师部经过慎重考虑,请来了她的父亲,还有五姨太。司徒空登不愧是一代英才,面对断了腿的女儿,他表现得相当坚强,老人家的深明大义赢得了兵团指战员的高度尊重,在他的耐心说服下,司徒碧兰才同意接受治疗。

五姨太从一听到消息就哭成了泪人,这些日子,她几乎天天以泪洗面。她抓着司徒碧兰的手,常常是泣不成声,那场面让太多的人流下了泪。

政委于海更是令人吃惊,一到医院,一看到司徒碧兰,他突然就变了个人,再也不是人们以往看到的那个斯文严谨的于政委。他像个小孩子,不但失声痛哭,而且当着众人面给司徒空登行了跪礼。

"我对不住您,对不住啊……"

就在当天,他向师部递交了辞职报告,请求师部免去他的职务,让他安安心心守在司徒碧兰身边,照顾她康复。

一股冷空气袭击了特二团,这冷空气不是来自大自然,而是来自特二团内部。乌鸡崖灾难之后,特二团内部进行了大调整,由于原一组受到重创,团部决定将三个组合并为两个,暂时放弃对东脉的测量,部队全部往西移,集中力量完成对西脉的测量。雨雪前成立的突击营也因种种原因搁浅,并没按原计划开往目标地。灾难虽已过去,阴影却留在每一个战士心中,一段日子,战士们几乎是谈雨色变,谈崖色变。罗正雄跟刘威想了好多办法,都不能将战士们从阴影中彻底带出来。

偏在这时候,万月又惹事了,她违反团里的规定,擅自夜出,而且拒不交代夜间出去做了什么。

揭发万月的是杜丽丽,说揭发兴许不合适,杜丽丽也是忠于职守,尽一个战士应尽的职责。但罗正雄的火,的确是她抖上来的。

团部连续开了几场会,争论突击营到底该不该迎难而上,给全团带个好头。罗正雄有点犹豫,认为眼下条件有变,战略战术上就该有所改变。张笑天却不这么认为:"什么叫战术,我认为把艰难险阻踩在脚下,以昂扬的斗志和必胜的信念面对一切,才是我们需要的战术。我们不能因为牺牲了一个分组,就让全团的脚步停下来!"

"笑天同志,现在不是我们讲大话唱高调的时候,我们要为全团战士的生命安全着想。"罗正雄有点激动。

"怎么着想?按兵不动或者缩起脖子?如果那样,还不如撤出科古琴。"张笑天的态度有点出人意料,按说他刚刚到政委的位子上,更应该注意跟罗正雄讲话的态度。

罗正雄倒不计较这个,他了解张笑天,这是一个一听见打仗骨头都笑的人。甭看他平时见了女兵嘻嘻哈哈,搞得自己就像花花公子,对什么都忘乎所以,其实内心里,他更渴望真刀真枪干一场。成立突击营就是他跟张双羊的主意,两个人早就摩拳擦掌,跃跃欲试了。眼下突然要中止突击营的行动,他哪能受得了。

"眼下军心不稳,战士们想法很多,这个时候贸然搞突击会不会引出其他问题?"罗正雄耐上性子给他做解释。

"能出啥问题,大不了再牺牲一个组。当兵怕牺牲,还当个啥兵?"话讲到这儿,张笑天猛觉失口。这个时候说这种话,的确有点不大成熟。果然,罗正雄的脸黑了,很难看。

刘威终于开了口,没想,这一次他没站在罗正雄这边,而是直截了当表明了自己的态度。"我同意笑天的意见,不能停,更不能拖,越是这时候,越要表明我们的态度。战士们其实都在看我们三个哩,如果我们三个怕了,全团就都怕。"

"我不是怕!"罗正雄突然发了火。

事情最终没商量出个结果,由于罗正雄执意不许突击营行动,刘威他们也没办法。谁知会议刚散,罗正雄还没离开那顶帐篷,杜丽丽走进来说:"我要检举万月。"

"检举万月?"罗正雄有点吃惊。

"这一次你不能包庇她。"杜丽丽又说。

"我啥时包庇她了?"罗正雄的声音里透出不满,杜丽丽最近情绪很反常,常常找他说些莫名其妙的事儿。

"你一直在包庇她,不是吗?她现在都成特二团第二了,哪还有点战士的样子。"只要一扯上这话题,杜丽丽就没完没了。

"有事说事,别乱扯淡!"罗正雄不耐烦地打断她。

"说就说!"杜丽丽像是被某种情绪鼓动着,胸脯子一鼓一鼓,那样儿就像她跟万月结下了深仇大恨。果然,她再一张口,就轮到罗正雄震惊了。

"别以为她做的事别人不知晓,从进入特二团,她跟外界的联系就一直没断过。"

"你乱说什么?!"

"我乱说,你听听同志们怎么说,哪个不在怀疑她?不相信你可以去问她,昨天晚上,她到底哪去了?"

"昨天晚上?"罗正雄更加纳闷,昨晚天黑时分,他跟万月见过面,不过一起没待多久,后来开会,他没让组长们参加,能出啥事呢?

杜丽丽撅着嘴,好像有话没讲完。罗正雄早已耐不住了,扔下杜丽丽,就到另一顶帐篷里找万月。万月不在,张双羊正跟田玉珍说事儿,看见他,两人赶忙起身敬礼。"万月呢?"罗正雄问。

"没在,刚才好像进来过,这阵不知哪去了。"田玉珍道。

"把她给我找回来!"罗正雄狠狠说。

十分钟后,万月进了他住的帐篷,只一眼,罗正雄就看见万月裤腿上有泥,鞋子也是泥,很显然晚上她离开过营地,到这阵还没来得及换。

"说,出去做什么了?"

"没做什么。"

"没做什么你跑出去干吗,一夜不归,知道团里是怎么规定的吗?"

"知道。"

"知道为什么还要出去?!"

万月不吭气了,垂下头,双手绞一起,看上去挺委屈。

"说啊,到底干啥去了?"罗正雄真是急了,万月脸上,分明写着一层层疑惑。自从乌鸡崖出了事,团里再三规定,没有特殊事情,决不许任何人夜间擅自离开营地。作为特二团的重要成员,万月不可能不清楚违犯规定的后果,可她为什么……

"我不能回答你。"默了半天,万月抬起头说。

"警卫员!"罗正雄冲外面喊了一声,就有警卫员闻声进来。"把她带走,关禁闭!"

万月被关了禁闭。

副团长刘威闻声赶来,讯问发生了啥事。罗正雄气狠狠说:"你去问她,真是把她宠上天了。"

不多时,刘威再次走进来,面色阴暗地说:"这里面可能有文章。"

"什么文章?"

"刚才祁顺跟我说,昨晚一营长江涛也不在营区,会不会……"

"江涛不在? 这么重要的情况为什么不报告?!"

"祁顺说……"

"说什么?"

"昨晚,古丽米热发烧,他帮着煎药,就……"

"混账!"

情况突然间变得复杂。祁顺本来是一直跟着江涛的,江涛的一举一动,都处在秘密监视中。近段日子,江涛表现得很平静,丝毫看不出他有什么嫌疑。一组出事后,江涛比任何人都悲痛,还主动向团部打报告请求处分。他是出事那个分组的负责人,有时候于海到了那个分组,他也会到别的分组去。营以上干部都是轮流到各分组指导工作,自己肩上并没具体的测量任务,主要就是把全组的工作统筹起来。由于他目前身份特殊,属于暗中监控对象,更多时候,于海跟他在一起的。一组出事后,团里工作一片忙乱,反倒把对他的监控给放松了。

"他真的出去过?"三个人再次坐一起时,罗正雄问刘威跟张笑天。

刘威没回答,张笑天红着脸道:"昨晚他请示过我,就在开会之前,说是一组有个战士拉肚子,止不住,他去山下找种草药,我同意了。"

罗正雄跟刘威面面相觑,监控江涛的事,张笑天并不知情,以前他只是营长,不能讲,这些日子又没顾上跟他讲。真是应了那句话,越想做得万无一失,反而失误越多。看来在工作中,他们还存在太多漏洞,这也是特二团目前暴露出来的最大的问题。

一阵缄默后,罗正雄又问:"他是几点出去的?"

"八点过几分,天刚擦黑。"张笑天说。

"万月呢?"

刘威接话道:"我问过张双羊,万月八点钟还在营地,啥时不见的,她也没注意。"

"警卫呢,警卫是干什么吃的,连个营地都看不住,还当什么警卫?"

"我问过昨晚值班的警卫,他说万月当时回答是你批准的,所以没敢拦。"

罗正雄不言声了,万月这样做已不止一次,前几次他都忍了,这次,难道还要忍?

"现在必须搞清楚,江涛出去做什么,什么时候回来的?"怕罗正雄过于自责,刘威插话道。

事情到了这儿,罗正雄不得不把有些话讲出来。

听完,副团长刘威跟张笑天就都傻了,哑了。

原来万月的背后,竟藏着太多的隐情!

# 第八章 狡猾的『血鹰』

> 科古琴沉默了,天山沉默了,美丽的赛里木湖,也像是要沉默。然而谁能真正沉默得了!面对敌对势力的狡猾伎俩和不死野心,特二团终于发出吼声……我们是不可战胜的!
>
> ——战地作家的日记

## 37

万月跟铁猫的确有联系,铁猫像个幽灵,一直尾随在万月身后。也就是说特二团的一举一动,铁猫看得清清楚楚。

罗正雄是在离开红海子前一周发现这一惊人事实的,当时对红海子的测量已全部结束,资料整理也基本就绪,加上歼灭东突分子的大胜利,全团沉浸在一派喜悦中。也就在那几天,罗正雄发现了万月的秘密。每晚人睡定,万月总要借故离开营地,有时半小时,有时一小时,步履匆匆,神色怪异。这事引起了于海的警觉,那天傍晚,于海钻进罗正雄的地窝子,压低声音道:"万月咋回事,怎么最近老是神出鬼没的?"罗正雄装出一副无所谓的表情道:"女人家的事,咱们大老爷们少管。"

"女人,你咋这么快就把人家称女人了。"见罗正雄一脸的轻松,于海反倒不好意思,是不是自己太多疑了?只好说句玩笑话,想缓解一下自个的神经。

"她是专家,可能对红海子有了感情,舍不得离开。"

于海哦了一声,走了。

等人全部睡定,罗正雄悄悄溜出地窝子,跟哨兵嘀咕了几句,就往沙梁子那边去了。约莫一个小时后,营地那边传来沙沙的脚步声,罗正雄屏住呼吸借胡杨林掩住身体,定定注视着前面的沙窝子。不多时,胡杨林尽头一座小沙丘下,显出万月的身影。那晚的月光惨淡,风儿轻柔,天地一派祥和。万月到了沙丘下,先是四下张望了阵,然后又往东移了移,脚步停在了红柳丛前。又过了片刻,沙丘东侧,忽地冒出一个黑影。尽管罗正雄一直盯着那个方向,但黑影从哪儿钻出来的,他真是没发现,等看清时,黑影已跃过沙丘,站在了万月对面。

黑影正是铁猫。罗正雄虽然没见过铁猫,凭感觉他断定那就是铁猫。他一下就想起了初来红海子时在营地看到的那个黑影,还有后来巡夜时,眼里闪过的一个黑影儿。此人身手敏捷,动作利落,特别是在沙漠里行走,脚下居然不发出声儿。这功夫,罗正雄听过却没见过,他在心里不由得呀了一声。

"资料好了没?"黑影一到万月跟前,便情急地问。

万月没吭声。

"血鹰已经等得不耐烦了,他命令我们必须在特二团撤出红海子前,将资料拿到手。"

"这不可能!"万月沉沉地道。

"我也知道这不可能,但血鹰的脾气,你不是不知道,他已通知四方,要抢在特二团撤出红海子时动手。"

"他敢!"

黑影不吭气了,半天,他伸手揽住万月,轻声道:"我们离开吧,离开新疆,到重庆去。或者直接到台湾。"

万月冷冷一笑道:"我哪也不去,我就要留在特二团。"

"你疯了!"黑影猛地抓住万月的肩,像是非常震惊地道。见万月不为所动,换一种语气道:"你是不是真的爱上了那个姓罗的?"

万月紧抿着嘴唇,不说是也不说不是,看得出她很痛苦。

从万月的神态里,黑影似乎证实了什么。猛地扭过万月脖子:"我不许你这样,不许!"

万月被弄痛了,黑影的粗鲁激怒了她,奋力一扭,抽开身子:"放开我,你这混账!"

"我是混账,我是无赖,可我就是不容许这样的事发生。"黑影近乎吼起来。

"这事你管不着,"万月捋捋头发,整整被黑影弄乱了的衣服,换一种平静的语气道,"回去告诉血鹰,我跟他之间早就没了关系,他敢再纠缠我,我让他死无葬身之地。"

"你在威胁我?"黑影后退几步,恶狠狠道。

"我没威胁任何人,但也不许任何人威胁我。"

"哈哈哈哈……"夜色沉重的沙漠里,突然爆出黑影一片狂笑,笑完往前挪了两步,逼视住万月,"别忘了,你是我的人,我不管你对他咋样,对我,你休想背叛,也背叛不了!"说着,黑影就想扑上来,强行拉过万月,试图将她更紧地揽在怀里。

就在罗正雄情急地思考对策时,夜幕下突然发生不可思议的一幕。趁黑影死拉活扯的空,万月突地从怀里掏出一把刀,想也没想就朝黑影捅去。幸亏是黑影,要是换了别人,那一刀怕是不偏不斜就扎在了心脏上。黑影一个闪步,逃开那致命一刀。"你敢捅我,你真的敢捅我?"

"敢!"万月的样子真是骇人,她像一头母兽,疯狂的母兽。

"好啊,我帮了你多少次,救了你多少次,你居然如此狠心……"黑影激动了,他激动起来,浑身就发出一种抖,仿佛突然中风似的,双腿都有点站立不住。事后想起来,罗正雄才明白,黑影其实是不想伤害万月的,如果真想伤害,凭他的功夫,万月纵是有三头六臂,也难逃他的毒手。

为什么?后来罗正雄问过万月,是在去年冬季的某一天,团部小院外面的白杨林里。那一天他跟万月发生过争吵,还是为了铁猫。

固执的万月,她就是不把实情讲出来。

红海子那一夜,黑影一气说了许多,中间甚至很伤感地提起了往事,提起了万月的母亲。万月像根枯树桩,一动不动,任凭黑影歇斯底里说下去。黑影说完,慢慢移过来,想再一次揽住万月。万月突然横起刀:"你别过来,你再敢往前一步,我就自杀。"

黑影突地止住了步子。

人和人之间的感情是很奇怪的,罗正雄明明知道,铁猫对万月,是那种死心塌地的爱,是那种赴汤蹈火在所不辞的爱。但他偏偏在心底,就藏了她,而且越藏越深,越藏越抹不掉。红海子回来后罗正雄并没急着跟万月摊牌,那晚看到的事,被他牢牢压在了心底,跟谁也没提。包括师长刘振海,有次有意无意问起万月跟血鹰之间的事儿,他也佯装不知道。刘振海还一本正经道:"对万月,你应该多关心点,她的身世,苦啊……"

她的身世,他岂能不知。甚至,他怀疑万月根本不是谢雨亭所生。如果他的猜想没错,万月应该是,应该是……

天啊,这秘密,还是先藏着吧。一旦说出来,特二团或许就会乱,至少江宛音那边,会接受不了。

科古琴山脉下的这片营地,这晚陷入了静默。刘威跟张笑天两个完全被罗正雄的述说惊住了,不只是惊,后来,后来甚至听得有几分入迷。的确,万月身上藏的不只是一般秘密。打开万月这把锁,兴许藏在暗中的血鹰及"316"的秘密,就都暴露于光天化日之下了。

除此之外,刘威跟张笑天还听到一段伤感的爱情,是的,爱情。罗正雄根本伪装不了,谈着谈着,就把自己的爱摆到了明处。这是一种锥心的爱,一种得不到却非要得到的爱。为了这爱,罗正雄背弃了很多原则,包括私自隐瞒万月通敌的事实,包括他看见敌人却因不想伤害万月而让敌人自由自在地离开。为了这爱,罗正雄更是伤害了许多人,其中伤害最重的就是江宛音。

"我是想让她自己把事实说出来啊。"罗正雄最后道。

这也是师部的希望。其实师部对万月的掌握,并不比罗正雄少。那次在医院,刘振海险些当面就讲出万月跟血鹰跟铁猫难以理清的关系,特别是他们三人之间纠缠不清的爱恨。最终刘振海还是改变了主意,语气诚恳地说:"我们相信你,你是一个优秀的战士。过去的事儿不怪你,只要你能保持清醒的头脑,始终如一地坚守住自己的信念,你永远是我们的好战士。"

然而说归说,师长刘振海心里,还是不大稳当。毕竟万月的处境,比谁都复杂啊,不怕一万,就怕万一。要不然他派古丽米热做什么?

三个人终于达成一致,暂时不对万月采取任何措施,继续依靠她引血鹰出洞。血鹰不出洞,敌人的阴谋就不能彻底暴露。铁猫虽然可恨,但毕竟只是血鹰的爪牙,抓了他无济于事,莫不如……

同一个晚上,禁闭室里的万月,心情却是另一番样子。

禁闭室其实是一顶小帐篷,就在离罗正雄的帐篷不远处,从扎营到现在,它一直闲着,没想万月成了它的第一个客人。

万月的确离开过营地,而且彻夜未归。昨晚,万月原本是想早早入睡的,这段日子她熬得太累,一组出事后,资料毁去一大半,东脉那边的地形图出不来。万月想凭借其他两个分组的资料画一份大样图。这工作看上去轻松,实则太难,万月真可谓熬尽了心血。团里没人要求她做这些,是她自愿的,她想以这种方式寄托对死难者的哀思。再者她也想通过这番努力,整体掌握一下科古琴的山情山貌。科古琴的工作一天不结束,她的心就一天不得踏实。

吃过晚饭,她跟一组几个女战士交流了一会儿,主要是询问东脉那边溪流的情况。万月发现,科古琴的溪流很有特色,不只是分布上的不均匀,水的流向、温度,还有清澈度均不同。这是受地下岩层的不同所致,万月想凭借溪流微小的变化,对科古琴的地下岩层作个大致判断,这对将来开发科古琴大有益处。

聊完天,万月往自个的帐篷走,她原是跟张双羊和田玉珍挤一起的,后来师部又带来十几顶帐篷,万月就搬了出来。经过炊事班的帐篷时,万月看见了驼五爷。一组出事后,驼五爷变了,变得比谁都哑巴,营地里再也听不见他的小调声,就是吃饭,他也端着碗,蹲得远远的,像是谁惹了他。万月理解他的心情,更多的时候,驼五爷是拿他们当孩子看的,驼五爷一生没讨下个固定的伴,也就没给自个生下个孩子,可他心里是很看重这个的。跟特二团在一起,他感觉快乐,这快乐有一半就是团里的年轻人填补了他的心灵。甭看他平日大大咧咧,心细着哩。一下死去那么多孩子,他能好受?

万月正打算走过去,想陪驼五爷喧一会儿,猛地一个黑影闪入她的眼帘。黑影来自很远处,离营地约有上千米。傍晚的光线接近阴暗,草原被映得蒙蒙的,远处的赛里木湖也蒙蒙的。但万月还是看见了那个黑影。"胆子好大啊——"万月这么感叹了一声,倒吸一口冷气,疾步穿过帐篷中间那片空地儿,把自己藏到帐篷里。万月越来越惧怕那个黑影,他像个幽灵,跟定了她,无论何时何地,只要他想出现,就没人能阻挡得住。万月清楚,这绝不是血鹰的主意。依血鹰的性格,他是断不许铁猫这样做的。铁猫这样做,等于是在出卖血鹰,出卖他好不容易建立起来的同盟军。铁猫执意如此,藏在老巢里的血鹰居然毫无办法!

铁猫跟血鹰的矛盾是越来越深了,表面看铁猫对血鹰服服帖帖,狗一样驯服,其实铁猫背叛血鹰的心早就有了。还在新疆没解放前,两个人的矛盾就已凸现,这矛盾一半是因为万月,一半却是因血鹰的专横和残暴。相比之下,铁猫还算个有人性的人,尽管他也在不停地做坏事,但比起血鹰的累累血腥,他的所作所为就有点小巫见大巫。万月更加知道铁猫一直想摆脱开血鹰,不止一次跟她说:"跟我走吧,让我们远离这是非之地,到一个安全的地儿去。这样的日子,我真是一天也不想要了。"万月无言,她只能无言。这辈子,她是没法说服铁猫了。这个曾经从那扇门里走出的打手,血鹰父子最忠实的一条狗,见到她后,居然慢慢地学着做人,学着爱人,开始变得一点点有人性了。万月没想到,他竟能爱上自己,竟敢爱上自己!她是谁啊,一个被国民政府和国民党各派势力争来抢去的专家的女儿,一个为了扼制住她父亲而不惜动用一切手段想死死控制住的人质,一个被私下里唤作冰美人的宝贝!为了得到她,血鹰花费了多大心血,甚至不惜跟自己的父亲闹翻,甚至将罪恶之手伸向她的母亲!一次次遭到拒绝后,他还是不死心,发誓要得到她的心。为此,他放弃逃往台湾的机会,跟被南京方面誉为新疆第一魔头的父亲反目为仇,硬是在已经失去的土地上建立起一支自己的力量,凭借这股力量,他想跟解放军顽抗到底,想把曾经的辉煌再次抓到手。这想法看上去虽然幼稚,却得到台湾方面的强力支持。如今他是台湾方面反攻大陆重新夺回辽阔疆域的唯一希望,也是台湾方面埋在疆域的一颗定时炸弹。指不定哪天炸响了,就能让整个世界震惊。

就是这样一个魔鬼,却口口声声说爱她,扬言如果她不嫁给他,他将誓死不离新疆,哪怕粉身碎骨,哪怕跟这个世界一同消亡。

世上有这样的爱么?谁敢相信?

偏是一波未平,一波又起。这个铁猫,居然也跑来凑热闹,居然也把垂涎的目光伸向她……万月真是搞不清,这世界怎么了,她一个弱女子怎就能引出这么多的是非?这么想时,她是会恨上一阵母亲的,是母亲谢雨亭亲手将她推入这个旋涡,也是母亲谢雨亭有意无意地在她身上注入了一种魅力,一种可以让男人神魂颠倒的魅力。万月一开始是不信这些的。女人的魅力?她这样嘲笑母亲。她认为母亲太幼稚,自己拢不住父亲的心,却要拿女儿当砝码,还说只要把她训练出来,不怕万海波不听她的!后来,后来……接二连三的事实让万月对母亲的计谋还有手段生出恐怖,她不得不承认,征服男人,母亲谢雨亭的确有一手!她似乎总能准确地把握住男人的脉,并能恰到好处地给男人提供妄想的机会。是的,妄想,万月到现在还坚信,包括母亲,包括血鹰甚至铁猫,都活在妄想里。

他们被自己的妄想控制着,折磨着,身不由己。

他们是一群只有手段而没有灵魂的人!

为了逃开他们,万月发愤苦读,心想只要有本事,就能远走天下,谁知学成回来,他们的魔爪再次伸她身上。特一团成立时,血鹰就想将她打入到内部去,万月严词相拒并警告血鹰,如果胆敢再兴风作浪,必将他的阴谋告知天下。血鹰阴狠狠一笑:"你想告诉谁,是想告诉解放军吧,那你去呀,看他们信不信你的话?"血鹰的语气里充满了嘲笑,以为像她这样的人,只能乖乖接受他的摆布,为他卖命,还想着跟解放军扯上关系,做梦去吧。

万月咽不下这口气,也不想老活在噩梦中,得知兵团在疆内招收有文化有技术的新兵时,毅然决然来到招兵处。她本来想去云南或更远的地方,可兵团里偏是有人一眼就发现了她,还认出她是万海波的小女。当下一纸命令,她便进了特训处,几个月的训练结束后,她便奉命进入特二团。临到特二团那天,那个当初发现她的老兵再次来看她,语重心长地说:"到了特二团,要放开手脚,把自己的本事都使出来。兵团需要你,新疆需要你,祖国需要你。"万月那时才知道,他不是一般的老兵,他是副司令员,是德高望重的老首长。

他也是父亲的老朋友,母亲谢雨亭的老邻居,一个慈祥善良的老人。

往事如烟,往事如梦,往事不堪回首。

缩在帐篷里,万月内心起伏难以宁静。思前想后,还是放不下心。如果铁猫真的摸到营地,那可怎么办?这么想着,她再次溜出帐篷,悄悄向营地边摸去。也就在那一刻,她看见了一个人:江涛。

他去哪儿?如果是别人溜出营地,万月兴许不在乎。可那人是江涛,她不能不管。看着江涛鬼影一样消失在夜幕里,她连回来打报告的时间都没有,跟哨兵撒了个谎,就猫腰向江涛追去。

昨晚,她终于证实了一件事,一件可怕的事。

# 38

江涛的确出了问题。

虽然一切都在预想中,但担心的事一旦得到证实,震动竟是那样大。昨晚,万月过得很痛苦,心里像是爬满了毒蚁,咬得她根本就静不下来。她彻夜地走在营地外面的草地上,直到天亮心情还是无法平静。

拉江涛下水完全是铁猫的主意。铁猫这样做,一半是为了血鹰,另一半却是为了她。

特一团出事后,铁猫并没拿到要拿的资料,血鹰很恼火,大骂铁猫办事不力,对不起他多年的栽培。铁猫嘴上认着错,心里却恨得锅滚,恨不能一刀结果掉这个畜生。是的,当某一天,铁猫无意中撞见,穷凶极恶的血鹰将依然保持着姣好身材和华丽风韵的谢雨亭压在床上时,对血鹰他心里所有的感激和崇敬一扫而光。畜生!变态狂!恶狼!他愤愤地摔上门,将能骂的话全骂了一遍,然后愤然离开血鹰的老巢,发誓再也不见这个魔头。如果不是因为万月,他是不会回到血鹰身边的,更不会再次为血鹰卖命。

谁能想得到呢,血鹰前脚强暴了谢雨亭,后脚就厚颜无耻地向万月求婚,并且上演了一场为万月寻母的戏。铁猫得知这一消息时,谢雨亭已被血鹰秘密处死,他怕自己做下的罪孽被万月知道,更怕谢雨亭身后的力量对他报复。他想在万月面前始终保持谦谦君子风度,保持绅士派头。这个披着人皮的狼还真能演戏,几句话就让万月消除了戒心,而且还大言不惭地说:"放心,有我在,你母亲就不会出事,无论什么人,什么力量,胆敢动你母亲一根汗毛,我让他死得很难看。"万月兴许是急于找到失踪的母亲,更想通过血鹰的手查到是谁对父亲下了毒手,所以才委曲求全,答应在他安排的居所住下来。闻知此信,铁猫火速从成都赶来,见到万月,第一句话就说:"你必须跟我走,这儿危险!"

可惜那个时候的万月根本听不进铁猫的话,她被血鹰的甜言蜜语蒙骗了,甚至怀疑母亲的失踪跟铁猫有关。无论铁猫说什么,她都摇头,加上当时新疆混乱一片,各方势力你争我夺,人们都以为万海波把一生的研究留给了万月,一时之间,她成了各方抢夺的目标。为求安全,万月只能住在血鹰那儿。铁猫虽知她误陷虎穴,却又不敢把实情说出来,一旦万月知道母亲谢雨亭是血鹰所害,父亲的死也跟他有关,那么她会毫不犹豫地冲向血鹰。结果只有一个,万月会跟她母亲一样,死得很惨!

这便是铁猫至今不告诉万月真相的原因。

铁猫心里,真是有万月的。

万月进入特二团,血鹰欣喜若狂。尽管此时,万月早已跟他断绝来往,并且发誓要将他的阴谋揭露出来,但血鹰是个刚愎自用的人,他不相信万月会背弃他,更不相信万月会真心投靠解放军。他跟铁猫说:"我们的机会来了,这一次说啥也不能让东突人占了先机。"铁猫吞吞吐吐,他实在不想让万月也搅进这团浑水中来,再者这时候的铁猫已意识到,万月是不可能嫁给他了,他多年的爱,将随着万月的这一惊人决定,而变成一场白日梦。他痛,他恨,他更是不甘心。他跟血鹰说:"放过她吧,她也是个不幸的女人。"

血鹰冷冷一笑:"怎么,你真是喜欢上她了?"

铁猫没回答,但心里巴不得向全世界承认,他爱万月,真的爱。他这生最大的梦想,就是牵着她的手浪迹天涯。

"干我们这行,是不能动真情的。你可以玩女人,怎么玩都行,但你就是不能爱她。女人这东西,是用来享受的,不是用来爱的。明白我的意思么?"

铁猫还是没回答。

血鹰怒了。血鹰说这番话,就是想表明他是个为了事业什么都可放弃的人,包括心爱的女人! 对铁猫的那份心计,还有他对万月那点儿感情,血鹰心知肚明。但为了事业,为了反攻大业,他一忍再忍,为的就是能把铁猫牢牢捏在手心,让他死心塌地为自己卖命。如果铁猫因为一个女人,胆敢做出跟他的主张相背的事,他是绝对不会轻饶的。

"好好想想,去找她,一切按原计划进行。"说完,血鹰扔下铁猫,进屋搂女人去了。

血鹰的老巢里,养着不少女人,这些女人,有骗来的,有抓来的。还有几个,是没来得及逃往台湾的国民党军官的姨太太或者女儿。血鹰名义上在保护她们,实则……

铁猫犹豫再三还是悄然进入了沙漠。一开始,铁猫想得很简单,他想说服万月,离开特二团,离开危险的疆域,去哪儿都行,只要不被血鹰找到,只要能摆脱那只魔掌。为此他在于海他们赶往红海子的路上劫持了万月。谁知万月远非以前那个万月,更不是他盼望中的女人。两人在风暴中发生了激烈争执,万月最后以死要挟,说如果不放她走,她就死在他面前。铁猫怕了,他是个有勇无谋的男人,更是个对女人下不了狠的男人。他做过的坏事里,独独有一项空白,就是没杀过女人。迫不得已,他将万月又送回红海子,没想送去的时间比于海他们到达的时间早了一天。这以后,铁猫一边跟踪万月,一边绞尽脑汁想办法。那次水囊的事,就是他干的。原以为扎破水囊,就能将万月置于孤立地位,万月一受孤立,说不定就能改变主意。谁知……

拉拢江涛,是那次扎破水囊后铁猫突然生出的一条计。他想,要是能把江涛拉拢过来,事情或许就可以简单。一则他能在血鹰面前有所交代,毕竟他为血鹰又发展了一条内线,要知道能在特二团发展一条内线是多么不容易啊。另外,铁猫也想以此缓解万月身上的压力,他怕有一天事情败露,万月会遭到解放军的惩罚,有了江涛,事情就不一样,到时可以把一切推到这个替死鬼身上。

为拉拢江涛,铁猫真是费尽了心思。他居然能打听到江涛的老家,居然能将江涛父母找到。

只是他跟江涛撒了谎。他说组织已给江涛父母盖了五间新房,还把他有残疾的妹妹送进了医院,用不了多久他妹妹就能下地走路了。江涛感动得直哭,他最牵挂的就是妹妹。妹妹才十三,就因突然的一场怪病,脚不能着地了。一想这事,江涛的心就烂,现在妹妹终于有了希望,自己付出点又能算什么?事实呢,江涛跟铁猫接上头不久,血鹰便派人暗中将他父母还有妹妹接进了新疆。如今他父母被血鹰控制在手里,妹妹拖着一条病腿,整日为血鹰扫地抹桌子,不时地还要受到血鹰的骚扰。那日子比掉进地狱好不了多少。

这些,铁猫并没瞒万月。他这样做,是想让万月明白,如果她不放弃为解放军卖命,就会有更多的人跟着受罪,她如果良心能安,就尽管按自己的意志一意孤行好了。

能安么?

万月没法回答。

一开始,她把希望寄托在江涛身上,她不相信江涛会上铁猫的当,更不相信江涛会背弃信念,靠出卖自己的战友换取个人幸福。后来她发现江涛变了,真的如铁猫所说,他在一步步地朝地狱走去。为此她冒着风险,将信息透露给司徒碧兰,想借司徒碧兰的力量阻止他。谁知他竟设计将司徒碧兰引入野狼谷,自己却在铁猫的保护下悄悄溜走,差点让司徒碧兰被狼群吃了。后来她又婉转地提醒罗正雄,让他留意江涛的行踪,谁知罗正雄一句话就封了她的口:"江涛的事我心里有数,你最好还是先约束好自己。"

是啊,约束好自己。在特二团,她有什么资格怀疑别人,又有什么资格去提醒别人?怕是全团怀疑的目光,都集中在她身上。

昨晚,她亲耳听见,铁猫向江涛下了命令,要他设法将特二团引入阴阳谷,在开满百合花的那片草滩上宿营,到时……

怎么办,是告诉罗正雄,还是?

禁闭室里,万月心急如焚。她想血鹰再也耐不住了,红海子没能实现他罪恶的阴谋,已令他恼羞成怒,也令台湾方面相当不满。如果特二团再顺利拿下科古琴,他的整个计划就都泡汤,他在新疆的地位,将遭到颠覆性的动摇。

血鹰及其"316"怕是真的要豁出命反扑了。

太阳再一次照亮科古琴时,万月听到一个可怕的消息。

特二团突然作出决定,全团西进,不惜一切代价拿下科古琴。已经宣布解散的突击营连夜组织了起来,张笑天和江涛奉命带队,分别向阴阳谷两侧的一二号险要地段进发,用一周时间完成两侧主峰的测量,七天后在阴阳谷会合。

张双羊和田玉珍分别担任突击一二营的副营长,杜丽丽这次没分在张笑天这边,她自己提议要跟着江涛。

罗正雄答应了她的请求。

万月从突击营中除了名,继续留在三组,跟副团长刘威一起,向科古琴最西端的乌拉牙峰进发。太阳染红美丽的科古琴草原时,山下的营地已变成一片空地,所有的帐篷赶在出发前全部撤除,草地上连一片垃圾也没留下。驼五爷吆喝着骆驼走在队伍最后面,驼上驮的是特二团的全部家当。

古丽米热一脸肃然紧跟万月身后,状若保镖。万月知道,她的监禁并没撤销,古丽米热这样做是在执行监视任务。到现在为止,她还是一个失去自由的人。她的心里是说不出的痛,有几次,她想张开口冲副团长刘威喊:"你们不能这样做,不能听信江涛和杜丽丽的谗言,把特二团往死路上带。"可是古丽米热的眼神阻止了她。每每看见她要说话,古丽米热就会毫不客气地瞪上她一眼,那意思很明确,你万月目前还没有说话的权利。

说话的权利!

万月绝望地咽了口唾沫,这一路,她真是不知道怎么走来的。等站在险峻的乌拉牙峰下面,等看见那一眼望不尽的千年不化的圣洁雪山时,她的心似乎由焦急转入死灰一般的平静了。

也就在这个时候,一支神秘的驼队悄然从准噶尔盆地一个叫麻嘴的小村落出发,朝科古琴方向走来。六十多峰驼上坐着三十几个人,说是往科古琴草原还有赛里木湖区一带送中药和猎品。晃儿悠儿的驼上确实驮着五颜六色的毛线口袋。驼队是在天黑时分上路的,领头的是一个叫黑三的老光棍,嘴有点豁,说话总是走风漏气,让人听不清他的真实意思。驼队走出村落,黑三朝身后的小村落望了望,那一望有点悠长,有点别的意味在里面。不过黑三很快回了头,没让那一望持续太长时间。后来月亮从云里跳出来,映出了黑三那张脸。那脸的确有点黑,而且带着伤疤,乍一看,跟戏里旧时紫禁城午门外的刽子手没啥两样。不过黑三是不太计较这个的,他对自己的长相习惯了,就跟习惯眼下这种日子一样,所以他显得很自信,坐在头驼上的姿势让人感觉他是个能指挥得了千军万马的人,了不起!驼队一离开村落,步子马上就快起来。这是一支训练有素极善于走夜路的驼队,从驼的步伐上便能看出来,而且这支驼队没戴驼铃,这就有点不一样,一般说,驼队出发,总是先听到驼铃再看见驼影的。驼铃叮咚,那才是辽阔疆域的声音。

随着这支驼的出发,又有若干个影子动起来,方向,都是朝着科古琴。一时,准噶尔盆地热闹了,热闹得很。

美丽的赛里木湖,却照样显得宁静。仿佛远远近近的动声,都没惊扰它。它依然保持着沉稳凝重的性格,在夜色下发出那亘古不变的光芒。

侦察连长孙虎已在湖边潜伏了五天。五天前,师部接到情报,一直深藏不露的血鹰很可能向赛里木湖这边来。情报是打进血鹰身边的女侦察员设法送出的,她还向师部报告了一个重要情况,血鹰之所以亲自出马,就是想借这次跟特二团交锋的机会,了断他跟万月还有铁猫三人之间的恩怨。血鹰对铁猫已忍无可忍,他之所以迟迟对特二团动不了手,都是铁猫从中作梗。铁猫不断向血鹰提供假情报,弄得血鹰总也下不了决心。现在血鹰可以放手一搏了,再也不需要铁猫向他提供什么,江涛已完全捏到了他手心,并且忠心耿耿为他服务。为表忠心,江涛还主动为血鹰发展了杜丽丽。那可是个美人呀,江涛再三向他暗示,杜丽丽的姿色绝不在万月之下,而且比万月更有野心。野心好,血鹰就喜欢有野心的女人。女人有了野心,做事才能不扭扭捏捏,才敢比男人更不计后果地往前冲。一想杜丽丽,血鹰心潮澎湃,甚至有点心花怒放了。她可是个连解放军的高官都看不上的女人啊,如果真能将她搞到手,那效果可真是不一样!

"这一次我亲自指挥,我就不信搞不掉个特二团!"他染着醉意跟手下说。

得到情报,师部当即作出决定,要孙虎带人立刻赶往赛里木湖,跟提前安排在那儿的侦察兵会合,严密监视血鹰及其"316"的行踪。同时另一支力量也悄然出发,朝赛里木湖而来。

刘振海知道,血鹰之所以咬住特二团不放,就是想彻底打乱我兵团驻守边疆建设边疆的战略计划,同时也向台湾方面表明,他是优秀的,是没人可以取代得了的。要想反攻大陆,夺回辽阔疆域,就必须依靠他。刘振海命令孙虎,血鹰及其"316"进入科古琴山脉前,暂不惊扰他,让他顺顺当当进山。一旦血鹰进山,侦察连就要迅速切断他跟山下的联系,全力保护好赛里木湖区的牧民,不让他们的生命及财产受到伤害。

既要消灭顽敌,又要保护好群众,这是兵团司令部的命令。血鹰及其"316"之所以能在疆域生存,就是疆域内还有不少群众不相信解放军,他们听信了血鹰的谣言,说解放军共产共妻,啥事儿都做,特别对少数民族及游牧民族,解放军的政策更是残酷。

"一定要把这股谣言给灭掉!"

潜伏在湖区的草丛里,孙虎心里纳闷着,血鹰怎么还不出现?湖区如此安静,不会是血鹰又耍什么鬼招吧?

皎洁的月光,温柔地洒在湖面上,平静的湖面,泛起粼粼波光。

盛夏的赛里木湖,真是美极了。

## 39

血鹰果然耍了花招,声东击西,这是他一贯的招数。

就在孙虎他们刚刚进入赛里木湖区后,一条消息秘密传入他的老巢,血鹰阴阴一笑:想守株待兔,置我于死地,做梦去吧!他接过侍从递过的酒杯,美美饮了一口,一扔杯子,怒道:"来啊,把紫朵儿带上来!"话音刚落,就有两个满脸横肉的家伙押着五花大绑的紫朵儿来到大厅。

紫朵儿正是打入"316"内部的侦察员,她是孙虎手下一名新兵,今年才十七岁。因为长相质朴,眼神里又透着一股憨厚气,孙虎决定让她化装成流落牧区的外乡女,想方设法接近"316"的人。紫朵儿不负厚望,先是跟一个叫老巴的男人扯上了关系,到他家侍候他瘫痪的娘。后来血鹰老巢里需要一名洗衣工,外加照顾他母亲的起居,老巴便向血鹰献殷勤,将紫朵儿送进了老巢。一开始,血鹰是很不在意这个乡下丫头的,老巢里进进出出的丫头实在太多了,如果哪个都分散他的眼神,还不得累死?是母亲的态度引起他的警觉,他才对紫朵儿暗中留了一手。

血鹰的母亲就是多年前万月跟着母亲谢雨亭见过的那个黄脸女人,她现在更老了,老得男人逃往台湾时都懒得将她带上,只是随随便便说了一句:"你就留下吧,这房子,这牛羊,都给你。"人是老了,脾气却一点没老,而且被丈夫抛下后,她的脾气越发地大,大得几乎容不下一个侍候她的人。这几年,血鹰为了她,真是费了不少劲,前前后后被她骂走的小丫头怕是有二三十个。骂到后来,血鹰也被骂疲了,索性将此事扔给管家,再也不闻不问。谁知前段日子,母亲突然容光焕发,脸上破天荒地染了笑,白日里还从她的深宫中走出来,坐在花下晒晒太阳。弄得老管家也挺是纳闷儿,跑血鹰跟前说:"那个小丫头,甭看人老实,哄老太太可真是有一手。"

"哪个小丫头?"

"就是那个叫紫朵儿的。"

"紫朵儿?"血鹰感觉这名字很新鲜很特别,想了想就在脑子里记住了。等再次看到紫朵儿陪着母亲坐在太阳下,就笑着走过来:"你就是紫朵儿?"

"回主人的话,奴家就是紫朵儿。"

兴许紫朵儿的回答太规范,太有礼节,也兴许她垂下的目光还不够老辣,让血鹰看出了破绽。总之那天起,血鹰就对这个紫朵儿多了层戒备。戒备来戒备去,血鹰就断定她是混进来摸他底的。

"说,谁派你来的?"血鹰的口气听上去并没多恶。

"主人说什么,奴家听不懂。"

"好一个奴家,你真听不懂?"

"回主人话,奴家听不懂。"

"听不懂好,你不是想当奴家么,好,我成全你,来人——"血鹰猛地喝了一声,就有两个脸上堆满横肉的家伙走进来。"把她拉出去,让她好好做回奴。"

这就是血鹰,他要是想怒,是不需要任何理由的。他要是想糟践你,是不给你任何拯救机会的。紫朵儿拉出去没过十分钟,院里便发出惨叫,自然是年轻的紫朵儿的惨叫。

血鹰为紫朵儿准备了十几个年轻力壮见了女人比狼还饿的男人,都是他的打手。血鹰为他们准备了一道好菜,不,简直就是一顿盛宴。只听得紫朵儿的哭叫声一次次响起,又一次次弱下,伴随这哭叫的,是打手们的淫笑,还有……

"血鹰,你个恶狼!武慈航,你个恶魔,禽兽!"

天快亮时,紫朵儿喊出了最后一句,这句话拼尽了她全部力气,也将她的人生最终定格在屈辱和仇恨里。这个可怜的孩子,再有一天就是她十八岁的生日,可惜,可惜啊——

血鹰化装成一个采药的老头,背着背篓,神不知鬼不觉地从另一条道上悄然摸进了科古琴。侦察连长孙虎在赛里木湖边警惕地四下观望时,他已在离阴阳谷很近的一个山洞里对先期赶来的"316"成员发号施令。

形势陡地紧起来。

时令已是盛夏,天特别的热,阳光灼烧着科古琴,远处的雪山已开始融化,雪水奔腾着,欢叫着,穿过科古琴厚厚的绿色屏障,直奔赛里木湖而去。阴阳谷两侧的险峰上,特二团的测量工作紧张而有序地展开。一进入测区,张笑天便完全进入了角色,他和张双羊分别带着两路人马,从东西两个方向向一号区峰岭包抄。这次他们吸取了教训,没敢分开宿营,专门留出三个人,寻找夜间宿营的地儿。天色擦黑时,两路人马分别从两个方向走来,汇集到营地,点火做饭,商量第二天的工作。随着日子的一天天推移,两个人的感情也在一天天成熟,再也不需要彼此表白什么了,一个眼神,一个微笑,就能把一天的相思表达出来。偶尔地,张笑天也会采一朵山花,趁人不注意,悄悄递张双羊手里。捧着山花,张双羊发出会心的一笑,她没想到,自己真能在特二团收获一份爱情。相比甜美的爱情,白日里受的苦遇到的险阻又算什么?

另一个营里,情况稍稍有点不一样。江涛没按团部的要求集中宿营,他和杜丽丽带一个组,田玉珍和孙奇带一个组,分两个方向朝峰岭测去。夜间宿营,江涛命令各宿各的,说一切为了争取时间,必须要在团部规定的时间内拿下二号区,然后向阴阳谷进发。田玉珍跟他争了会儿,不顶用,只好放弃集中宿营的主张。不过她跟孙奇说:"夜里睡觉,你我必须轮流值班,这一次说啥也不能出事儿。"孙奇领会她的意思,有了乌鸡崖血的教训,战士们在宿营地的选择和夜间值勤上格外谨慎。尽管如此,田玉珍还是放不下心,这天深夜,她从帐篷中钻出,冲四下值勤的士兵扫了一眼,然后静静地盯住雪山,盯住乌拉牙峰,心里一遍遍发问:"刘威,我们能不能平安走出科古琴?一定要走出去啊,决不能再让谁留在这里,你答应过我的,一定要帮团长,把特二团安全地带出去,胜利地带出去!"

离科古琴很远的地方,疆外通向疆域的官道上,一辆马车飞一般掠过田野。车夫双手勒马不停地吆喝,马蹄践起的尘埃,让平静的田野陡添了一份紧张。

车内 52 岁的江默涵表情肃穆,心事凝重。几天前他接到老汪带去的信儿,要他火速进疆,有要事相告。当下,江默涵心猛地一沉,不好,音儿出事了!他扔下手头成立互助会的事,坐上马车就走。从旺水到疆域,平时马车怕是要跑半月,这不十天不到,他就能望见茫茫戈壁了。

穿过戈壁,穿过密密的胡杨林,在沙枣花浓郁的芳香里,江默涵终于来到兵团司令部。看见老汪,他扑上去就问:"到底出了啥事儿,音儿,音儿她不会有事吧?"

"啥音儿,你个老贼,我说的是另一档子事。"

"另一档子事?"江默涵有点摸不着头脑。

"呵呵,"老汪笑笑,多少年不见,这老贼还是这副性子,原以为一个星期后他才能到,没想这么快就给赶来了。"走,进屋说。"

进了屋,还没来得及落座,老汪便笑说:"风流鬼,这次你可得好好谢谢我。"

"谢你,谢你个啥?你是大首长,我拿啥谢?"

"谢我的事多着哩,一两句说不清。这么着吧,跟你说要紧的,那个,那个谁,我给你找到了。"

"哪个?"

"还有哪个?你个老贼,当年干下的啥事儿,忘了?"

江默涵的脸哗地一绿,当下乱了方寸。半天,不敢相信地问:"你是说……"

"我就知道你把她给忘了,告诉你,我可没忘,这些年,我四下里打听,四下里找寻,总算皇天不负有心人,找到了啊。"

"你是说雨欣?"江默涵快撑不住了,心被老汪一点点提起来,眼看要提到嗓子眼上了,"你快说啊——"

"说,说,当然要说,不说我请你来做甚?来,喝水,先喝口水,甭急,急不得啊。"

"老汪,你就甭折腾我了,说啊!"

老汪的述说里,一段尘封的岁月被打开,一个雾一样的谜被缓缓揭开……

那是民国十四年,县城一中的青年教师汪明荃爱上了富家女子谢雨欣,一个雨天,汪明荃撑着伞,来到谢家大院后面的小山下,跟心上人偷偷约会,不料,小山旁边的拱桥下,忽然跳出三个彪形大汉,不由分说就拿绳子捆走了汪明荃。等富家女谢雨欣赶来时,心上人早已没了影子,烟雨濛濛,院后的小山笼罩在一片未知中。第二天,旺水商会副会长江默涵得知消息,有人以通匪罪将青年教师汪明荃告到了国民政府。当时旺水的地下革命斗争刚刚开始,一批青年才俊不满国民党的专横与无能,暗中结盟探寻救国救民之道,并积极寻求跟共产组织的联系。国民政府对此恨得咬牙切齿,四下密布暗哨,发誓要将旺水的地下组织一网打尽,绝不让革命的火种在旺水点燃。富豪谢大坤也是个对革命怀有刻骨仇恨的人,他对那些暗中图谋起事的青年不仅怀有深深的敌意,更有一股说不出的怕。特别是得知长女谢雨欣跟没落之家的穷酸小子汪明荃有了私情,更是气得发疯,决计借国民政府之手,斩断此祸根,将女儿安安全全嫁进豪门去。江家跟汪家算是世交,虽然汪家在战乱和天灾中连年败退,全然没了一点富人的影子,两家的感情却丝毫未受影响。二十多岁的江默涵受父亲之托,四处奔走,想借各种力量将已经丢进大狱的汪明荃营救出来。谁知就在关键时刻,旺水来了国民党要员,专门督察旺水防共除共的事。谢大坤不惜花费巨银,跟要员搭上了关系,借要员之手,将江默涵等人营救汪明荃的路彻底堵死。在一个阴风凄雨的晚上,一辆车子将汪明荃从旺水秘密拉走,第二天便传来消息,汪明荃被残忍地杀害了。跟他一同遇难的,是从外地转来的五个年轻的共产党人。

闻知噩耗,谢雨欣悲痛欲绝。趁父亲设宴款待国民党要员的空,从家中偷偷溜出,要江默涵带她离开旺水,再也不回到这罪恶之地。当时的江默涵年轻气盛,加上又被怒火燃烧着,想也没想就带上谢雨欣私逃了。

这一逃就逃出诸多事儿。先是他的父亲被谢家逼死,紧跟着弟弟以通匪罪被带走,母亲也被丢进了大牢,家业被国民政府抄了个光。如果不是他的准岳丈多方奔走,怕是母亲和弟弟性命早就不保。对了,带谢雨欣逃出旺水前,江默涵是订过婚的,他的岳丈也是在旺水有头有脸的一个商人,只不过不善于摆富招摇罢了。两年后他跟谢雨欣藏身的地儿被准岳丈打听到,岳丈派人找到他,问他想不想救母亲,想不想让身陷囹圄的弟弟平安回来?这时候江默涵才知道逃走后家中发生的一切,作为长子,他岂能不听从岳丈的安排,紧着回来救母亲和弟弟?

然而岳丈是有条件的,条件之一就是回到旺水后立刻成婚,只有成了他的女婿,他才好出面周旋。条件之二就是不能带谢雨欣一块回,而且两人从此不能再见面,谢家长女的生死不关他任何事。

江默涵听完,头上冒了一层冷汗。岳丈哪能想到,在跟谢家长女出逃的两年日子里,他跟谢家长女已生出了儿女私情,这事不能怪他,也不能怪谢雨欣。要怪也只能怪老天爷,谁让老天爷糊里糊涂把两个人搅和到一起呢?更可怕的是谢雨欣已有了身孕,这事要是传出去,那还了得!

此时,路该怎么走,已完全由不得江默涵。准岳丈也是个说一不二的人,还没等江默涵想出应对的招,他已一声令下,将江默涵强行拖到了旺水。准岳丈最后是保住了自己的脸面,也为愁容满面的女儿抓来了女婿。江默涵的老母还有弟弟也先后回到了家中,可是谢雨欣不见了。等江默涵有机会托人四处打听时,她就像被风吹走的树叶,半点音信都觅不到。

老汪叫汪明谦,是汪明荃的哥哥,自小离家,跟着姑姑长大。正是受了姑父的影响,他对共产主义产生了兴趣,并在姑父的介绍下,加入了共产党。弟弟汪明荃遇难时,他在延安,等辗转赶回旺水,已是三年后。三年啊,世道已发生了太多变化,他四处打听,总算了解到弟弟一些事儿,特别是听说谢家大女儿生过一个女儿,很可能是汪家的骨肉。

他便动用所有关系,四处打听孩子的下落,可惜那时太乱了,要想找一个人,真是太难。再说他哪有那么多时间,战争的硝烟已弥漫了华夏大地,赶跑小日本,又接着跟国民党反动派交手。后来有人告诉他,那女孩在谢家小女儿谢雨亭身边。等老汪费尽周折找到谢雨亭时,谢雨亭已成为万海波的姨太。关于孩子的身世,谢雨亭只告诉他一句,这孩子跟汪家没一点儿关系。

他说不出是信还是不信,这时候信与不信都已没有任何意义,条件已不允许他把孩子要过来。直到谢雨亭跟万海波相继出事,他还是没能见孩子一面。不过埋在心头的那个结,困了他大半生,直到那次招兵,意外地见到万月,而且很快查明她就是当年谢雨欣所生,老汪的心这才又动了。

"你个没心没肺的,万月就是你的女儿啊。"老汪沉沉地道,眼里竟湿了一大片。

"万月……她叫万月?"

天啊!江默涵紧跟着又喊了一声,当下竟连水也不喝一口,硬是逼着老汪,把他送到科古琴。老汪刚一推辞,他便怒了:"汪明谦,当年为了你弟弟,我可是豁出去了呀,你要不把我送到科古琴,这辈子我跟你没完!"

无奈,老汪只好派警卫营,护送他去科古琴。

# 40

此时的科古琴,已被另一种气氛笼罩,尽管枪声还未打响,但山中每一寸空气都已充满了火药味。

经过七天的拼搏,突击营终于完成阴阳谷两侧险峰的测量任务,在团部规定的时间内,安全撤离到阴阳谷。到达谷里时,战士们已累得喘不过气,张笑天跟江涛简单碰了个头,就在江涛的指挥下,咬着牙搭起了帐篷。

相比之下,江涛和田玉珍带领的这一队,精力似乎更好些。事后才知道,江涛并没按团部的要求在二号区密集布点,几乎是走马观花草草弄完的,特别是最后两天,更是赶急图快。做事一向严谨的田玉珍这次出奇地保持了缄默,没跟江涛较劲儿,江涛咋指挥,她就带着人咋做。田玉珍的态度令杜丽丽十分开心,她最看不惯田玉珍那种颐指气使的小女人脸色了,不就有刘威给你撑腰么,狂个啥? 这次好,这次田玉珍的态度令她很满意。你也有服从的时候啊,她在心里这么说。偶尔地,还故意命令田玉珍把漏掉的点补上。江涛给她使眼色,她竟毫不遮掩地说:"怕啥,她要能嫁给刘威,我就嫁给师长!"

看得出杜丽丽所有的不满,都来自于男人。在特二团,她自认为是长得最好也最有资格讨男人好的,可惜到现在为止,除了一个江涛,特二团的男人们,居然都离她远远的。"凭什么?"好多个夜里,杜丽丽这样问自己,但她总是找不到答案,思来想去,她把矛盾归结到军区首长上,就是那个曾经扬言一定要娶她的人。你想想,他要娶,其他男人哪个敢对她好? 张笑天对她好过,可最终还是退缩了,退而求其次选择了张双羊。这事虽令她恼火却也让她获得某种安慰,我杜丽丽绝不是哪个男人都敢垂涎的女人,等着吧,总有一天,我会让你们吃惊。

杜丽丽现在心情好得很,一点没了先前那种委靡,感觉浑身都是力量,眼里全是希望。这得归功于江涛,是江涛向她透露,兵团目前对特二团相当不满,特别是出了乌鸡崖那场灾难后,罗正雄等人的威信一扫而尽。兵团原本要就地革了他们的职,但一时半会儿又找不到合适人选,只好勉强让他们再负责一段时间。不过,江涛说到这儿时,停顿片刻,两眼很有意味地在她脸上盯了盯,然后道:"兵团也有难处啊,这一批女兵里,有技术的多,但有指挥能力的少!"

就这句话,一下点醒了杜丽丽。是啊,事实不正是这样么? 细细想一想,特二团的女兵是优秀,可出类拔萃的在哪? 这么想着,杜丽丽就兴奋了,江涛虽然没把话说透,意思却明白无误传达了出来。而且江涛紧跟着又说:"下一步,兵团重点是要培养女兵,能不能把握住机会,就看你的了。"

"我怎能把握不住?! 我杜丽丽不是傻子,不是那种鼠目寸光的女人。我一定要让你们知道,我杜丽丽才是最优秀的!"

自此杜丽丽开始重新设计她的人生目标,并为这目标不遗余力地努力着。她现在十分地信任江涛,不只是江涛给了她那样的暗示,更重要的是她从另一个渠道,得知兵团已将江涛内定为特二团的接班人,等科古琴的任务一完,江涛就会彻底取代罗正雄。

这是个十分绝密的消息,给她传递消息的是来自兵团司令部的情报人员。乌鸡崖灾难发生后,那人很神秘地找到她,夜色苍茫中,向她宣读了一份兵团司令部的密令:"杜丽丽同志,特二团遭遇如此灾难,我们深感悲痛,对特二团的前景更感担忧。兵团命你跟江涛同志紧密合作,查清特二团出事的真实缘由,并随时做好接受任命的准备。兵团相信,有你和江涛同志在,特二团就不会倒下,一定会变得更强大。"签署密令的正是那位军区首长,那个想娶她却最终娶了别的女人的人。

杜丽丽感慨万分,想不到他心里还是念着她的。这念让她忽然间热泪盈眶,幸福得说不出话来。

那个神秘的夜晚,成了杜丽丽人生中最美好最难以忘怀的一段时光。她真是希望,那样的夜晚再多点,再丰富点,最好能覆盖掉她整个人生。

杜丽丽的声音又响起来,响在阴阳谷灿烂的阳光下。这一天的阳光真是灿烂啊,照得满山满洼红艳艳的。怒放的山花仿佛掀掉盖头的新娘,再也不显羞涩,和风的吹拂下,摇曳着,婀娜着,把浑身的娇艳都显出来。那些个勃勃生长的灌木、水草,还有叫不上名的中药材,全都迎着阳光盛开。阴阳谷快要沸腾了,仿佛特二团的到来,为一向阴森寂寞的山谷点了一把火。这火蔓延着,奔腾着,要把胜利的喜悦溢向各沟各谷,溢满整个科古琴。

战士们连口水也没喝,就在杜丽丽和江涛的指挥下,迅速地开始安营扎寨。阴阳谷并不阔,但深,奇,两侧除了刚刚测完的一二号险峰,还有若干个小山峰耸立着。营地的位置选在最开阔的地区,四野里果然开满百合花。

田玉珍手捧一束百合,跟张笑天站在离营地不远处的一块奇石下,那石呈乳白色,半间房那么大。远处望去,就像一只卧在谷里的猛兽。谁也弄不清这样的怪石是怎样形成的,在科古琴,大自然会给你太多的奇观,让你叹都叹不及。这阵儿,张笑天跟田玉珍全然没心思欣赏怪石,两人的脸都沉沉的,彼此望上一眼,又挪开,再望,再挪开,像有什么话,堵在心里说不出来。

那边,杜丽丽不时抬起目光朝这边扫来。可惜怪石遮挡了她的目光,直到营地扎好,她都没瞅见张笑天跟田玉珍去了哪。

晚饭后,营地突然陷入了静默,一种说不出的怪空气洗荡了阴阳谷,沉重压住了每一个人的心。

一团黑云从赛里木湖那边移来,缓缓地,却又移得那么急。风也跟着紧起来,呼呼的风声掀得帐篷哗哗地响。

要变天了。

雨是半夜时分下起的,一看到那团黑云,万月的心就慌了。这些日子她啥都没做,不让做。部队一到乌拉牙峰下,刘威他们就忙活了起来,营地扎在离崖壁五百米处,扎营前,刘威带着一个班的战士,爬上了崖壁高处,一个多小时后,刘威下来说:"没问题,这儿的崖壁很坚实,植被也是朝一个方向倒着。"万月很想说一句:"扎吧,这儿的崖壁我清楚,绝不会坍塌。"一触及古丽米热的目光,她又把话咽了回去。等扎好营,刘威给战士们做测前动员时,她便被古丽米热带进离岩壁最远的一顶帐篷里。这顶帐篷的颜色跟别的帐篷不一样,就算是深夜也能一眼辨认出来。这样的防范太伤她的心,她感觉有泪从眼眶里涌出,硬要往脸上肆虐,她忍了几忍,总算没让泪的阴谋得逞。父亲一直教导她,人是不能轻易流泪的,流泪不但会让自己失去信心,也容易让别人对你动摇。钻进帐篷的一瞬,她看见驼五爷吆喝着驼,朝营地东侧的草滩走去。天空尽管很暗,她还是看清了驼五爷瞅她的目光,那目光恍若父亲瞅他受伤的女儿,更像老驼抚舔受伤的小驼。

"五爷……"万月在心里重重喊了一声,就有一个影子哗地跳出来,真真切切站到了她面前。

那是父亲万海波的身影。

万月是没能跟父亲见上最后一面的,甚至父亲的死讯,也是一年多后才传到她耳朵里。重庆动乱的那些年,她先是跟着"干爹"打重庆到了新疆。"干爹"将她托付给新疆省一位副主席,在副主席手下做事。后来那位副主席出事,被东突人炸死在去往准噶尔的路上。她又到了省政府下属的地矿院,没做多久,武慈航便找到了她。那个时候"干爹"跟武慈航之间已经闹翻,"干爹"是不许她跟武慈航接触的,将她秘密送到新疆,也是为了躲开武慈航。万月尽管搞不清"干爹"跟武慈航父子间为啥闹翻,但有一点她很清醒,他们这样做都是为了争夺她。父亲万海波跟母亲谢雨亭已分别被重庆方面的两股势力控制，"干爹"父子一时无法插上手，只好退而求其次，将她抓到手再说。对国民党方面对父亲的这场争夺战，万月既感好笑也深感愤怒，却又无可奈何。她毕竟是一弱女子，奈何不了局势。唯一能做到的，就是按父亲的教导，认认真真做事，坦坦诚诚做人。是的，坦坦诚诚。国民党方面怕是做梦也不会想到，早在重庆的时局还没陷入混乱以前，父亲已通过一位国际友人，将他一生的研究还有几个很有前景的课题一并转交到英国皇家学会，连一张草图都没留在自己身边。万月见过那个友人，是从照片上看到的，那是一位气质卓然很年轻也很漂亮的英国女士，父亲说在英国工作的时候，她曾做过他的助手。万月盈然一笑："不会这么简单吧，怕……"父亲狡猾地一笑，没正面回答。那个时候父亲跟母亲的关系已很是紧张，几乎到了破裂的边缘。表面上他们还是夫妻，暗地里却早就各做各的打算。万月理解父亲，也理解母亲，无论他们怎么折腾，她都保持中立，从不掺和自己的意见进去。父亲天性风流，这是谁也没有办法的事，就连父亲自己，也常常被自己搞得焦头烂额，很痛苦。好在他有事业，一沉入到工作中，他便又啥也忘了。母亲呢，一生都想把父亲控制住，据为己有，可惜她的方法总是不正确，或者一生都没找到控制男人的技巧，有时候她简直笨得要死。从母亲身上，万月得到这样一个启示：美丽的外表常常跟智慧成反比，这是上帝的聪明之处，它让天底下所有的人都多了一根遗憾的肋骨。美丽的外表是用来迷惑男人的，但男人不可能一生都被你迷惑，清醒后，男人就需要有智慧的女人。可惜，女人反倒自己被外表迷惑了，认为只要拥有了外表，就能所向无敌，战无不胜。但是万月也绝不赞同父亲，太花心了。这样的男人到了哪个女人手里，都是一个伤害。握得越久，伤害就越深。

　　好在万月是一个讲究独立的女人，从没指望靠着父亲或母亲过一辈子。靠不住，啥也靠不住，能靠得住的只有你自己。

　　万月用事实证明了这点。

　　她太自强了，也太好胜。只是到现在她还搞不清，自强好胜算是优点，还是缺点？

　　不管怎样，父母的不幸遭遇，还是重重打击了她。那场噩梦差点让她倒下，如果不是紧跟着听到重庆解放、国民党溃败的消息，她怕是熬不过那一年的。

站在帐篷里,万月怔怔想着,她忽然觉得自己的一生很荒乱,不是混乱,是荒乱。这个时候她想起了父亲有次醉酒后说的一句话:"月儿,爸这一生最遗憾的,就是没帮你把亲妈找到。"

"亲妈?"万月记得,当时曾经这么惊讶地问过一句,可是父亲很快就呼呼大睡了。第二天醒来再问时,父亲就惊愕地瞪住她:"你乱说什么,亲妈,莫名其妙!"

"难道?"大多的时候,万月不敢让这样的想法跳出来,太可怕了,如果真是那样,自己这一生,岂不是更荒乱!所以她宁可相信那天父亲说的是醉话乱话,也不愿顺着父亲指给她的这个方向去想去追问。

追问有时候是没有结果的,唯一的结果,就是把生活弄得更荒乱。

可那天驼五爷冷不丁又问了她一句:"听说你亲妈,死在了逃难的路上?"万月心里噔一声,刚要追问,罗正雄就赶过来,怒声训斥驼五爷:"骆驼跑了,你在这里瞎掰什么?!"

万月是个聪明人,有些事不用多问,从别人眼光中就能找到答案。但这事,她不想找到答案,真的不想。尽管偶尔的,答案会跳她面前,很清楚很明白,可她还是强迫着自己,千万别找答案。世上很多事,是没有答案的。

想到这一层,她的眼前再次跳出一个影子,江宛音的影子。说不清为啥,她跟江宛音就是亲切,见第一面起,就有一种奇怪的亲切感。来特二团之前,她听过一些怪老头江默涵的传闻,也知道他有一个可爱的女儿。但这些都跟亲切感没有关系,这份亲切,来得毫无缘由,却又奇奇怪怪,令她既困惑又欢喜。多嘴的驼五爷就说:"你们两个,粗看起来长得真像,缘分啊,世上难得这样的缘。就连喜欢男人,眼光都一样,啧啧。"

多嘴的驼五爷,总是把不该说的说出来。

被看管在帐篷里的这些日子,驼五爷来过,江宛音也来过,但都不说话,默默坐一阵就走。那目光却在分明地告诉她,忍着吧,忍过这段日子,情况可能就好点。

除了忍,她还有什么办法?

万月本来是很想问一句的,乌拉牙测得怎么样了,有没有遇到险情?那边,那边情况到底咋样?她甚至忍不住,想冲江宛音喊:"告诉罗团长,千万别在阴阳谷扎营啊!"可古丽米热的目光,真是太恶毒。凭什么要让这样一个女人管制我,罗正雄你有没有搞错?!

黑云腾起时,万月刚刚走出帐篷,这一天她破例得到准许,可以到外面走一走。古丽米热照样跟着她,讨厌的女人,看样儿是跟定她了!一看到黑云,万月心里猛就惊叫道:"不好,黑雨来了!"此时,她再也顾不上身后的古丽米热,顾不上自己还是一个被监禁的人。拔腿就往营地中心跑,她要见刘威,要见罗正雄。黑雨一旦泼下,后果不堪设想!

全特二团的人,包括罗正雄,包括刘威,甚至江涛跟杜丽丽,都没预料到会遇上黑雨,更没想到科古琴的黑雨,会肆虐到如此程度。

杜丽丽是第一个发现黑雨的。杜丽丽这晚没睡着,她想睡,七天下来,她真是累了,很累,加上又搭了一下午帐篷,腰酸腿疼,躺帐篷里动都不想动。可人睡不着是没有办法的,就跟人想人一样,你越是逼迫着自己不要想,偏想。杜丽丽就有这样的感受。现在又是失眠,越是逼迫着睡,瞌睡反倒离她越远。后来她坐起来,坐在帐篷里,杜丽丽想用这种方式平静自己的心,可她的心实在平静不下来。她索性闭上眼睛轻轻哼起歌来。杜丽丽哼的不是俄罗斯民歌,那歌她听万月哼过,也想学,可就是学不会。她哼的是跟驼五爷学的西北野调,很粗犷很野性的那种,但这晚她没敢像驼五爷那么哼,她压抑着嗓子,尽量让声音变低,变哑,变得只有自己能听到:

十三个月来一年余
孔明他把东风祭
祭起东风起了身
前来接应的是赵子龙
十二个月来一年尽
孙权他把毒计定
要派周瑜去害命
东屋送亲太诚心
十一月来天下雪
孙权他把刘备抓
孔明定计赛过神
三气周瑜命不存
十月里来冷寒霜

王祥卧冰要孝娘
热身子爬到冷冰上
焐得鲤鱼孝亲娘
九月里来九月九
丁郎刻母头一人
母亲碰死在柳树根
抱上木头当亲人
八月里来月正圆
嫦娥奔月去逃难
月宫仙子太狠心
自古纺线到如今
七月里来立了秋
心里恨的是毛延寿
跑到北国不安身
最后死在万人口
六月里来热难当
打了长城的秦始皇
焚书坑儒太不对
还说不杀不太平
五月里来天气暖
家家户户敬屈原
插上杨柳绿茵茵
千古万代到如今
四月里来四月八
董平卖肉把狗杀
小狗落泪救娘亲
董平回心孝娘亲
三月里来三清明
洪水淹了小狄青
王弹念他武曲星
救在山上学本领
二月里来春风现

> 魏徵营里把老龙斩
> 为个打赌丧了命
> 死后怨的是李世民
> 正月里来是新年
> 子牙无时把灶滤编
> 二回他把麦面贩
> 倒在街上风吹完
> ……

刚哼这儿,就听外面一阵呼啸,山摇地动。"起风了!"她喊了一声,冲出帐篷,就见,狂风卷着沙尘滚滚而来。那势,那状,仿佛天地将整个大漠掀翻,恶狠狠朝科古琴压来。瞬间,科古琴成了风的海洋,沙的海洋。狂风怒吼着嚣叫着,似有千年恨万年怨,还没等她喊出第二声,营地便乱成一团。恶风掀翻了帐篷,卷起了帐篷中熟睡的人。等江涛跌跌撞撞跑过来抓住她时,老天爷"啊呀呀"一声,打了一个响雷。"天呀,黑雷!"杜丽丽失声尖叫。"快跟我走!"江涛的声音还没喊出口,天空中便哗哗泼下倾盆大雨。那雨的势头,一点儿不比风的小,而且借着第二声响雷,杜丽丽清楚地看见,雨是黑的,噼噼啪啪打下的是豆大的黑珠子。不,简直是老天爷决了个口,把一天的黑水往下狂泻!

阴阳谷遭殃了,科古琴遭殃了。转眼之间,黑浪已腾起,恶水从营地南侧的崖壁上狂泻而下,以横扫一切之态势吼吼而来。

如果不是张双羊,这一场灾难是躲不过去的。突击营八十多号人,会毫无挣扎地葬身到恶水中。谁也想不到,大风起时,张双羊不在营地。天黑尽后她摸出了营地,去了哪,她没向任何人解释,也没谁顾得上问这个。总之,这晚的张双羊是单独行动了。黑水如猛兽般冲向营地时,她突然出现在营地东边的一个垭口上。那个垭口张笑天上去过,是在测量快要结束的时候,当时完全是好奇,感觉那垭口就像个天岘,等攀到顶上才发现垭口不是自然生成的,也不知是哪朝哪代,人们为了在阴阳谷找到一个出口,硬是在高耸的岩壁上凿开了五尺宽的口子。这样阴阳谷跟东边的险峰,就有了通道。张笑天他们进入阴阳谷,还是从这儿穿过的。可惜洪水一来,谁都把这个垭口给忘了。

八十多号人无头苍蝇一样乱碰时,张双羊站在垭顶,冲下面喊:"不要乱跑,快上垭顶!"可风雨吞没了她的声音,下面的人根本听不见。情急中她掏出了枪,冲天空猛放起来。被狂风和恶浪吓得失去方向的战士们听见枪声才冷静下来。"我是张双羊,快上垭顶,不然就来不及了!"张双羊连吼带喊,总算把战士们慌乱的脚步止住。等战士们连滚带爬攀上垭口时,阴阳谷深处的洪水,卷着山石还有掀翻的树木,滚滚而下……

杜丽丽软软地倒在江涛怀里,这一幕实在是太可怕了。

# 第九章 天山上的雪莲

任何时候，我们都不能失去信仰。信仰不死，生命就不会倒下。让我们记住科古琴，记住天山，记住那个伟大而又不朽的年代！

——摘自罗正雄回忆录

## 41

　　黑雨来得疾,去得也疾。第二天清晨,云消雾散,天空渐渐恢复它本来的颜色,不甘心的雨点又硬撑着降了一会儿,不过早已没了初来时的那股狂猛劲。九点一刻,雨彻底停了。垭顶上,八十多个战士跟落汤鸡似的瑟缩着身子,抖着目光朝下看。阴阳谷哪还像个谷,它成了河床,成了烂泥滩。草不见了,花不见了,战士们辛辛苦苦搭下的帐篷不见了,黑成了它唯一的颜色,就连卧在草滩上的那块怪石,也染成了黑色。再看战士们的脸,天啊,哪还像个特二团的战士。垭顶上猴酥酥抱着身子朝下望的,分明是一群被雨打傻了的黑猴子!
　　黑雨打乱了一切!
　　本来到阴阳谷会合,是罗正雄跟刘威精心布下的一盘妙棋,险棋。铁猫不是要江涛设法将特二团引入阴阳谷,在开满百合花的草滩上宿营么,甭看罗正雄没给万月任何说话的机会,但从万月的眼神里,他一眼就断定祸根都在江涛那儿。为了不打草惊蛇,罗正雄故意上演了一场苦肉计,让万月彻底失去了在特二团说话的权利。接下来讨论特二团下一步行动时,罗正雄故意装出茫然而且害怕的样子,刘威也以举棋不定的方式配合了他。江涛认为时机已到,急不可待跳了出来,在会上讲出了急于想讲出的话。两个人目光轻轻一碰,有底了。于是一场会兵阴阳谷的戏就演给了江涛,加上有杜丽丽不知深浅的吆喝,这戏演得真,也演得妙。
　　突击营临出发时,罗正雄特意叮嘱张笑天,进入阴阳谷,部队一律轻兵简从,要秘密的,不为人知的,将仪器及资料分散放在安全地带,绝不能带入阴阳谷。江涛一心念着阴阳谷的事,生怕张笑天跟田玉珍中途变卦,哪还有精力操心这些。杜丽丽本来就在雾里,她被铁猫和江涛合演的双簧迷惑,沉浸在未来的虚妄里,压根就没想到阴阳谷是个陷阱,是个双方互相布下的口袋。
　　可惜,一场突如其来的黑雨将双方的计划彻底打乱。蹲在垭口上,江涛心急如焚,老天爷可真是能折腾他啊,好不容易把突击营骗到谷底,说好了今晚就要行动,趁特二团熟睡之际里应外合,将这支骨干力量神不知鬼不觉地灭掉,然后掉转枪头,跟准噶尔那边赶来的人马来个东西夹击,将罗正雄刘威那一组全都灭在乌拉牙峰下。这么天衣无缝的计划,竟让一场黑雨给搅了。狗日的老天爷,早不落晚不落,偏在这节骨眼上落啥黑雨,害得他差点被仓皇逃命的杜丽丽拖到那块巨石上。如果那样,他可就彻底暴露在张笑天眼皮底下了,幸亏关键时候他稳住了神,也稳住了杜丽丽。这么想着,他恨恨剜了杜丽丽一眼。杜丽丽的样子真是狼狈极了,哪还有点高傲样,哪还有点漂亮相,那一窝儿女兵数她最惨。衣服敞着,烂着,露出黑糊糊的肉,外带着还有黑糊糊的血,都是慌乱中被荆棘刮的。一头泥发僵死在肩上,显得那张脸更没了血色。都是怕的啊!因为只有她看见过黑风,黑雷,到现在她的神志怕是还没清醒过来。

怎么办?阴阳谷显然是不能再扎营了,下一步到底该将营扎在哪?如果张笑天提出撤回,该咋办?急死了,真是急死了!他的目光扫过张笑天,扫过田玉珍,扫过垭顶每一张漠然的脸,然后空落落跌到谷那头。他知道血鹰跟铁猫就在谷那头的某个山洞里藏着,可这阵咋个跟他们联系?

突击营在垭顶上僵了整整半天,这半天,对张笑天是一次极为严峻的考验。七天前,突击营一离开山下的营地,他就跟罗正雄失去了联系。公开的说法是,罗正雄跟刘威带着剩下的人去乌拉牙峰。事实却是罗正雄跟祁顺就守在山下。罗正雄怀疑,血鹰武慈航很有可能避开赛里木湖,从别的路线进入科古琴。血鹰在新疆苦心经营多年,对这儿的一草一木远比罗正雄他们熟悉,而且他又是经验老到的国民党王牌特务,不可能睁着眼睛往口袋里钻。他决计留下来,在山下追踪血鹰的足迹,必要时给血鹰来个两头夹击,让血鹰有来无回。

张笑天难的是眼下既没有血鹰及其"316"的消息,更没办法跟罗正雄和刘威他们取得联系,这个时候,突击营的担子就完全压在了他一个人身上。

怎么办,是守,还是主动出击?守显然不是上策,精心布好的一场口袋战让老天爷给搅黄了,阴阳谷连个站脚的地儿都没,这时再要是往谷里走,等于是送死。撤?往哪撤,怎么撤?眼下每走一步,都可能掉进血鹰的陷阱里。血鹰在暗处,他们在明处,而且昨晚这场黑雨,显然没伤到血鹰他们,特二团虽没伤着人,但武器、弹药,包括战士们的斗志,都受到伤害。对了,眼下必须让战士们重振士气,必须先在武器弹药上做到充足保证。

想到这儿,他站起身,目光缓缓掠过每个战士的脸,最后停在比猴还急的江涛脸上。江涛的脊背猛一阵发麻,冷汗嗖嗖往下掉,难道?

离垭口十公里处的老鹰洞里,血鹰坐立不宁。这场黑雨带给他的打击,远比特二团深重。他都已经作好向阴阳谷进犯的准备了,可黑雨硬是将他逼回了洞里。黑雨降到一半时,情急的血鹰突然发出一阵狂笑:"好啊,天助我也,不用我武慈航亲自动手,特二团就完了!"当下,他命令手下冒雨往山梁子那边去。手下不明就里,推诿着不去,血鹰凶残地掏出枪,当下就放倒一个。"娘的,养兵千日,用兵一时,都啥时候了,一个个还如此怕死。"这一枪打得洞里百余号人头上全都出了冷汗。要说,这些年,他们吃血鹰的,喝血鹰的,包括取乐的女人,都由血鹰提供。现在该轮到他们报答血鹰的时候了,特二团就在眼前,只有灭了特二团,反攻大陆的号角才能吹响,台湾的战机才能飞过来。淫威之下,不得不怕,愣怔中,就有几个不怕死的跑出去,冒着被黑水卷走的危险,在山梁子上巴望。天亮时,他们沮丧地回来,跟血鹰说:"老天爷不开眼,一个也没冲走。"

"不可能!"血鹰跳起来,"这么大的雨,他们逃不过的!"确信张笑天他们没被黑水卷走后,血鹰怒了,疯了。"全体集合,趁他们没找到新的宿营地前,给我一个不留的全灭了!"

血鹰没想到,此时的科古琴,已跟黑雨前完全不同,山路上积满黑泥,灌木、岩石,全成了黑色,人往前走,相当地吃力。况且他们走的是上坡路,难度更大。如果硬撑着往上爬,一旦遇上枪火,等于是白白送死。血鹰沮丧地叹口气,命令手下撤回山洞,容他细想一会儿,看能不能想出更好的招。

招在哪?

真是人算不如天算,血鹰把啥都想到了,就是没想到黑雨。这可是新疆几十年不遇的怪雨啊,咋就偏偏会降在现在?!妈的,看来他的气数是尽了,如果特二团突然包围山洞,他只有乖乖受死。不行,我得想办法,不能让多年的苦心经营毁于一旦。"铁猫,铁猫!"他吼叫起来,奇怪的是,吼了半天,居然听不见铁猫的回答。再找,就都傻眼了。铁猫竟然不见了,铁猫竟然溜了!

这么多的人,竟没一个发现,铁猫是啥时溜掉的,是在雨前还是雨后。荒唐,真是荒唐!血鹰咆哮了一阵子,心死了,铁猫背叛他是迟早的事,这个吃里扒外的畜生,连他的女人都敢抢,还有啥事不敢做?血鹰顾不上为铁猫的溜走发更大的火,他静下心,强迫自己静下心。这个时候,他不能自个先乱掉方寸。

他把洞里的人整编成三股,每股四十人,指着邻近的三个洞说:"分头藏起来,天黑前,特二团的人说不定就到了,等他们全部进入山坳,给我放野了打!"

血鹰等了个空。"316"的人一夜未敢合眼,伏在山洞口,岩石下,有些甚至爬上洞顶,藏在树下,端着枪,静静地等着山上下来人。一夜过去了,山坳四周静静的,连只鸟也没飞过。"316"的人有点泄气,猜想特二团可能绕道而走了,或者就等在阴阳谷,等他们上去。

血鹰跟他的五个心腹窝在老鹰洞里,随时听候外面的消息。天亮后,有个跛脚的营长跑来说:"团座,特二团没有出现,弟兄们白等了一夜。"

"给我继续守着,没我的命令,谁也不能合眼。"

"是!"跛腿营长走了。跟他最贴心的高个子心腹说:"团座,是不是那个江涛暴露了,把老子们出卖了?"

这话问得血鹰牙疼,一晚上他都在想这个问题。按说,江涛是不会暴露的,就算暴露也不会供出他什么。因为他亲自到科古琴是绝对的机密,事先没跟任何人透露。这也是没办法的事,解放军的宣传攻势实在是太厉害,搞得"316"人心惶惶,好不容易集结起来的队伍,临出发前却拉不到一起,甭说平时了。除了身边这五个心腹,血鹰不敢相信任何人。眼下就连这五个,他也得打个问号。要不然铁猫溜走,怎么没人告诉他?血鹰绝不相信,铁猫会溜得神不知鬼不觉,一定是有人包庇了他。娘的,等收拾完特二团,回到老巢,一个一个扒了皮问,不信没人招。

正恨着,又有人跑进来:"团座,山下面好像有动静。"

"山下面?"

"就在我们上山的那条暗道上,我看见有人影在动。"

血鹰心里呀了一声,那条道可是他费了不少心思打听到的,单是找向导,就花了他上百两白花花的银子。为保险起见,"316"成员进山,都是分成小股在夜里摸进来的。有些甚至来得比特二团还要早,在山洞里藏了十多天。那么隐秘的一条道,怎么会被别人发现呢?

"去看看,会不会是自己人。"

那人嗯了一声,跑了出去,没一袋烟的工夫,又跑了进来,气喘吁吁说:"不好,是解……解放军。"

"看清楚?"

"看清楚了。"

"抄家伙,给我瞅准了打。"

就在三个洞口的顽敌掉转枪头,找好藏身地儿等山下的目标走过泥泞的弯道,进入伏击圈时,山顶突然响起了枪声。血鹰刚一掉头,就看见张笑天带着突击营,神奇地出现在他的头顶。血鹰再想改变战术就已迟了。密集的枪声顿时响满了山野,憋足了劲的特二团战士一看顽敌果然困守在老鹰洞,当下从四个方向朝顽敌藏身的地方发起猛烈攻击。"316"顿时慌作一团,有些甚至搞不清枪声是来自山上还是山下,匆忙抵挡了一阵,见自己手里的枪根本打不到崖顶,只有挨枪的份,没有还手的力,便踩着尸体退缩,不大工夫,顽敌退进了山洞。张笑天微微一笑,他要的就是这效果,顽敌一退守,山下的罗正雄他们就可从从容容上山,上下夹击,焉有顽敌活命的路?

张笑天不愧是张笑天,他似乎算准了敌人要等在这里。垭口一番深思后,他决然不顾江涛及杜丽丽的强烈反对,果断而又坚决地命令突击营即刻轻装下山。如果不是山险路滑,队伍下山的速度过慢,他们在黎明前就可包围掉老鹰洞。也好,真是凑巧了,突击营刚刚到达崖顶,离老鹰洞还有一千多米,他便看到山下的大部队。一定是师部派来的增援力量跟罗正雄他们会了合,张笑天算准了时间,等血鹰指挥着"316"掉转枪口,人还没藏稳,他的枪便率先响了。

这是一场快速而又准确的歼灭战,打这样的歼灭战,张笑天真是得心应手。还没等罗正雄他们穿过弯道,三个洞里的顽敌已被突击营全部歼灭。除留下少量的人员清理战场外,其余枪口全都对准了老鹰洞。

血鹰真是老奸巨猾,一看形势不妙,在五个心腹的保护下,他抢先一步逃回了老鹰洞。张笑天怕洞内有诈,没敢轻率地追进去。

不大工夫,罗正雄他们赶到。一看战斗打得如此漂亮,罗正雄握住张笑天的手:"想不到你小子还真有一手。"张笑天刚要得意,就听有人喊:"不好了,江涛逃走了!"

江涛做梦也没想到,自己的梦会破灭得如此快。

其实在垭顶上,江涛就已知道,自个的路到头了,无论他伪装得多妙,还是没能逃过罗正雄的眼睛。更可恨的是罗正雄美美要了他一把,居然没在山下营地揭穿他,居然没像关万月一样把他关起来,而是很体面地让他当了一回突击营营长,还顺顺当当让他把突击营带到了想带的地方。可结果呢,最终他还是走向了死路。

死路啊——

垭顶上,他还抱着一丝侥幸,兴许老天爷会帮他,会在接下来的时间里,让血鹰突然出现,然后如铁猫夸口的那样,不费吹灰之力,就将特二团变成一堆肉酱。那样,他的人生就会成另一番样子,就算不能去台湾,也至少能体体面面做个团长。谁知,张笑天一声令下,就将他彻底推向了死路。

他刚想挣扎,刚想反抗,孙奇带着两个年轻的战士哗地站到了他身边。孙奇这块化石,平日一点看不出有灵性,这阵儿他显得比兔子还机敏,压根不需要张笑天暗示,他就知道该怎么做。他微笑着,满脸堆着热情,堆着礼貌,但江涛再想有自由,就已断然没一点可能了。不仅如此,江涛很快看见,田玉珍带着两个女兵,一前一后夹住了杜丽丽。从垭口到老鹰洞,他们啥话也不说,既不揭穿他,也不审问他,就像贴身警卫一样保护着他跟杜丽丽。到了这一刻,江涛已顾不得杜丽丽,该死的女人,指不定就是她泄露了什么。江涛恨着,怕着,脚底下却丝毫不敢马虎。他知道,化石孙奇的那把枪,就是为他准备的,哪怕他真的被黑泥滑倒,那枪也会毫不留情地发出响声。江涛不想死,真的不想。他还有太长的路没走呢,他还有更多美好的日子没过呢,怎么就能心甘情愿地想到死,而且死到化石孙奇的枪下?

他不甘心,真的不甘心。从垭口到老鹰洞,他脑子里疯狂转动的就是怎么逃出去,他相信,只要逃出去,就有希望。铁猫不会袖手旁观,血鹰不会见死不救,他们可都信誓旦旦地给他做过保证啊——

直到枪声打响,直到"316"像鸟一样被击碎,直到看见罗正雄,江涛才大梦彻醒。完了,彻底完了。再要不逃,怕是这生连逃一下的机会都没了。

趁化石孙奇跟罗正雄他们打招呼的空,他一把夺过孙奇的枪,劈领抓住杜丽丽:"跟我走!"当时田玉珍也分了神,只顾着迎接罗正雄他们了,没留意身边的杜丽丽。杜丽丽大约也意识到了自己的危险,很顺从地就配合了他。等人们清醒过来,他已拉着杜丽丽哧溜一声,顺着脚下的山坡滑了下去。

## 42

不幸得很,那个山坡是个死坡,径直将他送到了悬崖。还好坡跟悬崖之间,有一块不大的草地。

更令他气绝的是,有人跟他一样神速,他还在坡下喘气,田玉珍和孙奇就到了,紧跟着罗正雄跟张笑天他们也滑了下来。

"放开她!"田玉珍第一个冲他喊。

"休想!"他气急败坏,恨不得将田玉珍也抓过来。

罗正雄从地上爬起,冷冷地盯住他。张笑天的目光更是可气,不知从何时起,张笑天看他的目光,就充满了鄙视和嘲讽。江涛这辈子,最恨的就是这种目光。"你别过来!"他抢在张笑天发话前,冲他咆哮了一句。张笑天没理他,骄傲地,无所畏惧地,朝他迈开了步子。

"听见没有,你别过来!"他怒了,不是怒,是疯狂。这个时候,张笑天还不肯放过他,还想把他往死路上逼。

怀里的杜丽丽在挣扎,想咬他的手,被他打了一巴掌。可恨的女人,为什么就不能听话点。

"放开她!"罗正雄的声音虽然不是太高,但里面分明有股子威严,有股子不容抗拒的味儿,他犹豫了一下,觉得这时候已没必要怕他。我都这样了,还用得着怕?他给自己鼓了下劲,手一用力,将杜丽丽又往怀里拉了拉,还觉不踏实,索性用胳膊死死卡住了她的脖子。卡住他就踏实了,看你们能奈何?"走开,全都走开!"他不管不顾冲山野吼了起来。

"江涛,你胆子不小啊。"罗正雄说。

"是你们逼的。"他吼。这个时候他必须吼,吼才能显出他的力量。其实,吼不吼都不由得他,声音怎么发出的,他一点儿不知晓。声音好像是自己跑出来的,声音比他更急。

"逼的?江涛,你好好想想,谁逼过你?"罗正雄突然抬高声音,天呀,他抬高了声音。"是你自己太贪婪,太没有脑子。"

"我有脑子!"他的回答真是快,像是急于要向世界证明什么,能证明什么呢?他笑笑,笑得有些惨。

"他们给你许了什么愿,封了什么官?犯得着你铤而走险,出卖自己的战友?"

"你闭嘴!罗……罗正雄,"他终于喊出了他的名字,险些就又唤他罗团长,可以了,能唤出他的名字,就证明自己坚定了,再也不怕什么了,于是他接着喊,"罗正雄,你最好走开,不然,不然我……"

"你想怎么样?"罗正雄往前走了几步,逼住他,可恶的人,快要把我逼崖上了。江涛拿眼角的余光扫了一下,感觉自己已离悬崖很近了。"往后退!"

谁也没有退。

逼迫着他又往崖那边挪了一小步。

怀里的杜丽丽也终于看见了崖,撕开他的胳膊,挣扎着骂:"放开我,你个骗子,你个无赖,不是说那人是师部派来的情报兵吗,不是说师部要让你当团长吗?"

"你闭嘴!"一气愤他就砸了杜丽丽一枪把子。如果有可能,他想砸每个人一枪把子。

"江涛,你跑不了的,现在回头还来得及。听我一句话,放下枪,乖乖儿投降。"罗正雄边说,边给张笑天他们使眼色。果然,张笑天跟化石孙奇他们,已尝试着从几个方向逼向他了。

妈的,真想逼老子跳崖啊。江涛绝望地想到这儿,忽然感觉自己的生命很可悲,很苍凉。怎么就能上铁猫的当呢,怎么就能糊里糊涂走到这一步?他的步子再次往后挪了挪,不挪不行,不挪很容易就被张笑天抓到,说啥也不能让他抓到。"小心啊——"怀里的杜丽丽又喊,"笑天,救救我,救救我啊——"

"放开她!"张笑天不敢僵持下去了,杜丽丽的声音猛就激起他心底一层东西,那东西曾经很活跃,很甜美,后来,后来……

"听见没有,把她放了!"

"休想! 张笑天,你也有怕的时候啊,你不是有张双羊吗,让她陪我一起死吧。"这时候,江涛有了获胜感,他差点把这事给忘了,差点就没想起来,张笑天跟杜丽丽还有那么一段儿往事。

"信不信,我一枪打烂你的头!"张笑天急了,真就把枪举了起来。

"打啊,有种你开枪啊。"

山谷里的气氛骤然紧张,谁都屏紧了呼吸,生怕那可怕的一幕出现。

局面出现稍稍的僵持,罗正雄心里紧急思忖对策,这么僵下去绝不是办法,特二团再也不能失去战友了。

偏是杜丽丽没领会他的意思,还以为他要袖手旁观,还以为他也把自己当成了叛徒。趁江涛胳膊松劲的空,她猛一用劲,用胳膊肘狠狠地捣向江涛。"去死吧——"她怒了一声,就想往前跑,往张笑天怀里跑。她多么想跑进他怀里啊——

都怪黑雨。雨后的山野,泥泞成了唯一的特色,每个人脚下,都踩着危险。江涛本来就处在高度惊恐中,身体一直没有重心。杜丽丽这一捣更使他失去了方向,他摇晃了一下,又摇晃了一下,就在他试图重新抓住杜丽丽时,脚下一滑,人们清楚地看见,他打了几个晃,真的打了几个晃,然后,然后……

张笑天原以为自己是能抱住杜丽丽的,他都伸开了双臂,作好了迎接她的准备,他甚至已感觉将她抱在了怀里,紧紧的,杜丽丽哭着,叫着,幸福着,却又……

然而梦幻破灭时,他的双臂是空的,怀里也是空的。他找不见杜丽丽,四处找都找不见。"人呢? 杜丽丽,丽丽——"

嚎叫声响彻山野。

江涛总算没变成孤魂野鬼,临坠下崖的一瞬,他还是抓住了杜丽丽,尽管只是一只脚,可也算抓住了,而且足矣。一只脚被死亡捉住,你还能逃走么?

逃不走的。

杜丽丽只能跟着江涛,一同坠下山崖。

坠下山崖。

坡上老鹰洞前,空气更是紧张。张双羊双手握枪,冲洞内大喊:"血鹰,你的末路已到,出来投降吧。"喊了半天,洞内不见一点动静,也没有枪声响出来。奇怪,血鹰明明钻进了洞里,怎么不见一点抵抗?

"不好,洞内有诈!"张双羊顾不得犹豫,持枪就往里闯,身后响来战士们的声音:"张营长,危险!"

"不能让血鹰跑掉,贴着洞壁,跟我来!"

就有战士们端着枪贴着洞壁,慢慢往里摸。洞内潮潮的,空气里发着霉味。张双羊好生纳闷,前天晚上,她明明看见这边有火光的,怎么洞内一点儿烟味都闻不到?

黑雨落下的那个夜晚,张双羊差一点就到了老鹰洞。她是夜黑后悄悄摸出营地的,突击营临出发前,罗正雄暗中将她找去跟她嘱咐道,突击营一旦在阴阳谷扎营,要她无论如何找机会下山,他会派人在半山腰等她,告诉她行动的具体时间和步骤。谁知她刚到老鹰洞上面的石崖,就看见滚滚黑云朝科古琴压来。张双羊虽然没领教过黑雨的淫威,但她听说过这种雨的厉害,是驼五爷告诉她的。一想战士们还沉睡在阴阳谷,当下便掉转头,朝营地跑去。跑过石崖的一瞬,她觉得眼里亮了一下,很亮。她停下脚,仔细辨认了会儿,确认是老鹰洞这边发出的火光。会是谁呢,不会是罗团长派来的人吧?当时她犹豫了下,心想要不要过来看看。紧跟着卷起的黑沙尘压住了这个念头,她没敢多耽搁,生怕晚回一步,阴阳谷就会陷入到不堪设想的混乱中。但张双羊牢牢记住了着火的地儿。张笑天正是凭着这点,断定血鹰他们就藏在老鹰洞。

往里摸了约五百米,洞内还是没有声音。糟了,血鹰一定是逃了!这时候的张双羊已豁了出去,再也顾不得个人安危。她跳出来,只身走在最前面,同时命令后面的战士:"跟紧点,注意洞壁,看有没有出口!"

果然不出张双羊的判断,血鹰逃了!

又往前走了约两百米,张双羊猛地发现,老鹰洞南侧的洞壁上,一大团草像是被人动过,猛力一扯,草掉了,光亮从外面漏下来。这是一个斜着伸向外面的小洞,大小刚能钻下一个人,不用多想,血鹰就是从这儿逃走的。

"快追!"张双羊喊了一声,一头钻了进去。刚爬出洞口,还没来得及喘口气,就听山谷里响出撕心裂肺一声惨叫。张双羊心猛地一暗,那声音分明是女兵杜丽丽的。巨大的难过袭上来,差点将她击翻。她知道杜丽丽之所以走到今天,有她一份责任,如果……她咽了口唾沫,现在还不是多想的时候。恰在此时,她看见了一堆灰烬,就在不远处,一块岩石下。对了,那晚的火光就是这儿发出的。"追!"她提着枪,顺着山坡就追了下去。

这时候的血鹰已逃到离火堆一公里外的地方,任何时候,任何情况下,血鹰都不忘给自己找好退路。人生如棋,进三步,退一步。这是血鹰的经验,也是血鹰能活到今天的秘诀。从进入科古琴的第一刻起,他就作好了逃跑的准备。任何时候,任何情况下,人都不能保证完胜,胜败乃兵家常事。这也是血鹰的人生经验。凭借这些经验或是信条,血鹰无数次化危为安。留得青山在,不怕没柴烧。

因为跑得疾,血鹰有点接不上气,想坐下来歇一歇,身后的五个心腹却不许他坐。"团座,情况危机,我们还是尽力儿走吧。"

"慌什么,不就损失掉两百人吗。只要我武慈航在,还愁找不来两百号弟兄?"说完他坐在了青石上。正午的阳光直直地照下来,映出他略显惨淡的一张脸。岁月流逝,花开花落,这张脸跟万月最初在那幢阴森森的房子里见到的那张阳光灿烂的脸比起来,是变了不少,也老了不少。细想一下,十余年光景一闪而过,这十余年,真可谓血雨腥风,不容易,不容易啊。血鹰接过烟,猛吸了一口。在心腹们恐惧的眼神里,他再一次想起万月,想起当初见到的那个美人儿。失败啊,失败,这么些年,咋就连一个女人都俘获不住。他血鹰不是女人的克星么,他血鹰不是号称在女人面前无所不能无所不胜么,怎么连个小小的万月都得不到?娘的,晦气!怎么又想到了她,不想好,不想轻松啊。

可不想由不得他!一想万月,另一个影子哗地跳出来!

狗娘养的铁猫,老子饶不了你!

血鹰噌地起身,他毅然改变主意,放弃逃回老巢的想法。他要赶到乌拉牙,他要跟老狼他们一道,收拾掉那儿的特二团。我要让罗正雄看看,到底谁狠!

"往西走,直奔乌拉牙!"

几个心腹犹豫着,再也不想糊里糊涂乱跑,血鹰怒了,噌地拔出枪,半天,却又缓缓将枪塞进腰里。"弟兄们,我咽不下这口气啊……"

再往前走,就没有血鹰想的那么顺畅了。山路突然崎岖,而且乱石林立,荆棘密布,每往前迈一步,都要付出沉重的代价。泥泞倒是少了,黑雨似乎没降到这一带,它怎么就偏偏降到老鹰洞降到阴阳谷呢?真他娘的,想不明白!

走着走着,脚下突然没路了,真的没路了。就连那崎岖的小路,乱石林立的小路,也没了。往前是崖,往南是高耸入云的峭壁,往北,更不能看,妈哟哟,那是随时都可能落下的跌泪崖啊。

血鹰惨叫一声,打怀里掏出一张图,情急地看起来。这可是他花不少银子买来的,包括老鹰洞,包括洞里那个小出口,包括这条逃生的小路,都在这图上,是一个叫二姐夫的老向导卖给他的。二姐夫是科古琴最有名的山客,打年轻时给人带路,一直带到了老。解放军请他做向导,他死活不去,说老了,山里钻了一辈子,再也不想钻了。他动了不少心思,总算把这个二姐夫的心说动,给了他这张图,还详细告诉他逃生的路线,没想……

意识到上当时,血鹰突然就软下来,软成一堆泥。五个心腹见状,脸上顿然没了血色。"天啊——"血鹰惨叫一声,他似乎已看到自个的末日。

果然是末日!血鹰的惨叫声还没落地,树丛中突然跳下一股奇兵,领头的正是侦察连长孙虎,他身边立着侦察员祁顺。

"血鹰,你还想跑么?"孙虎举着枪,怒视住血鹰。

"你……你……"血鹰战战兢兢打地上爬起,他真是搞不清这股奇兵打哪来,怎么知道他要走这条道。正疑惑着,就见人群中闪出一张脸,一张看似老实实则诡诈无比的脸。

"你——!"血鹰噌地掏出枪,此时他最恨的就是这个人。

祁顺一步跃到二姐夫前面,用身体护住二姐夫。"放下枪!"他冲血鹰断喝。

二姐夫推开祁顺,正视住血鹰:"你个魔头,你也有今天啊。"

血鹰哪能受得了这等羞辱,反正是一死,撂倒一个算一个。就在他举枪的一瞬,身后的枪响了,只听得"砰"一声,天空中溅起一团血。血污中,被张双羊一枪击中的血鹰重重地朝崖下栽去。

这个混世魔王,终于得到了他应有的下场。

五个心腹一看后路让张双羊他们断了,再也没有脱逃的可能,只好丢下枪,乖乖举起手,认输了。

## 43

战场清理完毕,没有发现铁猫的尸体。一番追问下,血鹰的心腹终于交代,早在黑雨前,铁猫就逃了。

"逃了?"罗正雄一惊。

"去了哪?"张笑天喝问道。

"说是去找'雪莲'……"心腹战战兢兢地说。

"雪莲?"张笑天有点纳闷。

"雪莲就是万月。"说完,罗正雄自己把自己吓了一跳。"快跟我去乌拉牙!"还没等张笑天反应过来,他的身影已滑到了坡底下。

铁猫真是去找万月。

进入科古琴的决定是突然作出的,之前铁猫采取了一系列拖的策略,他找种种借口阻止血鹰对特二团下手。他想拖过这个夏天,拖到特二团测完科古琴,到时万月如果还不回心,他也就死心了。铁猫已找好退路,打算回重庆去,那边有他几个弟兄,混得都不错。虽说重庆现在也是解放军的地盘,但只要脱开血鹰,他就有办法活下去。可惜,血鹰不给他这机会。血鹰定是察觉了他的心思,或者血鹰让他骗烦了,骗急了,再也不容许他骗下去。就在山下营地他跟江涛见面的那个夜晚,血鹰突然作出决定,要进入科古琴,亲自督战。出于对他的防范,血鹰对他封锁了这消息,只是派手下告诉他,让他在限定的时间内赶到老鹰洞,会有人等他。

铁猫起初以为老鹰洞等他的会是老狼。半月前,他奉命找过老狼。老狼原本跟血鹰不在一条道,血鹰组建"316"时,老狼也在拉竿子,还在准噶尔盆地折腾过一些事。后来迫于种种压力,老狼才答应跟血鹰联手,共谋反攻大业。半月前那次,他跟老狼说的就是在阴阳谷收拾特二团的事,当时老狼答应得很痛快,还抓着他的手说:"放心,等收拾掉特二团,我把雪莲送给你,不就一个女人么,血鹰那边,我去说。"等赶到老鹰洞,铁猫吃惊地发现,等他的不是老狼,是血鹰!

铁猫心里一震,血鹰此举,意味着什么?等在洞里猫了一天,他便清楚,血鹰这一次,玩的是一箭双雕。他想借特二团的手除掉自己。

"好啊,既然你如此无情,也休怪我翻脸不认人。"当下,他便下定狠心,一定要率先一步,带万月逃出去。

可怜的铁猫,到此时,他还不知道特二团做了调整,将万月的突击营营长给撤了。江涛给他的消息是,万月带突击营去阴阳谷,张双羊带其他人去乌拉牙。黑雨落下的那个晚上,趁血鹰跟新来的两个排见面的空,他买通了血鹰的心腹,偷偷打老鹰洞溜了出来。一出老鹰洞,铁猫便直奔阴阳谷。当时他脑子里只有一个念想,无论如何也要带万月走。如果她实在不走,就告诉她血鹰已进了山,"316"的一半人马已候在老鹰洞,另一半说不定已在乌拉牙跟特二团交了手。铁猫边走边祈祷,但愿老天开恩,能让万月回心转意。

穿过一片密密的灌木时,他突然听到一阵脚步声,铁猫一个闪,钻入了灌木林。屏声静气等了一会儿,果然看见有人朝灌木这边走来。那人的步子十分敏捷,走夜路的功夫简直能赶上他。细一看,铁猫倒吸了一口冷气,这,这不是张双羊么?

怎么可能?!

不是说张双羊要去乌拉牙么?怎么会出现在这儿,怎么会独自下山?铁猫还在愣怔,张双羊已穿过灌木林,直奔老鹰洞那边去了。那一刻,铁猫的确有点难。枪在他手里握着,轻轻一扣张双羊就会丧命。但能扣么,有必要扣么?铁猫难了一会儿,不难了。老子啥也不管了,老子只要带走万月!

一想万月,铁猫冷静了。既然张双羊在这儿出现,万月就有可能去乌拉牙。不,一定是这样。罗正雄不可能把两个最有能力的女人放在一起,换上他也不可能。毕竟,乌拉牙也是一座险峰啊。狗娘养的江涛,居然拿假消息骗老子,你去死吧!

铁猫噌地掉头,毫不犹豫地就往山下走。这就是铁猫的特点,做起决断来干净利落。这一生困住他的,独独一个万月,如果不是万月,他早就远走高飞了,哪还用得着在这儿受血鹰的气。

铁猫掉头不久,滚滚的黑沙尘便袭击了科古琴,紧跟着黑雨狂降,洪水肆虐。他不得不钻进山洞,等候风暴过去。

跌跌撞撞下了山,往前走了几里路,地面不那么泥泞了,草地上的积水也渐渐稀少。罗正雄才发现,并不是整个山脉都遭到黑雨的袭击,黑雨袭击的范围,正好跟赛里木湖形成一条线。这也算是奇观,能解开这个谜的,怕只有万月。

天早已变黑,夜幕啥时降临的,罗正雄没注意,他的心思全被铁猫和万月捉了去。这个时候他才明白,自己又犯了一个错误,一个很低级很愚蠢的错误。原想将万月派往乌拉尔,就可以保证她的安全,还能避开她同血鹰和铁猫的正面冲突。但他恰恰忽略了,铁猫和血鹰的冲突,忽略了铁猫这些年对万月的一片不死之心。

男人是能够为他心爱的女人赴汤蹈火的。

男人如果为一个女人疯起来,那是谁也挡不住的。

不管这男人是正义之神还是魔兽之王,在女人面前,他只是一个男人!

他的步子快起来,如果万月真的落入铁猫手中,他这个特二团团长还有脸见人?他英雄上半辈子又有何用?一个连自己心爱的女人都保护不好的男人,还有啥资格去谈保卫边疆,保卫祖国!

偏是上帝重重扇了他一巴掌。万月真就落到了铁猫手里。

铁猫比罗正雄早半天到达乌拉牙,一路上他真是吃尽了苦头,好几次险些就一跤摔倒,再也爬不起来。神秘的乌拉牙,以意想不到的平静和沉默迎接了他。营地就横在眼前,四周寂静得不发出一点儿声音。铁猫深感困惑,他想象中的乌拉牙不是这样子,他想象中的营地更不是这样子。不会又是一个骗局吧,他停下来找个地方藏好身,伸直了目光朝营地这边观望。

半天,营地那边还是没有动静。帐篷清晰地呈现在眼前,不见人影走动,四周也没有岗哨,像是在演一场空城计。营地不远处,背风的山弯里,几峰驼在吃草,驼的深处,铁猫看见几匹马,上等的好马,大约吃饱了肚子,卧在草地上丢盹儿。

怎么会这样平静啊?铁猫被营地呈现出来的样子吓住了,按说这一刻的乌拉牙,应该比老鹰洞更紧张更激烈才对,就算听不见枪声也应该闻到火药味。

慢!铁猫听见了枪声,真的是枪声。很弱,很虚幻,先是一两声,接着紧起来,响过一阵子,又慢慢变稀落,最后啥也听不到了。铁猫竖直了耳朵,仔细听,仔细辨,终于,他搞懂了,枪声不是近处发出的,在远处,离乌拉牙至少有二十公里,隔着好几个山头。这就对了,怪不得没人呢。铁猫阴阴一笑,就找到了答案。

枪声果真是远处发出的,铁猫赶来时,战事已到了扫尾处,所以枪声时断时续,紧不起来,也没必要紧。

老狼耍了个滑头。狡猾的老狼,到了这阵还耍滑头,真是一只精明过头的老狼啊。本来按血鹰他们议定的计划,老狼要跟黑三一道出发,带着各自的人马,向乌拉牙这边进犯。血鹰在阴阳谷收拾突击营,黑三跟老狼在乌拉牙收拾其余人。这是事先说好了的,谈不上谁占便宜谁吃亏,反正目标都是对着特二团,对着解放军。黑三也算是一个人物,他跟血鹰的关系要好一点,新疆还是国民党的地盘时,血鹰是他的座上客,两人称得上是拜把子兄弟。新疆失守后,黑三被他的主子抛弃了,主子吭都没吭一声就溜了。一段时期,黑三很消沉,甚至想洗手不干了,找个没人知晓的地儿,弄几亩地,养几峰驼,顺手再娶上几个女人,安安闲闲打发掉余生。是血鹰,血鹰认为他太糊涂,不该这么想,不该这么过,更不该这么消沉。

在那个叫麻嘴的小村落,血鹰找到了黑三,张嘴第一句话就说:"我的好哥哥,瞅瞅,瞅瞅你现在过的啥日子,这能叫日子?"就这一句,黑三的心便又动了,毕竟他也不是一盏省油的灯啊。一来二去,黑三就又成了黑三,过去的匪气出来了,霸气也出来了,而且野心居然膨胀得比过去还大。黑三能重整旗鼓,真的得益于血鹰,所以血鹰一提出联手作战,黑三立马响应,想也没想就把乌拉牙这边的活包揽了。

老狼就不同。眼瞅着黑三的骆驼晃儿悠儿上了路,老狼才不紧不慢说:"告诉弟兄们,化整为零,往乌拉牙方向赶。记住,没我的命令,见谁也不能开枪!"这就叫棋高一着。黑三带着驼队穿越准噶尔时,老狼就在后头,始终跟驼队保持着半天的路程,既不超过黑三也不拉得太后,就那么跟着,跟得人有些心烦。老狼料定去往乌拉牙的路绝不会平坦,这是一场硬仗,你死我活,老狼一开始就这么想。而且他还断定这一带活动的,绝不只是一个罗正雄,说不定解放军早就布下天罗地网,等他们来钻。解放军啥人啊,能让你消消停停把他灭掉?做梦去吧。走了两天,很平安,身边的人不耐烦了,抱怨老狼太过小心。老狼笑笑没反驳,继续跟在后面走。心里却说抱怨我,你们还嫩着呢。第三天夜里,老狼突然不走了,死活不走了,说要在芨芨滩宿一夜,天亮了再走。身边的人尽管猴急着想超过黑三,跑前面抢头功,老狼一发话,还是乖乖儿睡在了芨芨丛中。

半夜,草滩上突然响起枪声,很紧很密。老狼一骨碌翻起身,兴奋地大喊:"交上了,果真交上了。"其他人也都坐起身,伸长了耳朵听,果真,芨芨滩尽头,科古琴山脉下,枪声比雨点还密。愣怔半天,这才齐齐地咂了一下舌,神啊,真神。

黑三遇到了阻击,他直直地钻进了口袋,就像飞蛾投火般,把脖子伸进了师部设下的伏击圈。那边打得正激烈,这边老狼猛就下了令:"传我的话,抄近道,直扑乌拉牙!"

这更是老狼的过人之处,啥叫个打仗,打得出其不意才叫个打仗。啥叫个立功,拣最关键的打,你才能立功。现在对付的是特二团,不是整个驻疆部队,驻疆部队有多少,你打得过来?打掉特二团才叫个正打,打掉罗正雄才叫个立功。

于是,黑夜下,枪声里,老狼的人马如狼一般,从四野里窜出来,避开伏击圈,避开大部队,嗖嗖就往乌拉牙窜。

这一窜,就把刘威他们给窜紧张了。

主力部队跟黑三的人马交上手时,刘威就在现场。一天前他带着一支小分队,悄悄摸到山下,一是想探一下敌情,另外刘威也抱着侥幸,要是能在山下将敌人灭掉,就省得在山上打游击战。乌拉牙地形复杂,又紧挨着雪山,如果真打起游击战,对特二团很是不利。战斗打响时,刘威和他的小分队很是活跃,打得也猛,打得他都想不起自个的身份了。打着打着,刘威突然地感到不对劲,按事先摸好的敌情,敌人不只是一股力量啊?

"不好,中计了!"喊完,他就带着小分队,没命地往回撤。刚撤到猪头崖,就遭遇了最先进山的老狼的人。

跟老狼的战斗是在猪头崖打响的,铁猫听到的枪声也是猪头崖传来的。这仗打得很艰苦,差一点就让老狼反吞掉。一开始,小分队遭遇的只是小股力量,对方也没有准备,所以消灭得还算干净利落。枪声一响,后面的老狼便疯了。"敢在这里设埋伏,好啊,算你厉害。"说完,他便带着大股人马冲上来,小分队抵挡了一阵,终因寡不敌众,刘威不敢蛮战,指挥着往后撤,边撤边等接应。幸亏猪头崖离乌拉牙不是太远,天亮不久,听到枪声的营地成员便赶了过来。可是天一亮,老狼就不打了,仗着对这一带熟,分散钻进了山洞里。这可苦了刘威,特二团本来就在力量上占劣势,对方一钻,劣势就越发明显。不围追,怕敌人越过防线,真的扑向乌拉牙。要知道这阵儿的乌拉牙,除了万月还有三个明着看管她实则保护她的人外,再就一个驼五爷。就算越过去五个敌人,后果也不堪设想。围追,又怕掉进敌人的埋伏,白白造成伤亡。

情急之下,刘威作出一个大胆的决定,他命令特二团分成六小股,每股二十来个人,分别把住六个点,只守不攻。这六个点一把住,敌人纵是插上翅膀,也休想钻进乌拉牙。

要说还是那场黑雨帮了刘威的忙。尽管落到乌拉牙这边的黑雨不大,地面刚刚生出积水。但乌拉牙临近雪峰,地质地表情况跟阴阳谷那边大不一样,地表一生水,山路不仅滑,而且随时都有塌陷的可能,包括这儿的山体也极易滑坡。这都是常年的雪崩造成的,乌拉牙往西,往南,快出科古琴这一带,雪崩就跟家常便饭一样,平常得很。这也是罗正雄执意要把万月送到这边的另一个缘由,毕竟对雪崩,万月比他们都有经验,万一遭遇,万月的经验或许能拯救得了特二团。老狼对此当然熟悉,黑雨一落,他便不敢贸然出击了,只能死守在洞里。这就给刘威他们赢得了时间,也给山下的大部队赢得了时间。等积水全部消失,阳光再一次照耀科古琴时,山下的战斗已结束,黑三被活捉,手下全歼。大部队一进山,老狼就慌了,再想躲就没了机会。

尽管如此,战斗还是打了一天一夜,老狼凭借着险要地形,真的跟解放军打起了游击战。老狼本就土匪出身,打这种仗是他的强项,虽然上下两头遭到夹击,他仍然打得不慌不忙,很有章法,确实给特二团及后面赶来的主力制造了麻烦。

最后一个敌人撂倒时,时间又过去了半天。刘威带着特二团仔细地清理了一番战场,在一块三丫石里找到老狼的尸体。这个顽固的家伙,到死还睁着眼睛。身边的警卫冲龇牙咧嘴的老狼补了一枪,不解气地骂:"你个老谋深算的狼,害得我打光了所有子弹。"

刘威将战后工作交给师部派来的主力,带上特二团,胜利地往回撤。这一路,他的心是兴奋的,甚至还带着一丝儿难得的骄傲。当他兴致勃勃来到营地时,眼前的一切,让他惊呆了!

## 44

万月不见了。

关她的帐篷被掀翻,里面搞得乱七八糟。古丽米热跟两个女兵被击昏了脑袋,倒在离帐篷不远的草地上。

草滩那边,驼五爷也昏迷着,头上仍在流血。再一看骆驼在,一匹枣红战马不见了。

"人呢,是谁干的?!"刘威失声叫道。

没有人回答他,战士们全被眼前的景象吓住了。不多工夫,古丽米热醒了过来,第一句话就说:"是铁猫,他……他……"

"铁猫咋了?"刘威的心奔到了嗓子眼上。

"他抢走了万月,副团长,我……我……"古丽米热伤势很重,她的头上挨了重重一击,腰部也受了伤。幸亏铁猫没想着要她的命,否则这阵儿她是张不开口的。

铁猫真要出手,五个古丽米热怕也不是对手。

"他朝哪个方向跑了?"刘威追问道。

古丽米热缓缓摇头,内疚和疼痛袭击着她,她真是无脸见自己的战友。

刘威恨了一声,丢开古丽米热的手。"马上送她们下山,要快!"刘威边命令边朝战马走去,这个时候他已顾不得古丽米热她们,万月真要出事,他怎么跟师部交代?

恰在此时,罗正雄赶到了,不大工夫,张笑天他们也赶了来。一听情况,罗正雄傻眼了,真是怕啥就有啥。望着茫茫的乌拉牙峰,望着白雪皑皑的阿尔斯脉雪山,他真是不知道该上哪个方向去找万月。

"驼五爷醒了!"有人喊。

罗正雄情急地扑过去,驼五爷果然睁开了眼睛,见是他,驼五爷挣扎着伸出手,抓住他,像是有什么话要说。

"快告诉我,万月呢?铁猫朝哪个方向跑了?"

"神女峰……"

再也没有时间犹豫了,罗正雄跳上马,断喝一声,朝神女峰追去。

"不要啊——"身后响来驼五爷情急的声音。

阿尔斯脉雪山,是天山最神秘也最圣洁的一座雪峰,终年积雪皑皑,冰天彻地。这儿极少有人烟,就连科古琴的鸟,也不敢朝这边飞来。在游牧民族眼里,阿尔斯脉是圣母的化身,是神之峰,是一辈子用来仰望的地方。

神女峰是它的一个支脉,横在阿尔斯脉跟科古琴中间将两座山峰连在一起,它是人间和天堂的通道,是雪莲盛开的地方。

铁猫之所以选择这个方向逃,怕是做了最坏的打算。也许他是听到了冰山下雪莲的召唤。传说,每年盛夏,神女峰都会发出一种声音,呼唤人间那些痴情的男女。雪莲也会绽开她多姿的笑脸,将神女峰装扮得一派妖娆。都说那不是雪莲,那是精灵,是为爱殉情的女子们圣洁的灵魂。

铁猫听到了那个声音,雪峰召唤他的声音,爱情呼唤他的声音。当他一口气撂倒古丽米热几个,又将驼五爷一枪把子砸昏时,他就知道,自个的活路彻底没了,血鹰不给他,罗正雄不给他,万月更不会给他。除了神女峰,他再没别的地儿可选择,这开满雪莲的地方,怕是他最好的归宿。他击昏顽固的万月,跃上马朝自个的爱情奔去。

是的,爱情。那一刻,铁猫真是被爱情点燃,心中除了心爱的女人,再也没有一丝儿杂念。他终于拥有她了,血鹰抢不走,罗正雄抢不走,谁也抢不走。她是他的,永远是他的,他将带着她,走向雪峰,走向天国,走向远离战争和罪恶的地方,再也不要回来。

这是多么幸福的一条路啊。

又是多么圣洁的一条路。

马蹄声声,踩断回头路,踩碎伤心事,也踩得冰山露笑颜,雪莲花儿开。

万月醒了,要挣扎着下来,怒喊着,撕打着,想从这个罪恶的怀抱挣脱。可这阵哪由得了她,铁猫紧紧地搂着她,一张脸跟冰山一样,不,比冰山还要坚定,比冰山还要无情!

"放开我!"万月的声音竟是那么的苍白。

终于战马到了神女峰下,花香四溢,寒气逼人,冰雪世界第一次真实展现在两个人眼前。万月已经没有力气说话了,这一路,她挣扎得比一生还要漫长,铁猫那一双铁臂,箍得她好几次都要背过气去。她绝望地闭上眼,今生今世她是脱不开这个魔了。铁猫却觉得,这才是他应该走的路,这才是他一生追寻的地儿,唯一能证明自己的地儿。

"你不是不相信我么,今天我就让你看看,我铁猫,也是个有情有义的人。既然不能活着在一起,那就只有一条路,死!"

万月嘴唇动了动,却没发出声音。这个时候,任何声音都已无济于事,她从铁猫眼里,看到一种超常的镇定,比义无反顾还要义无反顾。天啊,他竟是这样一个男人!

跳下马,铁猫抱着瑟瑟发抖的万月,一步步朝神女峰走去。脚下是亘古的草原,是晶莹的雪水,是怒放的雪莲……

神女峰张开双臂,迎接了这对为爱而来的男女。

尽管这爱是那样地一厢情愿,那样地充满逼迫和威胁,可神女峰是管不了这些的,它怀里,有的是因爱冤死的人。

罗正雄马不停蹄,几乎一口气追了过来。当他跃下马时,铁猫已胁迫着万月立在了神女峰下。两个人被怒放的雪莲簇拥着,雪莲让他们惨白的脸变得温暖,湛蓝湛蓝的天空让他们的影子显得生动。

"铁猫,放开她!"

铁猫远远地望着罗正雄,他知道他会跟来,无论跑到哪里,他都会跟来!这时候他的心里没了恨,没了怨,有的只是最后的较量,男人跟男人之间的较量。

"放开她!"罗正雄又喝了一声,怒视着铁猫,一步步朝他逼来。

铁猫冷冷地看着罗正雄,一点也不显紧张。是啊,这个时候,他还紧张什么?

"不要过来!"万月终于挣开铁猫,冲罗正雄喊。她还没来得及跑,又被铁猫一把拉在了怀里。

"不要过来,危险!"

"他不会不过来的,不会。"铁猫咬着万月耳朵,阴笑着说。

"你个卑鄙无耻的东西,不得好死!"

"我就压根没想过好死,他要是有胆量,就过来跟我们一道死。"

"不要过来啊,团长!"万月的声音早就成哭了,她已清楚铁猫的用意。她看看罗正雄,又扭头看看头顶的雪峰,太可怕了,铁猫一旦开枪,三个人就都别想逃出去。"不要……"

罗正雄的步子越发坚定,没有人能让他停下来,他看见了雪,摇摇欲坠的雪,疯狂坍落的雪。但是他也看见了雪莲,争奇斗艳,美不胜收,圣洁无比的雪莲。

"团长,危险——"刚刚赶到的张笑天情急地喊。

铁猫的笑越发阴毒,有种啊,罗正雄,算你是条汉子,只是可惜了,你可以跟我争江山,但不能争女人!我铁猫不会把她让给你,就是死也不能!

铁猫抬起枪,对着雪峰,这一枪过去,神女峰就会怒,雪峰就会怒,整个世界,都将被愤怒的雪掩埋。

罗正雄突然止住了步子。

雪岭下显出片刻的静寂,真静。

世界凝固了,雪山凝固了,脚下的大地,也好像凝固了。

张笑天站在雪线以外,惊恐地睁大眼睛,不知道该不该跟过去。

铁猫有丝儿失望,如果罗正雄再不往前走,他的阴谋就不会得逞,他不甘心,真的不甘心。要死也得拉个垫背的,绝不能让姓罗的看着他死。"我让你犹豫!"他恨了一声,一把撕开了万月的衣服。天啊,他撕开了万月的衣服!

罗正雄听见了一个声音,士可杀不可辱,铁猫这样做,分明是在羞辱他!

"放开她!"他猛地举起枪,再次朝铁猫走去。

"来啊,罗正雄,有本事你就走过来,来救你的女人。"

"哧"一声,万月的内衣被撕破了,一大片粉白露出来,那样的刺眼,那样的令人不敢面对。万月想捍卫自己,想拯救自己,可她哪是铁猫对手,铁猫一只手应付她,已绰绰有余。

"你个狼,畜生!"罗正雄忍无可忍,铁猫的手公然伸向万月圣洁的双胸时,他像一头被激怒的狮子,再也无法沉默了。他吼了一声,就朝铁猫扑去。

这时候枪响了。

319

铁猫一看罗正雄进入了死亡地带,毫不犹豫地就扣动了扳机。可恨的是,第一枪他射向了罗正雄,第二枪他才射向雪峰。

　　一直憋着气的雪峰仿佛就在等这一刻,枪声刚一炸响,它便急不可待地咆哮了。

　　"不要啊——"就在雪崩发生的一瞬,山谷里突然响出一个声音,那是江宛音的声音。紧跟着江默涵的声音也到了:"天啊,我的月儿,我的月儿啊——"

　　世界在这一瞬间疯狂了,罪恶的雪崩,可怕至极的雪崩,以不可逆转的方式发生了……

## 第十章

# 尾声

多少年后的一天,江宛音推着轮椅静静地站在赛里木湖边。她老了,岁月以它不知疲倦的双手,将层层风霜抹在了这张曾经年轻漂亮的脸上。阿尔斯脉的雪,染白了她的双鬓,也染白了那段惨痛的记忆。她推着轮椅,面朝着阿尔斯脉的方向,久久地,久久地,沉默着。

半天,轮椅上的罗正雄叹了口气:"走吧,宛音,回去吧。"

"你就让我再陪陪她吧。"江宛音带着点恳求,也带着点内疚。她知道,在这儿待太久,对罗正雄的伤腿是很不利的,他的腿已经历过五次大手术,再也经不起折腾了。

可每次来,她都不想回去。那白雪深埋着的可是她的亲姐姐啊。

"宛月——"她又这么深深地呼唤了一声。

雪岭动了动,一定是姐姐听到了她的唤,想从雪里飞出来,想亲眼看一看,妹妹将她所爱的男人,照顾得好不好?

"正雄哥,跟姐姐说句话吧。"江宛音弯下腰,脸贴住罗正雄的耳朵道。

"话都让你说尽了,我还说什么?"罗正雄紧紧自己的衣领,尽量保持着当年军人的风姿道。

"你呀,这么多年,难道就连一句想说的话也没?"

"有。"

"说出来吧,正雄哥,我知道你心里有话,姐姐也想听你说。"

"我说了,全说了。"

"我没听到。"

"宛音,有些话,你是听不到的,可雪山能听到,雪莲能听到,信不?"

江宛音没回答,她的嗓子像是被什么堵上了,那是岁月,又不仅是岁月。泪水不知不觉间溢满眼眶,她感觉自己快要站不住了,双腿委屈着,像是不该这么陪伴轮椅上的人走过这一生。

"不,我能听到!"她像是使足了全身气力,把委屈和幸福一并儿吐了出来。

雪莲开得很艳。

身后兵团新打成的油井正在喷油。远处,一座油城拔地而起。她跟罗正雄的新家将要搬到那儿,大儿子也马上要毕业回来了,他们为走过半世纪的新疆建设兵团,又培养了一名合格战士。指不定哪一天,就会把刘威跟田玉珍的女儿娶过来。

江宛音的脸上露出一丝微笑。

很幸福。

雪岭下的科古琴,早已成了另一番样子,五个煤田加上三个铜矿,让科古琴终日彻响在采掘机的轰鸣中。山上新建的公路刚刚铺了油,蓝天红日下发出耀眼的光亮。

而在他们不远处,牧场主哈喜达正在挤牛奶,他的奶牛长得真壮,运送牛奶的小汽车一辆挨着一辆,按司徒碧兰的话说,过不了几年,她要让科古琴草原的奶香飘满整个世界。

疆域的另一隅,已经退下来的农二师政委于海显得落寞。谁能想得到,这辈子他真就没娶别的女人。仿佛司徒碧兰当年作出的那个决定,真像谜一样,让他解了一辈子,到现在也没解开。

解不开好,解不开好啊。

于海抬起头,目光又一次对着神秘的科古琴。

蓝天白云下,科古琴渐渐变得模糊。

不,它还是那么巍峨高耸,险峻无比!